数字影视节目编辑与制作

张鹤峰 著

U0105645

科学出版社
www.sciencep.com

北京希望电子出版社
Beijing Hope Electronic Press
www.bhp.com.cn

内 容 简 介

本书系统讲解数字影视节目制作全过程，既有全面的理论讲解，又有典型的实例操作。全书共分 8 章，包括摄像、照明、编辑、色彩、特效、切换、字幕、音频、案例，从而构成一个完整的体系。书中非线性编辑软件，采用的是 Adobe 公司推出的 Premiere Pro 2.0（汉化版），同样也适用于软件 Premiere Pro CS3。

本书内容丰富、讲解通俗、结构清晰，适合作为从事多媒体设计、影像处理、婚庆视频制作等影视编辑相关专业人员的参考书，也可作为计算机培训机构、大中专院校影视编辑、新闻制作、影视广告等专业的教材。

随书所配光盘提供了数字影视节目制作的综合案例视频、PPT 课件和综合案例素材。

需要本书或技术支持的读者，请与北京清河 6 号信箱（邮编：100085）发行部联系，电话：010-62978181（总机）、010-82702660，传真：010-82702698，E-mail：tbd@bhp.com.cn。

图书在版编目（CIP）数据

数字影视节目编辑与制作 / 张鹤峰著. —北京：科学出版社，2009

ISBN 978-7-03-023468-1

Ⅰ. 数⋯ Ⅱ. 张⋯ Ⅲ.电影美术—图像处理 Ⅳ.J913-39

中国版本图书馆 CIP 数据核字（2008）第 184752 号

责任编辑：罗 蕊　／责任校对：周 玉
责任印刷：金明盛　／封面设计：杨国银

科学出版社 出版

北京东黄城根北街 16 号
邮政编码：100717
http://www.sciencep.com

北京金明盛印刷有限公司

科学出版社发行　各地新华书店经销

*

2009 年 2 月第 一 版　　开本：787×1092 1/16
2009 年 2 月第一次印刷　　印张：25 1/8
印数：1-3000 册　　字数：572 000

定价：42.00 元（配 1 张光盘）

数字非线性编辑系统

新闻数字演播室效果图

数字非线性编辑工作室

电脑灯　　　　　　　　　灯伞　　　　　　　　　反光板

10000K 9000K 8000K 7000K 6500K 5000K 4000K 3000K 2000K

色温表

高清数字摄像机和监视器

色轮图

拍摄机位

正面拍摄

正侧面拍摄

斜侧面拍摄

背面拍摄

拍摄角度

平摄

仰摄

俯摄

顶摄

拍摄景别

远景　　　　　全景　　　　　中景　　　　　近景　　　　　特写

"色彩调整"实例

"改变颜色"特效

"亮度/对比度"特效　　　"亮度门限"特效　　　"色彩平衡"特效　　　"毛糙边框"特效

"视频特效"实例

组合六面体特效　　　边缘羽化特效　　　卷页特效　　　"灯光"特效

辉光特效　　　底纹特效　　　放射光线特效　　　圆特效

"视频切换"实例

"化入化出"切换

"中心分解"切换

"字幕特效"实例

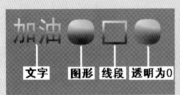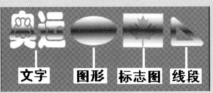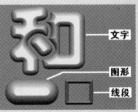

"四色字幕"效果　　　　　　　　"光泽"效果　　　　　　　　"斜面浮雕"效果

滚动字幕

《黑客帝国》特效片段

《史前一万年》片段

《赤壁》片段

前　言

随着计算机多媒体技术的飞速发展，数码照相机、数码摄像机、数字电视等许多数字产品被广泛应用，数字影视也悄悄地走进了人们的生活。影视节目的后期制作经历了"物理剪辑"、"电子编辑"和"数码编辑"等发展阶段。数字影视采用非线性编辑系统，引入了磁盘记录和存储、图形用户界面（GUI）和多媒体等新技术手段，使影视节目制作真正进入了数字化时代。

本书系统讲解数字影视节目制作的全过程，既有全面的理论讲解，又有典型的实例操作，是读者走进数字影视编辑与制作大门的一把钥匙。全书共分 8 章，每章自成体系，每个知识点都配有相应案例和效果图。

第 1 章《影视摄像技术》，主要讲解数字拍摄设备及拍摄技巧；

第 2 章《影视照明技术》，阐述光照对画面的影响以及影视照明方法；

第 3 章《影视非线性编辑系统》，介绍数字影视节目的制作流程以及非线性编辑系统的使用；

第 4 章《影视图像色彩的编辑》，讲解数字影视图像色彩的校正以及各种调节方法；

第 5 章《影视视频特效》，主要讲解影视视频特效的种类及使用方法；

第 6 章《影视视频组接与切换》，详细阐述了镜头组接技巧、切换方式和切换特效；

第 7 章《影视字幕编辑与制作》，讲解影视静态字幕与动态字幕的运用及编辑技巧；

第 8 中《影视音频技术》，讲解影视音频的编辑、制作和特效的运用；

本书的最大特点是理论与操作相结合，每个概念和操作循序渐进、通俗易懂。书中的特效和切换（转场）全部配有效果图，以方便读者查看和选用。

随书所配光盘提供了数字影视节目制作的综合案例视频、PPT 课件和综合案例素材。

经过近一年的努力，本书在北京希望电子出版社的大力支持下，终于与读者见面了。参与本书工作的还有贾文思、毛小兵、金雪、王颖等人。在本书编写过程中参考了有关书籍资料及相关网站的内容，由于资料内容比较分散，在此不一一列出，资料来源作者如有异议请与本书作者联系，与出版社无关，同时对资料来源作者及网站深表谢意。

由于作者水平有限，书中疏漏之处在所难免，希望广大读者提出宝贵意见和建议。在阅读本书过程中，如有疑问或需求请与作者联系，联系方式：teacherzhanghefeng@126.com。

编者

目　　录

V

配套光盘内容包括：

一．影视节目案例

1. 创建节目（视频）

2. 素材的导入与编辑（视频）

3. 字幕的制作（视频）

4. 图像色彩的调整（视频）

5. 特效的运用（视频）

6.切换特效的运用（视频）

7. 节目输出（视频）

8. 节目视频

二．PPT 课件

三．综合案例素材

第 1 章　影视摄像技术

1.1　摄像机的基本组成

摄像机是影视制作系统中最重要的前端设备，也是影视节目制作的首要工具。摄像机结构复杂，生产厂商众多，型号和外观也各有不同。但是无论怎样的摄像机，其基本组成都是相似的，从外部结构来看，主要包括摄像镜头部分、摄像机主体部分和摄像机附属部分，如图 1-1 所示。

图 1-1　摄像机外部结构

1.1.1　摄像镜头部分

依照光学原理，摄像镜头器件是由光学镜头、滤色镜片和光的分色系统 3 个部分组成。

从物理结构上看，光学镜头是指安装在摄像机上的由许多光学玻璃镜片及镜筒等部分组合而成的光学装置。光学镜头是摄像机拾取图像的重要器件；滤色镜片则对所拾得的光像作颜色的预矫正处理；而分色系统则是将进入镜头的外来光分解为 RGB 3 个基色光像。

1. 光学镜头

光学镜头有内置（藏）式与外置（露）式之分。专业级摄像机的镜头一般为外置式的，其变焦倍数大、功能强、可外加各种滤镜和特效镜头；家用级摄像机的镜头则通常为内置式的，其优点是安全、镜头不宜被损坏，但放大倍数较小。

摄像机光学镜头与普通照相机的镜头起着同样的作用，利用它，就可根据需要选择一定的视场范围，并获得这一视域景物被缩小的清晰的光学图像（再由摄像器件转换成视频信号）。光学镜头本身的性能对后期制作影视节目的图像质量有很大影响。

为了达到一定的放大倍数并减少像差的影响，摄像机使用的镜头不是单片透镜，而是用几个由若干个镜片组组合而成的透镜组，并且具备镜头的一般光学特性。光学镜头的技术指标体现在以下几个方面：

（1）焦距（Focal Length）。

平行的直射光线穿过透镜后在另一边的光轴上汇聚成一点，这个点称为焦点。从焦点至镜头中心的距离为该镜头的焦距，单位是毫米。按透镜焦距的长短，可分为短焦距镜头、长焦距镜头以及介于两者之间的中焦距镜头。在不同的拍摄场合使用不同焦距的镜头，可获得不同的画面效果。

（2）视场角（Angular Field of View）。

从镜头主平面中心向视线方向的两边边缘所张的角，就叫视场角。视场角是表现摄像机镜头视场大小的参数，它决定着成像的空间范围。摄像景别与视场角有关。

（3）变焦距镜头（Zoom Lens）。

变焦距镜头是一种可连续变换焦距的镜头，它由多组透镜镜片构成。镜头的变焦距功能可以使摄像机不移动位置就能取得预想的视野范围。

（4）调焦（Focus）。

调焦也称为聚焦。调整焦点的结果是使光线通过摄像机后能准确地会聚在摄像器件的受光面上，从而获得轮廓清晰的景物图像。

摄像调焦有调整前聚焦和调整后聚焦之分。调整前聚焦使图像清晰，并使图像平面落在受光面上。调焦环上刻有标识数字，就是指示焦点最清晰的景物距离。通常，景物距离可调范围从 1 米左右到无限远。调整后聚焦一般通过调整镜头的后截距（后焦距）达到目的。实际中的后聚焦调整是通过调节在变焦镜头后面专设的后聚焦微调环来改变后截距，以保证成像面"永远落在受光面上"。后聚焦调整好之后，一定要将该调节钮固定，这样，在实际拍摄时，只需根据景物远近情况调整前聚焦，就可得到清晰的景物图像。家用摄像机没有该调节钮，但是有近摄调节钮。新闻采访摄像时，由于画面变化较快，无法及时调节焦距，一般多采用自动调焦方式。

（5）可变光阑（Iris，Aperture，Diaphragm）。

可变光阑又称光圈，它是调节进入镜头的光线。光圈的大小与拍摄环境的照度有关，照度大时光圈应调小，反之光圈应调大。

（6）景深（Depth of Field）。

摄像机在拍摄时，能获得清晰景象的前后距离就是"景深"。

景深的范围可大可小，根据拍摄要求不同，对景深的要求也不同。善于控制景深大小，就可以拍摄出有特定含义的镜头内容。景深与镜头焦距的长短、光圈的大小以及物距的长短有关。

3. 滤色部分

所谓滤色就是对由镜头所拾得的光学图像进行颜色的预矫正处理。不同摄像机有不同的滤色光学系统。目前专业级摄像机的光学滤色部分大致相同：经由部分外置的拨动式触盘，拨动预先设定有光学滤色片的拨盘（内有预先安置在光学滤色盘上的、针对不同色温的光学滤色片）的相应位置，针对外来光源的色温情况作预调整处理，这也就是摄像机的白色平衡的粗调。然后由电路技术对色温情况作精确调整处理，完成比较理想的"色温矫正"工作。

小型家用摄录像机滤色功能就是通过电路技术对色温情况作"滤色调整"的。省略了光学部件的摄像机可以做得小巧玲珑。

4. 光的三基色分色系统

为了使摄像机能对外来光进行方便而有效的电子化处理，必须将外来的白光进行分色，将其分解为红、绿、蓝 3 个基色光，这个过程由光学分光系统完成。常见的分光系统有两种：平面镜分光系统和棱镜分光系统。

1.1.2　摄像机主体部分

摄像机的主体主要包括感光器件、预放电路、电子快门、视频信号处理单元、同步信号发生器、编码器等。

下面主要介绍与摄像性能直接相关或与操作有关的功能器件及其作用。

1. 感光器件（Sensitive Device）

摄像机能将景物光转变成电信号，依靠的是感光摄像器件，它也是决定图像质量的关键器件。

感光器件有电子管感光器件和 CCD 感光器件。目前广泛使用的感光器件是 CCD 感光器件，即电荷耦合器件（Charge Coupled Device），这是一种利用半导体原理设计制成的复杂的光电转换器件。

2. 预放电路（Preamplifier）

预放电路的作用是将经感光器件光电转换出来的图像电信号放大，并保证放大后的信号噪声低、增益高和频带宽。预放电路一般选用低噪声的场效应管。

3. 电子快门（Shutter）

电子快门是利用电子技术在时间上控制 CCD 芯片上电荷的产生与转移，从而得到"快门"效果。电子快门的特点是无运转噪声、档次多、速度快，适合分析快速运动过程，但存在图像不连续、间断跳跃感。电子快门速度的标值有 1/50、1/100、1/200、1/500、1/1000 秒等分级，不同机器设置不同。

4. 视频信号处理单元

视频信号处理单元主要包括：白色平衡、黑色平衡、增益和重合 4 部分。

（1）白色平衡（White Balance，简称 WB）。

在景物光像中，任何一种颜色都可分解为红、绿、蓝 3 个基色，但是它可能与影视系统设定的理想状况不一致。如果不进行"强制性"调整，这 3 个信号分量可能得不到相同的放大量，所拍摄出来的图像就可能偏离原来的颜色。所以，必须针对"不平衡比例的进光量"，对电路的放大量分别进行"针对性"调整，这就是白色平衡调整，它是景物图像获得正确色彩还原的重要保证。

白平衡调整分为粗调白平衡和细调白平衡。粗调白平衡指在白平衡调整过程中，只根据实际光源的色温值，在摄像机上选择相应的滤光片，不再进行细微调整；细调白平衡指在不同光源照明时，为了提高画面色彩饱和度或改变画面色调效果而进行的细微调整。

细调白平衡具体步骤为：首先根据实际照明光源的色温值，选择相应的滤光片。选好滤光片以后，打开摄像机电源开关，将光圈调至自动挡，将白平衡选择键调至自动挡，然后将选择的白色卡片置于顺光照明下，把摄像机镜头对准卡片并充满画面。最后一步是按下摄像机上的白平衡调节开关。先调黑平衡，再调白平衡。调节黑、白平衡数秒后，在摄像机寻像器中显示"OK"，表示白平衡调整工作结束。家用摄像机则只要将镜头对着白色，满屏拍摄几秒钟就可以了。

（2）黑色平衡（Black balance）。

黑色平衡也是摄像机的一个重要参数，它是指摄像机在拍摄黑色景物或者盖上镜头盖时，输出的 3 个基色电平应相等，使监视器屏幕上能重现出黑色。广播挡摄像机都有黑平衡调整电路，考虑到黑平衡对人眼视觉的影响远不如白平衡对人眼视觉影响那样强烈，因此一些非专业摄像机一般不设黑平衡调整电路，摄像机在出厂前已经调整好了黑色平衡，使用者一般无须再作调整。

（3）增益（Gain）。

在照度低的情况下，光圈已开到最大，但图像仍然很暗，如果受条件所限不能用灯等照明器具进行补充，则可以利用摄像机上的增益控制钮来增加图像的亮度。

增益调整是对摄像机图像输出信号电平的大小进行调整。通过增益控制开关可以调节增益大小，通常有 0dB 、9dB、18dB 等档位供选择。增加电路增益往往会造成图像质量的下降，背景噪声也会被提升，所以一般情况下最好不使用这一方法。

（4）重合（Registration）。

中心重合是指红、绿、蓝三基色图像的完全重合。只有保证三基色图像的完全重合，图像才清晰，从而不会出现彩色镶边现象。彩色摄像机内设置有自动中心调整系统。调整的具体步骤如下：

- 先拍摄一个有横线、竖线的清晰图像。
- 按下自动中心调整按钮，摄像机便自动进行调整，寻像器显示调整完毕的信息。

重合这一调整是针对三管彩色摄像机而设计的，三片 CCD 式摄像机在出厂时就已调好，并已将 CCD 芯片位置固定，所以一般情况下可以不用考虑重合调整问题。

（5）电缆补偿（Cable Compensation）。

电视信号在长电缆中传输时，电缆内部存在的分布电感和分布电容将导致视频输出信号中高频部分的损耗。电缆补偿就是利用具有高频提升特性的放大器使信号恢复原样。

在摄像机控制器（CCU）上都设有电缆补偿调节钮，有若干个档位，可补偿 25 米、50 米、100 米等长度的电缆损失，不超过 10 米的可不补偿。大多机型具有自动电缆补偿功能，不需手调。家用相机不会出现这个问题。

5. 同步信号发生器（Sync Generator）

同步信号发生器用来产生一个同步信号，以保证整个系统同步工作，使接收端显像管的电子束扫描与发送端的摄像器件完全同步，从而得到不失真的还原图像。

摄像机的同步机能有内同步、外同步或同步锁相之分。单机外拍时，选择内同步方式；在演播中，几台摄像机共同摄取图像以供导演在特技台上选择时，它们都必须工作在外同步或同步锁相的方式之中，以保证不同的摄像机所摄取的图像在转换时稳定。

大多数摄像机具有自动转换同步方式的功能，当接到外来的同步信号时，可从内同步自动转换成同步锁相方式。家用相机没有这个功能。

6. 编码器（Encoder）

编码器用于将 R、G、B 三基色电信号编成彩色全电视信号或其他方便传输的信号样式，以适于传输或适应黑白电视兼容的需要等等。

1.1.3　摄像机其他附属部分

1. 取景器（VF：Viewfinder）

取景器即数码摄像机上通过目镜来监视图像的部分，数码摄像机的目镜取景器分黑白取景器和彩色取景器。一般便携式摄像机上的寻像器荧屏对角线为 1.5 英寸；演播室里用的一般是 4.5 英寸的。取景器的调节方法与普通电视机一样，也有亮度和对比度的调节钮，应使取景器中的图像亮度适中，层次丰富。取景器的一般功能是：取景构图、调整焦点、显示机器工作状态以及显示记录后的返送信号。无论怎样调整取景器的显示，都不会影响摄像机传送出来的视频信号。另外，取景器也是一个多种信息的"告示器"。

在取景器上一般都设计有对各种工作状态和告警指示的指示灯，如：录像指示（REC）：显示录制的工作状态；低照度告警（LL）：防止拍摄时的照度不够；播出指示（TALLY）：显示所选择的信号属于哪台摄像机；电池告警（BATT）：防止录制设备由于电力不足而导致断电；白/黑平衡指示（W/B）：显示出白/黑平衡是否已经调整好；增益指示（GAIN）：显示此时的增益状态；磁带告警：提前告知磁带用完的程度。

2. 液晶显示屏

摄像机的显示屏一般为液晶结构（LCD，全称为 Liquid Crystal Display），其功能与取景器相同。液晶显示屏主要由偏光板、玻璃基板、薄模式晶体管、配向膜、液晶材料、导向板、色滤光板、荧光管等构成。液晶显示屏的背光源是来自荧光灯管射出的光，这些光源会先经过一个偏光板，然后再经过液晶，这时液晶分子的排列方式改变了穿透液晶的光线角度。在使用 LCD 的时候，发现在不同的角度，会看见不同的颜色和反差度，这是因为大多数从屏幕射出的光是垂直方向的。假如从一个非常斜的角度观看一个全白的画面，可能会看到黑色或是色彩失真。

LCD 很脆弱，千万不要用坚硬的物体碰撞，以免摔坏了 LCD 屏。液晶屏表面容易脏，清洁时最好用干净的干布，推荐使用镜头布或者眼镜布，不可使用有机溶剂清洗。液晶显示屏受温度影响，在低温时，如果亮度有所下降，这属于正常现象。

3. 电源

摄像机中的电源除了给主机供电之外，还要给寻像器、自动光圈、电动变焦等机构供电，摄像机中的供电系统（Power Supply）负责将 12 伏直流电压转换成其他各种不同的电压，来满足不同部件的需求。

摄像机所需的电源可以从摄像机的控制单元通过电缆获得；也可以利用交流电源附加器通过摄像机电源部分获得；在室外拍摄时还可经由电缆提供电源，或直接用自身所配置的蓄电池。

摄像机外拍时，一般使用蓄电池，且多是锂蓄电池。一般来说，锂电池通常可以充电300～500 次，根据使用方法和频率的不同，数码摄像机电池也许可以使用数年，也可能只使用一年，所以平时的保养很重要。根据 IEC 标准规定，电池应在温度为 15℃～25℃，湿度为 85%～45%的条件下储存，避免在很热的空间里放置。一般而言，电池储存温度越高，容量的剩余率越低，反之亦然。所以最好将电池存放于低温、干燥的地方，尤其是在外出旅行时就更要注意保管好摄像机的电池，而且尽量避免将电池与一般的金属物品存放在一起，防止电池短路的发生；外出旅游时容易使电池变脏，那样可能会导致电池电量的"流失"，为了避免电量流失的问题发生，一定要注意保持电池两端的接触点和电池盖内部的清洁。如果电池的表面很脏，就要及时使用柔软、清洁的干布轻轻地擦拭电池表面，保持电池的清洁。

当电池长期不用时，最好把电池从数码摄像机上取出，因为此时即使数码摄像机被关掉，系统仍会使电池有一个低电流输出，这会缩短电池的使用寿命。长期保存时建议将电池部分放电，以便恢复电池的初始容量及放电性能。要注意避免完全放电，因为锂电池是一种低维持性电池，这种电池部分的放电比完全的放电更耐用，最好避免经常的完全放电，也就是说不要把电池用到摄像机自动关机为止，只要系统提示电量不足就应该及时充电。

3. 麦克风

摄像机上的麦克风分为内置、外置和无线 3 种。

（1）内置麦克风。

内置麦克风是指设置在数码摄像机内的麦克风，用作拍摄时录音。对于非专业使用的数码摄像机来说，很多麦克风都安装在机体里面，这样的好处是能节省空间，真正实现使用方便的理念，但是，内置麦克风可能会在录音的同时录下机器的转动声音，这些噪音在后期制作中很容易分辨，却很难分离和去掉。

（2）外置麦克风。

外置麦克风一般经常出现在相对比较专业的摄像机上。外置麦克风其功能和内置麦克风一样，外置麦克风可以避免录下机器转动的声音，上面的隔风层，还能减弱空气流过的影响。而对于专业的数码摄像机来说，通常使用的都是外置麦克风。

（3）无线麦克风。

索尼推出的蓝牙麦克风，采集拍摄场景环绕立体声的中心通道音频信息，从而获得更好的音频录制效果。蓝牙麦克风及配套的无线接收器与内置麦克风相配合，拍摄前先将蓝牙无线麦克风装在被拍摄的对象上，比如音乐会的歌手、联欢会演出的孩子等，然后将接收器安装在采用了索尼 AIS 配件插座的摄像机上，使用非常简单。

4. 接口类型

在数码摄像机上常用的接口有两种，一种是 IEEE1394 接口，使用转接线将数码相机与计算机连接，使用相应的采集软件，就可将 DV 带上的内容采集到计算机中；另一种是USB 接口，这主要是为了方便把存储卡上的内容下载到计算机中，如图 1-2 所示。

图 1-2 接口类型

5. 影像稳定器

数码摄像机的影像稳定器类似于数码相机的防抖功能。由于在拍摄过程中手抖会造成影像模糊，所以大多数数码摄像机具备防抖功能，使拍摄出来的影像更稳定。从防抖角度来说，数码摄像机的影像稳定器属于电子防抖，通过内置的感应器进行调整，修正上下左右抖动而产生的模糊像素。

数码摄像机影像稳定器的原理是：在光感器件（CCD 或 CMOS）捕获影像后，通过内置的感应器和软件对影像数据进行处理计算，通过总像素修正达到对影像进行修正的目的，保证在拍摄时得到更为清晰的高质量图像。

6. 通讯系统（Communication System）

在摄像过程中，摄像人员需要与导演及其他摄制人员相互配合，同时也需要知道所拍画面是否合乎需要，这些都离不开摄像机通讯系统的支持。

通信系统主要有：

（1）内部通话系统（Headphone IntercomSystem）。

内部通话系统专供控制室导演与摄像人员之间的联络。摄像人员通过它可以和导演进行通话。摄像机上通常都有一个三芯的对讲插座，可以插上既有话筒又有听筒的对讲耳机。

（2）演播指示系统（Tally）。

演播指示系统用于提醒摄像人员正确操作或按导演意图拍摄镜头内容。当某个摄像人员摄制的画面正被采用时，他所持摄像机寻像器里的演播指示灯将会亮。

（3）视频返送系统（Video Return）。

摄像机不仅能输出视频信号，也可利用寻像器监看从外部设备送入的信号，如其他机器拍摄的图像，或是特技台上已合成的图像等。

（4）录像启/停系统（VTR Start / Stop）。

便携式摄像机通常都能控制录像机的启动和停止。只要录像机上录、放、暂停 3 个钮被同时按下，就会处于录制待命状态，然后通过启停按钮来控制其工作与待命状态。

7. 摄像机电缆（Camera Cable）

摄像机与后级设备（如摄像机控制单元 CCU、特技发生器等）的连接大多使用多芯电缆；规格：2 米～100 米之间不等。通过电缆可传输摄像机输出的视频信号、音频信号以及摄像机遥控录像机启/停信号、返送视频信号、告警信号、内部对讲通话信号、CCU遥控摄像机的控制信号等。

8. 摄像机支撑系统（Camera Support System）

无论是手持摄像机还是肩扛式摄像机，在拍摄时会由于人本身的呼吸、心跳等因素，使所拍摄的镜头不稳定，尤其是使用长焦距镜头取景时，景物放得很大，人的微小晃动都会使画面图像产生较大的晃动和抖动。为了画面质量，给摄像机一个支撑系统是必要的，如图1-3所示为摄像支撑系统的几个设备。

（1）支撑系统：三脚架、移动车、基座、升降车等。

三脚架是用轻金属或木头制成的3条腿支架，其3条腿可各自伸缩来调整高度，以适于在高低不平的地面上架设。

把三脚架安放在有3个小脚轮的移动车上，就能在平滑的地面上水平转向任意方位，自由移动。移动车的另一种类型是轨道车，把三脚架放在车体的平板上随车体在轨道上移动。

基座相比三脚架来说较为笨重，但移动非常平稳，升高和降低摄像机也更为容易。在基座下除装有轮子以便移动外，还装有电缆保安架，以防止电缆因被碾轧、缠结而遭损坏。

升降车是大设备，它可把摄像机从低处移到布景上方高处，许多升降车也可以前后、侧面或沿弧线移动。有了升降车，影视节目的制作就更为灵活、方便，从而给拍摄工作提供了良好的条件。

（2）摇摄云台：可使摄像机在水平方向旋转、上下俯仰和水平与上下的复合移动。摇摄云台在使用前必须先进行调整。

摇摄云台的调整内容有：平衡、水平、横摇调整。

平衡调整方法：调松摇摄云台与摄像机连接的螺栓，前后移动摄像机，使其重心尽量落在云台的中心。带有滑动平台的云台，则只需调整滑动平台，即可达到平衡。

（3）摄像机托板：托板是便携式摄像机与云台适配的一块连接板。不同的摄像机所用托板的卡座方式均有差别，一般不能通用。

图1-3　摄像支撑系统设备

9. 记录介质

记录介质即数码摄像机用以储存视频和音频的介质，一般为磁带结构。因为数码视频和音频文件可以占去很多空间容量，所以一般以数字格式储存在磁带上。现在市面上常见的几种数码摄像机记录介质有 Mini DV、Micro MV、DVCAM。

（1）Mini DV 磁带。

以 Mini DV 为记录介质的数码相机，在数码摄像机市场上占有主要地位。它是通过 1/4 英寸的金属蒸镀带来记录高质量的数字视频信号。DV 视频的特点是影像清晰，水平解析度高达 500 线，可产生无抖动的稳定画面。DV 视频的亮度取样频率为 13.5MHZ，与 D1 格式的相同，为了保证最好的画质，DV 使用了 4：2：0（PAL）数字分量记录系统。

DV 录取的音频可以达到 48KHZ、16 比特的高保真立体录音，质量等同于 VCD 的音频效果，还可以降低音质，录制 32KHZ、12 比特的音频。

DV 带记录的数据，下载至电脑上，容量惊人，10 分钟的内容，未经压缩可以占去 2G 的空间，但是其画质也相当不错，如图 1-4 所示。

图 1-4　Mini DV 磁带

（2）Micro MV 磁带。

Micro MV 磁带俗称 MV 带，是索尼公司新开发的一种数字视频存储介质。它采用了 MPEG-2 的压缩技术，在不降低画面质量的前提下，能有效压缩影像的体积，节省空间。它所记录的音视频和 DV 没有区别，而在体积上显得更轻巧。

MV 带的体积大概是 DV 体积的 70%，使用 MV 带的数码摄像机自然在体积上也会减少。它的最大特点是通过内置的一块芯片，详细记录音视频在介质中的位置，方便用户回放和搜索，如图 1-5 所示。

图 1-5　Micro MV 磁带

（3）DVCAM 磁带。

DVCAM 格式也是由索尼公司在 1996 年开发的一种视音频储存介质，其性能和 DV 几乎一模一样，不同的就是两者磁迹的宽度，DV 磁带的磁迹宽度为 10 毫米，而 DVCAM 的磁迹宽度为 15 微米。由于记录速度不同，DV 是 18.8 毫米/秒，而 DVCAM 是 28.8 毫米/秒，所以两者在记录时间上也有所差别，DV 带是 60 分钟～276 分钟的影音，而 DVCAM 带可以记录 34 分钟～184 分钟。

在视频和音频的采录方面，DV 和 DVCAM 基本相同，记录码率均为 25Mbps，音频采用 48 kHz 和 32 kHz 两种采样模式，都可以通过 IEEE1394 线下载到电脑上进行非线性编辑，如图 1-6 所示。

图 1-6　DVCAM 磁带

（4）SD 卡。

SD 卡（Secure Digital Memory Card）是一种基于半导体快闪记忆器的新一代记忆设备。SD 卡由日本松下、东芝及美国 San Disk 公司于 1999 年 8 月共同开发研制。大小犹如一张邮票的 SD 记忆卡，重量只有 2 克，但却拥有高记忆容量、快速数据传输率、极大的移动灵活性以及很好的安全性，如图 1-7 所示。

图 1-7　SD 记忆卡

（5）索尼记忆棒。

索尼牌子的数码摄像机，使用的是记忆棒。这种记忆棒的尺寸是 50 mm×21.5 mm×2.8 mm。该记忆棒存储设备几乎可以在所有的索尼影音产品上通用。

记忆棒（Memory Stick）外形轻巧，并拥有全面多元化的功能。它的极高兼容性，为未来高科技个人电脑、电视、电话、数码照相机、摄像机和便携式个人视听器材提供新一代更高速、更大容量的数字信息储存设备。

使用存储介质的好处是能够快速地查找拍摄的图片，并且在 DV 带用尽的时候替代。通过 USB 连接，可以免去安装采集卡的麻烦。可是，毕竟模拟信号转成数字信号需要很大的容量，记忆棒上能记录的视频画质和分辨率大小并不理想，所以数码摄像机用户还是多配备几盒带子最为保险，如图 1-8 所示。

图 1-8　索尼记忆棒

1.1.4　变焦镜头工作原理

1. 对焦系统

所谓对焦系统，简单地说跟人眼的生理功能差不多，是一种模仿人眼功能的模块。对于数码摄像机来说，低端的数码摄像机均采用自动对焦系统，部分高端专业的摄像机采用手动对焦系统。

自动对焦技术是计算机视觉和各类成像系统的关键技术之一，在数码相机、数码摄像机等成像系统中有着广泛的用途。传统的自动对焦技术较多采用测距法，即通过测出物距，由镜头方程求出系统的像距或焦距，来调整系统使之处于准确对焦状态。随着现代计算技术的发展和数字图像处理理论的日益成熟，自动对焦技术进入一个新的数字时代，越来越多的自动对焦方法，基于图像处理理论，对图像有关信息进行分析计算，然后根据控制策略驱动电机，调节系统使之准确对焦。

一个典型的自动对焦系统应具备以下几个单元：成像光学镜头组、成像器件、自动对焦单元、镜头驱动单元。

成像光学镜头组包括光学滤波器、变焦透镜组和对焦透镜组；成像器件是 CCD（CMOS）数字式图像传感器，输出图像信息的数字量；自动对焦单元由 DSP 芯片作为核心器件，图像信息的采集、计算、控制策略的选择和控制信号的产生都在该单元中进行；镜头驱动单元包括步进电机及其驱动电路，该单元接受自动对焦单元的控制，驱动成像光学镜头组中的变焦透镜组和对焦透镜组进行位置调节，最终使图像传感器输出准确对焦的图像。自动变焦系统如图 1-9 所示。

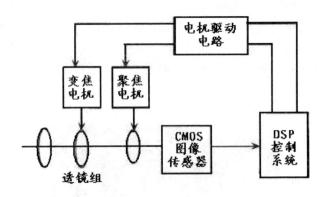

图 1-9　自动变焦系统结构图

2. 变焦镜头

摄像机的镜头可划分为标准镜头、长焦距镜头和广角镜头。以 16 毫米的摄影机为例，其标准镜头的焦距是 25 毫米，之所以将此焦距确定为标准镜头的焦距，其主要原因是这一焦距和人眼正常的水平视角（24 度）相似。在使用标准镜头拍摄时，被摄对象的空间和透视关系与摄像者在寻像器中所见到的相同。焦距 50 毫米以上称为长焦距镜头，16 毫米以下的称为广角镜头。摄像机划分镜头的标准基本与 16 毫米摄影机相同。

目前我国的影视摄像机大多只采用一个变焦距镜头，即从"广角镜头"到"标准镜头"以至"长焦距镜头"的连续转换，镜头的焦距可连续地任意变化。从最长焦距到最短焦距，可以开始于任何焦距长度，然后推入（焦距变长）、拉出（焦距变短），改变成像的大小和视场，使景物在视觉空间里移近或移远，而不需改变实际物距，从而给摄像操作带来了极大的方便。

3. 变焦工作原理

变焦镜头由许多单透镜组成。最简单的是由两个凸透镜组成的组合镜。现设定两个透镜之间的距离为 X，通过实践得知，只要改变两个凸透镜之间的距离 X 的长短，就能使组合透镜的焦距发生变化。这是变焦距镜头的最基本原理。但是，上述组合透镜的缺点是，当改变了 X 的距离后，不仅使焦距发生了变化，而且成像面的位置也会有所改变。为了使成像面的位置不变，还必须再增加几组透镜，并有规律地共同移动。因此，摄像机中的变焦距镜头至少要有 4 组组合透镜，即调焦组、变焦组、像面补偿组和移像组。

（1）调焦组：用于聚焦。拍摄时，先用特写进行聚焦后，可以保证变焦过程中的图像会始终保持清晰。

（2）变焦组：通过改变焦距达到改变视野的目的。

（3）像面补偿组：用以保证在改变前焦距（变焦）时后焦距不变，从而使成像平面不必前后移动。

（4）移像组：移像组又称中间接力镜组；它是固定镜组。由于分色棱镜的介入，靶面后移，用此镜组可保证成像面始终能清晰地落在受光面上。

变焦距镜头分别有一个最长焦距和最短焦距，最长焦距与最短焦距之比称为"变焦比"。一般变焦距镜头的型号中通常有两个相关联的数字，第一个数字表示变焦比，第二个数字表示最短焦距，如变焦范围在 9 毫米～126 毫米，其型号就标注为 14×9；反过来，如果一个镜头型号标有 90×30，则表明这个镜头具有 90 倍的变焦比，最短焦距是 30 毫米，最长焦距是 2700 毫米，也就是它的变焦范围是 30 毫米～2700 毫米。

1.1.5　感光器件工作原理

数码摄像机的感光器件也是数码摄像机感光成像的部件，能把光线转变成电荷，通过模数转换器芯片转换成数字信号。目前数码摄像机的核心成像部件有两种：一种是广泛使用的 CCD（电荷耦合）元件；另一种是 CMOS（互补金属氧化物导体）器件。

1. 什么是 CCD 元件

CCD（Charge Coupled Device）元件也叫电荷耦合器件图像传感器，它使用一种高感光度的半导体材料制成，能把光线转变成电荷，通过模数转换器芯片转换成数字信号，数字信号经过压缩以后由摄像机存储设备保存。CCD 由许多感光单位组成，通常以百万像素为单位。当 CCD 表面受到光线照射时，每个感光单位会将电荷作用在组件上，所有的感光单位所产生的信号加在一起，就构成了一幅完整的画面，如图 1-10 所示。

图 1-10　CCD 元件

CCD 和传统底片相比，更接近于人眼对视觉的工作方式。只不过，人眼的视网膜是由负责光强度感应的杆细胞和色彩感应的锥细胞分工合作组成视觉感应。CCD 经过长达 35 年的发展，大致的形状和运作方式都已经定型。CCD 的组成主要是由一个类似马赛克的网格、聚光镜片以及垫于最底下的电子线路矩阵所组成。目前有能力生产 CCD 的公司有：SONY、Philips、Kodak、Matsushita、Fuji 和 Sharp，大半是日本厂商。

CCD 尺寸越大，像素数越多，图像细节越丰富。广播挡摄像机多采用 2/3 英寸 CCD；摄像机水平清晰度越高，输出图像越清晰、细腻，目前摄录一体机、便携式摄像机、HDTV 摄像机的最高清晰度分别为 850、900、和 1200 线；信噪比越高，传输图像信号质量越高，目前最高信噪比为 63dB；最低照度越小，对拍摄环境照度要求越低，可以在较暗的照明条件下得到干净的图像，适应性越强。

2. CCD 的分层结构

CCD 的结构为 3 层，第一层是"微型镜头"，第二层是"分色滤色片"，第三层是"感光层"。

第一层"微型镜头"。

数码相机成像的关键是感光层，为了扩展 CCD 的采光率，必须扩展单一像素的受光面积。但是提高采光率的办法容易使画质下降。这一层"微型镜头"就等于在感光层前面加上一副眼镜。因此感光面积不再由传感器的开口面积而决定，而改由微型镜片的表面积来决定。

第二层是"分色滤色片"。

"分色滤色片"目前有两种分色方式，一种是 RGB 原色分色法，另一种则是 CMYK 补色分色法，这两种方法各有利弊。首先，了解一下两种分色法的概念，RGB 即三原色分色法，几乎所有人类眼睛可以识别的颜色，都可以通过红、绿和蓝来组成，而 RGB 三个字母分别就是 Red，Green 和 Blue 的第一个字母，这说明 RGB 分色法是通过这 3 个通道的颜色调节而成。CMYK 是由 4 个通道的颜色配合而成，分别是青（C）、洋红(M)、黄(Y)、黑(K)。在印刷业中，CMYK 更为适用，但其调节出来的颜色不及 RGB 的种类多。

原色 CCD 的优势在于画质锐利，色彩真实，但缺点则是噪声问题。因此，一般采用原色 CCD 的数码相机，在 ISO 感光度上多半不会超过 400。相反，补色 CCD 多了一个 Y 黄色滤色器，在色彩的分辨上比较仔细，但却牺牲了部分影像的分辨率，而在 ISO 值上，补色 CCD 可以容忍较高的感光度，一般都可设定在 800 以上。

第三层"感光层"。

感觉层主要是负责将穿过滤色层的光源转换成电子信号，并将信号传送到影像处理芯片，将影像还原。

3. CMOS 器件

CMOS（Complementary Metal-Oxide Semiconductor）器件也叫互补性氧化金属半导体。CMOS 和 CCD 一样同为在数码摄像机和数码相机中可记录光线变化的半导体。CMOS 的制作技术和一般计算机芯片没什么区别，主要是利用硅和锗两种元素所制成的半导体，使其在 CMOS 上共存着带 N（带–电）和 P（带+电）级的半导体，这两个互补效应所产生的电流可被处理芯片记录和解读成影像。然而，CMOS 的缺点就是太容易出现杂点，主要是因为早期的设计使 CMOS 在处理快速变化影像时，由于电流变化频繁产生热引起的。

4. 两种感光器件的不同之处

由两种感光器件的工作原理可以看出，CCD 的优势在于成像质量好，但由于制造工艺复杂，只有少数的厂商能够掌握，导致制造成本居高不下，特别是大型 CCD，价格非常高昂。

在相同分辨率下，CMOS 价格比 CCD 便宜，但是 CMOS 器件产生的图像质量相比 CCD 来说要低一些。到目前为止，市面上绝大多数的消费级别以及高端数码相机都使用 CCD 作为感应器；CMOS 感应器则作为低端产品应用于一些摄像头上，是否具有 CCD 感应器变成了人们判断数码摄像机和数码相机档次的标准之一。

CMOS 针对 CCD 最主要的优势就是不像由二极管组成的 CCD 那样费电，CMOS 电路几乎没有静态电量消耗，只有在电路接通时才有电量的消耗。这就使得 CMOS 的耗电量只有普通 CCD 的 1/3 左右，这有助于改善人们心目中数码相机是"电老虎"的不良印象。CMOS 主要问题是在处理快速变化的影像时，由于电流变化过于频繁而过热。暗电流抑制得不好就很容易出现杂点。

此外，CMOS 与 CCD 的图像数据扫描方法有很大的差别。例如，如果分辨率为 300 万像素，那么 CCD 传感器可连续扫描 300 万个电荷，扫描的方法很简单，就像把水桶从一个人传给另一个人，并且只有在最后一个数据扫描完成之后才能将信号放大。CMOS 传感器的每个像素都有一个将电荷转化为电子信号的放大器。因此，CMOS 传感器可以在每个像素基础上进行信号放大，采用这种方法可节省任何无效的传输操作，所以只需少量能量消耗就可以进行快速数据扫描，同时噪音也有所降低。

5. 影响感光器件的因素

对于数码相机来说，影像感光器件成像因素主要有两个方面：一是感光器件的面积；二是感光器件的色彩深度。

感光器件面积越大，成像越大，相同条件下，就能记录更多的图像细节，各像素间的干扰也小，成像质量越好。但随着数码相机向时尚小巧化的方向发展时，感光器件的面积也只能是越来越小。

除了面积之外，感光器件还有一个重要指标，就是色彩深度，也就是色彩位，即用多少位的二进制数字来记录 3 种原色。

6. 3CCD 影像感应器

3CCD 影像感应器以特制的光学棱镜，能将光源分成红、绿、蓝三原色光，这三原色光分别经过三块独立 CCD 影像感应器处理，颜色的准确程度及影像素质比使用一块 CCD 影像感应器大为改善。可以说，单 CCD 和 3CCD 的区别在于两者的取光。数码摄像机所拍摄到的影像，是通过光所产生的。光是由原色构成的，这三种原色分别为红色、绿色及蓝色。而所谓 3CCD 的数码摄像机是通过特有的三棱镜把光线分解为 3 种颜色（红、绿、蓝），然后经过三块独立的 CCD 影像感应器处理。确保达到高分辨率及精确的色彩重现效果。而现市面上大部分都是单 CCD 摄像机，即通过 4 种辅助颜色把色彩重现。但从辅助颜色转化成原色必须通过数码摄像机进行演绎，而演绎的过程却会导致色彩误差。但是 3CCD 影像感应器几乎可以原封不动地显示影像的原色，所以不会因经过摄像机演绎而出现色彩误差的情况。

单 CCD 和 3CCD 几乎可以作为划分"专业"和"非专业"数码摄像机的标志。理论上3CCD 的成像和感光度都要比单 CCD 优秀。除了 CCD 的个数外，在选择数码摄像机时，还应该注意感光器件尺寸的大小。

1.2　摄像机的种类与性能指标

以前摄像机的种类很少，现在种类繁多，市场上可以购买到适合不同影视节目类型和不同制作场所的各种各样的摄像机，而且新型的电子技术使得摄像机功能强大，并且操作简单方便。

1.2.1　摄像机的分类

由于厂商繁多，故摄像机的种类就变得五花八门。模拟时代的摄像机一般按质量档次、使用场合和光谱特性进行分类。

1. 按质量档次分类

最常见的分类方法就是按质量档次。例如，为电视台专用的就是广播级别的，企业、事业和学校用的就是专业级别的，一般家庭使用的就是家用级别的。

（1）广播级摄像机。

广播级摄像机是一种高质量的摄像机，体积大、重量重，常用于电视台或节目制作中心。这种摄像机使用的是优等的镜头、摄像器件和电路，并有自动校正电路，使摄像机在不利的灯光条件下也能拍摄出较好的彩色图像。广播级摄像机一般来说价格都很昂贵。

（2）专业级摄像机。

用专业级摄像机就可以拍出直观、质量不错的图像，一般用于小型电视台、企事业单位和学校电化教育等领域。通常由摄像机操作人员扛着或安装在一个简单的三脚架上面。在这种摄像机里包含有从广播级到家用级整个摄像机系列主要操作部分。家用型号的一些自动特性，如自动曝光，被结合进了专业的摄像机，这些特性使得在剧烈变化的拍摄条件中不用调节摄像机就可以制作出可接受的图像质量。

（3）家用级摄像机。

家用级摄像机定位于家庭使用，除了价廉外，还具有小型化和自动化程度高两个显著特点，体积小、重量轻，所以在使用时单手操作就可以完成拍录工作。一般家用摄像机重量都在 2 千克以下，最轻者只有 590 克左右，几乎与普通照相机相仿，拍摄和携带都很方便。由于家用摄像机采用了微型计算机技术，使得摄像机的功能十分全面，几乎实现了自动调整和自动控制。家用摄像机比广播级专业摄像机价格低得多。

2. 按使用分类

若按传统使用方法分类，摄像机有专用于演播室内的座机式和用于外景地拍摄的携带式两类。事实上，专业级以上的摄像机中，携带式的也适用在演播室内使用，只要配有摄像机与系统相连的控制单元（CCU）即可通用。

（1）座式摄像机。

座式摄像机的体积较大，比较笨重。一般需要两个人携带并安装在底座或三角架上才能操作。大部分情况用于演播室内，但也经常用于现场转播时拍摄相对固定的画面。这类机器都是广播档次的。

（2）携带型摄像机。

携带型摄像机的体积较小，重量轻，主要应用于电子新闻采访和电子现场制作。携带型摄像机由于使用环境不同，需适应色温的多样化，因而内装有容易转换的色温校正滤光镜。携带型摄像机有手持式和肩扛式之分。这类机器大多属于专业档次或广播档次。

3. 按拍摄光谱分类

常见的摄像机是属于可见光谱类的摄像机，在探矿、医疗等人眼无法涉及的领域，也使用一些不可见光谱的摄像机。依光谱分类的摄像机有黑白摄像机、彩色摄像机、红外线摄像机和 X 光摄像机等。

（1）黑白摄像机。

黑白摄像机属于单色机，只用一个摄像器件。目前，黑白摄像机的生产已大为减少，不再用它来制作影视节目。即使在演播室中做键控字幕使用的黑白摄像机也改用 2/3 英寸等小型光导摄像管或 CCD 芯片。但是，在工业、交通、银行等地使用的闭路监视用摄像机，由于对颜色分辨率的要求不高，所以仍然可以使用此类摄像机。

（2）彩色摄像机。

早期的彩色摄像机又可以分为单管（片）、双管（片）和三管（片）机。在单管机中，由于采用的是在靶面上加滤色条以获得基色图像的，故降低了灵敏度和信噪比，彩色清晰度也低，相反对照度要求却较高。三管机的质量好，没有单管机的这些问题，但价格要相对昂贵，双管机介于两者之间。

（3）红外线摄像机。

红外线摄像机可将人眼看不见的红外线转变成电信号，输送到监视器上，即可看到红外光谱的图像。不过这种图像只是黑白的。由于 CCD 芯片对红外线比较敏感，所以用 CCD 摄像器件做成的红外线摄像机可用于一些特殊的场合。

（4）X 光摄像机。

X 光摄像机可以得到 X 光谱的图像，一般使用在医学方面等。

1.2.2　数字摄像机的类型及特点

数字处理摄像机是在 CCD 器件的基础上发展起来的。1989 年，日本松下公司推出了世界上第一部数字处理摄像机 AQ-20 时，曾经引发了一场议论。有人认为，在当时的条件下，模拟处理摄像机的功能已经达到很完美的程度，似乎没有必要采用数字处理的方法。然而，经过了近十年的实践，事实证明数字处理具有模拟处理无法比拟的独特优点。现在新推出的摄像机，毫无例外都是数字处理的摄像机。

随着数码摄像机存储技术的发展，目前市面上数码摄像机依据记录介质的不同可以分为以下几种：Mini DV（采用 Mini DV 带）、Digital 8 DV（采用 D8 带）、超迷你型 DV（采用 SD 或 MMC 等扩展卡存储）、专业摄像机（摄录一体机）（采用 DVCAM 带）、DVD 摄像机（采用可刻录 DVD 光盘存储）、硬盘摄像机（采用微硬盘存储）和高清摄像机（HDV）。

1. Mini DV

以 Mini DV 为记录介质的数码摄像机在市场上占有主要地位。DV 格式是一种国际通用的数字视频标准，它最早在 1994 年由 10 多个厂家联合开发而成，是通过 1/4 英寸的金属蒸镀带来记录高质量的数字视频信号。DV 视频的特点是影像清晰，水平解析度高达 500 线，可产生无抖动的稳定画面。

DV 真正实现了个人影像普及化的概念，拥有 DV 的人，轻易地可以制造自己的电影和音像制品。使用 IEEE1394 线与电脑相连，把 DV 上音视频转化为数字格式，在电脑上进行非线性编辑。DV 转录个人电脑的视频文件为 AVI 格式，未经压缩的 AVI 格式非常大，通常 10 分钟的 AVI 格式就会占用 2G 的空间。但是图像和声音效果很出色，可以录制 DVD 格式，或者转录 DV 带和家庭录像机的 VHS 格式，如图 1-11 所示为 Mini DV 摄像机。

图 1-11　Mini DV 摄像机

2. Digital 8

Digital 8 与 DV 带一样，拥有 500 线水平解像度以上的画质，所以质量上比旧式摄像机要好。而 Digital 8 使用的磁带与 DV 带不同的是，它采用了 8 毫米的金属磁带，比 DV 带的磁带要粗，而且 Digital 8 兼容旧式的 8 厘米磁带，灵活性和适应性显得更高。

D8 磁带的体积只有家庭录像带的 1/5 大小，尺寸为 15 mm×62.5 mm×95 mm。它与 Hi8 和 V8 录像带通用，只不过 D8 磁带里能储存的是数字信号，所以水平清晰度能达到 500 线，如图 1-12 所示为 Digital 8 摄像机。

图 1-12　Digital 8 摄像机

3. CMOS 迷你型摄像机

CMOS 的英文学名为互补金属氧化半导体，CMOS 迷你型摄像机和 Mini DV 的区别是感光器件和存储介质的不同，采用 CMOS 感光器件的摄像机在成像质量上不如采用 CCD 感光器件的摄像机。但是，它比 CCD 感光器件价格低，节省电源。在存储介质方面，超迷你型摄像机主要采用存储卡，最常见的是 SD 和 MMC 卡来代表 DV 带来存储。因此，装备了 CMOS 的数码摄像机一般价钱比较便宜，体型小巧，属于低端产品，成像质量不高。因为体积小巧，所以多数没有光学变焦功能。

CMOS 迷你摄像机采用的记录介质一般为媒体卡，而记录的文件格式为压缩格式。录音系统属于双声道录音，具备静态拍摄功能。这类摄像机比起 DV 还要显得轻巧很多。图 1-13 为 CMOS 迷你摄像机。

图 1-13 CMOS 迷你摄像机

4. 专业摄像机

专业摄像机指的是摄像机中摄录放一体的产品，又被称为 DVCAM。DVCAM 格式是由索尼公司在 1996 年开发的一种视音频储存介质，其性能和 DV 几乎一模一样，不同的是两者磁迹的宽度，DV 的磁迹宽度为 10 微米，而 DVCAM 的磁迹宽度为 15 微米。由于记录速度不同，DV 是 18.8 毫米/秒，而 DVCAM 是 28.8 毫米/秒，所以两者在记录时间上也有所差别，DV 带是 60 分钟～276 分钟的影音，而 DVCAM 带可以记录 34 分钟～184 分钟。

在视频和音频的采录方面，DV 和 DVCAM 基本相同，记录码率为 25 Mbps，音频采用 48 kHz 和 32 kHz 两种采样模式，都可以通过 IEEE1394 线下载到电脑上进行非编剪辑。

目前，能用 DVCAM 的机器只有索尼公司的几个型号，加上 DV 和 DVCAM 的水平解像度相同，画质无异，DVCAM 在市场上还不算普及，如图 1-14 所示为专业摄像机。

图 1-14 专业摄像机

5. DVD 数码摄像机

DVD 数码摄像机（光盘式 DV）的存储介质是采用 DVD+RW 来存储动态视频图像的。对于普通家庭用户来说，不仅需要操作简单、携带方便，拍摄中不用担心重叠拍摄，更不用浪费时间去倒带或回放。DVD 数码摄像机拍摄后可直接通过 DVD 播放器即刻播放，省去了后期编辑的麻烦，哪怕不太懂得 PC 相关知识也同样可以玩转 DVD 数码摄像机。鉴于 DVD 格式是目前最通用的兼容格式，DVD 数码摄像机因此也被认为是未来家庭用户的首选，如图 1-15 所示为 DVD 数码摄像机。

图 1-15　DVD 数码摄像机

6. 硬盘摄像机

所谓硬盘摄像机，就是采用硬盘作为存储介质的数码摄像机，因为有别于以往使用 Mini DV 磁带或 8cm DVD 光盘作为存储介质的摄像机而得名。

硬盘摄像机具备很多优点，尤其外出拍摄时不用再携带大量 Mini DV 磁带或 DVD 光盘。大容量硬盘摄像机能够确保长时间拍摄，外出旅行拍摄不会有任何后顾之忧。回到家中向电脑传输拍摄素材，仅需应用 USB 连线与电脑连接，就可轻松完成素材导出，使普通家庭用户可轻松体验拍摄、编辑视频影片的乐趣。

微硬盘体积和 CF 卡一样，卡槽可以和 CF 卡通用，相比磁带及 DVD 光盘来说，体积更小，使用时间上也是众多存储介质中最可观的。微硬盘采用比硬盘更高技术来制作，这样保证了其使用寿命，可反复擦写 30 万次。在用法上，只需要连接电脑，就能通过 DV 或者读卡器将动态影像直接拷贝到电脑上，省去了 Mini DV 采集的麻烦。

当然，由于硬盘式 DV 产生的时间并不长，还存在许多不完善之处，如怕震、价格高等。从目前来看，硬盘式数码摄像机更适合那些有大量拍摄需求、且懂得如何保护硬盘和熟悉 PC 的人群。随着价格的进一步下降，未来需求必然会增加，如图 1-16 所示为硬盘式数码摄像机。

图 1-16 硬盘式数码摄像机

7. 高清摄像机

2003 年，由索尼、佳能、夏普、JVC4 几家公司联合宣布了 HDV 标准。2004 年，索尼发布了全球第一部民用高清数码摄像机 Handy cam HDR-FX1E，这是一款符合 HDV1080i 标准的高清数码摄像机，从此拉开了高清数码摄像机（HDV）普及的序幕。

何谓高清？当你在广告中看到数字电视机时，总会说支持 1080i/720p 标准。1080i 和 720p 都是在国际上认可的数字高清晰度电视标准。其中字母 i 代表隔行扫描，字母 p 代表逐行扫描，而 1080、720 则代表垂直方向所能达到的分辨率，1080i 是目前较高规格的家用高清信号格式。人们常说的数字高清晰度电视，就是指在拍摄、编辑、制作、播出、传输、接收等一系列电视信号的播出和接收全过程都使用数字技术。数字高清晰度电视是数字电视（DTV）标准中最高级的一种，简称为 HDTV。它的水平扫描行数为 720 行以上，屏幕宽高比为 16：9，并且采用多通道传送。HDTV 的扫描格式共有 3 种，即 1280×720p、1920×1080i 和 1920×1080p，我国采用的是 1920×1080i/50Hz。

HDV 标准的概念是要开发一种家用便携式摄像机，它可以方便录制高质量、高清晰的影像。HDV 标准可以和现有的 DV 磁带一起使用，以其作为记录介质。这样，通过使用数字便携式摄像机，可以降低开发成本，提高开发效率。高清晰度数码摄像机可以保证"原汁原味"，播放录像时不降低图像质量。按照该标准，可以在常用的 DV 带上录制高清晰画面，音质也更好。采用该标准摄像机拍摄出来的画面可以达到 720 线的逐行扫描方式（分辨率为 1280×720）以及 1080 线隔行扫描方式（分辨率 1440×1080），如图 1-17 所示为索尼 HC1E 高清晰度摄像机，该机采用了 1080 线隔行扫描方式。

图 1-17   高清晰度摄像机

1.2.3   摄像机的性能指标

1. 灵敏度

灵敏度是在标准摄像状态下，摄像机光圈的数值。灵敏度越高，在同样环境下拍摄的图像越清晰、透彻，层次感越强。摄像机的高灵敏度使景深加深，并能得到满意的聚焦，可以在最快的快门速度下拍摄，也可以在一定的光线下进行拍摄。

标准摄像状态指的是，灵敏度开关设置在 0DB 位置，反射率为 89.9% 的白纸，在 2000Lx 的照度，标准白光（碘钨灯）的照明条件下，图像信号达到标准输出幅度时，光圈的数值称为摄像机的灵敏度。通常灵敏度可达到 F8.0，新型优良的摄像机灵敏度可达到 F11，相当于高灵敏度 ISO-400 胶卷的灵敏度水平。

在摄像机的技术指标中，往往还提供最低照度的数据。在选择时，这个数据更为直观，所以具有一定的价值。最低照度与灵敏度有密切的关系，它同时也与信噪比有关。最新摄像机的最低照度指标是光圈在 F1.4，增益开关设置在 +30DB 档，则最低照度可以达到 0.5Lx。在弱光条件下使用时，可以选择低照度的摄像机。这样，在外出摄像时，可以降低对灯光的要求，甚至在傍晚肉眼看得不清楚的环境下，不用打光，也能拍摄出可以接受的图像。演播室应用的场合，利用高灵敏度的摄像机，可以降低对演播室光照的要求。降低演播室内的温度，改善演职人员的工作条件，降低能源消耗，节约制作经费。

2. 分解力

分解力又称为清晰度，就是在水平宽度范围内，可以分辨多少根垂直黑白线条的数目，例如，水平分解力为 500 线，就是在水平方向垂直分辨的最高能力，即相邻距离为屏幕宽度的 1/500。目前高档的业务级摄像机能够达到的水平分解力是 800 线。有的摄像机采用像素错位技术，号称清晰度达到 850 线。实际上，片面追求很高的分解力是没有意义的。由于电视台中的信号处理系统，以及电视接收机中信号处理电路的频带范围有限，特别是录像机的带宽范围限制，即使摄像机的分解力很高，在信号处理过程中也要遭受损失，最终的图像不可能显示出这么高的清晰度。对于两部摄像机来说，在调制度相同的条件下，分解力越高，则质量越好。摄像机的垂直清晰度主要取决于扫描行数和形式。因此，对于摄像机的垂直清晰度不必加以考虑。

3. 信噪比

表示在图像信号中包含噪声成分的指标。在显示的图像中，表现为不规则的闪烁细点。噪声颗粒越小越好。信噪比的数值以分贝（DB）表示。摄像机的加权信噪比如果达到 65DB，用肉眼观察，已经不会感觉到噪声颗粒的存在。

摄像机的噪声与增益的选择有关。一般摄像机的增益选择开关应该设置在 0DB 位置进行观察或测量。在增益值提升时，噪声自然增大。有时，为了明显地看出噪声的效果，可以在增益提升的状态下进行观察，对不同的摄像机进行对照比较，以判别优劣。

噪声还和轮廓校正有关。轮廓校正在增强图像细节轮廓的同时，使得噪声的轮廓增强，同时噪声的颗粒也增大。在进行噪声测试时，通常应关掉轮廓校正开关。

所谓轮廓校正，是增强图像中的细节成分，使图像显得更清晰，更加透明。如果去掉轮廓校正，图像就会模糊。早期的轮廓校正只是在水平方向进行轮廓校正，现在采用数字式轮廓校正，水平和垂直方向可以同时校正，所以，其效果更为完善。但是轮廓校正也只能达到适当的程度，如果轮廓校正量太大，则图像将显得生硬。此外，轮廓校正的结果将使得人物的脸部斑痕变得更加突出。因此，新型的数字摄像机设置了在肤色区域减少轮廓校正的功能，这是智能型的轮廓校正。这样，在改善图像整体轮廓的同时，又保持了人物的脸部显得比较光滑，改善了演员的形象。

灵敏度，分解力，信噪比统称为摄像机的三大指标。是摄像机最重要的技术指标。

4. 工作亮度

工作亮度是指摄像信号达到规定要求时对基本照度强度的规定。工作亮度可以包括最低照度和灵敏度两方面的含义，最低照度是指当该摄像机的光圈指数为最小（如 F=1.4，视频信号质量约 30dB）时所需要的照度量。显然这个数字越小越理想。灵敏度则指当在标准亮度（如 2000Lx，F=8）时图像的信噪比达到标准以上的要求。对比度范围（反差比）与工作亮度密切相关。

5. 对比度范围（反差比）（Contrast Range）

对比度范围一般常用亮度的对比度系数来表示。在通常情况下不超过 20：1，也就是说景物最亮部分不超过最暗区域的 20 倍。如果超过这一范围，摄像机拍摄的画面再现这一景物的明暗细节就会有困难了。另外可以通过灯光照明来控制景物明暗的对比度。在室外，阳光下与背荫处的亮度相差很大，对比度范围也很大，较难控制。有条件的可用灯光或反光板对暗处进行补光。

6. 几何失真（Geometric Distortion）

几何失真就是画面中出现的横线不平，竖线不直，圆形不圆等状况。几何失真与光学系统以及摄像管的扫描偏转电路有关。CCD 摄像机因为没有偏转电路，只要芯片做得好，若不考虑镜头的话，机器本身是没有几何失真的（几何失真分为桶形失真、枕形畸变、弯曲、偏斜和线性失真等）。

7. 重合误差（Registration）

对于三管机来说，3 个摄像管所摄的图像必须准确地重合在一起才能得到清晰度高、颜色逼真的电视图像。但由于 3 个摄像管不可能做得完全相同，所以会有一些重合误差。重合误差一般用红路（或蓝路）相对于绿路的偏移量与屏幕高度的百分比来表示。

8. CCD 的类型和规格

CCD 是一种半导体器件，每一个单元是一个像素。摄像机的清晰度主要取决于 CCD 像素的数目。一般来说，尺寸越大，包含的像素越多，清晰度就越高，性能也就越好。在像素数目相同的条件下，尺寸越大，则显示的图像层次越丰富，在可能的条件下，应选择 CCD 尺寸大的摄像机，当然价格也就越贵。高级摄像机的像素可能达到 60 多万个。在高清晰度摄像机中使用的 2/3 英寸 CCD 器件，像素数目甚至高达 200 万个。根据摄像机内使用 CCD 的数目，分为单片 CCD 和三片 CCD 两种，电视台使用的摄像机一般都是具有三片 CCD 的摄像机。RGB 分别各由独立的 CCD 进行成像。比较低档的摄像机也可能采用单片 CCD，单片式摄像机只用一片 CCD 器件处理 RGB 三路信号，其价格比较低廉，相应于彩色重现能力比较差。此外，高级的摄像机也可以使用 4 片的 CCD。除了 RGB 外，还专门使用一片 CCD 产生 Y 信号，以提高处理精度。

9. 灰度特性

自然界的景物具有非常丰富的灰度层次，无论是照片、电影、电视还是绘画，都无法绝对真实地重现自然界的灰度层次。因此，灰度级的多少只是一个相对概念。由于显像管的发光特性具有非线性，在输入低电压区域中，发光量的增长速度缓慢，随着输入电压增大，发光效率逐渐增大。然而，摄像器件的光电转换特性却是线性的（电真空摄像管和 CCD 器件都是如此），因此，必须在电路中进行伽玛校正。实际上是从显像管的电光变换特性反过来来推算伽玛校正电路应该具有的校正量。要想获得良好的图像灰度特性效果，主要的措施是必须准确地调整好摄像机的伽玛特性。

在室内观察，图像中最低亮度与最高亮度之比在 1：20 的范围内是适当的。如果这个比例太大，长时间观看，容易产生视觉疲劳。在这个范围内，灰度层次在 11 级左右，可以获得满意的观看效果。

10. 动态范围和拐点特性

摄像是在强光照明条件下，或者是在太阳光下进行的，有时某些反射体反射出特别明亮的光点，摄像机将产生特别强的信号，如果不加以限制，在电路处理过程中，信号可能遭受限幅，也就是说，受到白切割。在显示的图像中，将出现一块惨白，没有层次的部分，影响了图像的视觉效果。在电路处理中，是将超亮部分进行逐步压缩，使得在后续处理中不会出现白切割，在图像中的超亮部分保留一定程度的层次，则可以大大改善图像的视觉效果。这种未压缩的输入信号与压缩后输出信号的幅度关系曲线中，表现为在高幅值位置出现曲线的拐点，这就是拐点处理。摄像机能够处理输入光通量超过正常最大光通量的比例，是摄像机的动态范围。现在，优良摄像机的动态范围可以达到 600％。

11. 量化比特数

量化比特数也称数/模转换比特，该比特数越大，传输质量越好。高比特量化可使量化噪声更小，有更多的量化级别，对电平分析更准确，动态扫描范围更大。数字摄像机输出的信号质量要达到 ITU-R601 演播室数字信号编码规定的最低要求是用 8b 量化，目前 A/D 变换比特数已提高到 12b。数字摄像机的核心部分，采用低功耗大规模集成电路数字处理，具有较小的噪波、更好的色彩还原和绝佳的对比度，目前多为 10b 数字信号处理，最大值为 30b。数字处理比特数越大，对图像细节处理得越好，可增强自然细节，消除斑点噪声，准确地再现暗部和高光部分的色彩，量化噪声降低，信噪比提高。真正的全数字化摄录一体机，采用了全数字化处理技术，从摄像到录像实现数字分量传输和数字记录，其信号一直保持数字形式。这样才会有较高的图像质量和自然、流畅的画面，从而避免模/数和数/模多次转换所引起的信号损失。

12. 中性滤色片

在强光的情况下，由于自动光圈的作用，光圈会变得很小，产生的图像会显得比较生硬。新型摄像机有时设置多个中性滤色片，滤色片的作用是减少光通量，使用适当的中性滤色片，使得自动光圈张大，图像就会显得比较柔和，提高了电视图像的总体效果。

13. 镜头的选择

现代摄像机都使用变焦距镜头。应该根据实际使用的场合，选择不同变焦范围的镜头。如果用于摄取会议画面，通常必须选择短焦距的变焦镜头，则有利于摄取广角画面。如果用于摄取室外画面，进行远距离摄像，例如，摄取野生动物的镜头，或需要进行远距离偷拍时，宜选择长焦距的变焦镜头。还可以选择适当的远摄倍率镜或广角倍率镜。对于 ENG 使用的镜头，广角镜头的焦距可以做到小于 4.8 毫米（镜头型号 A10×4.8BEVM-28）。对于具体的摄像机，成像大小取决于 CCD 的尺寸，像距也是确定的，因此，根据最短焦距可以计算出摄像的张角。最短焦距在 4.8 毫米时，摄像的张角约在 85°～90°之间（与 CCD 的尺寸有关）。望远镜头的焦距可以做到大于 700 毫米（镜头型号 A36×14.5BERD-R28）。有时，一部摄像机可以备用两种或多种镜头，根据实际使用的需要，可以在适当的时候，更换相应的镜头。还有一种称为鱼眼附加器的镜头装置，很适合于某些特定场合（例如偷拍）时使用。镜头的另一个重要参数是最大相对孔径，相对孔径越大，则失真越小，光的利用效率就越高。优良的大口径镜头，不仅在中心区域有很高的分辨力，而且在边缘区域，也具有很高的分辨力、较小的图像和彩色失真。

彩色还原能力也是摄像机的一个重要特性。但是它难以用测试指标来说明，一般的摄像机厂商也没有提供关于该性能的指标数据，通常可以根据实际观察效果，通过比较进行判断。

14. 音频技术指标

大部分的数码摄像机的音频录制系统为 PCM 立体数码录音系统，可选择 12 比特（录音频率为 32KHz，双声道）和 16 比特（录音频率为 48KHz，双声道）两种不同模式进行录音。16 比特的清晰度要高于 12 比特，而且 16 比特的录音效果可以模拟高音质的 CD。在数码摄像机进行录音时，PCM 录音系统可以 5 倍的压缩率进行声音采集，并以数字形式储存在 DV 带上。

PCM 即为脉冲编码调制的总称，在模拟信号数字化的时候，有 3 个步骤：

（1）连续采样：把离散幅度连续的信号离散化。

（2）量化：把幅度连续的信号转换为幅度离散信号。

（3）编码：按照一定的规律，把时间幅度离散的信号用一一对应的二进制或者多进制代码表示。

1.2.4 数字摄像机的评价

1. 数字处理摄像机的优势

（1）适合于使用计算机处理。

在现代数字处理摄像机中，普遍采用了微处理机（MCP）作为中心处理元件，实现控制、调整、运算等功能，并且采用了多种专用的大规模集成电路，使得摄像机的处理能力，自动化功能能力获得极大增强。

（2）简化调整机构和调整方式。

模拟摄像机大多数采用调整元件（电位器、可调电容、线圈等）进行调整，许多摄像机的调整元件位于电路板上，因此，必须打开外壳才能实现调整操作，非常不方便。模拟处理摄像机一旦调整失误，恢复到原来的状态十分困难，因此，模拟处理摄像机的调整工作一般由经验丰富的技术人员进行，即便如此，也必须慎重行事，否则，要恢复到原来的状态，将是一件非常麻烦的事情。

数字处理摄像机采用菜单显示，由按键进行增减调整。这样，从用户的角度来看，本来必须由熟练的技术人员进行认真调整的工作，现在，一般的技术人员，甚至摄像人员也能够进行调整。调整好的数据以文件的形式保存在存储器中，如果对于调整好的数据不够满意，可以调出机器出厂时的标准设置，因此不必担心因为经验不足而把数据调乱。操作者完全可以放心大胆地进行反复调整，以获得满意效果。

（3）可以实现精确、细致的调整。

从本质上看，数字处理摄像机对于信号进行了变换，将原来的模拟信号变换为 0、1 代码表示的数字信号。这样，数字处理摄像机所处理的是数字信号，而不是模拟的信号本身。数字信号具有以下主要特性：

● 模拟信号在处理和传输的过程中，难免产生失真和噪声，一旦产生了失真和噪声，降低了信号的质量，就很难恢复；而数字信号具有很强的稳固性，在存储和传输过程中，不易产生失真。在数字领域，可能出现的问题是误码，采取一定的措施，例如，通过信道编码，采用前向纠错的方法，可以有效地克服误码。当然，在电路设计时，还是应该谨慎小心，不应让系统接近崩溃区域，应该在适当的时候进行信号再生。否则，误码大得超出纠错的能力范围，将一发不可收拾。但是，经过正确设计，这种局面完全是可以避免的。

模拟处理的本质是信号复制，因而伴随着信号失真，数字处理的本质是信号再生，因此可以准确重现无噪声和失真的信号。

- 模拟信号很难对特定的某一段幅度或者频率特性单独进行调整。为了调整其中的某一段特性，可能引起其他部分特性的改变。再者如果需要几种参数配合调整，就显得非常困难；在数字处理时，可以对信号的某一部分特性单独进行调整，例如，单独进行伽玛校正调整和拐点调整；对于某一段频率，或者对于某一段幅度电平单独进行调整，并保持其他部分信号的特性不会改变。此外，还可以将某几项调整结合在一起，相互关联，进行配合调整，例如，在应用过程中，往往需要对于色度、对比度、亮度等结合进行相关配合的调整。在模拟条件下，几乎是做不到的事情，在数字条件下，可以比较容易实现。

有人说在数字领域，只有想象不到的功能，没有实现不了的功能。实际情况也是如此，只要是合理的想法，数字技术都有能力予以实现。即使当时的计算能力尚有困难，但是，随着算法、存储和计算速度等技术的发展，终究能够得以实现。

- 处理精度高，对于 10 比特的量化，可以区分为 1024 个电平等级进行调整，高档的摄像机可以实现 12 比特和 14 比特，相当于 4096 和 16384 电平等级，甚至更高级别的处理。要进行如此精细的调整，模拟的处理方法是无能为力了。

2. 数字处理摄像机有待解决的问题

（1）变换损失。

从摄像机的摄像器件（无论是摄像管或 CCD）开始，产生的信号都是模拟信号。经过一系列的处理和传输以后，在显像管上显示图像时，仍然必须采用模拟信号。由此可知，所谓数字处理，首先是将模拟信号变换为数字信号（ADC），只是在中间的处理和传输过程中，注意采用数字信号的形式，最终，仍需将数字信号变换为模拟信号（DAC）。模数变换和数模变换将产生量化误差失真。在信号处理过程中，必须经过各种运算，在运算过程中会产生舍位和进位误差，如果还要进行码流变换，将产生新的变换误差。这些误差的结果累次叠加，构成总体损失。因此，任何数字系统，都应该尽可能避免各种类型的信号变换。

增大量化的比特数和信号处理时的比特数可以减小这些误差，最早的数字处理摄像机 AQ-20 采用 8 比特的量化级，相对于 256 级的量化电平来说，产生的量化损失不容忽略。如果量化比特数提高为 10 比特，则量化电平可以达到 1024 级，相应的量化误差可以达到 60dB，其噪声实际上可以忽略。但是考虑到计算中产生的舍位和进位误差的积累因素，高性能的摄像机通常采用 12 比特、14 比特甚至更高比特的信号处理器。

摄像机通常采用比特透明的处理方式，即采用非压缩、全比特的处理方式。因此不存在压缩和解压缩引起的质量损失。如果信号采用压缩的方法进行存储、加工、传输时，则还应该考虑压缩以及码流变换造成的质量损失。

（2）码率高，给信号的处理带来困难。

根据 ITU-R 601（即 CCIR 601）推荐的取样参数，即 4:2:2 的取样方式，Y 信号的取样频率为 13.5 兆赫兹，R-Y，B-Y 信号的取样频率分别为 6.75 兆赫兹。如果采用 8 比特量化，则可以计算视频信号的数据码率：

（13.5+2×6.75）×8=216 兆比特/秒

扣除消隐区的无效信息后的数据码率：

216×（64-12）/64×（312.5-25）/312.5=161.46 兆比特/秒。

因为同步信息量很少，予以忽略。这里暂不考虑声音信号的信息。

由此可知，量化比特数为 8 时，视频信号的码率仍然高达 161 兆比特。也就是说，摄像机每秒钟必须处理 1.6 亿比特的数据量。如果采用 10、12、14 比特的量化级，则数据量还要按比例急剧增加。由此可知，数字处理摄像机的数据处理量大得惊人。而且，摄像机所有处理都必须是实时处理。因此，对于内装的 IC 和微处理器的运算能力和运算速度提出了很高的要求。

（3）功耗大。

如上所述，数字处理摄像机必须高速处理极其巨大的数据量，每一步运算都伴随着能量消耗。因此，早期的数字处理摄像机的升温很高。显然，功耗引起升温，是不稳定和造成故障的根源。功耗大增加了供电电源的负担。在许多场合下，摄像机由充电蓄电池供电工作，由于功耗大，同样的电池只能够工作较短的时间，给实际工作带来诸多不便。摄像机的功能越来越强，则信号数据的处理工作量越来越大，能量的消耗也就越来越大。另一方面，由于算法的改进，以及集成电路技术的进步，功耗不断下降，其实这也是辨证的发展过程。

可以说，以上所述主要是现有数字摄像机有待解决的问题，随着技术的发展将逐步得以克服。

1.3 摄像机的操作与维护

摄像机是影视节目制作的最基本工具。要想制作出一个好的影视节目，必须熟练掌握摄像的各种操作方法，能熟练运用机位、角度和景别，并能很好地掌握运动镜头的拍摄。

1.3.1 摄像机的基本操作

"摄像"是将景物光像用一个个镜头记录下来，并且每一个镜头所摄得的是给观众看的内容；镜头内容所表达出的是摄像师的意念、思维以及对观众有目的、有意向、甚至是强制性的引导。

1. 摄前准备

要使摄像机在一次节目的拍摄过程中保持连续顺利的工作状态，就需要进行摄前的充分准备以及对摄像机进行一系列的调整工作。

（1）电源和磁带。

选择好需要的电源、磁带的类型，并且要带充足，避免因电力或磁带的不足而停机。

（2）话筒。

不同场合使用不同类型的话筒，在摄前一定要事先做好准备。同时要注意话筒所用电池的容量。

（3）摄像机电缆。

传统摄像机与便携录像机之间的连接线是多芯电缆，外出拍摄时要带上这根电缆，一体机则没有这个问题。而如果需要在外景地通过监视器播放已拍镜头，就要带好需要的音频、视频线等。

（4）三脚架。

如果要求画面的稳定性较高，一定要带上三脚架。

（5）彩色监视器。

随时监视拍摄的画面质量，看是否符合要求。

（6）照明设备。

要了解拍摄现场的情况，节目内容是否需要灯光照明，从而事先准备好照明设备，电源转接头和有关工具等。

2．摄像调整

（1）拍摄准备。

找好拍摄机位，固定好摄像机，最好将摄像机置于三脚架上进行调整，接好摄像机与外围设备的连线，插好电源，放好电池，使摄像机预热并放置磁带。

（2）选择滤色镜（档）。

旋转滤光镜转盘，选择适合拍摄环境中光源色温的滤光镜挡数。

- 根据具体的色温情况选择 1．2．3．4 号等滤光镜。如 1 号用于室内以卤钨灯作光源的场合，3 号适用于室外日光下或阴天等。
- IN DOOR /OUT DOOR / AUTO 是家用摄像机特别的色温选择档次指示。按照室内 3200K 照明，室外 5600K-6800K 照明来选择相应档位，如选自动挡，则可以对色温进行大致的调整，以保证拍摄过程中色温的变化不至于太大而影响图像色彩的协调。

（3）调整光圈（正确曝光）。

光圈的正确调整对整个图像的亮度、对比度、视频电平的幅度等指标影响很大，所以在每个镜头的拍摄前都应注意。在拍摄前首先要调整监视器显示标准，然后确定摄像机的最佳光圈指数。

调整光圈时应从寻像器或监视器中监看图像时，逐步增大光圈，直到图像中最明亮的部分呈现出"层次"时为合适的光圈。实拍时，可以利用寻像器，先调彩条的黑白对比度，通过经验判断加上颜色。同时也可以通过斑纹提示（ZEBRA）来调整光圈的大小。

光圈调节的操作方法可分为手动、自动和即时自动。自动光圈使用起来非常方便，无论什么样的场景，自动光圈都能保持合适的进光量，得到规定的输出信号强度。拍摄运动镜头时，变化的景物会使图像亮度发生变化，即时自动光圈的使用就可以省掉不少调整的麻烦。但由于自动光圈是根据图像的平均亮度来确定光圈值，所以也会存在问题，例如希望通过画面的亮暗来表现白天与傍晚的特定情景，自动光圈却得到的是同样的输出电平。所以在光圈的调整时，建议先使用自动光圈测出光圈值，然后再换手动调整，改变半挡或一挡光圈使用。

（4）电子调节。

电子调节可包含增大增益、加大超级增益以及采用电子快门。

- 增大增益（Gain）：在增益增大的同时噪声也加大，一般拍摄时增益设置在 0dB 处，只有在灯光不足的情况下，才考虑加大增益，一般也只用到 6dB 或 9dB 档。

- 超级增益（Hyper-Gain）：超级增益只在低照度的情况下使用。如 18dB 这档已使图像上的噪声点明显可见了，对于技术要求较高的电视片来说是不合适的，除了在某些特殊情况下使用，一般均不采用。
- 电子快门（Shutter）：电子快门的作用是在拍摄快速运动物体时可以提升动态分解力。一般需要在强光下才能使用电子快门。总之，电子快门的特点是可将强光下运动画面拍摄得清晰；在曝光正确条件下，可起到加大光圈的作用；在拍计算机屏幕时可以消除黑白滚条等。

（5）高亮背景调节。

通过高亮背景调节，用电子方式衰减高亮信号的过亮部分量，以增加可分辨的灰度层次，则过亮部分就可被限幅（过度曝光所致）。

（6）调整黑白平衡。

因为在不同的时间、角度下，色温条件是不同的，为了保证色彩的一致性，必须进行黑白平衡的调整。白平衡调整可以通过光学粗调、电子细调、自动跟踪来正确调整色温调整正确；黑平衡调整即使在暗处时色温也不变，它一般是通过自动方式来调整的；一周调整一次即可。

黑白平衡调整的次序一般为：白平衡——黑平衡——白平衡。自动白、黑平衡的数据可以记忆，在拍摄条件不变、两次拍摄间隔不长的情况下，可以不再调整白、黑平衡。

（7）聚焦调整。

聚焦调整包括前聚焦和后聚焦调整。

为了使摄像机镜头在变焦过程中，无论是长焦还是短焦状态都能得到清晰的图像，需要对镜头的焦点进行适时聚焦调整。由于前后聚焦的调整会互相影响，所以应对前、后聚焦反复调整 2~3 次，以确保推镜头到近景长焦距时图像被调清晰后，然后拉镜头到全远景短焦距时所摄图像仍然是清晰的。

（8）总黑台阶电平（Master Pedestal）调整。

部分摄像机的总黑台阶电平的调整是靠旋转电位器旋钮调整的，而带有字符发生器的摄像机一般是利用产生字符的按钮来进行。摄像机控制器上一般都设置总黑电平的旋钮，调整时也应边看波形监视器边调整。总黑电平调好后保持不动，不必每次拍摄都调整。

（9）同步锁相调整（H，V，fs）。

同步锁相调整包括行同步、相位的调整和彩色副载波相位的调整。只有在两台以上的摄像机同时拍摄，并且需在特技台对其中两个信号进行特技转换时，才会涉及调整摄像机的同步锁相问题。

（10）电缆补偿(Cable Compensation)。

因为信号在长距离传输时，电缆中的分布电容和分布电感对信号具有高频衰减的特性，若不作补偿，则高频信号损失，图像清晰度就下降，如拖尾、色饱和度变差等。采用有高频提升特性的放大器可使信号恢复原样，从而实现电缆信号损失的补偿。

3. 摄像机操作要领

为了利用摄像机拍出更好的画面，摄像人员必须掌握如下最基本的操作要领：

（1）稳。

影视图像的不稳定、晃动，将会使观众产生一种不安定的心理，并易使眼睛疲劳。在拍摄时应尽可能地使用三脚架，在没有三脚架或无法利用三脚架的情况下，利用手持、肩扛便携式摄像机进行拍摄。要注意持机技术，可利用身旁的一些依靠物作为辅助支撑，以使所拍画面稳定。

肩扛时要正对被摄物，两脚自然分开与肩同宽，身体挺直站立，重心落在两脚中间；右肩扛住摄像机身，右手把在扶手上，并操作电动变焦以及录像机的启停，右肘放在胸前，作为摄像机的一个支撑点。左手放在聚焦环上，进行焦点调节。右眼贴在寻像器遮光罩上，通过放大镜观看寻像器中的被摄图像，这时脸部也是使摄像机稳定的一个重要支撑点。在录制时，呼吸会影响到画面的稳定，故在拍摄时要学会运气。

（2）清。

摄像机拍出的画面应该是清晰的。为了保证画面的清晰，首先就要保证摄像机镜头清洁；其次在调整聚焦时，最好要把镜头推到焦距最长的位置，调整聚焦环使图像清晰。无论是拍摄远处物体还是近处物体，都要先把镜头推到焦距最长的位置再开始调整，因为这时的景深短，调出的焦点准确，然后再拉到所需的合适的焦距位置进行拍摄。

当被摄体沿纵深运动时，为保持物体始终清晰，一是随着被摄物体的移动不断调整镜头聚焦；二是按照加大景深的办法做一些调整，如缩短焦距、加大物距、减小光圈等；三是采用跟踪摄影，始终保持摄像机和被摄物之间的距离不变。

（3）准。

摄像机要准确地重现被摄景物的真实色彩，准确地摄取一定的景物范围，通过画面构图准确地向观众表达出所要阐述的内容。要避免由于画面的不准而造成观众对画面的含糊印象，甚至不清楚画面要表达的意思。

（4）匀。

无论是推、拉、摇、移，都会对观众的某种心理进行诱导，若是运动过程不够流畅，速度不匀，忽快忽慢，就会产生不协调感，所以在拍摄画面时要保证运动的流畅和协调性。可以利用镜头上的电动装置以及带有阻尼的三脚架、云台、移动车等，来形成运动的匀速变化。

（5）暂停时间不能过长。

为了保护磁头和磁带，不应使录像机处于长时间暂停状态。目前许多录像机已经按上自动保护装置，暂停时间超过 8 分钟会自动使磁带松弛，从而与磁头脱开，所以还是应该尽可能缩短暂停的时间。

4．拍摄注意事项

（1）多录 5 秒。

因为录像机从停到磁带以正常速度运转有一个速度变化过程，这一过程录制的图像，信号是不稳定的。在进行后期电子编辑时，编辑系统要求素材录像带上每一镜头的图像之前必须有至少 5 秒钟连续的信号，以便作为编辑录像机间同步锁相的参考。

（2）避免"拉风箱"。

这种前后多次推拉或左右来回摇摄像机的运动会给观众造成一种内容重复、多余的感觉，也使观众看了发晕，与日常观察事物的经验很不相符，所以在拍摄中应当避免。

（3）保持平行、垂直。

通过寻像器看到的景物、图形应该横平竖直，即景物中的水平线应与荧光屏横边框相平行，垂直线与竖边框相平行。如果这些线歪斜，会使观众产生某些错觉。处理的关键是把摄像机下面的三脚架及云台摆好放平。若三脚架或云台上有水平仪，则可以根据水平仪来调整摄像机的平正。若无水平仪，则应利用寻像器中的图像，看其是否与寻像器荧光屏的边框相平行。

（4）录前预练与预演。

提倡在拍摄时要多演练几遍再录制，这样可以避免因多余录制的画面不能用而导致磁带的浪费。

1.3.2 机位、角度、景别的运用

1. 拍摄机位（方向）

（1）正面拍摄。

正面拍摄时，摄像机镜头在被摄主体的正前方进行拍摄。镜头光轴与被摄对象视线在同一直线上，主体处于画面中心，观众看到的是被摄主体正面形象，如图 1-18 所示。

正面拍摄有利于表现被摄对象的正面特征以及横向线条；在拍摄人物时，可以看到人物完整的面部特征和表情动作。正面拍摄的镜头所包含的特定画面语言，有利于被摄主体与观众的交流，产生亲切感，也容易显示出庄重稳定、严肃静穆的气氛。

正面拍摄的不足表现在空间感透视差，场景缺少立体感；画面构图容易显得呆板、无生气；前面的被摄物体容易挡住后面的物体，使画面信息表现不完整。

图 1-18　正面拍摄镜头

（2）正侧面拍摄。

正侧面方向拍摄是指摄像机镜头轴线与被摄主体朝向轴线垂直、与被摄主体成 90°的位置上进行拍摄，如图 1-19 所示。

正侧面拍摄有利于表现被摄主体的运动方向、运行姿态及轮廓线条，表现被摄主体的强烈动感和运动的特点。正侧面拍摄的镜头所包含的特定画面语言可以有：表现人物之间的交流、冲突和对抗；表现出被摄主体交流双方的神情；兼顾对象的活动以及平等关系。

正侧面拍摄的不足表现出被摄主体的正侧面，空间透视感较弱；被摄主体与观众间缺

乏交流。

图 1-19　正侧面拍摄镜头

（3）斜侧面拍摄。

斜侧面方向是指摄像机与被摄主体成一定夹角进行拍摄的方式。斜侧面拍摄方向是摄像方向中运用最多的一种，如图 1-20 所示。

斜侧面拍摄有利于表现主体的特征轮廓，使画面变得生动活泼，还有利于安排主、陪体，区分主次关系，突出被摄主题等作用。

图 1-20　斜侧面拍摄镜头

（4）背面拍摄。

背面拍摄是指从被摄对象的背后进行拍摄，可与画面所表现的视向一致，给观众以与被摄主体有同一视线的主观效果。有时也可用来改变主、陪体的位置关系，如图 1-21 所示。

背面拍摄有利于使主体视线前的事物成为画面的主要对象，主体与背景融为一体；由于观众不能直接看到被摄主体的面部表情，故画面具有一种不确定性，给观众积极思考和联想的空间，可以引起观众的好奇心和兴趣；这样的拍摄效果还可以表现人物在特定情境下难以表现的心理状态。

图 1-21　背景拍摄镜头

2．拍摄角度（高度）

拍摄高度是指摄像机镜头基于成人水平视线的不同高低位置。通常的拍摄高度有平摄、仰摄和俯摄 3 种。

（1）平摄。

平摄是指摄像机与被摄对象处于同一水平线，它符合人们通常观察习惯，如图 1-22 所示。

平摄有利于被摄主体不产生变形；画面结构稳定，画面感觉客观、公正，容易为大部分观众所认同；当平摄与运动拍摄相结合时，会使观众产生身临其境的感觉。平摄的不足在于表现同一水平面上的景物时，空间效果易被压缩，不利于表现空间的透视感和层次感。

图 1-22　平摄镜头

（2）仰摄。

仰摄是从低处向高处拍摄的一种技法，由于镜头低于对象视线，会产生一种从下往上、由低向高的仰视效果，如图 1-23 所示。

仰摄有利于画面中的地平线根据构图处理的不同，可以被处理至画幅下方或画幅之外，以便产生净化背景，突出主体的作用；可以强调出被摄物体的高度和气势以及动作的视觉冲击力；仰摄突出、夸大了画面前景，压缩了背景；仰摄技法可以增强人物与环境的空间联系，制造强烈的距离感和透视感；在仰摄画面中被摄主体显得高大、挺拔，可以表现敬仰、自豪、骄傲等感情色彩。

仰摄的不足在于容易出现过于概念化的画面，带有明显的感情色彩，容易误导观众。由于在广角状态下近距仰摄会产生严重的变形，故建议在近距离的情况下不要用广角镜仰摄。

图 1-23 仰摄镜头

（3）俯摄。

俯摄是指摄像机镜头高于被摄主体视线、由高向低拍摄的一种拍摄技法。俯摄给人以低头俯视的感觉，如图 1-24 所示。

俯摄有利于展示场景内的景物层次、规模，常用来表现场景的整体气氛和宏大气势；俯摄镜头可以表现被摄主体的运动轨迹和被摄主体之间的空间位置关系；俯摄画面也可以带有贬低、蔑视、阴郁、悲伤的意蕴。

俯摄的不足在于必须借助道具，否则难以找到合适的最佳视角。这类画面不利于表现出被摄主体之间细致的情感交流；有时当被摄主体与地面景物色彩相近时，较难突出被摄主体。

图 1-24 俯摄镜头

（4）顶摄。

顶摄是指摄像机拍摄方向几乎与地面垂直的一种拍摄角度。拍摄的画面表现出强烈的视觉冲击，观众具有极强的心理优越感，同时可以强调出被摄对象之间的相互关系以及各种地面上的线条，使画面富有图案形式的美感，如图 1-25 所示。

图 1-25　顶摄镜头

3. 拍摄景别（距离）

拍摄距离是指摄像机与被摄体之间的物理距离，这一距离的远近一般是不受限制的。该拍摄距离反映到荧屏上就是不同的"景别"。

景别是指被摄主体和画面形象在屏幕框架结构中所呈现出的大小和范围。不同的景别可以引起观众不同的心理反应，一般情况下，全景出气氛，特写出情绪，中景是表现人物交流的景别，近景是侧重于揭示人物内心世界的景别。另外由远到近适合表现愈益高涨的情绪；由近到远适于表现愈益宁静、深远或低沉的情绪。景别的类别可以有很多，以下介绍几种常见的景别。

（1）远景。

远景一般表现广阔空间或开阔场面的画面。如果以成年人为尺度，由于人在画面中所占面积很小，基本上呈现为一个点状体。远景视野深远、宽阔，主要表现地理环境、自然风貌和开阔的场景和场面。远景画面还可分为大远景和远景两类。大远景主要用来表现辽阔、深远的背景和渺茫宏大的自然景观，如莽莽的群山、浩瀚的海洋、无垠的草原等。

远景的画面构图一般不用前景，而注重通过深远的景物和开阔的视野将观众的视线引向远方，更注意调动多种手段来表现空间深度和立体效果。所以，远景拍摄尽量不用顺光，而选择侧光或侧逆光以形成画面层次，显示空气透视效果，并注意画面远处的景物线条透视和影调明暗，避免画面单调乏味，如图 1-26 所示。

图 1-26　远景镜头

（2）全景。

全景一般表现人物全身形象或某一具体场景全貌的画面。全景画面能够完整地表现人物的形体动作，可以通过对人物形体动作来反映人物内心情感和心理状态，也可以通过特定环境和特定场景表现特定人物，环境对人物有说明、解释、烘托、陪衬的作用。

全景画面还具有某种"定位"作用，即确定被摄对象在实际空间中的方位。例如拍摄一个小花园，加进一个所有景物均在画面中的全景镜头，可以使所有景色收于镜头之中，使整个画面空间关系及具体方位一目了然。

在拍摄全景时要注意各元素之间的调配关系，以防喧宾夺主。拍摄全景时，不仅要注意空间深度的表达和主体轮廓线条、形状的特征化反映，还应着重于环境的渲染和烘托，如图 1-27 所示。

图 1-27　全景镜头

（3）中景。

主体大部分出现在画面上，从人物来讲，中景是表现成年人膝盖以上部分或场景局部的画面，能使观众看清人物半身的形体动作和情绪交流。中景虽然破坏了该物体完整形态和力的分布，但其内部结构线则相对清晰，从而成为画面结构的主要线条。

在拍摄中景时，场面调度要富于变化，构图要新颖优美。拍摄时，必须注意抓取具有本质特征的现象、表情和动作，使人物和镜头都富于变化。特别是拍摄物体时，更需要摄像人员把握住物体内部最富表现力的结构线，用画面表现出一个最能反映物体总体特征的局部，如图 1-28 所示。

图 1-28　中景镜头

（4）近景。

近景是表现成年人胸部以上部分或物体局部的画面，其内容更加集中到主体，画面包含的空间范围极其有限，主体所处的环境空间在画面中处于次要地位。近景是表现人物面部神态和情绪、刻画人物性格的主要景别，可以充分表现人物或物体富有意义的局部，比如看一个杨丽萍的舞蹈时，人们的注意力自然会移到那柔软的手臂上，用近景画面则将画框接近动作区域，更加突出地表现手的动作。

利用近景可拉近被摄人物与观众之间的距离，容易产生交流感。如各大电视台的电视新闻节目或纪录片的主播或节目主持人多是以近景的景别方式出现在观众面前的。

在拍摄近景时，要充分注意到画面形象的真实、生动、客观、科学。构图时，应把主体安排在画面的结构中心，背景要力求简洁，避免庞杂无序的背景分散观众的视觉注意力，如图 1-29 所示。

图 1-29　近景镜头

（5）特写。

特写一般表现成年人肩部以上的头像或某些被摄对象细部的画面。通过特写，可以细致描写人的头部、眼睛、手部、身体或服饰上的特殊标志、手持的特殊物件及细微的动作变化，以表现人物瞬间的表情及情绪，展现人物的生活背景和经历。

特写画面内容单一，可起到放大形象、强化内容、突出细节等作用，会给观众带来一种预期和探索用意的意味。在拍摄特写画面时，构图力求饱满，对形象的处理宁大勿小，空间范围宁小勿空。另外，在拍摄时不要滥用特写，使用过于频繁或停留时间过长，导致观众反而降低了对特写形象的视觉和心理关注程度，如图 1-30 所示。

图 1-30　特写镜头

景别还可细分为航拍、大远景、远景、小远景、大全景、全景、小全景、中景、中近景、特写及大特写等。一个镜头可以只包含一个景别，也可以包含多个景别。

4. 联系剧情的拍摄角度

（1）客观镜头。

在影视节目中，以导演的角度叙述和表现的一切镜头，统称为客观镜头。客观镜头侧重客观叙述，采取中立态度，将正在发生着的事情客观地表达给观众。这种客观的叙述，容易使观众在直观的效果中产生临场感，最大限度地发挥观众判断能力，使观众不知不觉地参与到剧情中。

（2）主观镜头。

主观镜头是一种以摄像机的视点直接代表剧中某一人物的视点所拍摄的镜头。使用主观镜头可以使观众以剧中人物的角度"介入"或"参与"到剧情中，从而产生与剧中人物相似的主观感受和心理认同。运用主观镜头，可以逼真地表现人物在特殊情况下的精神状态。如使客体变形的扭曲镜头；使客体变态的旋转镜头等。

（3）观点镜头。

这是一种从某一个特殊演员的观点记录场景的拍摄镜头，多用于采访、纪实类的影片。表现的是镜头内旁观者审视的角度，摄像机成了看不见的观众的眼睛。

5. 机位、角度、景别的应用

在拍摄一个镜头之前先要对机位、角度、景别有所构想，考虑好素材的取舍及被摄素材在画面中的位置、所占面积以及相互关系，避免在正式拍摄过程中产生忙乱现象。具体要做到以下几点：

（1）根据内容精心设计画面构图。

（2）在拍摄中根据主题内容和情节要求，对已有的客观环境进行调整、安排，确保每个画面构图的整体美。

（3）选择合适的摄像机机位和运动状态，使被摄物在画面尺寸的大小、构图元素的位置等发生变化，以满足主题的要求。

（4）重要演员的动作、细节应该用特写来加强。应该尽可能拍摄一些可用于编辑时弥补缺损的后备镜头：如描写环境的空镜头、静物、物件细节等。对镜头作分切再组合时，一定要注意将来编辑时的逻辑性、顺畅性。

（5）除以上几点以外，最好不要只用一个镜头来讲述一个故事、一个主要动作、一个事件或一个主题。应该认真考虑，这个镜头将给观众的第一个印象是什么？在动作运行中，应该在何处结束该镜头，下一个镜头又应该从何处开始？

总之，机位、角度、景别的应用，均应以编辑顺畅与否为原则。

1.3.3　固定镜头的拍摄

1. 固定拍摄的概念

固定画面是指摄像机在机位不动、镜头光轴不变、镜头焦距固定的情况下拍摄的影视画面。固定画面框架处于静止不动的状态，画面的外部运动因素消失。固定画面视点稳定，符合人们视觉体验和视觉要求。

2．固定画面功能和作用

（1）固定画面有利于表现静态环境。

（2）固定画面对静态的人物有突出表现的作用。

（3）固定画面能够比较客观地记录和反映被摄主体的运动速度和节奏变化。

（4）固定画面与运动画面相比，更富有静态造型之美及美术作品的审美体验。

（5）固定画面通过静态造型引发趋向于"静"的心理反应。

（6）固定画面主观因素表现得少，镜头表现出一定的客观性。

（7）运动画面与固定画面所表现的时间感觉不同。

3．固定画面在电视造型中的局限和不足

（1）固定画面视点单一，视域区受到画面框架的限制。

（2）固定画面在一个镜头中构图难以发生很大变化。

（3）固定画面对运动轨迹和运动范围较大的被摄主体难以很好的表现。

（4）固定画面难以表现复杂、曲折的环境和空间。

（5）固定画面受单一画面的框架限制。

4．固定画面的拍摄要求

（1）注意捕捉动感因素，增强画面内部活力。

（2）注意纵向空间和纵深方向上的调度和表现。

（3）固定画面的拍摄与组接应注意镜头内在连贯性。

（4）固定画面的构图一定要注意艺术性、可视性。

（5）固定画面在拍摄中的"稳"是最重要的。

1.3.4　运动镜头的拍摄

1．运动画面的概念

所谓运动画面，就是在一个镜头中通过移动摄像机机位，或者变动镜头光轴，或者变化镜头焦距所进行的拍摄。通过这种拍摄方式所拍到的画面，称为运动画面。比如，由推摄、拉摄、摇摄、移摄、跟摄等形成的运动镜头。但要想拍摄出优美的运动影像，必须掌握各种运动摄像的规律，注意一些细节，才能拍摄好。镜头运动时力求稳定、流畅、到位，绝不能随意晃动。运动拍摄包括推、拉、摇、移、跟拍、升降拍摄、甩等。

2．推镜头的拍摄

推摄是摄像机向被摄主体的方向推进，或者变动镜头焦距使画面框架由远而近向被摄主体不断接近的拍摄方法。用这种方式拍摄的运动画面，称为推镜头。推镜头的画面效果是通过逐渐放大画面，使被摄主体与观众的距离逐渐缩短，以达到突出细节的目的。这种推拍，可以引导观众更深刻地感受演员的内心活动，加强情绪的烘托。

数码摄像机的焦距变化相当大，运用推镜头表现场景，可以使用一些工具来实现，如轨道、车辆等，还可以用变焦杆来拍摄推镜头。推镜头有快推和慢推，慢推配合剧情需要，

自然地把观众引入剧情中。快推则产生紧张、急促、慌乱的效果。要保证推拉影像的清晰，需做到以下两点：

一是拍摄时要选择自动聚焦。当摄像机处于自动聚焦状态下，不需进行任何调整，摄像机的自动聚焦电路便可以把聚焦调整到最佳状态。但自动聚焦系统受被摄体亮度的影响很大。光线充足时，自动光圈缩小，景深变深，对焦范围变宽，对焦容易。而在拍摄照明暗的被摄体时，由于镜头光圈大开，景深变浅，聚焦会困难，最好的解决方法是增加被摄体的照度。

二是注意起幅和落幅的选择。起幅和落幅这两段构图非常重要，要充分体现整体的状态和局部的特点。推镜头的落幅应根据节目内容对造型的要求停止在适当的景别，并将被摄主体放在平面最佳结构点上，在推进的过程中，画面构图应始终注意保持主体在画面结构中心的位置。图中在画面起幅中心和落幅中心之间有条虚拟的直线，这就是该镜头推进过程的镜头中心的移动线。当镜头随着这条线边推边移动时，主体在镜头推进过程中始终处于结构中心位置。

3. 拉镜头的拍摄

拉摄是摄像机逐渐远离被摄主体，或变动镜头焦距（从长焦调至广角）使画面框架由近至远与主体脱离的拍摄方法。拉镜头所拍摄的画面具有拉镜头形成视觉后移效果，拉镜头使被摄主体由大变小，周围环境由小变大。

拉镜头的功用主要体现在以下几个方面：

● 拉镜头有利于表现主体和主体所处环境的关系。
● 拉镜头画面表现空间从小到大不断扩展，使画面构图形成多结构变化。
● 拉镜头可以通过纵向空间的画面形象形成对比、反衬或比喻等效果。
● 拉镜头有利于调动观众对整体形象的想象和猜测。
● 拉镜头在一个镜头中景别连续变化，保持了画面表现时空的完整和连贯。
● 拉镜头较能发挥感情上的余韵，产生许多微妙的感情色彩。
● 利用拉镜头作为转场镜头。

推镜头的拍摄及应注意的问题：

● 推镜头应有其明确的表现意义。
● 推镜头的重点是落幅。
● 推镜头的画面构图应始终注意保持主体在画面结构中心的位置。
● 推镜头的推进速度要与画面内的情绪和节奏相一致。
● 画面焦点随着机位与被摄主体之间距离的变化而变化。

4. 摇镜头的拍摄

摇镜头是最常用的手法之一。当拍摄的场景过于宏大，如果用广角镜头不能把整个画面完全拍摄下来，那么就应该使用"摇摄"方式。摇摄是指当摄像机机位不动，借助于三角架上的活动底盘或拍摄者身体，变动摄像机光学镜头轴线来拍摄的方法。摇摄一般有上下摇摄和左右摇摄两种方法。很多人在应用摇摄时往往把握不好转动的速度和角度，使画面抖动不顺畅，主要因为没有把握住摇摄的要领。摇摄的基本要领主要体现在以下 3 个方面：

一是摇摄方法要得当。正确的方法是与被摄物体保持一定的距离，这样即使运动的速度过快，也只需以较慢的速度转动身体就可以与被摄物体同步，如果觉得过远也可以通过变焦来调节。在拍摄时要双脚分开站立，与肩同宽，手握 DV 站好，必要时也可以双手握住 DV。以腰为分界点，下半身一定要保持不动，拍摄时转动的是腰以上部分，另外，转动时要基本保持匀速或匀加速，当被摄物体远去的时候应该再保持拍摄五秒钟，以保证拍摄的完整性。

二是摇摆速度要适当。摇摄的时间不宜过长或过短，一组镜头大约控制在 10 秒左右为宜，而且要一气呵成。追随摇摄运动物体时，摇速要与画面内运动物体的位移相对应，拍摄时应尽力将被摄主体稳定地保持在画框内的某一点上，如果两者速度不一致，摇得过快或过慢，运动物体在画面上就会时而偏左、时而偏右，显示出忽快忽慢的动态，观众容易产生视觉疲劳和不稳定感。

三是运镜要平稳。摇摄的起点和终点一定要把握得恰到好处，技巧运用要有分寸。摇摄过去就不要再摇摄回来，只能做一次左右或上下的全景拍摄。一般来讲，摇摄的全过程应当稳、准、匀，即画面运动平稳、起幅落幅准确、摇摄速度均匀。

5. 移镜头的拍摄

移摄是将摄像机架在活动物体上并随之运动而进行的拍摄，用移动摄像的方法拍摄的画面称为移动镜头，简称移镜头。用数码摄像机进行移动拍摄非常方便。移动拍摄可以使画面始终处于运动之中，画面内的物体不论是处于运动状态还是静止状态，都会呈现出位置不断移动的态势。移摄一般分为前后移动拍摄、左右移动拍摄、弧形移动拍摄以及上下移动拍摄等几种方法。拍摄清晰的移镜头需注意下面 4 点：

一是选择合适的移动设备。在进行移动拍摄时，最好用辅助设备来避免晃动，避免边走边摄造成画面不稳定，可以用一些简便的方法，如在三脚架的底部装上轮子，让它可以在平坦的地面活动。如果实在没有这些设备，稳步行走也能达到要求，在拍摄时应双腿曲膝，蹑着脚走。腰部以上要正直，仿佛头上顶着水碗，不受脚下的动作干扰，使传到肩部的振动尽量减弱。行走时利用脚尖探路，并靠脚补偿路面的高低。这样腰、腿、脚三者协调配合，使身体起到一部"智能摄像车"的作用，这样就可以使机器的移动达到滑行的效果。

二是移动速度要慢。移动拍摄应力求画面平稳，而平稳的重要一点在于保持画面的水平。无论镜头运动速度快或慢，角度方向如何变化，地平线基本处于水平状态（除特殊效果外）。移拍时转动的要尽量慢一些，就像通过镜头在观看全景那样。

三是移拍时尽量使用广角镜头。另外，不管是什么方向、什么形式的移动摄像，用广角镜头来拍摄均会取得较好的画面效果。广角镜头的特点是在运动过程中画面动感强并且平稳。实际拍摄时，应尽量利用摄像机变焦距镜头中视角最广的那一段镜头。

最后，移动摄像使摄像机与被摄主体之间的物距处在变化之中，拍摄时应注意随时调整焦点以保证被摄主体始终在景深范围之中。

6. 跟镜头的拍摄

跟摄是摄像机始终跟随运动的被摄主体一起运动而进行的拍摄。用这种方式拍摄的影视画面称为跟镜头。跟镜头大致可以分为前跟、后跟、侧跟 3 种情况。

在跟摄时跟上、追准被摄对象是跟镜头拍摄的基本要求。通常主体在画面中的位置相对稳定，而且景别保持不变。这就要求拍摄者与主体人物运动速度基本一致，这样才能够保证人物在画面中的位置相对稳定，既不会使主体人物移出画面，也不会出现景别的变化。不管画面中人物运动如何上下起伏、跳跃变化，跟镜头画面应基本是做平行、或垂直的直线性运动。因为镜头大幅度和次数过频的上下跳动容易使观众产生视觉疲劳，而画面的平稳运动是保证观众稳定观看的先决条件。另外，跟镜头是通过机位运动完成的一种拍摄方式，镜头运动起来所带来的一系列拍摄上的问题，如焦点的变化、拍摄角度的变化、光线入射角的变化，也是跟镜头拍摄时应考虑和注意的问题。在跟拍中，可以采用中景、全景等景别。特写难以作为跟拍的景别，而大全景则会失去"跟踪"的意义。

7. 升降拍摄

升降拍摄是指利用升降装置使摄像机产生垂直运动并对主体作固定拍摄的一种拍摄方式。升降镜头的运用，主要是使画面产生观看角度的变化，从而形成"视点"的变化。

一般观众不可能具有垂直方向升降方式观看的条件，所以这种拍摄法产生的画面效果是不寻常的，容易吸引观众的注意力。升降拍摄一般使用升降车或升降摇臂等设备。

8. 甩

甩是指摇镜头的一种。在静止画面结束后，镜头急速转向另一个静止画面，起止两个画面是不同的场景，在这一"急速转向"过程中画面是非常模糊的，并且时间短促，我们把这一拍摄方式称为甩镜头。用甩镜头摄得的内容可以给观众以时空转换的效果，甩拍时，速度要掌握好，不要使中间过渡画面有清晰呈现的可能。

9. 旋转镜头

使用旋转镜头可使被拍摄主体或背景呈旋转效果的画面。这种镜头一般用来表现人物在旋转中的主观视线或者眩晕感，以此来烘托情绪、渲染气氛。常用的拍摄方式有以下 3 种：

- 沿着镜头光轴仰角旋转拍摄。
- 摄像机超过 360°快速环绕拍摄。
- 摄像机与被摄主体处于同一旋转轴盘上作 360°的旋转拍摄。

10. 晃动镜头

晃动镜头是指在拍摄过程中，摄像机机身做上下、左右、前后摇摆的拍摄。这种方式常用作主观镜头，表现人物主题醉酒、精神恍惚、头晕或者乘车、乘船时摇晃颠簸的效果。摇晃的幅度和频率要根据剧情的需要，手持摄像机或肩扛摄像机拍摄效果比较逼真。

1.3.5 轴线规则

电影电视中，在表现主体的连续动作时，需要注意画面方向的一致性。要求一致性并不意味着构图上的重复，角度上的不变。相反，所拍摄的画面角度要变化，构图要多样。

但是这种角度的改变不是盲目的，必须遵循一定的规则，这就是轴线规则。

1. 什么是轴线

轴线是指拍摄对象的运动方向、人物的视线和人物之间的关系所形成的逻辑线。轴线是摄像师用以建立画面空间、形成画面空间方向和被摄体位置关系的基本条件，以保证在镜头连接时，画面中人物（物件）位置或方向上的连续性。常见的轴线有运动轴线、方向轴线和关系轴线，如图1-31所示。

（1）运动轴线：运动轴线是指被摄对象的运动方向或运动轨迹所形成的关系线，又可称为方向轴线。运动轴线包括单一方向上的运动线、曲线上的移动线以及拐角时的移动线。

（2）方向轴线：方向轴线是指在单人的场合下，这个人的视线构成的轴线。

（3）关系轴线（互视轴线）：关系轴线是指人与人交流时形成的互视关系线；而人与人之间进行交流的位置关系则形成关系轴。

在多人的场合下，则通常是以最靠近摄像机镜头的人物关系，如互视关系、对话关系、运动方向等作为参考轴线。

运动轴线

方向轴线

关系轴线

图1-31　三种轴线

2. 轴线规则

在表现被摄物体的运动或被摄物体相互位置关系以及进行摄像机镜头调度时，为了保证被摄对象在影视画面空间中相对稳定的位置关系和同样的运动方向，应该在轴线的一侧区域内设置机位、安排运动，这就是轴线规则。

3. 越轴

"轴线"的存在使摄像的方向问题变得很重要。但是关系线是可以改变的，其改变必须有合理的过渡因素，要善于利用主体视线方向或运动方向的改变而改变，这就是越轴问题。越轴是指摄像机拍摄过程中越过了关系轴线或运动轴线，到轴线的另一侧进行拍摄。一般来说，越轴前所拍画面与越轴后所拍的画面无法进行组接，而会引起观众视觉逻辑上的混乱，如图 1-32、图 1-33 所示，摄像机 1 为越轴拍摄。

在图 1-32 中，主体的运动方向是一定的，但由 1．2 号摄像机拍出的画面中主体的运动方向却正好相反。而在图 1-33 中，由 1．2 号摄像机拍出的画面中甲、乙两人似乎突然调换了位置，但事实上他们的位置关系并没有改变。这样的两组镜头组接在一起，不仅画面显得不顺畅，还给观众造成了极大的误解。所以，轴线规律要求在拍摄时机位必须放置在轴线同一侧，即 180° 以内，这样，在组接镜头时才能保持主体运动的连续性以及人物位置关系的连续性。

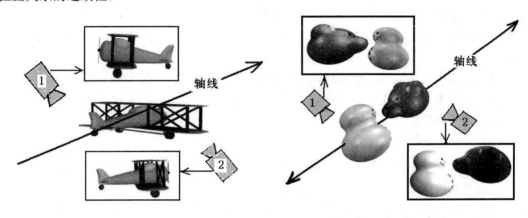

图 1-32　运动轴线　　　　　　　　　　图 1-33　关系轴线

5. 避免越轴现象的方法

有时，由于前期拍摄环境的限制等种种因素，跳轴是难以避免的。如果出现跳轴现象，在后期编辑时，可以通过以下方法使画面显得合理顺畅。

（1）插入零方向性的镜头。

在运动轴或方向轴上拍摄的镜头，可以视为零方向性镜头，把它用在两个跳轴的镜头之间，可以淡化视觉上的跳跃感。

（2）利用景别。

可以用特写或模糊方向的近景作为间隔，由于在这种镜头中，人物没有明显的方向性，从而可以避免生硬地切换。另外，插入全景镜头也是个常用的办法，可用它来提示方位关系并减弱画面组接的冲突感。

（3）向观众交代出轴线变化的过程。

在前期时若拍一些这样的镜头，即通过移动摄影越过轴线，后期将该运动越轴的镜头作为过渡，可以使观众看到主体运动方向或位置关系的变化，还能感到一种运动摄影的美感。

（4）主体运动。

即利用拍摄对象的运动表现出方向的变化。主体的运动可以是改变运动轴线，也可以仅仅是主体视线方向的变化。在拍摄时要保留主体运动越轴的完整过程，再与下一镜头组接才能交代清楚。

（5）插入其他镜头。

根据结构安排，可用一些平行蒙太奇等方法进行镜头的穿插，这样不仅可以淡化越轴，还可以增加节奏感和戏剧性。

（6）强烈运动的画面，使观众对方向的注意力减弱。

当观众的注意力被激烈运动的内容吸引时，就容易疏忽被摄物体之间的位置关系和运动方向。

1.3.6　摄像机的保管与保养

1. 摄像机保管事项

（1）镜头不要对着强光拍摄，防止将摄像管局部烧坏；

（2）用毕后取出磁带，切断电源，关上镜头盖，取出电池块（准备充电），关掉滤光镜；

（3）摄像机水平放置或装箱时，避免摄像管中的尘埃落在靶面上，而产生黑色斑点；

（4）天气条件比较差的时候不能使用摄像机；

（5）避开强磁场；

（6）应将摄像机存放在常温干燥处，定期通电；

（7）一旦摄像机发生故障，需找专人维修，不要自己乱拆乱卸乱调。

2. 摄像机保养

对于 DV 这种高精度电子设备而言，日常良好的使用习惯及保养不仅可以延长产品的使用寿命，同时也能保证 DV 有着良好的拍摄效果。

（1）镜头的保养。

如果用户平时不注意保护镜头，随着灰尘的增多，DV 拍摄出来的画面就会出现图像质量下降、画面出现斑点、图像对比度低等现象。因此，拍摄完之后，一定要立刻将镜头盖盖上。镜头盖是防尘的最佳工具之一，及时盖好镜头盖则是保护镜头的最佳方法。此外，平时绝对不能用手指或其他物体接触、触摸镜头上的镜片。如今的镜头镜片都属于多层镀膜产品，一旦手指或其他物体接触，很容易破坏镀膜，从而影响了镜头的光学质量。

虽然镜头特别容易脏，但也不要经常擦拭，镜头镜片的表面都有保护膜，经常擦试镜头将破坏这些部件。因此，如果镜头沾上了灰尘，千万不要用毛巾、纸巾等物品擦试，可以通过一个"皮老虎"（也就是吹气球）利用空气将镜头表面的灰尘吹掉。当然，利用空气吹有时并不能完全将灰尘吹掉，此时如果沾在镜头上的灰尘并不是很多的话，可不必理会，这些灰尘并不会影响画面质量。现在的镜头一般都有多层镀膜，一不小心就会把镀膜擦伤、镜片擦花。因此，镜头总是越擦越糟，而不是越擦越好，不要指望可以把镜头恢复到刚出厂时的崭新模样，不到万不得已不要擦拭镜头。

（2）机身的保养。

DV 机身大部分的构造都由精密电子电路以及各种处理芯片组成，所以较大的震动和较高的湿度都是 DV 的杀手。因此，在使用、收藏 DV 时，注意不要强烈震动 DV，此外要注意环境温度及湿度，不要在高温、高湿环境中使用 DV。

（3）液晶屏的保养。

虽然液晶屏并不影响拍摄的质量，但在使用时也要注意，避免与坚硬的东西碰擦，现在有几款 DV 产品推出了触摸液晶屏，在操作时要注意触摸力度。此外，由于液晶屏厚度不到 1cm，在握持 DV 时，切不可只握住 LCD 部分，以免造成与机身的断裂。

如果液晶屏沾上了灰尘，可以用吹气球将表面的灰尘吹走，在不得已需要擦拭 LCD 时，可以用软布或鹿皮轻擦，千万不要用液体特别是腐蚀性液体去清洁屏幕。LCD 在长时间使用后会发热发烫，最好关闭一下，过几分钟再使用。在使用及存放时，注意不要让液晶屏受到挤压，更要防止脱手将 DV 摔到地上。

（4）电池的保养。

在使用过程中，当电池还有残余电量的时候，尽可能不要重复充电，以确保电池的使用寿命，否则就会降低电池的续航能力，也就是人们常说的充电电池具有"记忆效应"。所以，用户在平时给电池充电时应该尽可能地将电池中的残电耗尽，然后一次性将电充足。一般一块电池的充电时间不能小于 3 个小时。此外，使用原厂的充电器对电池进行充电有助于电池使用寿命的延长。

（5）DV 磁头机构的保养。

磁头机构是磁带 DV 摄像机的核心器件，它关系到录制、回放的图像质量。由于磁头机构是一种机械装置，因此一旦磁头沾上灰尘，就会影响画面的质量，还会因灰尘颗粒的摩擦损坏 DV 磁头和 DV 磁带。所以，对于 DV 用户而言，需要经常对 DV 的视频磁头进行保养。除了平时不要使用劣质 DV 带外，一般使用 50 小时左右(是指磁头录制或者回放了 50 个小时)就应对 DV 的视频磁头进行清洗。

1.4 摄像的表现手法

学会操作摄像机，只是具有拍摄的初步能力。要想拍摄出一部优秀的影视节目，还应该掌握摄像构图等技艺。一幅幅画面是构成影视节目镜头的最小单元。这里所说的镜头，是从它的拍摄技艺角度定义的，是指影视拍摄时的一段固定或活动图像的内容。摄像人员除了能正确操作摄像机，依照各种技术参数，综合发挥所有摄像功能之外，还应努力研究摄像画面的创作，掌握摄像的轴线规律以及画面因素对摄像的影响。

1.4.1 摄像构图

影视拍摄离不开构图，在影视画面的构图中，光线、色彩、影调、线条、形状等元素是构成视觉形象的原材料，在拍摄时都是通过对这些造型元素的综合运用来实现影片的思想的。摄像人员在拍摄画面时，要根据剧本的要求，努力寻找到较为完美的画面形象结构和最佳的画面效果。摄像构图贯穿摄像人员拍摄所有镜头的全过程。

1. 摄像构图概念

对摄像构图的理解有广义和狭义之分。

广义：指摄像师从选材、构思到造型所体现的创作过程，概括了从内容到形式的全部组合。

狭义：指画面的布局与构成。即在一定的画幅格式中筛选对象、组织对象、处理好对象的方位、运动方向以及光线、色彩、影调、线条、形状、质感、立体感等造型因素。画面构图是影视造型艺术的重要组成部分。

　　摄像构图在于积极主动地调度观众的视线，引导观众怎样选择观看内容。所以摄像构图要从观众的角度出发，组织好各种画面的构成，以取得最佳的视觉效果。

　　2．影视画面构图的特点

　　（1）影视画面构图中要求画面构图一次完成；

　　（2）必须考虑到画面与画面之间的组接关系；

　　（3）影视画面的构图要有固定的横幅格式；

　　（4）画面的视点可变；

　　（5）影视的画面形式是运动的；

　　（6）影视画面中还要参入有时间因素（节奏等）的构图；

　　（7）前后镜头的内容和拍摄技法要和谐统一。

　　3．影视画面构图要素

　　（1）光线。

　　影像画面记录的是一段时间的光色变化，瞬间光源不能用作摄像用光光源。摄像用光是动态的变化过程，在选择、处理光线时必须随时随地考虑画面表现空间、方位等变化对画面光影结构的影响。摄像对光线要求很复杂，光线随着环境、被摄主体、机位甚至光位的变化而变化，这种变化直接影响画面的造型效果，并使之发生变化。

　　光线的处理方法：摄像用光的动态性特点不仅是由摄像的技术要求和造型特点所决定的，它与不同内容对光线的不同要求有密切联系。在纪实性影像中，如纪录片、风光片、纪实性专题片等通常要求在不失真的情况下艺术地再现典型环境中的典型光效，注重实景光线的运用，强调真实自然的光效。而艺术类影像的用光比纪实类要复杂而多样，可以根据需要进行人工处理，但应根据拍摄内容和节目体裁的不同来适度地掌握。

　　（2）色彩。

　　如果说光线赋予影视画面以生命，那么，色彩就给影像画面注入了情感。色彩作为影像画面的重要构成元素之一，在构图中有着举足轻重的地位和作用。张艺谋导演在拍摄影片时，色彩运用得非常成功，无论是在《红高粱》、《大红灯笼高高挂》，还是在《英雄》等影片中，他都通过画面形象的色彩设计、提炼和选择搭配，获得强烈的艺术效果，从而渲染、烘托出主题和内容所需要的情绪基调和特定氛围。

　　处理方法：色彩能够影响人们的情绪，如拍摄红色，能让人有一种喜庆、奔放的感觉；绿色能让人有一种宁静、平和的感觉；白色让人有一种恐怖、死亡的感觉。在拍摄时应根据主题和内容的需要选择感情特征明确、相互关系鲜明的色彩，进行恰当、灵活地匹配、组合和运用。色彩还可以用来表现时间，如红叶象征秋意，橘红的草地告诉人们夕阳正在落山，而姹紫嫣红则显示早晨，而且色彩还能烘托视觉要素的表现力，如肤色红润表现青春年华。

　　（3）影调。

　　影调是指画面中的影像所表现出的明暗层次和明暗关系，它是处理画面造型、构图及烘托气氛、表达情感、反映创作意图的重要手段。画面中亮的景物多、占的面积大，会给人以明朗之感；画面中暗的景物多，给人沉闷压抑的感觉；有些画面则明暗适中、层次丰富，接近于人们生活中通常所见的视觉感受。

影调的类别：如果从画面明暗分布划分，可以分为亮调、暗调、中间调 3 种形式。如果从画面明暗对比(反差)划分，可以分为硬调、软调和中间调。硬调画面中明暗差别显著、对比强烈，景物的亮暗层次少、缺乏过渡，给人以粗犷、硬朗的感觉；软调又叫柔和调，其画面缺少最亮和最暗的调子，对比弱、反差小；中间调又叫标准调，其明暗兼备、层次丰富、反差适中。

处理方法：在影像构图中搞好明暗配置是非常重要的，当在画面中选择拍摄对象时，在大面积的亮影调中安置一小块暗影调，或是在大面积的暗影调中出现一小块亮影调，都能够吸引观众的视觉注意力，有利于表现所要强调的对象或主体。明暗配置在画面构图中还可以用来均衡构图，如果画面一侧是很浓重的暗调，而另一侧是很轻淡的明调，利用构图适当地调整明暗关系，就能够改变不均衡的情况，使画面结构形式稳定、均衡。

（4）线条。

任何画面都离不开线条，它是最主要的构图因素。在生活实践中，线条组合形成了人们认识事物、理解事物的具体形象、空间位置、朝向、运动轨迹以及同一事物不同时刻的存在状态。不同的线条结构产生不同的心理，线条结构可包括横线结构、垂直线结构、斜线结构、曲线结构。

- 横线结构给人广阔、寂静和安定的感觉，例如地平线就是很明显的横线条。
- 垂直线结构经常代表生命永恒和权利，给人以庄严、宏伟、尊严和刚强的感觉，如图 1-34 所示的人民英雄纪念碑。

图 1-34　垂直线条效果（人民英雄纪念碑）

- 斜线结构给人以运动和不安定感，如图 1-35 所示的比萨斜塔，给人一种摇摇欲坠的感觉。

图 1-35　斜线效果（比萨斜塔）

● 曲线结构给人们柔和、优美的感觉，如图 1-36 所示的艺术体操表演。

图 1-36　曲线效果（艺术体操表演）

处理方法：在构图中，线条的造型美感在很大程度上取决于与画面框架的相互关系。如拍摄同一根旗杆，虽然现实生活中它是笔直地矗立着的，但是在影视屏幕的画面框架中，它可以居中占满画面，也可以靠边分切画面，给人的感觉是不一样的。这就要求在拍摄过程中能够认识和选择何种构图被摄主体的线条形式最佳、最能表现和反映其本质、最能传达主题思想和创作意图。

（5）形状。

大自然中的物体以不同的形式存在着，也是画面构图中一个最基本的要素。单个物体形状的不同效果或几个物体形状微妙地相互作用，均以不同的形式呈现在画面中，使观众得到不同的感受。在现实拍摄中，会有两个或两个以上形状的物体，它们之间相互关系的变化会使画面表现出不同的构图形式，从而使观众得到不同的感受。

（6）质感。

质感是人们对物体材料和表面结构的视觉感受。摄像人员要对触觉与视觉之间的心理关系有高度的敏感，对各种材料的质感也要了解，并能充分利用视觉可辨范围内光线的明暗和色彩变化，反射光和阴影的配制等来呈现这种视觉质感，有效地表达物体表面结构特征，如图 1-37 所示。

图 1-37　物体的质感

（6）立体感。

大自然的物体都占有一定的三维空间，通常是在现实生活空间中去感受物体，而影视画面却是用二维的条件去表现三维的空间，因此要对立体形象形成的几个因素给以充分认识，这样才能够在拍摄中很好地把握物体的立体感。

- 一个物体的立体形状是由若干个面组成的，画面中若展现出 3 个面，就会使人感到立体物的存在，如图 1-38 所示。

图 1-38　物体的立体感

- 物体的主体形态是通过一定的光线实现的，若画面中展现出 3 个方向的阴暗面，立体感就会更明显。
- 物体的背景、深度和投影都有助于显示立体物的存在。

4. 画面构图原则

（1）用好取景框：要在拍摄中考虑到 10%～20%范围内的损失。凡是分散观众注意力的无关景物，都必须排除在拍摄区之外。

（2）安排好画面的主要组成部分：主体、陪体 、前景、背景等的相互关系。

（3）利用好画面的空白：注意对比关系、均衡与空白关系；画面中留有一定的空白，可以使画面生动活泼；主体周围的空白可以起到突出主体的作用，并使画面显得更为简洁；人物的头顶上方、视线方向及人物的动作方向上要留有一定的空白。

（4）确定好画面的趣味中心：利用好心理趋合（Psychological Closure）。这里的心理趋合是指利用人们的想象力去填充人们实际在画面中并没有看到的空间。要注意心理趋合效应在观众心里形成的反应。

5. 静态构图

静态构图是用固定镜头拍摄相对静止的对象；在一个镜头内只表现一种构图形式（如黄金分割、三角形分割等构图方式）。画面的构图中心是观看者的视觉中心或兴奋中心。由于静态构图的画面框架是静止的，拍摄对象也是相对静止的，较少有人为加工的痕迹，它所表现的是封闭的影视空间和相对静止的时间概念。

静态构图的作用：

（1）静态构图使观众有充足时间观看画面内容，画面中被摄物体的静止形态适合观众清楚辨认。

（2）静态构图体现出静止的观看方式，体现出一定的现场感和客观性。

（3）静态构图通过展示被摄主体静止时的神态、状况，使观众容易进入被摄主体的内心深处。

（4）静态构图可以表现出画面的独特意境，比一般镜头更具有象征性和写意性。

（5）利用静态构图可以产生一种视觉铺垫和参照，能够在运动镜头的前后画面给人以宁静、稳定的感觉，实现情绪的对比。

6. 动态构图

动态构图是用静止或运动镜头拍摄相对运动或静止的拍摄对象，也就是造型元素和造型结构发生连续性变化的一种构图形式，它是电视、电影摄像所特有的，也是最基本的构图形式之一。动态构图常被用于长镜头或综合运动镜头之中。

动态构图表现手法为推、拉、摇、移、跟、升降、甩等，摄像师要根据运动变化的特点去组织镜头内容。

动态构图的作用：

（1）动态构图能起到交代环境、突出主题、刻画细节、阐明对象间关系等作用，更吸引观众注意力。

（2）动态构图由于画面结构的变化，会影响观众对画面内部构图元素的注意程度，调整观众视线，具有一定的指向作用。

（3）动态构图能形成鲜明和多变的画面节奏，产生复杂的心理暗示。

（4）动态构图能使物体之间、镜头之间产生更多的联系，使镜头内容更具有联系性和连贯性。

1.4.2　摄像布局

摄像布局主要是指主体、陪体、前景、后景、背景、空间、均衡等各组成部分的相互关系。在一个影视节目的制作中，为了揭示主题思想内容，把所有的构图要素结合成一个和谐的整体，并根据构图原理对各要素作适当的安排，使其搭配得当、布局合理、主次分明。

1.　画面的组成要素

（1）主体。

主体是影视画面中所要表现的主要对象，是构成影视画面的主要部分。主体在影视画面中既是内容表达的重点，又是画面构图的结构中心。它可以是某一个被摄对象，也可以是一组被摄对象；主体可能是人，也可以是物。摄像师在构图时首先要确立主体，并通过构图处理好主体与陪体、主体与背景等画面结构内容之间的相互关系，达到既能很好反映主题思想，又便于观众分清主次的目的。

表现主体的形式，大致有两种方法：直接表现与间接表现。

- 直接表现：直接表现主体即运用一切可能因素，在画面中给主体以最大的面积、最佳的照明、最醒目的位置，将主体以引人注目、一目了然的结构形式直接呈现在观众面前。
- 间接表现：间接突出主体一般以远景表现主体，主体在画面中占的面积往往不大，但却是画面结构中心，吸引着人们的视线。这种表现方法比较含蓄，侧重于环境的陪衬和气氛的烘托来表现主体。不着重于阐述主体特征和质感，而着重于神韵和内涵的传达，使人们有更多的回味。主体的突出，在影视画面中往往是从间接表现入手，然后转为直接表现。如主体人物从远处的群体中走出来，并且越走越近，在画面中也越来越大。

（2）陪体。

陪体是和主体密切相关并构成一定情节对象的画面构成部分。陪体与画面主体紧密联系，在画面中与主体形成某种特殊关系，或帮助主体进行主题思想表现的对象。陪体也是画面的有机成分和构图的重要组成部分，主要有陪衬、烘托、突出、解释和说明主体的作用，如在运动会的赛场，运动员沿着跑道飞快的奔跑，这时运动员就是画面的主体，而长长的跑道就是陪体。

表现陪体的形式有 4 种方式：与主体同时出现、先于主体出现、后于主体出现和主体画面外表现。

- 与主体同时出现：当主体和陪体同时出现时，在画面构图中陪体应处于与主体相应的次要位置，使其既能与主体构成呼应关系，又不至于分散观众的注意力，更忌喧宾夺主。

- 先于主体出现：如镜头中首先出现的是道路旁边夹道观看的人群，兴高采烈地注视着画面的右侧，即画框以外尚未出现的主体。然后，镜头渐渐拉开，只见一辆游行花车正缓缓向左驶来。在该镜头中，先出现的人群为后出现的主体烘托了气氛，起到了很好的陪体作用。
- 后于主体出现：如画面中首先出现的是眼含泪珠、脖挂奖牌的运动员（主体），然后，镜头缓缓向上摇起，画面中出现了正在升起的五星红旗（陪体）。这种表现手法，使主体画面的内涵得到了进一步延伸。
- 主体画面外表现：这种表现方式，陪体不出现在画面中，而是在画面之外，靠观众的联想形成。一般是利用主体视线、动作及线条的朝向来诱发观众的想象。

（3）前景。

前景是指影视画面中主体前面或靠近镜头的景物或人物，表现出一定的空间关系和人物关系。前景有时可能是陪体，但更多情况下前景是环境的组成部分。前景可以帮助主体表现主题内容，增强画面的表现力度，强化画面的纵深感和空间感，增加画面的视觉空间深度，还可以均衡构图和美化画面。有时还可以表现时间概念、季节特征和地方色彩，表现拍摄现场气氛，如用花朵、柳絮、枫叶、冰柱、芦苇等做画面的前景，可以给观众以鲜明的季节印象。

前景在画面中的安排，多数情况中用于场面大、景物层次较多的画面之中。根据画面内容和拍摄者构图的需要，还可以将前景安置在画面框架的上下边缘或左右边缘，甚至可以布满画面，如雨幕、烟雾等。但是，前景的运用和处理应以烘托、陪衬主体以及更好地表现主题思想为前提。凡破坏主题、破坏整个画面结构的前景都要舍弃，以求画面的简洁。

（4）后景。

后景指与前景相对应，在主体之后、背景之前的人物或景物。影视画面中的后景可以是陪体，也可以是环境的组成部分。后景可以形成与主体的特定联系，增加画面表现内容，帮助主体揭示主题，增加画面空间深度和透视感，使画面呈现出多层立体的造型效果。

在选择处理后景时，应注意后景的影调、色调应与主体形成一定的对比，应尽量避免主体与后景的影调、色调相近或雷同。要利用各种技术手段和艺术手段简化背景，力求后景的线形简洁、明快，以尽可能简洁的背景衬托主体；后景的清晰度和趣味性不应超过画面主体等。

（5）背景。

在画面构图中背景是可以看见的各层景物中的最后一层，是画面中距离摄像机镜头最远的景物，是环境的重要组成部分，可以是山峦、大地、天空、建筑，也可以是一面墙壁、一块布幕或一扇窗户。背景可以丰富画面内容，对主体起烘托作用，同时也可以增加画面的景物层次，拓展画面的纵深空间，并且能够通过色彩、影调等视觉元素均衡视觉画面构图、美化画面。

如何处理好背景，应从以下几个方面入手：

- 首先要抓住背景的特征，也就是把反映主体所处的典型环境、地点或事件发生的时间、季节、天气等富有特征的事物组织在背景里。这样可以帮助观众理解内涵、情节内容和人物性格等。
- 其次要运用背景与主体之间的对比手法。利用光线明暗、色调的不同、线条和形状结构的差异，使观众对主体与背景产生距离感，有力地衬托出主体的轮廓线条，并使主体具有立体感和空间感。

● 背景的色调和线条应力求简洁、单纯，要避开杂乱的与主体无关的人物和景物。如果背景上有破坏主体形象和破坏画面的物体和线条时，要改变拍摄角度或调整镜头的焦点，使背景变得模糊，或利用光线使无关的景物隐没在暗色调中。

一幅完整的画面包括以上 5 个基本组成部分，但不是所有画面都具备上述的每个部分，有的画面只有主体和背景部分，有的画面五个部分都具有，但无论如何组成，目的都是为了突出主体。

2. 构图布局中的规则

（1）三角形布局 ：三角形布局根据的是三点构成一个面的原理。三角形布局可以使人感觉稳定。

（2）线条会聚构图：线条会聚构图是将主体安排在画面有方向的线条会聚点上，将观众的视线引向主体。例如，一条斜向的宽广的柏油马路，在远处的会聚点上有一辆汽车，虽然汽车只占画面很小的一部分，但是由于路面的斜线会聚，使得观众的视点自然而然落到了汽车上。

（3）井字分割："井"字的交点是视线集中的地方，因而常把主体安排在这些位置的附近。

（4）色块对比构图。

色块对比构图是按照心理学原则，将暗调中的亮块、亮调中的暗块、色块对比强烈的色块等作为画面的构图中心，以引起观众的无意注意。色块对比构图在张艺谋执导的一系列影片里都有所见，例如，在《大红灯笼高高挂》里，灰色的背景与红色的灯笼形成强烈的对比，引起观众视觉上的冲击。

（5）黄金分割。

黄金分割构图是按美学原则，把一段直线分成大小两段，使小段与大段的比等于大段与全段的比，比值为 1:1.618。在美学上认为用这种比例画出的长方形，最能给人以美感。电视屏幕的宽高比为 4: 3，接近黄金分割。

将黄金分割构图方法应用于影视节目中，要注意在镜头切换时，视觉中心不应有较大的跳跃。第一个镜头的视觉中心如在右上，第二个镜头的视觉中心最好也在右上或移至右下，不要猛然跳到左下。否则会造成视觉混乱与疲劳。

1.4.3　影视蒙太奇的运用

1. 什么是蒙太奇

蒙太奇（Montage）是从法国建筑学上借用来的名词，原意是"安装、装配、构成"的意思，即将各种建筑材料，根据设计图将其组合成一个整体。

电影工作者引用"蒙太奇"用来说明影片镜头的组接。按剧本或影片的剧情需要，分别拍成许多镜头（画面），然后再按照原定创意，把这些不同镜头有机地组接在一起，使其产生连贯、对比、联想、衬托、悬念、强弱、舒缓等作用，并组成一部完整影片。这种构成形式与艺术方法称之为影视蒙太奇。蒙太奇效果的实现，是通过导演、摄像、剪辑等相互配合共同完成的。

2. 蒙太奇的功能

（1）剪切功能：通过对镜头、场面、段落的剪切，对素材进行选择和取舍，使选取的素材高度概括和集中，为镜头的组接做好前期准备。

（2）组接功能：每个镜头虽然只表现一定的内容，但组接成一定顺序的镜头，便能引导观众的注意力，激发观众联想，启迪观众思考。

（3）创意功能：使用蒙太奇可以创造独特的影视时间和空间，通过艺术的剪切和有机组接，使作品产生超凡的艺术魅力。

3. 蒙太奇的表现形式

法国电影理论家马尔亭提出了蒙太奇的两种形式：一是叙述蒙太奇，二是表现蒙太奇。

（1）叙述蒙太奇（连续蒙太奇）：是按照事物的发展规律、内在联系、时间顺序，将不同的镜头连接在一起，表现一个情节或故事，是最单纯的形式，创意性较小。叙述蒙太奇又可分为顺叙、倒叙、插叙和分叙等几种形式。

（2）表现蒙太奇（队列蒙太奇）：是把个别镜头排列在一起，通过两个形象的冲突，产生一种特别的艺术效果。这种表现方式富有高度的创造性，是以视觉的隐喻、明喻或象征的表现手法，直接深入事物的核心（本质），变现得更为深刻、更富有哲理性。

4. 蒙太奇与剪辑的关系

剪辑是随着电影发明后分段拍摄时期产生的，也是在蒙太奇理论指导下发展的。蒙太奇理论是随着电影剪辑的实践而总结出来的，是在电影艺术不断发展中成长的。影视剪辑是影视蒙太奇最后的定型工作，也是完成影视蒙太奇形象的再塑、再创造。蒙太奇与剪辑两者不能混为一体，剪辑只是影视蒙太奇工作的一个组成部分。

5. 蒙太奇与长镜头的关系

蒙太奇学派的代表是前苏联的艺术家爱森斯坦、库里肖失和普多夫金等。蒙太奇学派是从主观的思考构想出发，然后结合对生活的客观观察来确定构思方案。呈现给观众的视觉形象是短镜头，着重于写意的表现。

长镜头是连续对一个场景、一场戏进行较长时间的拍摄所形成的镜头。在拍摄长镜头时，通过摄像机的运行，形成多角度、多机位的效果，造成画面空间的真实感和一气呵成的整体感。长镜头的代表是法国电影理论家安德列·巴赞。长镜头学派是从客观观察生活出发，结合主观思考确定构思方案。长镜头着重于写实的表现。

1.4.4　画面因素对拍摄的影响

在影视节目拍摄过程中，画面因素直接影响摄像师对镜头的运用，这些因素如果运用不当，会使画面不稳定、不协调，甚至会破坏影片的整体效果。

1. 位置

在不改变视角或高度的情况下，上下两个镜头中主体的位置以及空间关系应保持大致重合，否则便会造成视觉的跳跃感。要遵守轴线规则，不可随意跳轴。例如拍摄两个人对话，上一镜头甲、乙两人分别在画面的左右两侧，下面单拍两人的分镜头时，若甲跑到了画面的右侧，乙跑到了画面的左侧时，看上去就会缺乏连续感，所以分镜头也应保持两人在画面中的大致位置关系不变，这样组接起来才不会造成视觉上的混乱。

2. 视线

视线使前后两个镜头互为联系。这种镜头一般具有主观性，视线的目标物应与视线相匹配，如仰拍、俯拍或摇或移都取决于主体的视线，因此，推或拉就显得不太合适，因为它不符合人眼的特点。

3. 主体

在用成组镜头表现主体时，不同景别的顺序安排要注意主体的连续性。例如可以由特写接到大全景或远景，但若倒过来，主体在这两个镜头中就较缺乏连续感了。

4. 环境

户外拍摄时应注意天气以及光线的变化，因为有时一个镜头要拍上很长时间，而这时光线已发生了改变。所以，如果在情节上同一时间发生，但光线效果已不一致的上下两镜头组接在一起，便会毁坏视觉的连续感。不仅如此，即使在同一时间拍摄，比如上一镜头直面光线，而下一镜头背光，如果组接起来也会造成明与暗的不连续感，应注意避免这种情况。另外，前期分镜拍摄中，背景造型如物品摆放甚至一些构图线条的不同，都会造成穿帮镜头，给人不真实感。

5. 影调与色彩

一般来说，一部影片有它独特的基调，而一个完整的段落，影调与色彩也应该是协调连续的，高调与暖色一般表现愉快的情绪，低调与冷色则与压抑的气氛匹配。比较突出的一个例子是波兰导演基耶斯洛夫斯基的三部曲《红色》、《白色》和《蓝色》，就是分别以这3 种颜色为影片的色彩基调，并与作者想表达的艺术理念很好地融合在一起。但有时这种不连贯也可以用来做段落的转场。例如斯皮尔伯格执导的《辛得勒的名单》，在结尾处影片由黑白转为彩色，人们刹那间重新回到了温暖和平的日子。

第 2 章　影视照明技术

2.1　光与色的基本理论

生活在一个多彩的世界里。白天，在阳光的照耀下，各种色彩争奇斗艳，并随着照射光的改变而变化无穷。但是，每当黄昏，大地上的景物无论多么鲜艳，都将被夜幕缓缓吞没。在漆黑的夜晚，不但看不见物体的颜色，甚至连物体的外形也分辨不清。同样，在暗室里，什么色彩也感觉不到。这些事实告诉人们：没有光就没有色，光是人们感知色彩的必要条件，色来源于光。所以光是色的源泉，色是光的表现。

2.1.1　光的本质

人们对光的本质认识，最早可以追溯到 17 世纪。从牛顿的微粒说到惠更斯的弹性波动说，从麦克斯韦的电磁理论到爱因斯坦的光量子学说，以至现代的波粒二象性理论。光按其传播方式和具有反射、干涉、衍射和偏振等性质来看有波的特征；但许多现象又表明它是由能量的光量子组成的，如放射、吸收等。在这个基础上，发展了现代的波粒二象性理论。

光的物理性质由它的波长和能量决定。波长决定了光的颜色，能量决定了光的强度。光映射到人眼时，波长不同决定了光的色相不同。波长相同能量不同，则决定了色彩明暗的不同。在电磁波辐射范围内，只有波长 380 nm 到 780 nm（$1nm=10^{-6}mm$）的辐射能引起人们的视觉，这段光波叫做可见光。在这段可见光谱内，不同波长的辐射会引起人们对不同色彩感觉。英国科学家牛顿在 1666 年发现，把太阳光经过三棱镜折射，然后投射到白色屏幕上，会显出一条像彩虹一样美丽的色光带谱，从红开始，依次接临的是橙、黄、绿、蓝、靛、紫七色。这是因为日光中包含不同波长的辐射能，刺激人眼时，会产生不同的色光，而混合在一起并同时刺激人眼时，则是白光，人们感觉不出它们各自的颜色。但是，当白光经过三棱镜时，由于不同波长的折射系数不同，折射后投影在屏上的位置也不同，所以一束白光通过三棱镜便分解为上述 7 种不同颜色的光，这种现象称为色散。红色的折射率最小，紫色最大，这条依次排列的彩色光带称为光谱。这种被分解过的色光，即使再一次通过三棱镜也不会再分解为其他的色光。我们把光谱中不能再分解的色光叫做单色光，由单色光混合而成的光叫做复色光，自然界的太阳光、白炽灯和日光灯发出的光都是复色光。

2.1.2　光通量、发光效率和发光强度

1. 光通量

光通量表示光源在单位时间（一秒钟）内通过某一面积时的光能，也称为该面积上的光通量。符号用 φ 表示，单位为流明，符号为 Lm。

1 流明是指 1cd（坎德拉）的点光源处在一个圆球的中心，圆球半径为 Lm，这个光源在一秒钟内发出的光在通过球面的 1 平方米弧顶形面积的光能总量。一个 40W 的白炽灯泡

的光通量约为 350 Lm。

2. 发光效率

发光效率是指光源的利用效率，它表示每消耗 1W 电功率所发出的光通量，即每瓦光通量（Lm/W）。

3. 发光强度

发光强度表示光源在单位面积内光通量的多少，也就是说光源向空间某一方向辐射的光通密度。符号用 I 表示，单位为坎德拉（cd）。通俗地讲发光强度就是光源所发出的光的强弱程度。

2.1.3　亮度与照度

1. 亮度

亮度是表示物体表面发光度的一个物理量。它是指光源在单位面积上的发光强度。用符号 L 表示，其单位为 cd/m^2 或（cd/cm^2）。

$$L=I/A$$

式中，I 表示发光强度，单位为（cd）；
　　　　A 表示沿法线方向的发光面积，单位为 cm^2 或 m^2。

一盏 40W 荧光灯的表面亮度约为 $0.7\ cd/cm^2$；太阳光的亮度约为 $2×10^5 cd/cm^2$。

表面发光既可以是物体本身（如：灯丝）直接辐射出的光，也可以是在入射光照射下的某一表面反射出来的光。

光源的明亮程度与发光体表面积有关，发光面积越大，则越暗，反之则越亮。

亮度与发光面的方向也有关，同一发光面在不同的方向上其亮度值也是不同的，通常是按垂直于视线的方向进行计量的。

在影视照明中，如果要降低被摄物的亮度，尤其是人物脸部，通常做法是把灯的距离拉远一些，或者在灯前加上柔光纸，以减小光线强度。

2. 照度

照度表示物体表面受到光线照射后，在单位面积上所得到的光通量。照度用符号 E 表示，单位为勒克斯，用符号 Lx 表示。亮度和照度是两个不同的概念。

1Lx 表示在 $1m^2$（1 平方米）的面积上获得 1Lm 光通量的均匀照射量。照度对于影视拍摄中的曝光和色彩还原均有重要作用。

（1）照度定律。

当使用人造点光源进行影视照明时，光线入射到某物体表面后，单位面积的光通量会随着光源的发光强度、光线的入射角度以及光源与物体之间距离的不同而发生变化。

照度与光源发光强度成正比，与被照物体距离的平方成反比。当光源发光强度不变时，光源与被摄体之间的距离越近，照度就越大，反之就越小。

照度=发光强度/距离的平方

举例来说，假设发光强度恒定为 I，在 3 米处被摄体所接受的照度是 $I/3^2=I/9$ Lx，当距离在 6 米处，此时的照度为 $I/6^2=I/36$ Lx，被摄体接受的照度是原来的 1/4。

（2）照度的计算。

在影视照明中，照度直接影响到影视画面的清晰度和色彩还原程度。在拍摄现场应如何测算照度？照度究竟需要多少勒克斯才能够保证画面的清晰度和色彩还原正常呢？在这些问题上，应考虑以下几个因素：

● 拍摄现场所要求的环境气氛。

● 摄像机的技术指标。

● 光源的发光强度。

● 灯具的数量。

在进行照明设计和布光的时候，通常要进行照度的计算。计算的时候要掌握两个数据：光源发光强度和光源与被照射物体之间的距离。

下面用实例来阐述照度测算的方法。

如在演播室内用 1 盏 3 kw 的聚光灯对 1 个 5 m 距离处的被摄物体进行照明，假如该聚光灯的发光强度是 37500 cd，问被摄物体的照度是多少？

根据公式：照度=发光强度/距离的平方=37500 cd/5^2 m= 1500 Lx

该被摄物体的照度就是 1500Lx。

2.1.4　色温、显色性及色彩

1. 色温

色温是指某一种光源所发射的光的颜色与黑体加热到某一温度时所发射的光的颜色相同时，就用黑体的该温度表示该光源的颜色温度，简称色温。

根据能量守恒定律：物体吸收的能量越多，加热时辐射的本领愈大。黑色物体对光能具有较大的吸收能力。如果一个物体能够在任何温度下全部吸收任何波长的辐射，那么这个物体称为绝对黑体。绝对黑体的吸收本领是一切物体中最大的，加热时其辐射本领也最大。天然、理想的绝对黑体是不存在的。人造黑体是用耐火金属制成的具有小孔的空心容器，进入小孔的光，将在空腔内发生多次反射，每次反射都被容器的内表面吸收掉一部分能量，直到全部能量被吸收为止，这种容器的小孔就是绝对黑体。

色温是 19 世纪未由英国物理学家洛德·开尔文所创立的，他制定出了一整套色温计算法，而其具体确定的标准是基于某一黑体辐射器所发出来的波长。开尔文认为，假定某一纯黑物体，能够将落在其上的所有热量吸收，而没有损失，同时又能够将热量生成的能量全部以"光"的形式释放出来的话，它便会因受到热力的高低而变成不同的颜色。例如，当黑体受到的热力相当于 500°C～550°C 时，就会变成暗红色，达到 1050～1150°C 时，就变成黄色。因而，光源的颜色成分是与该黑体所受的热力温度相对应的。在色温的计算上，是以 K(Kelvin) 为单位，黑体辐射的 0°K= −273°C 作为计算的起点。

打铁过程中，黑色的铁在炉温中逐渐变成红色，这便是黑体理论的最好例子。当黑体受到的热力使它能够放出光谱中的全部可见光波时，就变成白色，通常所用灯泡内的钨丝就相当于这个黑体。色温计算法就是根据以上原理，用 K 来表示受热钨丝所放射出光线的色温。根据这一原理，任何光线的色温就相当于上述黑体散发出同样颜色时所受到的"温度"。颜色实际上是一种心理作用，所有颜色由印象产生，由于时断时续的光谱在眼睛上的反应，所以色温只是用来表示颜色的视觉印象。

　　电影、电视以及摄影都是在两种色温的情况下拍摄的。一种是户外自然光拍摄（约5600K 色温）；另一种是户内灯光下拍摄（约 3200K 色温），这两种拍摄是根据不同的拍摄环境用不同照明灯具来取得的，两种光源都有它的局限性。在摄像机及摄影胶片上都有这两种不同色温功能及分类产品。光源色温不同，光色也不同，色温趋低时逐渐呈黄红色，有稳重的气氛和温暖的感觉；色温在 5500K 左右时呈白色，为中间色温，有爽快的感觉；色温趋高时逐渐呈蓝白色，有冷的感觉。除此之外，色温也受亮度的影响，高色温光源照射下，如亮度较低则给人一种阴沉的气氛；低色温光源照射下，亮度过高会给人一种闷热感觉。不同光源环境的相关色温如表 2-1 所示。

表 2-1　不同光源环境的相关色温

光源	色温
北方晴空	8000k～8500k
阴天	6500k～7500k
夏日正午阳光	5500k
金属卤化物灯	4000～4600k
下午日光	4000k
冷色荧光灯	4000～5000k
高压汞灯	3450～3750k
暖色荧光灯	2500～3000k
卤素灯	3000k
钨丝灯	2700k
高压钠灯	1950～2250k
蜡烛光	2000k

2. 显色性

　　显色性是指某光源照射到物体上所显示出来的颜色，与标准光源照射下该物体颜色相符合程度的物理量。显色性表示光源能否正确地呈现物体颜色的性能。

　　标准光源就是以该标准光源的技术参数为标准来观察光源的颜色。国际标准化组织在2000 年专门制定了一个标准，即 ISO3664:2000。在这个标准中，详细规定了标准光源观察环境中所使用的人造光源的光谱要求，光源的亮度和均匀度要求以及对光源周围环境的要求。该标准规定标准光源的色温必须是 5000K（±5%），即在这种光源色温下观察颜色基本上近似于在中国大部分地区的上午 8 点至 10 点，下午 3 点至 5 点在自然光下观察颜色的效果。5000K（D50）是一种发光体的颜色略为偏暖色调的光源，国际标准化组织 ISO 将 D50 光源定义为对标准色温。6500K(D65)是一种发光体的颜色略为偏冷色调的光源。在欧美国家 D65光源逐步被 D50 光源取而代之，但在中国，D65 目前仍然是大量使用的标准色温之一。

3. 显色指数

　　显色指数用 Ra（colour rendering index）表示，用来衡量某一光源照射下所能看到的颜色与在标准光照射下所能看到颜色之间的比值，即 Ra=在某一光源照射下所能看到的颜色÷

在标准光照射下所能看到的颜色。Ra 越大，显色性能就越好，反之则越差。

光源的显色指数可以表示显色性，如果光源的光谱线是连续的，并且光谱线的能量分布是比较均匀的，那么光源就能准确呈现物体颜色。通常，规定标准光源的显色指数 Ra=100%，一切人造光源的显色指数均低于 100%。Ra 愈接近 100%，表明在该光源照射下所显现的颜色与在标准光照射下所显现的颜色差异就愈小。大部分光源下都是能显示颜色的，普通的荧光灯显色指数是在 50 左右，但是可以分清红色还是黄色。显色指数的变化对显色性的影响如表 2-2 所示。

表 2-2   显色指数变化表

指数（Ra）	等级	显色性	一般应用
90～100	1	很好	需要色彩精确对比的场所
80～89	2	较好	需要色彩正确判断的场所
60～79	3	一般	需要中等显色性的场所
40～59	4	差	对显色性的要求较低，色差较小的场所
20～39	5	较差	对显色性无具体要求的场所

4．色彩

色彩是构成彩色画面的基本要素。色彩具有色别、色纯度和色亮度 3 个特征。

色别是指各种物像的颜色；色纯度即饱和度，表示颜色纯正的程度；色亮度就是明度，是指同一色别在不同光线照射下所呈现的明暗程度，也指不同的色别互相比较存在的明暗区别。通过色轮图可以对颜色有个更清楚的认识。以圆心为对称点的两种颜色互为补色，红、绿、蓝是最基本的颜色，所以被称为原色。其他颜色则是两种或两种以上的原色、补色混合而成，称为复色。补色和原色纯度高，颜色鲜艳，刺激性强。复色颜色较柔和，刺激性小。

人眼对黄、绿色区域灵敏度高、色亮度大，而对红、紫色区域却相反。

在色轮上直接相对的两种颜色为相对色，相对色和补色一样，对比强烈，色反差大，若搭配在一起显得鲜明、艳丽；左右相邻或互相靠近的几种颜色为相邻色或相关色，它们之间对比弱，色反差小，若搭配在一起显得柔和、自然。

在拍摄画面时，要根据传递的视觉信息的不同来选择色彩搭配。如用相对色来达到强烈的对比效果，用相关色来达到柔和、和谐的图像，如图 2-1 所示为色轮图。

图 2-1   色轮图

2.2　影视照明概述

影视照明在影视节目的制作中占有举足轻重的地位。从编导的创意到舞美、化妆、服装、道具的造型及色彩，都要通过灯光人员的艰辛劳动，才能在画面中重现。

2.2.1　影视照明的特点

影视照明的特点主要表现在以下几个方面：

1. 时效性

影视照明具有很强的时效性。它要求照明师在较短的时间内完成导演满意的照明设计和布光工作。特别是外出录制节目时，照明师如果延误了布光时间，就必然会影响到整个拍摄进度。

2. 写实性

影视照明的光效应追求自然光线效果，以便趋于真实，接近自然生活。通过光线的"自然"投射方向和光比大小的"自然光照"来反映场景的环境气氛；"自然光照"所产生的色彩效果可通过人们的视觉效果和生理反应来达到思想感情上的共鸣。

3. 适当的光比

相对于舞台照明来说，影视照明的光比要小，这是影视的技术特点所决定的。所谓光比，就是在光线层次中，最强光与最弱光之比。影视画面中不同的物体之间以及被摄体本身不同部位之间的光比不能太大，否则，太亮的地方因信号强度过大而超过规定的视频幅度，出现限幅现象；在亮度过暗的地方则出现杂波（噪声）。

4. 色彩的浓淡

影视技术特点要求影视光线色彩（饱和度）宜淡不宜浓。照明运用到环境、物体或人物时，要根据录制后的画面色彩效果选用合适的滤色纸，以使人的脸部肤色还原正常，否则很容易出现"变色"问题。

2.2.2　影视照明的技术性与艺术性

影视照明是用光绘画、造型、表达空间和时间的艺术。影视照明技术直接影响影视图像的质量，影视照明不好，不仅影响节目的艺术效果，还会影响影视画面的色调、层次、清晰度等。因此，研究照明的技术、方法是制作高质量影视节目的一个重要环节。

影视是一门综合性艺术，需要各有关工种的通力合作、密切配合才能完成节目的摄制工作。影视照明具有一定的时效性。在掌握并运用影视技术照明的原理、特点、设备条件的同时，也要求掌握照明在光比和色彩运用上的一定规律。

影视照明是影视艺术的重要组成部分，也是影视艺术创作中的重要表现手法。从技术上讲，影视照明为影视画面拍摄提供必需的基本光亮度，为影视节目现场营造艺术气氛并确保影视画面达到广播级的技术要求。从艺术上讲，影视照明不仅可以美化影视画面，丰富视觉效果，还可以烘托情节气氛，揭示和刻画人物心理，突出和升华作品的主题。因此，影视照明充分体现了影视的技术性与艺术性两个层面。从画面视觉效果来看，其艺术性是目的，技术性是手段。但随着影视技术日新月异的发展，影视制作对照明技术与硬件要求也越来越高。影视照明新技术促进了影视艺术效果多样化，进而提高了影视制作的整体水平。影视照明的技术性与艺术性是一个有机整体，二者相互依存、协调统一、相辅相成、共同发展。

影视艺术是依靠画面语言为主要表现手段的一门综合性艺术。影视照明利用光线的描绘，参与画面形象的塑造、环境的再现、气氛的烘托、人物性格的刻画、内心世界的展示等艺术创作过程。影视照明还可以利用其独特的艺术处理手法，运用不同的角度、不同的光比、不同的色彩等各种光线效果来表现被摄体的视觉特征，所以只有在二维的平面上，才能塑造出能表达物体表面结构、质感、立体形状和空间深度的三维立体形象。

2.2.3 影视照明对画面质量的影响

在影响画面质量元素中，受照明影响的因素有色彩、影调、景深和清晰度等。可以用3个基本参量来描述色彩，即亮度、色调和色饱和度。能否正确地再现景物的各种色彩，是衡量图像技术质量最基本的标准之一。另外，影调是指画面中明暗层次及色彩明暗关系。不同的影调关系及影调变化，可达到突出主体、表达情绪、传递信息的目的；景深有无会影响画面立体感；清晰度也是影响画质的元素。而影响这些元素的根本原因是照度和光比。

1. 照度

在电影照明中，由于胶片感光的特殊需要，对灯光的亮度要求较高。但是现代影视技术对摄制的灯光要求就较低，但也有自己的特点。虽然现在的数字摄像机可以在一个烛光下就可以照出图像，但这仅仅是某一特定的要求。在实际专业影视拍摄中要具备相当高的图像质量和艺术感觉的敏感，它既要求贴近实际图像，又要求有高于实际画面的水平，并有一定的艺术感染力，这就对灯光的依赖性就成为必然。

不同灵敏度的摄像机，对照度的要求是不同的。灵敏度高的，要求的照度低一些；灵敏度低的，要求的照度就要高一些。只有满足了摄像机的照度要求，才能保证摄像机处于最佳工作状态，并获得高质量的画面。

在外景自然光照明的条件下，照度过高。此时若不及时作调整就会使画面曝光过度，影响图像质量。通常解决的办法是用中性滤色片来调节进入摄像机的光通量。

在演播厅内，使用的是人工光源—电光源，其光照度、距离、高度等参数都可根据需要而灵活改变，给景物或环境照明控制带来很大的方便性。

2. 光比

用来照明某一被摄对象的两只灯光，就其产生的总效应来说，它们之间的强度差，就称为光比。运用不同的光比，可使景物表现出不同造型效果和艺术氛围。通常，形成光比的两种光线是主光和补光。

3. 控制光比的规律

（1）对于高反射系数的景物，如浅色物体、光亮表面等，因对光线的反射较多，所以要相应降低照度。

（2）尽量不要把两个极端反射系数的景物放在相邻位置上，以免造成过大的对比度，如人物尽量避免白上衣和黑裤子搭配。

（3）对反射系数小的景物，如场景的暗部，可适当增加照度，以降低亮部与暗部的对比度。

恰当地运用光比，可使所拍画面的影调、影像层次，色彩与色调层次都具有良好效果，从而增强画面的艺术表现力和感染力。

4. 光比的测定

照度的测定是为了给摄像机的正常工作建立一个基准照度标准。测量时，应把测光表靠近被摄景物的前面并对着摄像机的方向。这样，对该景物有效的所有光源的总体照度，包括主光、辅助光和逆光等。

测光表大概可分为两大类，一类是用于测量被摄景物接受的入射光，称为入射式测光表，也叫照度式测光表。测光时，测光表直接朝向照明光源或摄像机方向。另一类是用来测量被摄景物的反射光，称为反射式测光表，又叫亮度式测光表。使用时，必须把测光表朝向被摄景物，测出该景物各个部位的平均亮度。入射式测光表和反射式测光表在使用上各有优缺点，大多数的手持测光表同时兼有两种以上的测光方式。

若要检查场景中光线的分布情况，例如是否均匀，可拿着测光表在场景中走动，测光表指向主要的摄像机，根据测光表读数变化大小，便可了解光线的分布情况。

为了获得准确的测量结果，应注意测光表的位置和测量方向。

亮度的测量可使用反射式测光表，测量的是景物反射光的平均强度，目的是根据所测得的亮度值，了解场景内景物的亮度层次和亮度对比度，从而根据技术和艺术的需要作出适当的调整和平衡。测量时，应把测光表向着被摄景物的方向进行测量，所得的亮度值作为控制景物局部亮度层次和对比度的依据。测量时应注意不要正好站在光源和目标景物之间，否则测得的不是景物实际反射的光强。

在照相与电影的拍摄过程中，常常使用照度计来确定光圈指数。在影视拍摄时，可以直接从监视器上获得光圈大小对画面质量的影响情况，并可立即纠正光圈指数，所以在影视拍摄时很少使用照度计。

摄像机容许的对比度为 30∶1（或更高 50∶1）。也就是说，只有当对比度在这一动态范围内时，景物亮度才能正确地按正比例关系重现。影视照明的任务就是要在摄像机的动态范围内，控制景物的亮度范围，使其恰好容纳在重现的画面之中，使得景物的层次、质感、色彩等获得良好再现，使画面在技术和艺术上都达到最佳效果。

2.2.4　影视照明的色彩感受

色彩感受包括色彩效果对影视观众所引起的视觉感受与心理感受。色彩的视觉感受具体是指色彩对人的视觉器官——眼睛和大脑所产生的刺激作用，即色彩对人所产生的生理感受。色彩的心理感受是一种客观而又复杂的现象，同样的一种色彩，会因人的个性、接受时间、生理状况、情绪的差异而产生不同的差异，也会因年龄、性格、生活、种族、风俗习惯等有个体或群体差异。当色彩与环境气氛和形象联系起来时，就会引起人们在情绪和思想感情上的共鸣。因此，通过对色彩的研究，从色彩对人的生理及心理两个方面的影响出发，创造出具有艺术感染力的彩色画面。

影视画面的色彩会使观众产生冷暖感、距离感、轻重感、兴奋感与冷静感等多种的感觉，这些都是人们长期形成的视觉习惯。

1. 色彩的冷暖感

色彩本身并不具备物理温度的高低，但是由于人的心理因素和思维联想，当人们看到蓝色时，便会与水、冰等相联系，从而产生寒冷的心理反应，这种色彩对人心理上的冷暖反应，就是色彩的冷暖感。

2. 色彩的距离感

色彩还会对人产生远近不同的心理感觉。不同颜色的物体处在同一距离上，但是人的视觉感受是不一样的，暖色给人以向前移近的心理感觉，冷色则给人以远离的心理感觉。

3. 色彩的轻重感

在光的三原色中，绿色最轻，红色其次，蓝色最重。色彩的重量感觉是通过亮度和纯度变化表现出来的，当然也受颜色在画面中所占面积大小的影响，面积大当然就显得重。了解色彩的这些特性，有利于在照明设计中，注意色彩对构图的均衡、稳定等因素的影响。除此以外，不同的重量感和用不同的面积组织起来的画面，会造成不同的气氛，当视觉感受较重的色彩占主导地位时，会形成低调、深沉、神秘的心理效果。反之，当视觉感受由较轻的色彩组织画面时，就会形成欢快、高调的情绪效果。

4. 色彩的兴奋与冷静感

通常情况下，暖色系的颜色容易引起心理上的亢奋。其中以朱红色最具有兴奋作用。其他亮度较高、纯度较高的颜色如黄色、橙黄色等，也都极具煽动性。冷色系的颜色压抑心理亢奋，其中以蓝色最为寒冷或清静。另外其他亮度、纯度较低的颜色，也都倾向于冷静。

5. 色彩的易视性

不同的色彩，或者同一色彩在不同饱和度的情况下，给人的视觉所产生的吸引力是不同的，如暖色比冷色更具吸引力，饱和度高的颜色要比饱和度低的颜色更具吸引力，中小面积的颜色要比大面积的颜色更具吸引力 。

6. 色彩的基调

在影视画面中色调的分类按色相可分为红调、黄调、蓝调等，也可按照色彩的冷暖特性分为暖调、冷调、中性调，还可以按照亮度分为高调、低调、中间调等。

在画面中起主导作用的颜色叫基调色。如果画面中基调色不突出，画面就会显得很弱，如果色调不统一，画面就会显得很杂乱。而若色调缺乏个性、特点，则画面就会显得平淡。不同的色调可以使画面产生不同情感联想。

2.3　影视照明设备

影视照明设备包括影视照明光源、影视照明灯具、调光控制等设备。灯光设计师必须清楚所使用的灯光能起到什么作用，什么样的灯具能达到最理想的效果，什么样的控制设备能提供足够的控制手段，从而满足对灯光效果的控制要求。

2.3.1　影视照明光源

影视照明光源是为影视摄像机专门提供的特定照明光源。影视摄像机对照明光源的色温、显色性有特殊要求，故影视照明的光源对影视摄像有较大的影响。照明光源分为自然光源和人造光源两大类。

1. 自然光源

自然光源就是在白天才能感到的自然光，即昼光。昼光由直射地面的阳光和天空光组成。自然光源主要是日光，日光的光源是太阳，由于太阳光在大气中通过的路程长，太阳光谱分布中的短波成分相对减少更为显著，在朝、暮时，天空呈红色。当大气中的水蒸气和尘雾多，混浊度大时，天空亮度高而呈白色。日光的色温不是恒定的，它会随着时间、季节和气候的变化而不同：日出后 40 分钟光色较黄，色温约为 3000K；正午阳光雪白，色温上升至 4800K～5800K，阴天正午时分则约为 6500K；日落前光色偏红，色温又降至约 2200K。

2. 人造光源

使用照明灯具产生的光源称作人造光源。影视照明常用的人造光源有钨丝灯、卤钨灯、荧光灯、金属卤化物灯、氙灯等。人造光源的可控性强，因此，在影视照明中使用非常普遍，是影视照明的重要组成部分。人造光源既可以单独使用，又可以与自然光源配合使用。

（1）钨丝灯。

钨丝灯又被称为白炽灯，白炽灯是热辐射光源，具有连续的光谱能量分布。白炽灯的效率是最低的，它所消耗的电能较小，即 12%～18% 可转化为光能，而其余部分都以热能形式散失，但它显色性很好，显色指数可达 99。白炽灯的色温一般在 2400K～2900K 之间，属低色温光源。

（2）卤钨灯。

卤钨灯是一种热辐射光源。卤钨灯的外形一般都是一个细小的石英玻璃管，和白炽灯相比，其特殊性在于钨丝可以"自我再生"。实际上，在这种灯的灯丝和玻璃外壳中充有一些卤族元素，如碘和溴。当灯丝发热时，钨原子被蒸发向玻璃管壁方向移动。在接近玻璃管时，钨蒸气被"冷却"到大约 800℃ 并和卤素原子结合在一起，形成卤化钨（碘化钨、溴化钨）。卤化钨向玻璃管中央移动，又落到被腐蚀的灯丝上。因为卤化钨很不稳定，遇热后就会分解成卤素蒸气和钨，这样钨又在灯丝上沉积下来，弥补了被蒸发的部分。如此循环，灯丝的使用寿命就会延长。所以，卤钨灯的灯丝可以做得相对较小，灯体也很小巧。卤素灯一般用在需要光线集中照射的地方，由于工作温度高，光色得到改善，显色性指数 Ra 可达 99，其色温在 2850K～3200K，特别适合用于影视照明。

（3）荧光灯。

荧光灯即低压汞灯，它是利用低气压的汞蒸气在放电过程中辐射紫外线，从而使荧光粉发出可见光的原理来发光，因此它属于低气压弧光放电光源。荧光灯内装有两个灯丝。灯丝上涂有电子发射材料三元碳酸盐（碳酸钡、碳酸锶和碳酸钙），俗称电子粉。在交流电压作用下，灯丝交替地作为阴极和阳极。灯管内壁涂有荧光粉，管内充有 400 Pa-500 Pa 压力的氩气和少量的汞。通电后，液态汞蒸发成压力为 0.8 Pa 的汞蒸气。在电场作用下，汞原子不断从原始状态被激发成激发态，继而自发跃迁到基态，并辐射出波长为 253.7 nm 和 185 nm 的紫外线，以释放多余的能量。荧光粉吸收紫外线的辐射能后发出可见光。荧光粉不同，发出的光线也不同，这就是荧光灯可做成白色和各种彩色的缘由。由于荧光灯所消耗的电能大部分用于产生紫外线，因此，荧光灯的发光效率远比白炽灯和卤钨灯高，是目前最节能的电光源。

CINEMA 系列荧光灯。该系列中的 GE CINEMA32/55 型号的荧光灯是影视专用荧光灯系列，该灯采用全光谱混合荧光粉，从而使光色极大符合钨丝灯 3200K 的色温，以及日光色泽 5500K 色温的光谱。GE CINEMA32/55 光源的显色指数达到 95（最高为 100），其光色符合胶片及电子成像媒体的光谱灵敏度曲线，其应用在舞台、演播厅、新闻发布厅、电视电影拍摄、照相及数字成像等领域。

三基色系列荧光灯。三基色是指红、绿、蓝 3 种基本色光，荧光灯用的红、绿、蓝 3 种基色荧光粉都以稀土元素作为主要成分。三基色荧光灯就是在灯管上涂有三基色稀土荧光粉，并填充高效发光气体而制成的。它属于气体放电光源，是通过一定的电压作用在惰性气体上产生真空紫外线激发荧光粉而间接发光的。三基色荧光灯管的光色是由三基色按照不同比例合成的且有多种色温选择的高显色性光色（色温在 2500K～6500K，显色性可达95）。

（4）金属卤化物灯。

金属卤化物灯主要依靠金属卤化物作为发光材料，金属卤化物以固体形态存在灯内。因此，灯内必须充有少量的引燃气体氢或氩，以便点燃灯泡。点燃后，首先在低气压弧光放电状态工作，此时灯两极电压很低，约为 18V～20V，光输出也很少，这时主要产生热能，使整个灯体加热，引入灯中的金属卤化物随温度升高不断蒸发，成为金属卤化物蒸气。在热对流的作用下，不断向电弧中心流动，一部分金属卤化物被电弧 5500K～6000K 高温分解，成为金属原子和卤素原子，在电场作用下，金属原子被激发发光；另一部分金属卤化物不被电弧高温分解，在高温和电场双重作用下，直接激发形成分子发光。

由于各种金属卤化物蒸发温度不同，因此，粒子陆续蒸发参与发光，所以有不同的原子光谱相继出现，随着温度的逐渐升高，电弧中金属原子密度逐渐增加，产生共振吸收，原子特征光谱逐渐减弱直至消失，并向长波段扩展，由于灯温进一步提高并建立热平衡，于是全部金属卤化物蒸发，分子光谱随之出现，光色及亮度也趋于稳定，灯内气压可达几十个大气压，灯内电弧由低压弧光放电转为高压弧光放电，灯两端电压由 18V～20V 上升并逐渐稳定在 100 V 左右，进入正常发光状态。

金属卤化物灯的最大优点是发光效率高，光效高达 80 Lm/W～90 Lm/W，正常发光时发热少，因此是一种冷光源。由于金属卤化物灯的光谱是在连续光谱的基础上叠加了密集的线状光谱，故显色指数很高，即彩色还原性特别好，可达 90%。另外，金属卤化物灯的色温高，可达 5000K～6000K，专用投影机灯可达 7000K～8000 K。在同等亮度条件下，色温越高，人眼感觉越亮。

金属卤化物灯因亮度高、体积小，故相对寿命较短，由于材料、工艺的限制，目前国产金属卤化物灯寿命仍低于 1000 小时，进口的金属卤化物灯寿命可达几千小时。金属卤化物灯的另一个缺点是启动困难，必须用专门的触发器。金属卤化物灯最主要的使用场合是电影和电视的外景拍摄，低功率的 HMI 金属卤化物灯更广泛地应用于电子新闻摄影，高功率用于外景拍摄。在舞台方面，HMI 金属卤化物灯在场景照明上担任越来越重要的角色。专业的摄影师也越来越青睐于 HMI 金属卤化物灯在其他重要场合的应用，包括投影仪、效果照明、大屏幕投影和模拟太阳光等。

（5）氙灯。

氙灯是利用高压氙气产生放电现象制成的高效电光源。氙灯也像汞和其他金属原子被激发放电一样，在适当条件下电离，从而发出可见光。氙灯是一种发光功率大，接近日光灯，该灯分为长弧氙灯、短弧氙灯和脉冲氙灯 3 类。

长弧氙灯都做成管状，灯管采用耐高温，热膨胀系数小的全透明石英管，两端封接有两个钍钨（或钡钨）电极，电极间距离一般大于 100 毫米，管内充有高纯度的氙气。长弧氙灯的弧光放电需依靠高频高压脉冲击穿来启动。在高压脉冲作用下，起初灯管中形成火花放电通道，由此产生的电子、离子在电场作用下使中性气体分子和原子继续电离，发生雪崩过程。在离子的撞击下使电极加热成为热发射体，发射大量热电子，而产生较大的电流，继而形成稳定的弧光放电。由于是高气压的气体放电，其放电电流通常是高温等离子体。

短弧氙灯又称高压球形氙灯，是一种强电流的弧光放电电光源。它能发射较强的连续光谱，光色近似于日光，色温在 6000 K，显色性良好，平均显色指数达 94，具有光效高、发光面积小、光参数随电压变化小等特点，而且启动时间短，重复启动时，灯无需冷却即可热触发重新启动，是一种理想电光源。

脉冲氙灯是用脉冲高压触发灯内的氙气电离而发生的气体放电灯，又称为闪光灯。脉冲氙灯能在极短的时间内发出极强的瞬时功率，获得很强的光输出，具有很高的亮度。

2.3.2 影视照明灯具

影视照明灯具通常由光学、机械、电器 3 部分组成。光学部分包括各种类型的透镜、物镜、反射镜及特殊光学零件等；机械部分主要包括灯体、调整控制机构、遮扉、色片夹、支架及连接件等；电器部分主要包括气体放电灯的附件（如镇流器、触发器）、开关、电缆、插接件（插头、插座、灯座）等。

灯具是一种对光源所发出的光进行再分配的装置。所以，通常所说的灯具是光源和灯具的组合体。

1. 影视照明灯具的作用

（1）合理配光，即将光源发出的光通量重新分配到需要的方向，以达到合理利用的目的。

（2）防止光源引起的眩光。

（3）提高光源利用率。

（4）保证照明安全。

（5）便于调整，即提供灵活的机械性能，并能对光输出进行便捷的调整。

2. 影视照明灯具的种类

在影视拍摄中，为了照明和达到某种光线效果而使用的一类灯。它有助于表现节目的内容，体现作者的创作意图，烘托出艺术气氛，并使观众、摄像机得到正确的颜色感觉和曝光。与其他灯具不同的是，此类灯具大多具有改变光束扩散角和光线柔和度及色彩功能，并装备有调焦、光阑、滤色架等特殊机构。舞台影视灯由光源、光学部件、机械部分和电气部分组成。按其出射光束的特点分为聚光灯、散光灯和效果灯 3 类。

（1）聚光型灯具。

聚光型灯具包括螺纹透镜聚光灯、聚光灯、回光灯、追光灯等，这些灯具的光束大小都是可以自由调节的。由聚光型灯具发出的光属于硬光型光质的，照射物体后即产生清晰明确的阴影，显示出物体的形状、轮廓和结构。

● 螺纹透镜聚光灯

螺纹透镜聚光灯采用了一块菲涅耳透镜，故又名菲涅耳聚光灯。它是在平凸透镜聚光灯基础上发展来的，菲涅耳透镜的表面是一组同心圆环，背面还刻有纹理，可使光线更加均匀柔和。

● 聚光灯

聚光灯分为舞台聚光灯、影视聚光灯和远程聚光灯 3 种。

舞台聚光灯是舞台照明中使用最广泛的主要灯种。用于舞台侧光、面光、顶光及其他需要布光的场合，如礼堂、会场、剧场等。功率为 1000 W 或 2000 W。

影视聚光灯具用于电影摄制和电视演播等艺术类型的常用灯种。它通过一定的光学系统使投光光线柔和均匀，作主要人物、布景和道具的照明，功率 1000 W、2000 W、3000 W。

远射程聚光灯适用于大型演出场所及体育馆的照明，采用铝合金外壳，具有重量轻，散热快、外观华丽等特点。通过特殊的发射结构，聚光性能极为强烈。光斑可谓距离长、射程远。适用于白光、顶光、侧光等大面积布光。根据射程分为近射程聚光灯、中射程聚光灯、远射程聚光灯，如图 2-2 所示。

图 2-2　近程、中程和远程聚光灯

● 回光灯

回光灯分为舞台回光灯和影视回光灯。舞台回光灯是用于舞台作艺术造型的常用灯种，其特点是光质硬、照度高和射程远。在对人、物和布景的照明中，可突出强调景物的轮廓线条。功率 1000 W 或 2000 W。影视回光灯为电影摄制、电视演播的常用灯种，光质硬、射程远。用作景物的侧光、逆光照明，以突出景物的轮廓的质感。回光灯灯泡后的整个背面是一个巨大的球面反射镜，前面没透镜，如图 2-3 所示。

图 2-3　影视回光灯

● 追光灯

追光灯是在舞台表演上常用的一种强光照明工具，能产生高强度的聚光窄光束，对舞台上一个人或一组人物投以高光照明，功率一般为 2500 W、2000 W、1000 W。追光灯采用新光源，交流球形灯管为发光体，通过一定的光学系统组成一组高照度，高色温的光束，调节后形成一个轮廓清晰的圆形光斑，突出人物艺术造型效果，如图 2-4 所示。

图 2-4　追光灯

（2）散光型灯具。

与聚光灯型灯具相比，散光型灯具射出的光束宽，方向性不强，为漫射光线，高光的亮度较小，整个被照物体都沐浴在光线之中而没有生硬的影子。散光灯光线漫散柔软，灯具照射范围大，是典型的大面积照明灯具。散光灯使用广泛，种类也比较多，一般有影视散光灯、三基色散光灯（冷光源）、影视投景幻灯、脚光灯、天幕灯、地幕灯、地槽灯及云灯等。

● 影视散光灯

散光灯是电影摄影、电视演播照明中所使用的一种大面积泛光照明灯具。通常用作顶光及正面光照明。散光灯没有更复杂的光学控制系统，通常是由金属反光板（一般经柔光处理以产生漫反射）和柔光玻璃组成，如四联散光灯，采用 4 支 110 伏/500 瓦的高色温管型石英卤钨灯作光源，灯体由强度高、重量轻的合金铝板制成，并在其表面涂敷耐高温的有机硅漆作防腐层，灯具前方置有耐热磨砂玻璃片，使光分布均匀，如图 2-5 所示。

图 2-5 影视散光灯

- 三基色散光灯具（冷光源）

三基色散光灯用于主光、辅光和逆光，如图 2-6 所示。

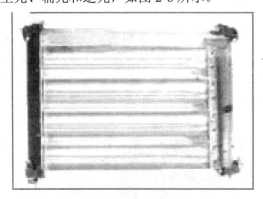

图 2-6 三基色散光灯

- 影视投景幻灯

影视投景幻灯又称影视背景幻灯，是通过幻灯投影方法，使天幕上产生所需要的背景。舞台和摄影棚的天幕采用投景幻灯形成天幕背景，灵活方便，艺术效果好。

由于在天幕上投影的背景通常是白云蓝天、朝阳彩霞、青山绿树等，线条比较粗犷，颜色对比鲜明，因此，物镜虽然存在一定像差，但并不影响艺术效果。背景幻灯可采用 2 千瓦或 3 千瓦的卤钨灯作光源。

（3）效果灯具。

影视效果灯是用来产生各种艺术效果的特殊灯具。常用的有追光灯、水浪效果灯、雨雪效果器、闪光效果灯和 LED 效果灯等。影视追光灯是通过强光跟踪并突出剧情主题人物的特效灯具。根据聚光系统的不同，又分为透射式追光灯和反射式追光灯。电影追光灯通常采用 3 千瓦或 5 千瓦卤钨灯作光源。

水浪效果灯用来表现剧情中的水浪效果。有单环带效果器或幻灯式水浪效果灯。

雨雪效果器用来产生剧情中落雨和飞雪的效果。这种效果器通常由两个镶有许多小反射镜面并被强光照明的长圆形滚筒组成，滚筒由微型电机带动旋转。当滚筒的转速为 2～3 转/分钟时，被滚筒小反射镜反射到天幕上的白点即缓缓移动，形成白雪飘飘的景象。当转速提高到 35～50 转/分钟，在天幕上的亮点因快速移动连成细密的亮线条而构成雨景。

闪电效果灯用来表现剧情中的闪电效果。它由圆形的定片盘和动片盘两部分组成。定片盘上刻有几种不同形状的闪电图形，动片盘上钻有透光小孔。将效果器插在旋转式幻灯机的物镜和聚光镜之间的插片架内，当动片盘旋转时，光线经动片盘的透光孔射到定片盘的闪电图案上，再经物镜成像后，即在天幕上呈现闪电的景象。新的闪电效果器采用大功率长弧氙灯作照明光源，如图 2-7 所示。

LED(Light-Emitting-Diode 中文意思为发光二极管)是一种能够将电能转化为可见光的半导体，它改变了白炽灯钨丝发光与节能灯三基色粉发光的原理，而采用电场发光。LED效果灯，寿命长、光效高、无辐射并且低功耗，LED 的光谱几乎全部集中于可见光频段，其发光效率可达 80～90%，如图 2-8 所示。

图 2-7　闪光效果灯　　　　　　　　　　图 2-8　LED 效果灯

2.3.3　影视数字照明

1. 数字电脑灯的发展状况

数字电脑灯自 1981 年问世以来已经走过了很长一段发展之路，它基本实现了灯光设计人员梦寐以求的在一台灯具上可以控制光的基本属性，如光线的强度、光的颜色、光的图案、光束形状、光斑大小、光的角度、光束移动、光的频闪等，它提供了更加自由的设计空间。随着技术的不断提高和普及，电脑灯的性价比让人们接受，成为数字图像的有力工具。

随着摄像机技术从模拟时代进入了数字化时代，特别是高清摄像机对照明亮度的要求大大降低，照度要求从 2000 Lx～3000 Lx 降到 500 Lx～1000 Lx。这给电脑灯的发展提供了先决条件。随着科学技术的发展，特别是数字化电脑技术的飞速发展，电脑灯已全面进入了今天的数字化时代。

今天的电脑灯已经发展成一个庞大的家族，其品牌至少也有上百种，其功能越来越多。一只电脑灯可以有几十个通道（channel），产生几十种运动变化。可以说，只要你能想到，电脑灯就能做到。一只电脑效果灯具不仅具有光线亮度变化的功能，同时还具有光束投射方向变化、色彩变化、投射图案变化、发散角变化等等一系列功能，并能够和视频系统及音频系统连接，勾画出无限变化的光效。

2. 数字照明是高清电视的选择

要制作好高清电视节目，除了需要高清视频设备，高质量的环绕立体声音响设备，特殊的布景、道具、服装、化妆等要求外，对布光还有一些特殊要求。在适应 16：9 图像空间和 1080 线高清扫描下，对图像空间的明暗控制，对画面细节、色彩、层次、景深等处理，以及图像主题的突出等，比标清画面要求要高，这就需要特殊的灯光设计。

要做好高清电视节目的灯光设计，首先要科学选配灯具，对灯具的有效发光强度、光斑投射面积、光斑均匀性都有更高要求。其次要提高布光水平，只有灯位定位准确，精巧布置安装调试灯具位置时，才能用灯光勾画场景的细节和层次。再就是调整控制好灯具的亮度和适宜的场景照度，平衡好不同光位、不同光型、不同光质、不同光色之间的关系，以便产生层次分明、主体明确、细节明晰、色彩鲜艳、具有适宜对比度和景深的优美高清电视画面。因此，要制作出优美的高清电视画面，没有先进的适应高清制作需要的灯光设备是难以实现的。数字灯光设备就是适合高清节目制作的首选设备。数字灯光设备的发展虽然已经走过了十几年的历程，但要完全满足高清节目的制作需要，还是有许多问题要解决的。从 20 世纪 90 年代初的数字化电脑效果灯到数字电脑调光台，从全数字调光器到数字化机械灯具，从数字化布光控制系统到今天的数字化网络灯光控制系统，都在不断地完善和成熟。这些设备为高清电视节目的制作奠定了基础。

3. 数字电脑灯的特点

世界著名灯光设备制造商 High End 公司最新发布了 DL.2 数字电脑灯。DL.2 是目前世界上唯一一款综合高亮度投影机、高速媒体服务器、专业摄像机、红外夜视照明功能及常规电脑灯功能的移动设备。下面以 DL.2 为例，详细解读今天电脑灯到底功能特性。

DL.2 是一款新一代数字电脑灯，除具备常规电脑灯的变化功能外，还配备一个 LCD 面板灯具引擎。引擎带有一个媒体服务器和一个预置素材库，还有使用 Digital Eye Technology（数字眼技术）的 Sony 摄像机和夜视照明装置等一些新功能。具体包括以下几点：

（1）具有数字摄像技术。配置中使用了 Sony 专业摄像机，具备超级 HAD CCD 技术，能够实现遥控摄像功能。DL.2 电脑灯使用机载数字眼技术，每台 DL.2 装有一个摄像头，通过 DMX 协议控制。所以全部装有 DL.2 的灯架可以提供遥控摄像网络，可以从 DL.2 捕捉到图像后实时发送视频影像到多媒体视频屏幕，这些现场视频可以发送到任意视频输出设备，包括另一台 DL.2 数字电脑灯。

（2）具有夜视功能。在灯具前部带有红外发射器，具有红外线摄像技术，红外功能可以从极暗场景下摄取现场影像。

（3）可以通过以太网智能地管理数字媒体文件。DL.2 灯具可通过以太网进行通讯；可将定制的数字内容上传或下载到 DL.2 灯具中；可通过所有菜单命令遥控配置灯具；可升级软件，包括 DL.2 的所有内容、应用和操作系统；可以在工作站或者笔记本电脑上使用内容管理程序（Content Management Application），遥控上传数据，要连接多台 DL.2 组成网络时，可以使用软件升级配置。

（4）可以导入 3D 图像。支持定制图像输入包括 3D 图像、媒体文档、静止图像等；配备大量免权版的(Royalty-free)精美数字艺术图像，超过 1000 种经优化的灯光专用图片。

还配备 RGBHV 和 S-Video 连接端口，可以将图像输出到各种不同的媒体设备。

（5）DL.2 软件基于内置的 Windows XP 和 DirectX 技术，强大的内容管理及配置功能软件可以遥控多台 DL.2 设备，并支持 DMX512 和 Art－Net 控制协议，可以遥控软件升级能力等。

（6）配备内置全彩色 SVGA 预览监视器等。

4. 电脑灯图形引擎功能

DL.2 电脑灯具有强大的图形引擎功能，主要包括：

（1）可选择不同的播放模式及播放速度。

（2）可定义任何视频转接出口(Video Loop)的任意段，包括擦写功能。

（3）多种混色和多种视觉效果混合，可以组合出任何想要的效果。

（4）可使用不同的透明度，在媒体流之间做出交叉渐变或者相融的效果。

（5）X、Y、Z 轴全方位控制图形旋转、定位和缩放比例。

（6）可视模式可以调节亮度和对比度，做出最理想效果。

（7）视频输入或者拍摄功能可以使用 2D 或 3D 素材。

（8）亮度覆盖透明度控制，可保证系统的达到最高亮度。

（9）全面的图像混色可应用于合成的流媒体图像。

（10）颜色效果包括边缘色彩，可以进行组合图像混色。

（11）多种修饰选项，带有边缘淡进、淡出和频闪效果。

（12）边缘淡进、淡出可创造蒙太奇效果。

（13）输出投影有梯形失真校正功能。

（14）可控制图像观看角度。

（15）多种模式同步控制所有互联的 DL.2 灯具。

5. DL.2 电脑灯的硬件功能

（1）机械光圈调节暗场输出。

（2）400 度水平移动和 240 度垂直移动。

（3）DMX 控制投影仪的变焦和聚焦。

（4）DMX 控制摄像仪的功能。

（5）光学＋数字变焦，可使图像放大到 216 倍。

（6）垂直和水平图像翻转。

（7）黑和白，彩色底片和单帧。

（8）白平衡，包括红色和蓝色增量控制。

（9）全彩色显示和预览显示器/菜单功能。

（10）奔四 3.2GHz 以上处理器，ATI X850XT 显卡。

（11）千兆位以太网实现快速上传素材内容和多个设备同步。

（12）USB 端口可以与可选无线内容管理程序连接。

从该电脑灯具的功能特性，就能对今天电脑效果灯的发展略见一斑。实际上，每个电脑效果灯生产厂家，不管是国内的还是国外的，不断推出满足时代要求的新产品，如图 2-9

所示为数字电脑灯。

图 2-9   数字电脑灯

2.3.4   影视照明附件

根据照明的需要，除了照明工具还要配备一系列的照明附属工具。常用的照明附属工具有遮光板、柔光网、凝胶、灯伞、柔光箱和反光板等。

1.   遮光板

遮光板是一个控制光溢出的系统，由 2 个或 4 个金属门组成。可以打开或者关闭这些门防止光溢出。使用遮光板可以创造光轴，使灯聚焦在一个更小区域或者用光作背景。

2.   柔光网

柔光网是个放置在照明设备前用来减弱光强度的金属屏障。如果需要照亮某块地方，但是无法将灯放到足够远的位置以达到想要的照明强度，就可以使用柔光网来降低光强度。柔光网有各种各样不同密度，能够随意控制想要减少的光强度。半柔光网在灯的前面只打开一半，这样可以在一台设备中建立两种光强度。

3.   凝胶

凝胶是灯光设计者的艺术工具。许多灯光设备都配有颜色改正凝胶、扩散凝胶和中等密度凝胶来降低灯光的密度，一些深色的凝胶用来给背景或者物体表面添加颜色。

4.   灯伞

灯伞可以把一个小的强烈的反射光斑变成柔和的不刺眼的光。当光亮通过它或者被它弹回来时，灯伞可以使光扩散并使光的强度减弱，如图 2-10 所示。

图 2-10 灯伞

5. 柔光箱

柔光箱就象伞一样，能把一个小而亮的光点变成大而柔和的光。柔光箱创造的效果比伞更均匀柔和。柔光箱能用一类照明设备而得到两类不同的光。添置一个柔光箱，照明设备就可以发挥双倍作用，不管是强光还是柔光都可以得到。

6. 反光板

反光板是电影电视照明的辅助工具，用锡箔纸、白布、米菠萝等材料制成。反光板在外景起辅助照明作用（作为辅光），有时也作主光用。不同的反光表面，可产生软硬不同的光线。

（1）反光板的作用。

● 缓和反差，显现暗部层次。

无论是内景人工光线照明还是外景自然光照明，物体受光部位同其暗部两者光比不能过大，这是一般感光材料的技术性能所限定的，当然创作中的特殊效果和想法除外。反光板的主要任务就是给主光照明不到的暗部以辅助光照明，再现暗部原有层次，调节和控制画面明暗反差，如在直射光照明的逆光、侧逆光情况下，人物或物体被照明的轮廓、线条较亮，而脸部及物体没有被照明的部分较暗，两者反差很大，远远超出感光材料记录能力的范围。在这种情况下，反光板能发挥很好的作用，它能按照照明者的创作意图、想法进行调节，把人物或物体的明暗反差控制在感光材料允许的范围之内。反光板还可用于侧光照明时景物暗部的补光和顶光照明时景物的阴影部分的补光。凡使用反光板给予场景或物体暗部以适当的辅助光照明画面，明暗反差适中，亮暗过渡层次丰富细腻，立体感和质感能得到较好体现。

● 校正偏色，力求色彩统一。

由于感光材料记录景物亮暗能力的局限性，一旦镜头视角内的景物超出亮度比和光比范围，感光材料就显得无能为力了，如在直射光的逆光、侧逆光、树荫、楼房阴影下拍摄时，常因人物或景物暗部同亮的轮廓或亮的背景形成较大的亮暗比差，使人物或景物的暗部受环境和照度不足的影响而偏色，暗部与亮部色彩发生偏差，不能正常体现暗部原有色彩。这时，可利用反光板给暗部加光，提高暗部基础亮度，缩小两者反差，使其同亮部保持适当的光比，最大限度地利用感光材料记录光与色的能力，尽量避免由于亮度低造成的偏色现象，保持画面中亮部与暗部、画面与画面之间色彩的和谐统一。

- 具有"移光"效果。

"移光"也叫"借光"，在拍摄现场光线不足、照明不平衡、照明条件又不允许加任何灯光的情况下，可使用反光板把光线"移"到拍摄处，提高或弥补拍摄处原有光线的照明不足。有时在飞机、汽车、轮船、火车上等照明条件不好的地方拍摄，可发挥反光板的优势，把有直射光照明处的光线和较强的散射光照明光线"移"或"借"到所需处，作被摄体和环境的主要光源。有时条件允许，可使用大块或多块反光板，但要注意反光板要从一个"光源点"上反射，防止被摄体或其所处环境内出现过多虚假投影，同时也应注意光线投射高度以及光线来源的真实性。

- 修正日光不足，达到照明平衡。

外景照明工作，照明人员创作的"伸缩性"很大，有时可直接干预自然光的照明，使其达到理想的创作要求；有时也可什么也不管，甘当"灯光照明"师，似乎外景自然光照明已经是十全十美。实际上，无论是直射光照明还是散射光照明都存在很多缺陷，需要加以修正和弥补。在直射光照明下，怎样才能保证正常再现整个场景或画面的基本色彩，怎样将亮暗两部分反差控制在感光材料的宽容度之内，怎样有效提高场景内某一部分的照明亮度呢？反光板能帮助创作者实现这一切。在场景内整体亮度比较高但某些局部又比较暗的情况下，可用一块或数块直射光性质的反光板加以补充照明，提高其亮度，增加场景层次，达到总体照明平衡。

- 模拟真实的效果光。

所谓效果光，指在照明中的水面波光的闪动效果、树影下的光斑光线效果、通过汽车玻璃和平静的湖面单向反射出的光线效果等。这些效果光，都可利用反光板加以模拟。

- 在拍摄场景中做底子光。

内景照明主要依靠灯光，但反光板也经常能派上用场，发挥着其他灯具不能发挥的作用。如在整体布光之前，首先要在场景内有一个基础照明，即人们常称的底子光照明，使整个场景有个基本亮度，满足摄录设备对光线亮度的最基本要求。常用方法是把灯光打在反光板上，借助反光板的反射，形成柔和的散射光，以此提高环境内的基础亮度。再如用反光板作人物的辅助光，效果也很好，光线柔和细腻。在内景照明中把灯光打在白布、白纸、白色墙壁上，也能达到同样效果。

（2）选择反光板应考虑的因素。

- 大小：大的反光板通常比较昂贵，使用起来不方便，特别是在户外有风的天气中容易损坏。小的反光板虽然方便，但光照度差，放置的位置必须接近于拍摄对象，使拍摄范围受到限制。可折叠式反光板的优点是便于携带。
- 形状：反光板的形状一般采用圆形和矩形。不同类型的反光板各有其用途，圆形反光板比较容易贮存和运输；矩形反光板可使光散布的范围更广。

- 表面：反光板的表面有光滑和凹凸不平两种类型。光滑表面的反光板将光源发出的光全部反射回来。当使用太阳作为光源时，阳光改变方向但不改变强度。表面凹凸不平的反光板将光反射回来的同时减弱了光的强度并柔化了光线。
- 颜色：反光板一般有 4 种颜色：白色、银色、金色和黑色。白色的反光板反射的白色发散光不会刺激被拍摄人的眼睛，用于提供柔和模糊的光线比较理想。用银色的反光板会得到更加刺眼闪亮的光线，银色灯光很适合反射普通灯光。金色反光板能为拍摄对象罩上一件暖色的外衣。当反射阳光时，金色反光板效果不错。可以使用金色反光板模拟早晨或者傍晚的温暖的光线。黑色反光板主要是为了将强光减弱。

（3）常用的 4 种反光板。

常用反光板有白色反光板、银色反光板、金色反光板和黑色反光板 4 种。

- 白色反光板

白色反光板反射的光线非常微妙。由于它的反光性能不是很强，所以其效果显得柔和而自然。当需要稍微加一点光时，使用这种反光板可以对阴影部位的细节进行补光。这种情况经常在窗户光照明时使用，可以使阴影部位的细节更多一点。

- 银色反光板

由于银色反光板比较明亮且光滑如镜，能产生更为明亮的光。这种反光板的效果很容易在被摄者眼睛里映现出来，从而产生一种大而明亮的眼神光。当阴天和光线主要从被摄者头上方射过来时，在户外使用这种反光板会有很好的效果。通常把它直接放在被摄者脸下，使其刚好在摄像机视场之外，把顶光反射到被摄者脸上。在阴天的光线条件下，白色反光板则不具备如此强的作用。有时在用窗户光照明时使用银色反光板，可以改善被摄者身上较暗阴影部位的亮度。但是要小心处理，不能补光过度，否则因为过度加光而破坏了窗户光的效果。

- 金色反光板

在日光条件下使用金色反光板补光。与银色反光板一样，像光滑的镜子似的反射光线，但是与冷调的银色反光板相反，它产生的光线色调较暖，可以用金色反光板作为主光。在明亮的阳光下拍摄逆光人像，可从侧面和稍高处把光线反射到被摄者的脸上。用这种反光板有两个作用：一是可以得到能照射到被摄者脸上的定向光线，并且还能使被摄者脸部的曝光增加一档；二是可以减少从背景到前景的曝光差别，这样不会使背景严重地曝光过度。使用金色反光板或银色反光板要注意照射角度，不要直射眼睛。

- 黑色反光板

这种反光板是与众不同的，因为从技术上讲它并不是反光板，而是"减光板"。使用其他反光板是根据加光法工作的，目的是为景物添加光量但使用黑色反光板则是运用减光法来减少光量。为什么要使用黑色反光板呢？因为特殊情况下要使用顶光拍摄，采用这种光线拍出的人脸常会产生"浣熊眼"。如果把黑色反光板放在被摄者头上的办法，可以减少顶光，这时光线来自黑色反光板下，就像是来自大树下或门廊下，从而使你能引导光线的方向。通过在另一端使用另一块黑色反光板，刚好在被摄者身上创造出一种"漏斗"光。当房间的另一侧也有窗户时，会使光线变得平淡，因此，黑色反光板同样适用于窗户光。所以如果想消除这种强烈的光线竞争，不妨使用黑色反光板。

常用反光板如图 2-11 所示。

图 2-11   反光板

2.3.5   影视照明控制

影视照明是完成影视制作技术，实现画面艺术造型的一种重要手段。它必须形成一种合理、完整、独立的技术系统。影视调光，首先为满足剧情变化而调节亮度，实现灯光变化编程、预选和储存；其次延长灯泡使用寿命和节约能源，使光能合理分配，控制所需照度。在经历了电阻式调光、变压器式调光、磁放大器式调光阶段后，发展为现在的用可控硅调光和计算机控制的现代化调光阶段。

1. 可控硅器件

可控硅器件是一种半导体器件，可分为单向可控硅、双向可控硅。它具有容量大、功率高、控制特性好、寿命长、体积小等优点。影视照明控制设备均采用可控硅器件作功率控制器件。要注意的是调光器必须与演播室相隔一定距离，否则会对摄像信号产生干扰。

2. 调光控制系统

舞台上或演播室内多路灯光都必须集中在一个人的操作控制之下，以使布光按需要呈现并且有效，这就要求灯光控制系统有较好的集中控制功能。目前采用的控制有：集控控制、分场控制、混合控制和智能灯光控制系统。

（1）集控控制。

集控控制是目前使用最为广泛的一种控制方式，它是从早期强电配电板的思路上发展而来的。强电配电板是在强电范围内进行分组，即进行灯与调光器之间的选择；而集控式设备则是在弱电范围内进行分组，是在单控电位器之间与集控电位器进行选择，其原理如下图 2-12 所示。

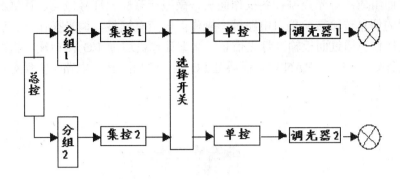

图 2-12　集控控制工作原理示意图

（2）分场控制。

由于集控设备只能进行分组预选，演出时同组灯的亮度是相同的，也就是说它不能对每个输出回路进行不同亮度的预选，于是人们提出场控概念，所谓场，可认为是某一灯光场景，也是这一场景里所使用的全部灯具系统的光照效应，处于灯光场景中的每一盏灯都有其独特的亮度。对应于调光设备，分场控制的本质就是为预置某一灯光场景所需调整的全部单控电位器的推杆位置。

（3）混合控制。

从上述可看出场控方式和集控方式各有利弊，若能将两者结合起来，互为补充，实现场控集控制混合控制，就可获得较为满意的设备效果。现在，在影视照明的设备中，这种场控集控混合控制的模拟控制台有着非常广泛的应用，如图 2-13 所示。

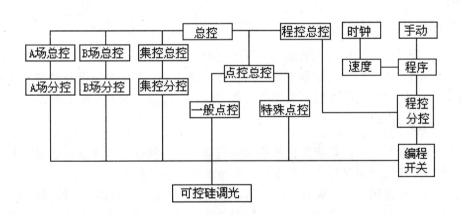

图 2-13　场控集控混合控制的模拟控制台工作原理示意图

（4）智能灯光控制系统。

灯光艺术是由一个个灯光场景以及灯光场景的转换变化所构成的。因此，灯光控制设备的首要任务是让灯光设计者能自由地组织并准确地重演一个个灯光场景。智能灯光控制系统即计算机调光系统便可做到这一点，使用电子计算机控制灯光的最基本任务就是储存灯光变化的信息，包括亮度信息、分组信息、集控信息、自动变化的时间信息和速度信息等。随着电子计算机的飞速发展，计算机调光系统的功能将会越来越强大。计算机控制设备由以下几方面组成：灯光控制设备操作面板、微型计算机、灯号译码、计算机与可控硅调光设备之间的信息传输转换接口电路等，操作面板上有键盘、调光操作杆、调光操作键和各种开关。操作员通过面板输入灯光信息、微型计算机通过 I/O 接口输入机内，依据软件控制程序进行处理，存入 RAN 中，或通过 I/O 接口输出到转换电路，实现对可控硅的调光控制，如图 2-14 所示。

图 2-14　计算机智能调光控制台

2.4　影视照明方法

影视照明主要是对光的运用，光是影视图像造型的重要手段，没有光就没有图像形象与空间。光用来渲染气氛，突出重点，创造立体图像，赋予图像光色情调，构成图像视觉造型风格。

2.4.1　影视照明设计

影视是以摄像机镜头代替人的眼睛进行取景的，除了全景之外，还有中近景、特写镜头等景别。照明工作人员必须根据现场导演及摄像师选定的摄像机位而及时调整灯具方位及角度和光比，因此灯光设计的前期案头工作实际就是确定基本光及基本影调。

1. 做好案头设计

做好案头设计是使日后拍摄能优质高效地进展的重要保证。灯光设计必须按不同的场景、场景平面图及气氛图进行基本光设计，并画出基本布灯图。

根据剧情可将照明的基调分为明亮调、中间调、硬调、柔和调、平淡调、浅色调等。根据剧情的变化，照明的色调性还可以有鲜明色调、鲜艳色调、暗淡色调、深色调以及单色调。在设计照明基调时，应该从剧情、主题思想、客观环境等具体情况出发，确定照明基调，如以暖色调、明调子为基调等。

2. 做好照明的拍摄计划

照明设计必须依照拍摄进度计划，做出本部门的工作计划，不打无准备之仗。计划主要有两大内容：一是人员的安排，二是器材设备的准备。

"工欲善其事，必先利其器"。良好充足的照明设备是做好影视照明工作的保证。表2-3 列举的是几种拍摄场合所需要的基本灯光设备。

表 2-3　几种拍摄场合所需要的基本灯光设备

场地	灯具	辅助设备	必备器材
演播室内景	0.5kw～5kw 电影聚光灯，地排灯，天幕灯，追光灯，柔光灯，镝灯，电影回光灯	各式电动吊杆，立地式灯架，大力夹	柔光布，柔光纸，色纸
室内外景	0.5kw～5kw 电影聚光灯，柔光灯，镝灯，电影回光灯	立地式灯架，电缆，电源电缆，开关箱撑杆，大力夹	柔光布，柔光纸，雷登纸
室外外景	0.5kw-5kw 电影聚光灯，电瓶灯，回光灯	发电车，电源电缆，开关箱	反光板，柔光布，柔光纸，雷登纸

3．影视照明设计的一般流程

（1）与导演沟通，理解导演的总体意图和思路。

（2）与美工设计衔接，设计出与布景设计协调的照明效果。

（3）仔细研究镜头角本，根据场景的变化设计照明。

（4）绘制平面图或制作计算机模拟效果，并给出灯具的种类、数量、功率与滤色片颜色。

（5）在拍摄现场调整灯具设备、试光。

4．计算机模拟照明设计

传统的照明设计方案只是若干张灯具平面布置图，无法对实际照明效果进行预览，实际效果必须等设计师完成现场布光以后才能看到。由于使用手绘，制作周期较长，劳动强度大，工作效率低。传统照明不能适应场景的频繁变化。

计算机模拟照明使用专用影视照明设计软件，实现了影视照明设计可视化。运用计算机模拟照明，照明设计人员可以坐在计算机前，用照明设计软件直接在美术设计人员提供的三维场景模型中进行布光。如果美术设计人员不能提供三维场景模型，照明设计师可根据美术设计人员提供的场景平面图和立体图，先在计算机上建立三维场景模型，然后再用照明设计软件对场景进行布光。计算机模拟照明还可以虚拟场景进行灯具布置。使用该软件进行设计，可以模拟演播室的实际现场环境，包括三维场景摆放的位置、灯具吊挂的矩阵状态、吊杆号、灯具号等。灯具的配光曲线是根据现场实际使用的灯具建立的配光曲线，可模拟出真实的光斑及照度。灯具的亮度可以在 0～100 级之间进行分级调整，还可以根据需要变换灯具的高度位置、灯具的俯仰、水平角度，遮扉的角度，灯具的调焦以及加滤色片等。如果需要使用电脑灯，该软件还设置了电脑灯的图案库、滤色片库，可以根据需要进行调用。如在室外录像，可根据实际场景，建立所需的场景模型，吊挂灯具的矩阵，设计出照明方案。使用该软件进行照明设计，可以直观地模拟出现场照明的实际效果，用大约一天的时间就可以创作出比较理想的照明设计方案，并制作出照明平面布置图和立体灯位图、三维照明气氛模拟图及相应的灯具参数表。把三维灯光气氛模拟图提供给导演及相关工种进行商讨，如对照明设计方案不满意，可随时上机进行修改。

计算机模拟照明设计，不仅提高了设计水平，而且节省了大量的时间，减轻了劳动强度的同时也提高了工作效率，同时为影视节目制作中的美术设计与照明设计两大环节实现联网，为资源共享提供了条件。可以设想未来的影视照明设计工作，必然是通过集成化的

CAD/CAM 系统，通过数字化机械控制装置，把计算机辅助照明设计和自动化灯具布置结合成一体，建立完全意义上的虚拟影视照明系统。

2.4.2　影视照明的光位

影视照明的光位在照明中具有非常重要的作用，不同的光位产生不同的光效，不同的光效产生不同的画面效果，运用光位来表达情感、刻画人物、烘托气氛是许多导演热衷的表现手法。

1．按光的照射方向可分为顺光、逆光、侧光、顶光和角光。

（1）顺光。

顺光光线来自被摄体的前方，是用来照亮被摄体的主要光线。

顺光照明的特点：主体画面清晰，色彩鲜艳明亮，能使被摄物体画面细腻再现。但是顺光画面的立体感和空间感较差，层次不是很丰富。

（2）逆光。

逆光光线来自被摄体的后方，即该灯具发出的光只照亮被摄体的轮廓。

逆光照明的特点：突出主体造型，将被摄体从背景中分离出来，并能协助渲染画面的整体气氛。但是逆光不适合被摄体色彩和细腻质地的再现。

（3）侧光。

侧光光线是从拍摄方向的两侧照到被摄对象上的光线。

侧光照明的特点：可以使景物层次丰富，增加透视感，并且有利于表现被摄对象的立体感和空间深度感。

（4）顶光。

顶光光线是来自被摄体上方的照明，光线方向与拍摄方向在垂直面上几乎成 90°左右的角度。

顶光照明的特点：顶光可以消除照射不到的死角。但是在顶光下拍摄人物，要注意与其他辅助光源的配合，否则人物形象容易失真，一般应避免采用顶光的照明方式。

（5）脚光。

脚光光线是由下向上照明被摄人物或景物的光线。

脚光照明的特点：刻画出人物形象的特殊情绪，渲染特定气氛。当然，脚光也要注意与其他光源的配合，否则会产生恐怖效果。

2．按光的用途可分为主光、辅助光、轮廓光和眼神光。

（1）主光。

一切都是从主光源开始的。被称为主光源是因为在场景里是照亮拍摄对象的主要来源。所有其他光都是基于主光源的强度和位置起调节作用的。主光源的位置能够制造足够需要的阴影。

一般主光源被放置在机器左边或右边 30°角的位置，而且与拍摄对象成 30°角。实际上，可以把主光源放在任何看起来合适的地方，只要能获得想要的视觉和感觉效果即可。如果增加了水平的角度（相对拍摄对象而言），它会加重皮肤表面的特征，产生老化成熟（年龄）的效果。当垂直的角度增加时，阴影会在鼻子、下巴和嘴唇下面形成。这些会使拍摄对象看起来好像在被审问。不同的照射角度会产生不同的照射效果。被摄对象假设放置在钟表的中心轴上，摄像机与被摄对象保持一段距离，主光源假设是表针，那么，主光源在不同的时间上照射的效果也不同，这是一个快速观察主光源的方法。下面分别将主光源放置在不同的时间点，看一下产生的效果。

6:00：在 6 点的位置上，摄像机正对被摄对象。

7:00：正常照射情况下，拍摄对象的左脸上会开始出现阴影。

8:00：与 7 点的位置相似，但是阴影开始变长，而且开始使拍摄对象左边（背对主光源）的细节变得更加模糊。这一拍摄对象的鼻子所形成的阴影开始在眼睛下面背对主光源变成了一个三角形的光斑。

9:00：在 9 点的位置上，只有拍摄对象的半边脸被照亮。这就极度戏剧化的照射，使拍摄对象面部不是很清晰。

10:00 ～ 11:00：在这个位置上，光开始照亮拍摄对象的背面而不是前面。如果光没有被正确控制的话，镜头的辉斑会发生，所以需要注意这个位置的主光源放置。

12:00：在 12 点的位置上，拍摄对象的背面彻底被照亮，头发开始发光。这个角度一般不用作主光源，除非特殊效果的需要。

在 12 点以后，光照效果与 12 点前一样，只是在银幕的右面。

7:30 和 4:30：在这光源位置能获得必要的鼻子的阴影，使人物更有立体感和美感。

（2）辅助光。

为了确保被摄对象不消失在主光源造成的阴影下，需要有照亮阴影部分的光源，但又要维持阴影的存在，这个光源就是辅助光。

辅助光使阴影柔和，但是不创造新的阴影。辅助光不要太亮，否则会在物体上造成阴影。辅助光传统的位置是直接面对着阴影，并与主光源成一定角度。辅助光的强度与主光源有关。一个亮度很低的主光源会产生很小的阴影；高亮度会产生很多的阴影而导致物体会有更多的结构和深度。在一个高主光源结构中，主光与辅助光应该以 2：1 或 3：1 的比率去照射。在低主光源结构中，就应该把比率降到 3：1 和 5：1 之间（或者更低）。

（3）轮廓光。

轮廓光能围绕物体的头部和肩膀产生一个光的边缘从而把前面的物体与后面的背景分开。轮廓光也有不同的强度，但是典型的主光源对轮廓光的比率是 2：1。基于这个比率去调节它。虽然加入轮廓光会使物体显现出来，但可以通过向轮廓光前加上各种颜色遮光纸调节轮廓光，从而给物体或头发带来更多色彩。

主光源、辅助光和轮廓光这 3 种光被称作三点光，也是最基本的光源。

（4）眼神光。

不论运用什么光源，只要位于被摄者面前而且有足够的亮度，就都会反射到眼睛里，出现反光点，从而构成眼神光。眼睛中显示的反光点，在形状、大小和位置上总是不同的。明亮细小的光表现愉快，范围较大的光显得柔和，而没有照明的眼睛则宛如深潭。如果让被摄者稍微抬起头或重新布置光源，就能确定是否有眼神光。眼神光应当是平衡的，不能使一只眼睛有光而另一只眼睛没有光。要检查产生眼神光的光源是不是处于被摄者脸部前面足够的位置，从而能照到双眼而不至于被鼻子的阴影挡住。如果头部向一侧转动，眼神光源最好也要随着转动。光源位置不能过高，否则，两只眼睛不在一条水平线上，有可能一只眼睛照不到眼神光。用作眼神光的光源并不需要很大的功率，但必须注意要同环境协调。在室内,最好使用超过肩膀的窗户照进来的光线制造眼神光。在室外,用反光板比用辅助闪光灯要自然得多,尤其是拍摄特写镜头。

2.4.3 日景、夜景的照明处理

1. 室内日景照明处理

在外景拍摄中的主要光线是日光。作为日景,首先应考虑太阳光光线的方向,将太阳光作为主光的"光位"。如果是室内日景,这个"主光"光位就离不开窗口、大门或阳台等的方向。

2. 室外日景照明处理

室外日景拍摄时,照明工作人员需考虑补光和遮光的使用:

补光的手段有两种,一种是用高色温灯具进行补光,在有电源的条件下,可以用镝灯或氙气进行照明;在无电源的情况下,可以用电瓶灯进行局部小面积补光。另一种手段是用反射板将自然光线进行定向反射到所需要补光的部位。这是比较实用且常用的有效手段。

与补光刚好相反的工作是遮光,因为太阳光的能量非常大,过强的光会影响画面的观视效果。遮光多采用遮光板或遮光伞,同时还要对不同情景下的太阳光有充分的了解。

表 2-4 为不同时间室外日景的照度参考。表 2-5 为不同季节日光照的特点,表 2-6 为一日内不同时间和不同天气太阳色温的变化情况。

表 2-4　室外日景拍摄照度参考

环境	照度
正午太阳直射	约 130000 lx
晴天太阳不直射	约 10000 lx～20000 lx
阴天	约 1000 lx
阴暗天	约 100 lx
黎明	约 10 lx
拂晓	约 1 lx
满月	约 0.21 lx
晴天采光好的室内	约 100lx～500 lx

表 2-5　太阳光在不同季节的特征

特点＼季节	春	夏	秋	冬
太阳的高度	中	高	中低	低
太阳光强度	稍强	强	稍弱	弱
太阳光的硬软	软	硬	稍硬	稍软
图像的调子	软调	硬调	中间调	软调
四季的印象	温暖 明朗 欢快	酷热 爆发 有力	凉爽 凄凉 寂寞	寒冷 严峻 压抑

表 2-6　一日内不同时间和不同天气太阳色温的变化情况

光源	色温度
日出和日落	约 1800 k
日出后，日落前半小时	约 2400 k
日出后一小时	约 3500 k
日出后，日落前两小时	约 4400 k
中午的日光	约 5000 k
中午前后二小时	约 5500 k
晴天有云遮日	约 6600 k
阴天的散色光	约 7000 k
阴沉的天空	约 7500 k
蓝天的天空光	约 15000 k

3. 室内夜景的照明处理

要布置出夜晚的灯光效果，必须掌握好室内夜晚的特征。夜晚室内的光源主要有吊灯、台灯、落地灯，还有透过门或窗户射入的月光，为此要掌握好光源的特点：色温应偏低，光质略偏红、偏暖，入射角要低一些。所营造的环境特点应该是明暗反差较大，上暗下亮。

室内夜景戏照明的灯位调度很关键，因此在演播厅内搭景拍会比用实景拍摄容易达到理想效果。

4. 室外夜景的照明处理

室外夜景的照明特点

（1）光源角度高。因为光源的主要来源是路灯和月色。

（2）冷暖光色交叉。因为整体基本照明由路灯或月色组成，属冷调光，而由室内透射出来的则是暖调光。

室外夜景镜头要想达到较好的景深效果，用光层次很重要，不能只顾眼前人物的用光，一定要注意前后用光均衡。只要把暗部适当照亮，整个画面马上会变得柔和、层次丰富。照明所做的工作就是为了降低光比，减少反差。

2.4.4　4 种典型布光的方式

1. 三点布光法（又称基本布光法）

三点布光法又称基本布光法，是一种常用的布光方法，主要采用主光、辅助光和轮廓光 3 种光源，从 3 个角度照射，如图 2-15 所示。

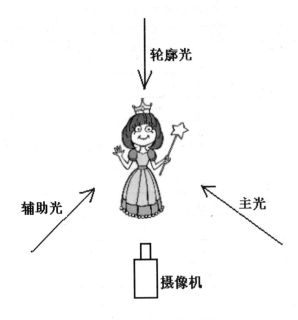

图 2-15   三点布光示意图

2.   单人一盏灯布光法

如果用该灯作主光,光位应与摄像机方向保持一个 30° 左右的入射角,如图 2-16 所示。如果主光采用日光,可将该灯用作轮廓光,放置在被摄对象的后上方或后斜上方,如图 2-17 所示。

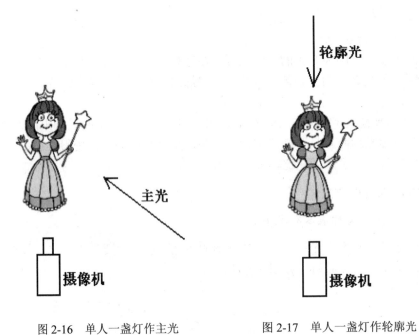

图 2-16   单人一盏灯作主光   图 2-17   单人一盏灯作轮廓光

3．单人两盏灯布光法

单人用两盏灯布光时，可将两盏灯用作主光和轮廓光，当主光使用日光时，两盏灯可分别用作左右侧光，如图 2-18 所示

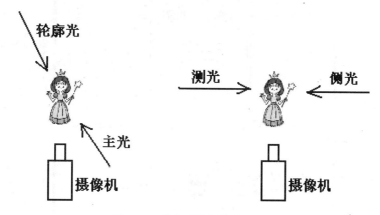

图 2-18　单人两盏灯布光示意图

4．双人布光

双人布光可采用 4 盏灯，分别是甲主光（兼乙辅助光）、乙主光（兼甲辅助光）、甲轮廓光和乙轮廓光，一般用于演播室，如图 2-19 所示。

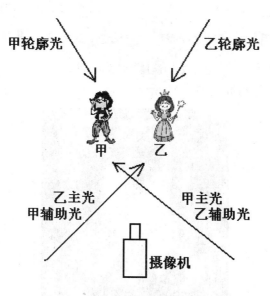

图 2-19　双人布光示意图

2.4.5　演播室布光案例

（1）演播室灯光布局图如图 2-20 所示。

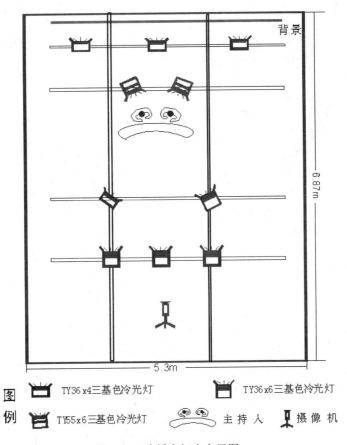

图例

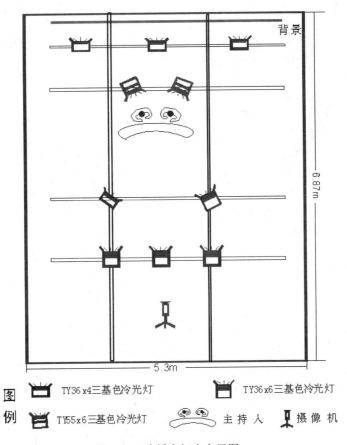　TY36 x4三基色冷光灯　　　　　TY36 x6三基色冷光灯

　TY55 x6三基色冷光灯　　　　主持人　　　　摄像机

图 2-20　演播室灯光布局图

（2）演播室灯光功能布局如图 2-21 所示。

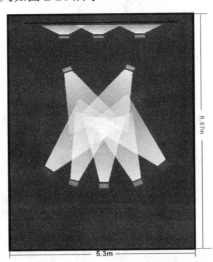

图例：　主光　　辅助光　　轮廓光

背景光

图 2-21　演播室灯光功能布局图

（3）演播室灯光效果如图 2-22 所示。

图 2-22　演播室灯光效果图

（4）灯光技术参数。

① 照度：以主持人为中心，平均照度 800 Lx～100 Lx。

② 色温：平均色温 2000K 左右。

③ 显色指数：Ra 值大于 95。

④ 光比：主光:辅助光=1.5(2):1
　　　　　轮廓光:主光=1.5(2):1

⑤ 功率：演播室用电总功率约为 2000 W。

⑥ 电缆：一级阻燃线缆。

⑦ 灯具高度：距地面 2.4 m～3.3 m 之间。

⑧ 灯光：灯光为持续恒定冷光源三基色灯，灯光光线柔和、阴影淡化、不眩目，几乎不影响室内温度。

⑨ 灯具镇流器为 OSRAM。

⑩ 灯管为进口 OSRAM.32930 型。

⑪ 等角采用美国进口 1324 型。

⑫ 灯具反光系统采用日本进口高光永久镜面反光不锈钢板。

⑬ 根据实际配电需要采用采用三相四线制或其他方式。

第3章 影视非线性编辑系统

3.1 影视非线性编辑系统概述

3.1.1 非线性编辑概念

影视非线性编辑简称为非线性编辑。在电视的发展过程中，视频节目的后期制作经历了"物理剪辑"、"电子编辑"和"非线性编辑"等发展阶段。如今，随着非线性编辑系统的出现和普及，节目制作面临重大变革。首先，非线性编辑引入了磁盘记录和存储、图形用户界面（GUI）和多媒体等新技术和手段，使电视节目制作向数字化迈进一大步。其次，非线性编辑以计算机为平台，配置专业或通用的非线性采集卡和高速硬盘，以非线性编辑软件为控制中心来编辑制作影视节目。非线性编辑实质上就是一个扩展的计算机系统。

3.1.2 非线性编辑的工作原理

在非线性编辑系统中，所有素材都以文件的形式存储在记录媒体（硬盘、光盘和软盘）中，并以树状目录的结构进行管理。每个文件被分成标准大小的数据块，通过链表进行快速访问。在此基础上，非线性编辑系统的快速定位编辑点的功能才能充分发挥。编辑工作中主要用到两种文件——素材文件和工作文件。工作文件包括用来记录编辑状态的项目（工程）文件和管理素材的库文件等；素材文件可粗略分为静态图像、音频、视频、字幕和图形文件等几大类。素材文件中除了可记录画面和声音数据以外，还能够保存素材的名称、类别、大小、长度及存储位置等信息，极大地方便节目的制作和素材的管理。

3.1.3 非线性编辑应用软件

进行非线性编辑时，除了具备计算机工作平台和相应的非线性编辑硬件外，还需要配以非线性编辑软件。目前非线性编辑软件主要分为"通用型"、"专业型"和"第三方"软件3大类。

1. 通用型非线性编辑软件

这类软件主要是非线性编辑卡自带的，主要是完成音频、视频的采集和输出，编辑功能很少，一般为随卡赠送。但该软件无法满足专业影视节目编辑的需要，广播电视行业一般不采用此类软件。

2. 专业型非线性编辑软件

这类软件是针对非线性编辑卡而专门开发的，由于该软件直接挂在非线性卡上，不仅能够直接进行信号的采集和输出，而且结合硬件的特点，内置了特效、转场和字幕等功能，可实现实时或短时间的特效生成，从而减轻了计算机系统的负担，加快了节目的编辑制作速度。专业型非线性编辑软件一般都与硬件捆绑销售，广泛应用于专业级和广播级的影视编辑行业。国内比较流行的产品有大洋、索贝、新奥特等。

3. 第三方非线性编辑软件

这类软件不依赖于某种非线性卡的硬件资源，完全使用计算机系统资源，对进入硬盘上的素材进行加工处理和编辑，合成后的节目文件可借助其他专业或通用软件和硬件进行输出。这类软件既可以满足非专业级的影视爱好者的需要，也可以用于专业影视制作。但由于该类软件对计算机的要求比较高，制作过程繁琐，与专业型软件互补使用，效果更好。第三方非线性编辑软件种类繁多、使用方便、功能强大，很多专业型软件都是借鉴了第三方软件的设计思想而开发的，熟练掌握一款专业的第三方软件，就能容易地使用其他专业型软件。本书介绍的第三方软件就是由 Adobe 公司开发的 Premiere 影视编辑软件。

3.1.4　非线性编辑素材

非线性编辑的对象是磁盘中各种不同类型的素材文件，这些素材文件主要包括图像素材、字幕素材、音频素材和视频素材。

1. 图像素材

图像素材是静态的素材，分为位图图像素材和矢量图图像素材。位图和矢量图放大后的图像效果，如图 3-1、图 3-2 所示。

图 3-1　位图放大后效果　　　　图 3-2　矢量图放大后效果

（1）位图图像：位图图像是由像素构成的，像素是构成图像的最小单位，用 bit 来度量。位图图像的清晰度取决于图像的分辨率，分辨率是指单位图像线性尺寸所包含的像素数量，单位为像素/英寸（dpi），如果分辨率为 72dpi，即每平方英寸的像素数量为 5184（72×72=5184）。影视素材中使用的图像分辨率为 72 dpi，由于显示设备精度的限制，即使分辨率很大也无法表现。高分辨率一般都用于打印或印刷，这时的分辨率必须高于 150dpi 以上，否则会出现明显的马赛克和边缘锯齿。视频文件就是由连续的图像组成的，这些图像在视频文件中称作"帧"。

（2）矢量图像：矢量图像由经过精确定义的直线和曲线组成，这些直线和曲线称为向量。无论移动、缩放还是更改颜色都不会降低图像质量。矢量图像不是由像素构成的，与分辨率无关。软件中绘制的图形和文字一般都采用矢量图像，矢量图像文件虽然色彩不如位图图像丰富，但是数据量较小。矢量图像变为视频后，将自动转为位图图像。

（3）图像素材的格式：非线性编辑中的图像素材格式主要有 BMP 未压缩格式、JPG 压缩格式、GIF 格式和 TIFF 分层图像格式等。

2. 字幕素材

（1）软件自带字幕素材：很多非线性编辑软件中都自带字幕功能，使用软件添加的字幕均为矢量字幕，编辑时可任意放大而不影响清晰度。Premiere Pro 2.0/CS3 软件增加了字幕导出功能，可将字幕文件导入到其他节目文件中，这更加方便了字幕的应用。

（2）图像字幕素材：图像字幕在非线性编辑中也经常使用，一般使用带有透明通道的.TIFF 格式图片作为字幕。使用图像字幕应注意图像尺寸的大小，最好大于或等于视频图像的尺寸。在非线性编辑中，缩小使用图片不会影响清晰度，也不会增大视频文件的数据量，放大图片使用则会降低图片的清晰度。

（3）3D 字幕素材：使用 3D MAX 或 COOL 3D 等软件，可制作出 3D 效果动态字幕。这种字幕素材可输出 AVI 格式文件，直接用在节目中；也可输出透明背景格式的文件，与非线性编辑软件中的视频素材结合使用。

3. 音频素材

（1）软件录制的音频素材：这类素材包括影视拍摄时同期录制的声音、后期配音、解说、旁白等，采集到计算机中，便可成为音频素材。

（2）导入音频文件素材：这类素材文件很丰富，主要用于背景音乐、模拟音响等。

（3）音频素材格式：音频文件的格式很多，不同的非线性编辑软件所兼容的文件格式也不同，较通用的有 WAV 和 MP3 格式。

4. 视频素材

视频素材在非线性编辑占有非常重要地位，影视节目最终生成的都是视频文件。视频文件中包括的因素很多，格式也很复杂，影视编辑人员应该着重掌握和领会。

（1）帧：视频中的单个画面图像称为"帧"。视频是由多个静态图像（帧）组成的，视频之所以能够产生动画效果，是利用了人类视觉的暂留现象，将连续图像（帧）以一定速率连续播放而产生的运动效果。

（2）帧速率：每秒中匀速播放的图像（帧）个数。帧速率越高，越能表现视频的细节。拍摄运动视频，为了使运动主体不发生拖尾现象，往往采用超高帧速率的摄影机拍摄。在标准的影视编辑中一般采用以下几种帧速率：

- PAL 制式影片帧速率为 25 帧/秒。
- NTSC 制式影片帧速率为 30 帧（29.97 帧）/秒。
- 电影胶片制式帧速率为 24 帧/秒。

（3）宽高比：视频素材中的宽高比是一个很重要的概念，包括以下几方面内容：

- 显示屏幕的宽高比：显示屏幕主要是指计算机显示器、电视机和电影屏幕。常见的显示屏幕宽高比如表 3-1 所示。

表 3-1   显示屏幕宽高比

显示屏幕名称	宽高比	比值
标准计算机显示器	4：3	1.33
宽屏计算机显示器	16：9	1.78
标准电视机显示器	4：3	1.33
宽屏电视机显示器	16：9	1.78
电影宽银幕	2.21：1	2.21

- 图像（帧）的宽高比：在影视节目中，图像（帧）的尺寸是有标准的，不同的制式、不同的屏幕尺寸、不同的输出格式，图像（帧）的宽高比也是不同的。
- 像素的宽高比：图像（帧）是由像素构成的，标准像素的形状是正方形，也可以调为矩形。当像素的宽高比等于 1 时，像素呈正方形；当像素的宽高比大于 1 时，像素呈长矩形；当像素的宽高比小于 1，像成扁矩形。
- 显示屏幕、图像（帧）和像素三者宽高比关系：要使输出的视频图像不发生变形，必须保证输出后的像素呈正方形，就需要三者的宽高比保持一个合适的比例。影视节目中常用的视频文件及三者的宽高比如表 3-2 所示。

表 3-2　视频文件的宽高比

视频文件类型	显示屏幕宽高比	宽高比值	图像（帧）宽与高	宽高比值	像素宽高比	帧速率
Adobe HD-SDI 1080i 25	16：9	1.78	1920×1080	1.78	1	25
Adobe HD-SDI 1080i 30	16：9	1.78	1920×1080	1.78	1	29.97
Adobe HD-SDI 1080i 24	16：9	1.78	1920×1080	1.78	1	23.976
Adobe HDV 1080i 25	16：9	1.78	1440×1080	1.33	1.33	25
Adobe HDV 1080i 30	16：9	1.78	1440×1080	1.33	1.33	29.97
DV NTSC 标屏	4：3	1.33	720×480	1.5	0.9	29.97
DV-NTSC 宽屏	16：9	1.78	720×480	1.5	1.2	29.97
DC-PAL 标屏	4：3	1.33	720×576	1.25	1.067	25
DC-PAL 宽屏	16：9	1.78	720×576	1.25	1.422	25
高清宽屏电影	2.21：1	2.21	1440×1080	1.33	1.658	24
标清宽屏电影	2.21：1	2.21	720×576	1.25	1.768	24

3.1.5　非线性编辑的主要功能

1. 素材浏览

在查看存储在磁盘上的素材时，非线性编辑系统具有极大的灵活性。可以用正常速度播放，可以快速重放、慢放和单帧播放，也可以反向播放，播放速度可任意调节。

2. 编辑点定位

在确定编辑点时，非线性编辑系统的最大优点是可以实时定位，既可以手动操作进行粗略定位，也可以使用时码精确定位编辑点。不需要像磁带编辑系统那样花费大量时间卷带搜索，这大大地提高了编辑效率。

3. 素材长度调整

在调整素材长度时，非线性编辑系统通过时码实现精确到帧的编辑，同时还具有电影剪接、简便直观的优点，可以参考编辑点前后的画面直接手工剪辑。

4. 素材的组接

非线性编辑系统中各段素材的相互位置可以随意调整。在编辑过程中，可以在任何时候删除节目中的一个或多个镜头，或向节目中的任一位置插入一段素材，也可以实现磁带编辑中常用的插入和组合编辑。

5. 素材的复制和重复使用

非线性编辑系统中使用的素材全都以数字格式存储，因此在拷贝一段素材时，不会像磁带复制那样引起画面质量的下降。当然，在编辑过程中，一般没有必要复制素材，因为同一段素材可以在一个节目中反复使用，而且无论使用多少次，都不会增加占用的存储空间。

6. 软切换

在剪辑多机拍摄的素材或同一场景多次拍摄素材时，可以在非线性编辑系统中采用软切换方法模拟切换台的功能。首先保证多轨视频精确同步，然后选择其中的一路画面输出，切点可根据节目要求任意设定。

7. 联机编辑和脱机编辑

大多数非线性编辑系统采用联机编辑方式工作，这种编辑方式可充分发挥非线性编辑的特点，提高编辑效率，但同时也受到素材硬盘存储容量的限制。如果使用的非线性编辑系统支持时间码信号采集和 EDL（编辑决策表）输出，则可以采用脱机方式处理素材量较大的节目。

非线性编辑系统中有 3 种脱机编辑方法：

第一种方法是先以较低的分辨率和较高的压缩比录制尽可能多的原始素材，使用这些素材编好节目后将 EDL 表输出，在磁带编辑系统中进行合成。

第二种方法是根据草编得到的 EDL 表，重新以全分辨率和小压缩比对节目中实际使用的素材进行数字化，然后使系统自动制作成片。

第三种脱机编辑的方法是在输入素材阶段，首先以最高质量进行录制，然后在系统内部以低分辨率和高压缩比复制所有素材，复制的素材占用存储空间较小，处理速度也较快，在其基础上进行编辑可以缩短特技的处理时间。草编完成后，用高质量的素材替换对应的低质量素材，然后再对节目进行正式合成。

8. 特技

在非线性编辑系统中制作特技时，一般可以在调整特技参数的同时观察特技对画面的影响，尤其是软件特技，还可以根据需要扩充和升级，只需拷入相应的软件升级模块就能增加新的特技功能。

9. 字幕

字幕与视频画面的合成方式有软件和硬件两种。软件字幕实际上使用了特技抠像方法进行处理，生成的时间较长，一般不适合制作字幕较多的节目。但它与视频编辑环境的集成性好，便于升级和扩充字库；硬件字幕实现的速度快，能够实时查看字幕与画面的叠加效果，但一般需要支持双通道的视频硬件来实现。较高档的非线性编辑系统多带有硬件字幕，可实现中英文字幕与画面的实时混合叠加，其使用方法与字幕机类似。

10. 声音编辑

大多数基于 PC 的非线性编辑系统能直接从 CD 唱盘、MIDI 文件中录制波形声音文件，波形声音文件可以直接在屏幕上显示音量的变化，使用编辑软件进行多轨声音合成时，一般也不受总的音轨数量的限制。

11. 动画制作与合成

由于非线性编辑系统的出现，动画的逐帧录制设备已基本被淘汰。非线性编辑系统除了可以实时录制动画以外，还能通过抠像实现动画与实拍画面合成，极大地丰富了节目制作的手段。

3.1.6　非线性编辑的工作程序

1. 审看素材

检查素材内容是否满意，是否充足。镜头画面有无"穿帮"，焦点是否清楚，镜头画面是否平、称、准、匀。检查画面彩色是否偏色，是否为所要求的色调效果，曝光情况如何等，有时为了达到某种艺术效果，要手动控制光圈，检查声音是否有杂音，背景声是否太杂。检查素材磁带的录制质量。可以观察正常重放的素材画面，如果图像出现左右晃动、上下跳动、画面上有黑道或白道、雪花干扰等现象，则这段素材画面质量较差，不宜用于编辑使用。也可以用搜索盘快速搜索，监视器上具有杂波带的搜索画面中，如果杂波带平直、均匀地滚动，则画面是稳定的；如果杂波带不规则扭曲或出现撕裂，则画面是不稳定的。

2. 素材镜头记录

为了在实际编辑时迅速找到所需画面来提高工作效率，素材镜头记录工作就很有必要。可以在初始拍摄提纲上做注释，也可以单用一张纸来记录素材镜头内容，包括镜头号。在前期拍摄时，一般每个镜头要"打板"，板上写着镜头号和拍的次数，便于在编辑时可以轻易地分辨出每个镜头的开始和结束以及所拍的遍数。在景别与技巧上也要标明，比如全景、中景、近景、特写要注明，镜头的表现方式是推、拉、摇、移，还是固定镜头也要注明。画面的内容要写清，便于在编辑工作时容易找镜头。除此之外声音的内容有无同期声，背景声是否太乱，也要一一记录。进行编辑时，最花费时间的常常是寻找素材画面，不知所需画面在哪盘磁带中以及在什么位置。所以，重新做记录是很必要的，审看的同时，有些镜头的取舍就可以确定。

3. 纸上预编

根据素材记录分析每个镜头并基本确定入/出点，大致安排一下镜头的顺序，看看是否符合节目内容要求。经过周密思考后，在纸面上整理出编辑顺序后再进行实际编辑。

4. 按照编辑顺序实际编辑

根据需要选择编辑模式，如用组合编辑或插入编辑模式。寻找放机上素材镜头的入/出点并确认，寻找录机上编辑母带的镜头入/出点并确认。寻找镜头时，可正常重放，也可以用搜索盘快速搜索。在编辑点附近慢速搜索以准确找到编辑点位置。然后可以预演，进行实际编辑和正式录制。反复进行上述工作直至镜头全部编辑完。当然，复杂系统中，还包括特技、调音的操作。

5．利用插入编辑进行局部修改

在初步完成的编辑母带上，经审看如有不适合的画面，或者有些画面的衔接不符合组接规律等，可以使用插入编辑功能，将不需要的画面替换掉。在采访、谈话类节目中，常常先编完声音后进行更换画面工作，如谈话中明显地谈到了某个地点或物体，需插入相应的画面进行说明；或者谈话者镜头画面太长、易让人厌烦，常常需插入画面以调节观众的情绪；或特写镜头不好，特写镜头与特写镜头转换之处均需插入相应的画面。

特别注意的是插入编辑修改只能替换原有画面的长度，整个节目时间的长度是确定的，不能进行增、删镜头的修改。

6．混录

画面编辑完之后，常常需复制一版配音带供配解说、配音乐使用。混录就是将同期声、解说、音乐三者的音量按节目需要有机地结合在一起，录在一个声道上。正规的混录工作需要相应的设备，如调音台、话筒、音源设备、能控制调音台的编辑控制器等，这些设备由专业调音师操作。混录工作中要掌握的是音响设备的准确操作，比如什么时间加入音乐或解说，三者的音量大小如何处理。通常情况下，解说的作用是交代背景；同期声的作用是体现现场效果和真实感；音乐的作用是渲染气氛。如果三者同时出现时，解说首位，同期声次之，最后是音乐。当然，对不同的节目类型有不同的要求，对于音乐技术上的处理，常常采用淡入淡出的手法。当使用音乐片段时，为了不给人们以不完整感觉，应将音乐的起落控制在解说词或同期声中。

7．检查复制

完成编辑工作后，应该连续完整地看一遍节目，同时复制一版，留做资料或存档。检查一下镜头组接是否流畅，编辑点是否抖动，声音的编辑点是否有杂音等。

8．填写表格

专业电视台一般都有统一的表格需填写，便于播出、存档。一般制作单位为防止出现错拿、误消，造成不必要的损失也应该填写表格。

3.2　Adobe Premiere 非线编辑与制作

3.2.1　Adobe Premiere 概述

本书使用的是 Adobe 公司开发的视频编辑软件 Premiere Pro 2.0，该软件集视频、音频编辑于一身，方便快捷，功能强大，深受广大用户的喜爱。该软件广泛地应用于数字电视节目制作、广告制作以及电影剪辑等领域。

Adobe 公司最新推出的 Premiere Pro 2.0，提供了尖端的色彩修正、强大的 5 声道音频控制和多个嵌套时间轴，并专门针对多处理器和超线程进行了优化，利用新一代 CPU 处理器在 Windows XP 系统下速度方面的优势，提供一个能够自由渲染的编辑功能。

Premiere Pro 2.0 建立了在个人电脑上编辑数码视频新标准，并对软件进行了全方位的设计和升级，使其能够满足各专业人员的需要。Premiere Pro 2.0 中的新构架，在制作流程中，允许编辑人员使用更少的渲染完成更多的任务，并对操作进行优化。通过单击和拖拉运动路径，便可对媒体进行管理，为专业人员提供了编辑素材、获得高品质节目所需要的一切功能。

3.2.2　Adobe Premiere 功能

Premiere Pro 2.0 具有强大的视、音频编辑功能，该版本不仅对前版本进行了优化和整合，同时还增加了许多新功能。

（1）实时的效果：使用者可以实时地看到视音频效果、实时的运动路径、实时的色彩校正等。

（2）增强了音频编辑功能：支持多声道和环绕立体声、音频混音及特效，帧内每秒采样控制可达到 48000 个单位，支持高采样率的音频文件，输出的音频质量可达到 24bit/96kHz，支持 VST 高级音频插件系统，还提供了音频注解录制功能。

（3）强大的色彩校正功能：提供了高级色彩校正，对色调、饱和度、亮度等色彩要素的校正都可得到实时的画面反馈。

（4）广播级的色彩监视功能：提供了波谱与矢量监视器，可准确地观察到色彩及信号的衰减。

（5）支持高清 HDV 功能：Premiere Pro 2.0 本身已支持 HDV 功能，无需使用其他插件和滤镜。

（6）可形成独立的字幕文件：Premiere Pro 2.0 中建立的字幕不仅内嵌在节目文件中，而且还可以保存为独立的字幕文件，其他节目也可以导入使用。

3.2.3　启动软件建立节目文件

1. 启动 Premiere Pro 2.0 软件

安装完该软件后，单击任务栏中的"开始"按钮，在弹出的菜单中选择"所有程序"，单击软件图标 Adobe Premiere Pro 2.0，启动该软件，如图 3-3、图 3-4 所示。

图 3-3　启动软件界面 1　　　　　　　　图 3-4　启动软件界面 2

2. 建立节目文件

单击"新建节目"图标（也可单击"打开节目"图标或单击"最近编辑过的节目"下的文件，打开已有的节目文件），弹出"新建节目"对话框。该软件提供了多种配置选项，通过"载入预置"和"自定配置"选项卡进行配置。

（1）选择"载入预置"选项卡，选择系统提供的文件格式。该选项的技术参数可见右侧"说明"和"常规"。在"位置"栏中选择或输入路径名称，在"名称"栏中输入该节目的文件名，单击"确定"按钮，设置完毕并进入软件编辑窗口。常用的节目格式有、"DV-PAL-标准 48kHz"和"DV-PAL-宽屏 48kHz"，"Adobe-HDV-HDV 1080i 25"，如图 3-5～图 3-7 所示。

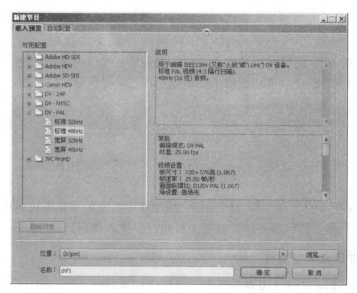

图 3-5　"新建节目"对话框 1

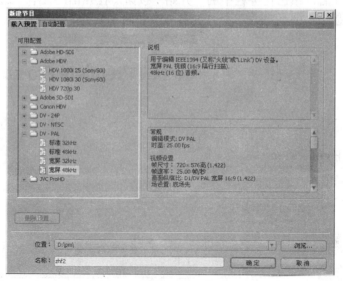

图 3-6　"新建节目"对话框 2

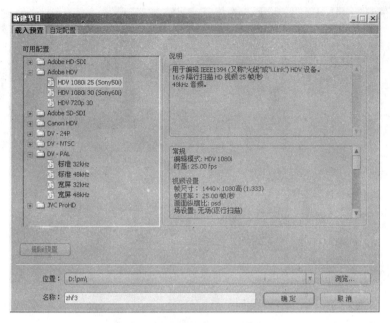

图 3-7　"新建节目"对话框 3

（2）选择"自定配置"选项卡，在"编辑模式"选项中选择"桌面模式"，在"视频"和"音频"选项中设置用户所需要格式，如图 3-8 所示。

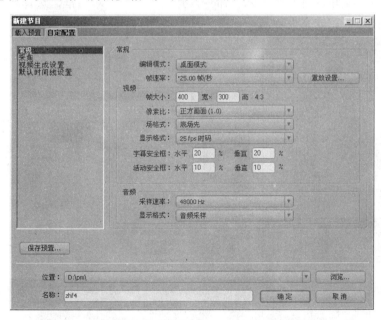

图 3-8　"新建节目"对话框 4

（3）设置完毕后，单击"确定"按钮，进入软件编辑窗口，如图 3-9 所示。

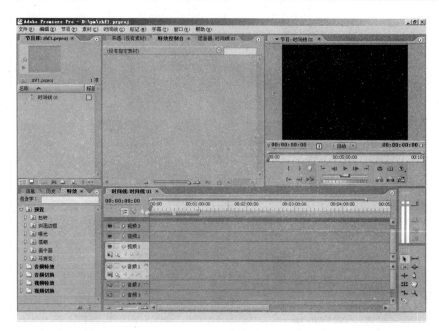

图 3-9　软件编辑窗口

3. 导入素材文件

单击"文件"菜单，选择"导入"命令，弹出"导入"对话框，选择要导入的文件，单击"打开"按钮，完成文件导入，如图 3-10、图 3-11 所示。

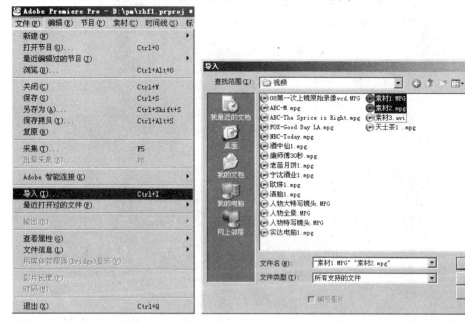

图 3-10　文件菜单"导入"选项　　　　图 3-11　"导入"对话框

4. 使素材处于编辑状态

双击"素材 1"使该素材显示在"素材监视器"窗口中，将"素材 2"拖曳到"时间线"

窗口中的视频 1 轨道上，如图 3-12 所示。

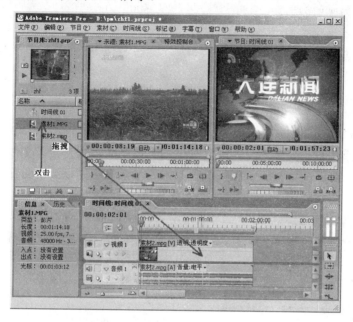

图 3-12　添加素材后窗口

5.　软件界面的组成

Premiere Pro 2.0 界面是由 1 个菜单和 7 个窗口共 8 个部分组成，如图 3-13 所示。

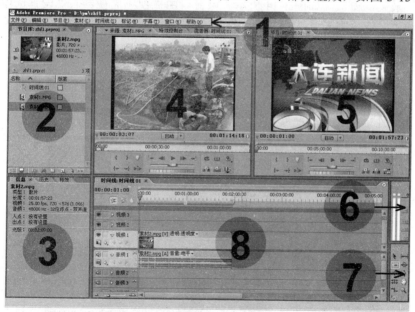

图 3-13　软件窗口构成

①　菜单；

②　"节目库"窗口；

③　"信息、历史、特效"选项卡窗口；

④ "素材监视器、特效控制台、混音器选项卡"窗口；

⑤ "节目监视器"窗口；

⑥ "音频主电平表"窗口；

⑦ "工具"窗口；

⑧ "时间线"窗口。

3.2.4 素材采集

目前，录像机的存储方式主要有"数字存储器"和"数字录像带"两种方式。"数字存储器"主要是在摄像机中安装光盘、硬盘等设备，录制的数据直接以文件的形式保存在存储器上，通常使用 USB 接口导入到计算机；"数字录像带"是以数字磁带为存储介质，通过采集生成文件，通常使用 1394 接口导入到计算机。

上述两种方式各有利弊。使用"数值存储器"直接生成文件，无需采集，但由于存储器的容量有限，必须及时将文件导出，否则无法继续录制。使用"数字录像带"，通过更换录像带可连续录制，不受容量限制，采集时可根据需要选择多种格式。不足之处是采集过程比较繁琐，磁带受损会产生丢帧现象。这里主要讲解"数字录像带"的采集方法。

1. 采集前的准备

使用 1394 连接线将数字摄像机与电脑连接在一起，将摄像机处于播放状态。目前的电脑操作系统可自动识别数码摄像设备，无需安装驱动程序。

本书以 Premiere Pro 2.0 为例。在一个节目文件中，单击"文件"菜单，选择"采集"选项，弹出"采集"窗口，如图 3-14 所示。该窗口由"视频监视器"、"设置选项卡"、"记录选项卡"和"播放录制工具"4 部分组成。单击关闭按钮，将"采集"窗口关闭并结束素材采集。

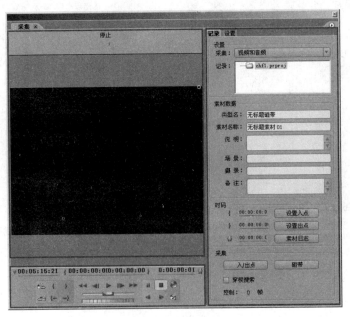

图 3-14　"采集"窗口

2. "设置"选项卡

该选项卡包括"采集设置"、"保存位置"和"设备控制"3 部分，如图 3-15 所示。

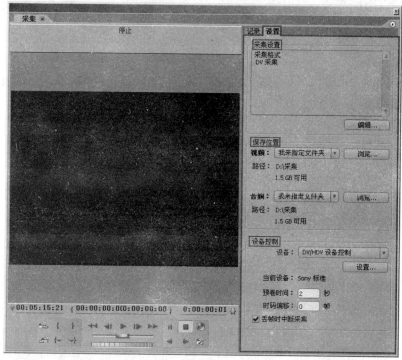

图 3-15　"设置"选项卡

（1）采集设置：单击"编辑"按钮弹出"节目设置"对话框，如图 3-16 所示，在该对话框中，可进行"采集格式"、"视频生成"和"默认时间线"设置，本例采集格式设置为"DV 采集"。

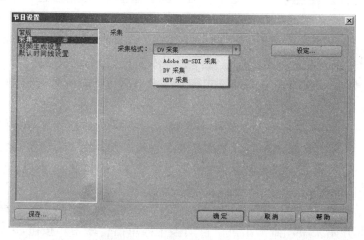

图 3-16　"节目设置"对话框

（2）保存位置：单击"浏览"按钮，可设置采集视频、音频文件的存放位置。

（3）设备控制：

● 设备：在该选项中，可设置当前设备，本例设置为"DV/HDV 设备控制"。

- "预卷时间"和"时间偏码":"预卷时间"默认设置为 2 秒,"时码偏移"默认设置为 0 帧。
- 丢帧时中断采集:选中该复选框,在采集过程中,当丢帧时,系统会自动中断采集。

3. "记录"选项卡

该选项卡包括"设置"、"素材数据"、"时码"和"采集"4 部分,如图 3-17 所示。

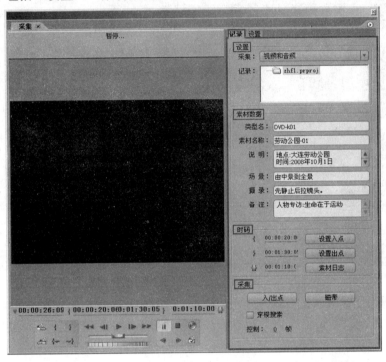

图 3-17　"记录"选项卡

（1）设置:在"采集"选项中,选择"音频"、"视频"或"音频和视频"后,可有选择地采集。在"记录"文本框中,显示节目文件名。

（2）素材数据:在该设置选项中,可设置"类型名"、"素材名称"、"说明"、"场景"、"摄录"和"备注"等。

（3）时码:在该设置中有 3 个时码,第 1．2 个时码为"设置入点"和"设置出点",可直接在时码中设置,也可分别单击"设置入点"和"设置出点"按钮,将当前帧设置为"入点"或"出点"。第 3 个时码显示"入点"到"出点"的长度。"素材日志"可显示"素材数据"选项中的内容。

（4）采集:单击"入/出点"按钮,可采集"入点"到"出点"的素材,软件将自动移动到"入点"开始采集,到"出点"自动停止;单击"磁带"按钮,从当前磁带位置采集。

4. "播放录制"工具

该工具的按钮与摄像机产生遥控联动效果可对摄像机进行搜索、播放等操作。"播放录

"制"工具由"时间码"、"搜索"、"播放"和"录制"4 部分组成，如图 3-18 所示。

图 3-18　"播放录制"工具

（1）时间码：该工具中共有 4 组时间码，分别是"当前磁带位置"、"入点"、"出点"和"入点到出点长度"。

（2）搜索。

● "下一帧"按钮：将当前磁带位置定位到下一个镜头。

● "上一帧"按钮：将当前磁带位置定位到上一个镜头。

● "设置入点"按钮：将当前磁带位置设置为入点。

● "设置出点"按钮，将当前磁带位置设置为出点。

● "跳到入点"按钮：磁带将定位到"入点"位置。

● "跳到出点"按钮，磁带将定位到"出点"位置。

（3）播放。

● "倒带"按钮：单击该按钮，录像机中的磁带将快速回退。

● "快进"按钮：单击该按钮，录像机中的磁带将快速前进。

● "逐帧倒退"按钮：每单击一次该按钮，磁带将倒退 1 帧。

● "逐帧前进"按钮：每单击一次该按钮，磁带将前进 1 帧。

● "播放"按钮：单击该按钮，以正常速度播放磁带

● "穿梭条"：拖动穿梭条上的滑块，可进行播放、回退和快进操作。

● "搜索盘"：使用鼠标左右拖动搜索盘，可逐帧倒退或前进。

（4）录制。

● "暂停"按钮：磁带在进行"播放"、"倒带"、"快进"、"慢倒"、"慢放"和"记

录"操作时,单击该按钮可停止操作,停止后,磁带仍然在磁头上。"暂停"按钮
还可与"逐帧倒退"、"逐帧前进"按钮组合进行逐帧搜索。

- "停止"按钮■:单击该按钮可停止"播放"、"倒带"、"快进"、"慢倒"、"慢放"
  和"记录"操作,停止后,磁带脱离磁头。
- "慢倒"按钮◁:单击该按钮,可倒退慢放磁带。
- "慢放"按钮▷:单击该按钮,可慢速播放磁带。
- "记录"按钮○:单击该按钮,再单击"播放"键可进行采集。单击"暂停"或
  "停止"键,采集结束,弹出"保存已采集素材"对话框,如图 3-19 所示。单击
  "确定"按钮,保存该文件,单击"取消"按钮,放弃保存,保存后的文件自动
  导入到"节目库"窗口中。

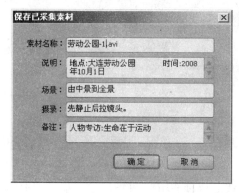

图 3-19　"保存已采集素材"对话框

3.2.5　文件输出

文件输出是节目制作的最后环节。输出到哪种介质以及输出采取何种文件格式,完全
取决于用户的需要。

1. 输出前的准备

Premiere Pro 2.0 软件提供了多种文件输出方式,有"以文件方式输出到本机硬盘"、"输
出到录像带上"、"直接刻录到 DVD 光盘上"和"输出 EDL 表"等。

输出时首先要检查"本机硬盘"的空间是否够用;"录像机"是否处于播放状态;"DVD"
光驱及光盘是否检测正常。然后选中已编辑完成的"时间线"窗口,使用工作区卡尺设置
工作区,单击"文件"菜单,指向"输出"选项,弹出下拉菜单,如图 3-20 所示。

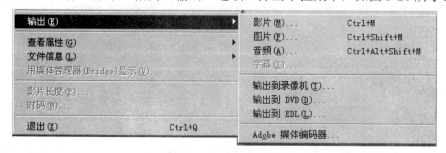

图 3-20　"输出"菜单

2. "影片"选项

（1）选择下拉菜单中的"影片"选项，弹出"输出影片"对话框，修改文件名，本例为"新闻素材-01"，如图 3-21 所示。

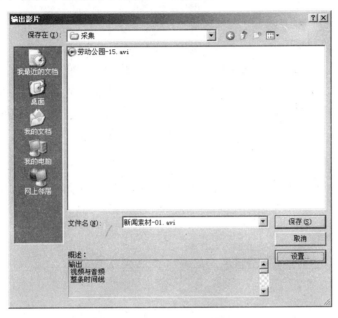

图 3-21　"输出影片"对话框

（2）单击对话框中的"设置"按钮，弹出"输出影片设置"对话框，可对影片输出进行设置。在"常规"选项中可设置"文件类型"、"输出范围"和"嵌入选项"，如图 3-22 所示。

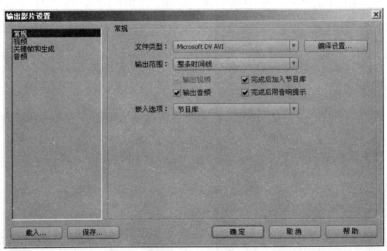

图 3-22　"输出影片设置"对话框

● 文件类型：单击右侧箭头，弹出下拉选项，选项中共有 11 种文件类型，默认选项为"Microsoft DV AVI"，其他选项，如图 3-23 所示。

图 3-23　"文件类型"下拉选项

- 输出范围：选择"整条时间线"选项，输出的内容是整个节目的音频和视频；选择"工作区域"选项，输出的内容为工作区卡尺下的音频和视频。
- 嵌入方式：在该选择中可设置嵌入方式，默认值为"节目库"。

3. "图片"选项

选择该选项，可将"时间线"窗口中滑块所在位置的当前帧保存为 BMP 格式的图像文件。

4. "音频"选项

选择该选项，可生成整个节目的音频文件，格式为 WAV。

5. "输出到录像机"选项

将录像机置于播放状态，选中"时间线"窗口，移动工作区卡尺设置工作区，单击"输出到录像机"选项，弹出"输出到录像机"对话框，使用默认设置，如图 3-24 所示。

单击"记录"按钮，系统自动"预演工作区"，在内存中生成工作区预演临时文件。预演工作区完成后自动启动录像机，将预演工作区内容输出到录像磁带中，输出完成后自动停止，在"输出到录像机"对话框中显示输出结果，如图 3-24、图 3-25 所示。

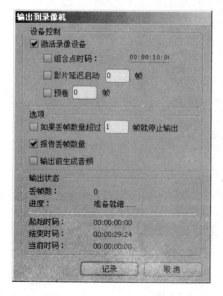

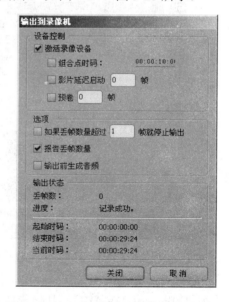

图 3-24　输出前"输出到录像机"对话框　　图 3-25　输出后"输出到录像机"对话框

6. "输出到 DVD" 选项

单击 "输出到 DVD" 选项，弹出 "刻录 DVD" 对话框，如图 3-26 所示。在 "刻录到" 选项中，选择 "光盘"、"文件夹" 或 "ISO 映像" 其中的任何一种方式，设置相应的选项即可刻录。

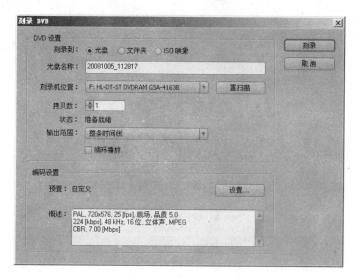

图 3-26　"刻录 DVD" 对话框

（1）刻录到 "光盘"。

- 光盘名称：可修改光盘的名称，也可使用默认名称。
- 刻录机位置：显示搜索到的 DVD 刻录光驱的设备名称。
- 拷贝数：设置连续光盘刻录的数量。
- 状态：显示当前是否符合刻录条件。
- 输出范围：可选择 "整条时间线" 或 "工作区域"。
- 循环播放：选中该复选框，刻录的光盘可循环播放。
- 预置：单击 "设置" 按钮，在弹出的 "输出设置" 对话框中选择文件的格式。
- 概述：该文本框中显示当前刻录文件的信息。
- "刻录" 按钮：单击该按钮开始刻录，弹出 "刻录 DVD 进度" 信息框，如图 3-27 所示。刻录完毕后，单击 "关闭" 按钮返回到软件界面，图 3-28 所示。

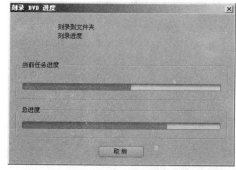

图 3-27　"刻录 DVD 进度" 信息框　　　　图 3-28　刻录 DVD 完成信息框

（2）刻录到"文件夹"：选择该选项，设置"文件夹名称"和"文件夹位置"，其他选项与刻录到"光盘"相同。单击"刻录"按钮，生成一个包含 DVD 文件的文件夹，如图3-29 所示。

图 3-29　刻录到"文件夹"对话框

（3）刻录到"ISO 映象"：选择该选项，设置"文件名"和"文件位置"，其他选项与刻录到"光盘"相同。单击"刻录"按钮，生成一个包含 DVD 文件的压缩文件，如图 3-30 所示。

图 3-30　刻录到"ISO 映象"对话框

7. "输出到"EDL"选项

如果对画面质量要求很高，即使以非线性编辑系统的最小压缩比处理仍不能满足要求，可以考虑在非线性编辑系统上进行草编，输出 EDL 表至其他高端编辑台进行精编，这时需要注意 EDL 表格式的兼容性。单击"输出到 EDL"选项，弹出"EDL 输出设置"对话框，单击"确定"按钮，将轨道输出信息存储到 EDL 表格式文件中，如图 3-31 所示。

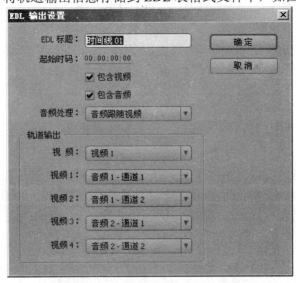

图 3-31　"EDL 输出设置"对话框

8. "Adobe 媒体编码器"选项

可根据用户的需求，使用"Adobe 媒体编码器"选项选择生成不同编码器、制式、尺寸和压缩格式的节目文件。单击"Adobe 媒体编码器"选项，弹出"输出设置"对话框，如图 3-32 所示。在"输出设置"中，分别设置每个选项。

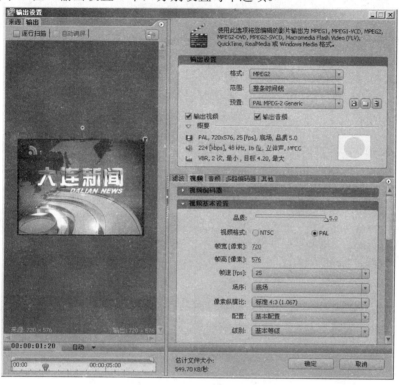

图 3-32　"输出设置"对话框

（1）"来源"选项卡：该选项卡显示节目的原图像，单击"修剪"工具 ，可对原图像进行修剪，生成的文件为框选部分，如图 3-33 所示。

图 3-33　"来源"窗口

（2）"输出"选项卡：该选项卡可实时显示当前生成的图像效果，窗口下方显示"来源"、"输出"文件的图像尺寸，最下方的时间线可预览节目文件，如图3-34所示。

图3-34　窗口时间线

（3）格式与预置：格式共有9种，每种格式都有相应的预置种类。在影视节目制作中，较为常用的压缩格式为"MPEG2"，该格式所对应的预置下拉选项共有13种，格式与预置设置如图3-35所示。

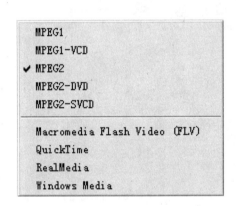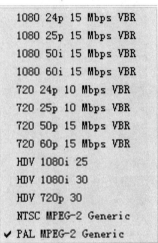

图3-35　"格式与预置"设置

（4）范围：可选择"整条时间线"或"工作区域"。

（5）"输出视频"和"输出音频"：这两个复选框可设置输出文件是否包含"视频"或音频，两个选项至少选择一个。

（6）概要：可显示生成文件的属性信息。

（7）"滤波"选项卡：选择该选项卡并增大该值，可使图像噪声衰减，图像产生柔化效果。但该值不宜过大，否则会使图像模糊，如图3-36所示。

图3-36　"视频噪声衰减"设置

（8）"视频"选项卡：该选项卡可设置"品质"、"视频格式"、"帧宽"、"帧高"、"帧速"、"场序"、"像素纵横比"、"配置"和"级别"等，默认设置如图3-37所示。

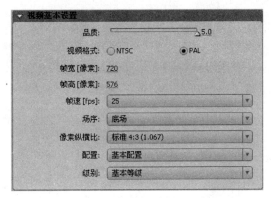

图 3-37　"视频基本设置"选项卡

（9）"音频"选项卡：该选项卡显示"音频格式"、"音频编码器"、"音频记录层"、"音频模式"、"采样人小"和"频率"，默认设置如图 3-38 所示。

图 3-38　"音频格式设置"选项卡

（10）单击"确定"按钮，弹出"保存文件"对话框，如图 3-39 所示。输入文件名后单击"保存"按钮，生成节目文件。

图 3-39　"保存文件"对话框

3.3　Adobe Premiere 菜单介绍

Premiere Pro 2.0 共有 9 组菜单，每组菜单又包括许多命令选项，如图 3-40 所示。有些命令选项可通过单击鼠标右键，在弹出的快捷菜单中选取。

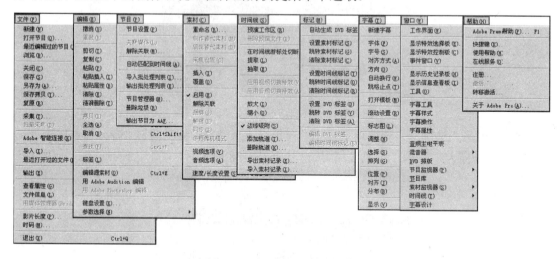

图 3-40　Adobe Premiere 菜单

3.3.1　"文件"菜单

1. 新建

选择"新建"选项，可创建一些节目中所需要的文件，文件类型如图 3-41 所示。

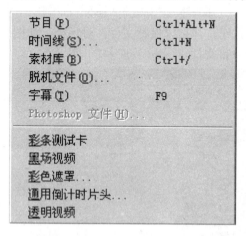

图 3-41　"新建"命令选项

（1）节目：单击该选项，新建一个节目文件，当前编辑的节目文件保存后自动关闭。

（2）时间线：时间线中包含视频轨和音频轨，可对拖入到视频轨和音频轨中的素材进行编辑。单击该选项，弹出"新建时间线"对话框，可建立第 2 个时间线，如图 3-42 所示。每个时间线都是相对独立的，可分别编辑不同的素材。

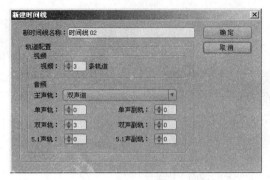

图 3-42　"新建时间线"对话框

（3）素材库：单击该选项，可在"节目库"窗口产生一个"素材库"文件夹，用于存放各种素材。可以对"素材库"文件夹重新命名，使其更加直观，本例命名为"视频素材"，并将"素材 1"和"素材 2"拖入到该文件夹中，如图 3-43 所示。

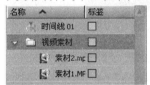

图 3-43　"素材库"文件夹

（4）脱机文件：如果时间线上的素材在磁盘中被移动或删除，系统将弹出"请指定文件×××的位置"对话框，如图 3-44 所示。如果指定某文件，系统将重新连接该文件；如果选择"跳过"或"脱机"，系统将自动产生脱机文件，该文件与原文件类型相同，内容为系统默认的一个文件，如图 3-45 所示，该文件也可以通过单击"脱机文件"选项，弹出"脱机文件"对话框，输入相应的选项，单击"确定"按钮即可建立，默认长度为 10 秒，如图 3-46 所示。

图 3-44　"请指定文件素材 2.mpg 的位置"对话框

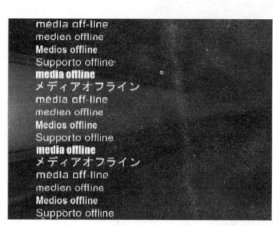

图 3-45　系统默认"脱机文件"样式　　　　　图 3-46　　"脱机文件"对话框

（5）字幕：单击该选项可建立一个静态字幕。

（6）彩条测试卡：单击该选项将创建一个"彩色测试卡"，默认时间为 6 秒，也可任意加长或缩短时间，该素材包含音频和视频，如图 3-47 所示。

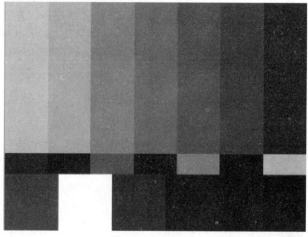

图 3-47　彩条测试卡

（7）黑场视频：单击该选项可默认产生一个 6 秒的"黑场视频"，也可任意延长或缩短时间，无音频。

（8）彩色遮罩：单击该选项，弹出"色彩选择"对话框，在对话框中选择的颜色就是彩色遮罩的颜色。

（9）通用倒计时片头：单击该选项，弹出"通用倒计数片头设置"对话框，选择相应的选项，即可产生一个"通用倒计时片头"。该素材默认为 11 秒，可设置提示音，音频为单声道，素材不可延长，但可缩短，如图 3-48 所示。

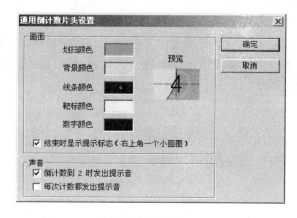

图 3-48　"通用倒计时片头设置"对话框

（10）透明视频：单击该选项可生成一个 6 秒的"透明视频"素材，该时间素材可延长或缩短，无音频。该素材在使用时，应放到时间线最上面的视频轨中，添加特效后，可调整大小位置，直接显示在下面的视频轨上。采用这种方法使特效的添加更灵活、方便。

2．打开节目

使用"打开节目"选项可打开一个磁盘上已存在的节目文件。

3．最近编辑过的节目

使用该选项可显示最近编辑过的节目文件，可打开其中的节目文件。

4．浏览

单击"浏览"选项，弹出浏览窗口，在浏览窗口中查看磁盘上的素材。窗口左侧是播放窗口，可实时播放查看的素材。双击选中的素材，可添加到"节目库"中，如图 3-49 所示。

图 3-49　"浏览"窗口

5. 关闭

单击"关闭"选项可关闭当前节目文件，返回到欢迎窗口。可以继续打开其他节目文件，单击右下角的"退出"按钮，退出该系统。也可单击窗口右上角的关闭按钮 ✖，直接退出该系统。

6. 保存

单击"保存"选项可随时保存当前编辑的节目文件。节目文件记录了节目编辑时的所有信息，为用户修改节目编辑内容和多次编辑提供方便。

7. 另存为

单击"另存为"选项可将当前编辑的节目文件保存为另外一个节目文件，并使另存的文件为当前编辑文件。

8. 保存拷贝

该选项与"另存为"选项作用相同，是将当前编辑的节目文件另存为一个备份文件。

9. 复原

选择"复原"选项，可将当前编辑过的节目恢复到最后一次保存的状态。

10. 采集

选择"采集"选项，可通过视频采集卡或 1394 数字采集卡，采集外部设备的模拟或数字视频信号。

11. 批量采集

"批量采集"选项可通过入点和出点的设置，自动进行多段剪辑的采集。

12. Adobe 智能连接

单击该选项弹出下拉菜单，可与 After Effects 软件进行有机结合，新建或导出 After Effects 文件。使用该选项时，计算机必须安装了 After Effects 软件和 Adobe Production Studio，否则无法实现该功能。

13. 导入

单击"导入"选项，弹出"导入"对话框，在文件名文本框中选择素材文件，单击"打开"按钮，将选择的素材文件导入到节目文件的"节目库"窗口中。在文件名文本框中如果不选择素材文件，此时单击"导入文件夹"按钮，可将当前选择的文件夹导入到节目文件的"节目库"窗口中。"导入"对话框及可导入的"文件类型"菜单选项如图 3-50、图 3-51 所示。

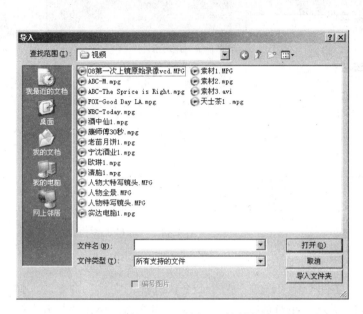

图 3-50　"导入"对话框　　　　　　图 3-51　"文件类型"菜单选项

14. 最近打开过的文件

可在下拉菜单中打开最近打开过的文件。

15. 输出

"输出"是对制作完成的节目进行输出，单击"输出"选项，在弹出的下拉菜单中选择输出文件的类型或方式，如图 3-52 所示。

图 3-52　"输出"下拉菜单

16. 查看属性

"查看属性"的下拉菜单有"文件"和"选项"两个命令。选择"文件"命令时，弹出"查看属性"对话框，如图 3-53 所示，在对话框中选择一个素材文件，单击"打开"按钮，弹出"属性"窗口，如图 3-54 所示，在"属性"窗口中，显示该素材的各种属性内容。如果在"节目库"窗口或"时间线"窗口中选择一个或多个素材文件时，然后再单击"选项"命令时，可以弹出一个或多个"属性"窗口，显示其属性的内容。

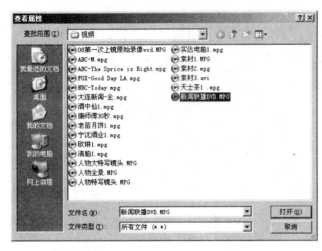

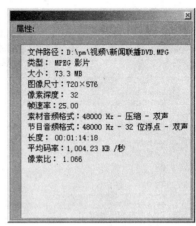

图 3-53   "查看属性"对话框   图 3-54   "属性"窗口

17. 文件信息

"文件信息"的下拉菜单有"文件"和"选项"两个命令。选择"文件"命令时，弹出"文件信息"对话框，如图 3-55 所示，在对话框中选择一个素材文件，单击"打开"按钮，弹出"信息输入"对话框，如图 3-56 所示，在该对话框中，可以输入文件的相关信息。如果在"节目库"窗口或"时间线"窗口中选择一个或多个素材文件，然后单击"选项"命令时，可以弹出一个或多个"信息输入"对话框，可以分别输入该素材的相关信息。

图 3-55   "文件信息"对话框   图 3-56   "信息输入"对话框

18. 用媒体管理器(Bridge)显示

该选项与"浏览"选项弹出的窗口相同，不再赘述。

19. 影片长度

首先在"节目库"窗口选择素材文件，单击"影片长度"选项，弹出"视频参数"对话框，如图 3-57 所示。在"视频参数"对话框中，可以对素材的"帧速率"、"像素比"和"Alpha 通道"进行设置。

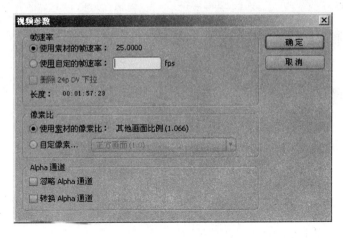

图 3-57　"视频参数"对话框

20．时码

在"节目库"窗口选择一个素材文件，单击"时码"选项，弹出"时码"对话框，如图 3-58 所示，在该对话框中设置"时码"和"磁带名"。在多盘磁带中采集的素材时，使用该功能可便于对素材的管理。

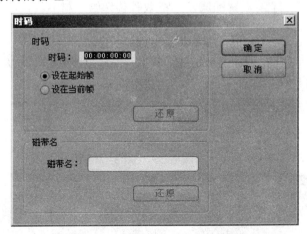

图 3-58　"时码"对话框

21．退出

选择退出选项可退出 Premiere Pro 2.0/CS3 软件。

3.3.2　"编辑"菜单

1．撤销

单击"撤销"选项可撤销刚刚操作的步骤，恢复到上一步操作。也可撤销多个操作步骤，撤销的次数取决于电脑的内存容量。

2．重做

"重做"选项与"撤消"相对应。可恢复撤消的步骤。

3．剪切

将选择的内容剪掉并暂存在剪贴板中，以供粘贴使用。

4．复制

将选择的内容复制到剪贴板中，以供粘贴使用。

5．粘贴

单击"粘贴"选项可将剪贴板中的内容粘贴到指定的区域，并覆盖原区域内容。

6．粘贴插入

在时间线窗口上，将时间指示点移动到要插入的位置，单击该选项可将剪贴板中的内容粘贴到该位置，并将该位置原有的内容覆盖。

7．粘贴属性

选择时间线窗口上素材 A，单击"复制"或"剪切"按钮，再选择另一个素材 B，单击"粘贴属性"，可将素材 A 设置的属性、特效等传递给素材 B。

8．清除

选择"节目库"或"时间线"窗口上的素材，单击"清除"可将该素材在节目中清除。该操作不会删除原始素材文件。

9．涟漪

在时间线上选择素材间的空隙，单击"涟漪删除"选项，可删除该空隙，后面未锁定的素材将移动向前移动填补该空隙，如图 3-59、图 3-60 所示。

图 3-59　"涟漪删除"前　　　　　　　图 3-60　"涟漪删除"后

10．拷贝

首先在"节目库"中选择一个或多个素材文件，单击"拷贝"选项，可产生素材的复制文件。

11．全选

该选项是对"节目库"、"时间线"上所有素材和"特效控制台"上的所有特效的选中。当选中"节目库"、"时间线"或"特效控制台"窗口，单击"全选"选项，该窗口中的素材或特效将全部被选中。在窗口空白处再次单击可释放选中的素材。

12. 取消

当使用了"全选"选项后，单击"取消"选项，将释放选中的素材。单击窗口空白处，也可以释放选中的素材。

13. 查找

选中"节目库"窗口，单击"查找"选项，弹出"查找"对话框，如图 3-61 所示。在"查找"对话框中包括"栏目"、"操作"和"查找内容"选项，选择或输入相应的内容，单击"查找"按钮，可将查找到的素材处于选中状态。如果查找到的内容有多个，再次单击"查找"按钮，下一个符合条件的素材将被选中，查找完毕可单击"完成"按钮。

图 3-61　"查找"对话框

14. 标签

在"节目库"或"时间线"窗口选择一个或多个素材，单击"标签"选项，在弹出的下拉菜单中，选择一种颜色，"节目库"窗口的"标签"颜色或"时间线"上的素材条颜色将随之变化。

15. 编辑源素材

在"节目库"或"时间线"窗口选择一个素材，单击"编辑源素材"选项，系统将启动该素材的默认"打开方式"软件，同时打开该素材。

16. 用 Adobe Audition 编辑

选择一个音频素材，单击"用 Adobe Audition 编辑"选项，可启动 Adobe Audition 软件，并可对选中的素材进行编辑。

17. 用 Adobe Photoshop 编辑

选择一个位图素材，单击"用 Adobe Photoshop 编辑"选项，可启动 Adobe Photoshop 软件，并可对选中的素材进行编辑。

18. 键盘设置

单击"键盘设置"选项，弹出"键盘设置"对话框。在该对话框中可以对"应用类"、"窗口类"、"工具类"进行键盘快捷键设置，如图 3-62 所示。

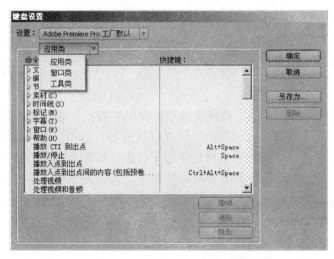

图 3-62　"键盘设置"对话框

19．参数选择

该选项可对 Premiere Pro 2.0 软件进行系统设置，共有 14 个选项设置。单击"参数选择"选项，弹出下拉菜单，如图 3-63 所示。选择相应的选项，弹出"参数选择"对话框，如图 3-64 所示，在该对话框中可修改该选项的参数设置。

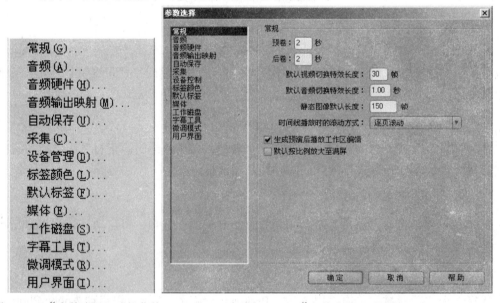

图 3-63　"参数选择"下拉菜单　　　　　图 3-64　"参数选择"对话框

3.3.3 "节目"菜单

1．节目设置

该选项可在节目编辑过程中更改节目设置。单击该菜单"节目设置"选项，在弹出的下拉菜单中选择其中的一个选项，弹出"节目设置"对话框，如图 3-65 所示。在"节目设置"对话框中，可分别对"常规"、"采集"、"视频生成设置"和"默认时间线设置"进行设置修改。

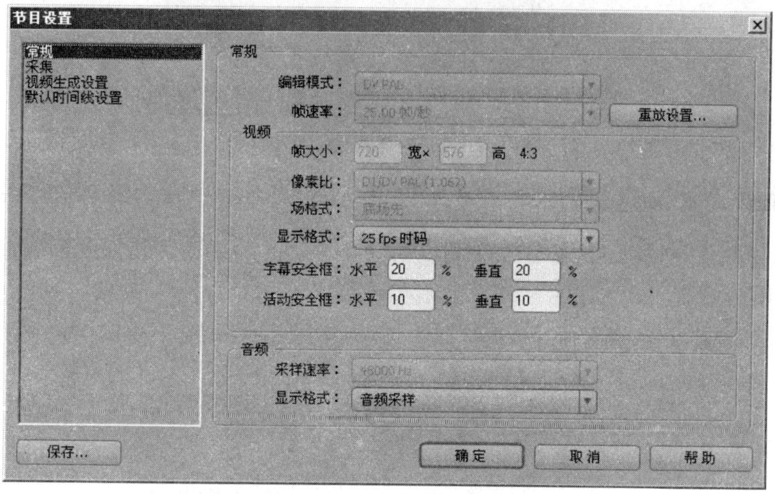

图 3-65　"节目设置"对话框

2. 关联媒体

该选项可对"脱机文件"在硬盘上指定链接文件。在"节目库"窗口单击"脱机文件"，然后单击"关联媒体"选项，弹出"文件替换"对话框，选中替换的文件后单击"选择"按钮，"脱机文件"内容将被替换，如图 3-66 所示。

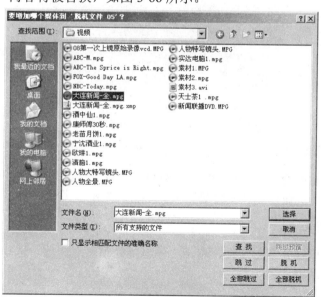

图 3-66　文件替换对话框

3. 解除关联

当"脱机文件"链接硬盘文件后，单击"解除关联"选项，弹出"解除链接"对话框，如图 3-67 所示。选中"保留该媒体文件"复选框，解除链接并保留硬盘上被链接的文件；选中"删除该媒体文件"复选框，解除链接并删除硬盘上被链接的文件。

图 3-67　"解除链接"对话框

4．自动匹配到时间线

在"节目库"中选中一个或多个素材文件，单击"自动匹配到时间线"选项，弹出"自动匹配到时间线"对话框，如图 3-68 所示。在该对话框"方法"选项中选择"插入编辑"或"覆盖编辑"选项，可将选中的素材插入或覆盖到"时间线"窗口中。插入或覆盖的起始位置在时间指示点上，默认在视频 1 轨。

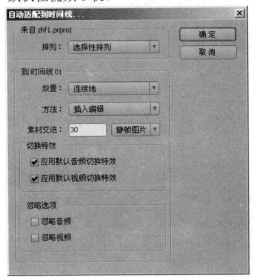

图 3-68　"自动适配到时间线"窗口

5．导入批处理表

批处理表是标记磁带号、入点、出点、素材名称以及注释等信息的 txt 或 csv 文件。单击"导入批处理表"按钮可将该文件导入到"节目库"中。

6．输出批处理表

在"节目库"中选择素材文件，单击"输出批处理表"选项，这些素材的信息将保存到一个批处理表文件中。

7．节目管理器

选择该选项弹出"节目管理器"对话框，如图 3-69 所示。选择节目目标路径，其他使用默认，单击"确定"按钮，可将节目文件备份到一个文件夹中，该文件夹包含节目文件、和节目中使用的素材，未使用的素材不存入。

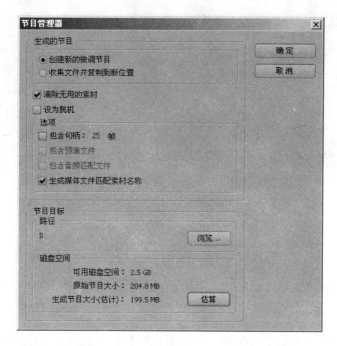

图 3-69　"节目管理器"对话框

8．删除垃圾

单击该选项可将"节目库"窗口中未使用的素材删除。

9．输出节目为 AAF

单击该选项可将节目保存为 AAF 格式文件。AAF（Advanced Authoring Format，高级编辑格式）格式文件是一种全面支持高端数据交换的行业标准文件。

3.3.4　"素材"菜单

1．重命名

在"节目库"或"时间线"窗口中选择一个素材，单击"重命名"选项，即可修改该素材的名称，修改后的素材名称只在该节目文件中有效，对源素材文件无效。

2．制作替代素材

替代素材可以是"节目库"中导入的素材，也可以将导入的素材复制一个作为替代素材。

3．编辑替代素材

该选项可对"节目库"中的替代素材重新编辑"起点"和"终点"，在"节目库"窗口选择一个替代素材，单击"编辑替代素材"选项，弹出"编辑替代素材"对话框，如图 3-70 所示。在"替代素材"选项中重新设置"起点"和"终点"，单击"确定"按钮，替代素材设置完成。替代素材的设置，不会影响该文件的源文件。

图 3-70　"编辑替代素材"对话框

4. 采集设置

该选项可设置采集时影片的格式。此项设置一般在"文件"菜单中的"采集"中设置。

5. 插入

首先在"时间线"窗口中选择插入素材的视频和音频轨道，将时间滑块移动到要插入的"入点"位置。然后在"节目库"窗口选中一个或多个素材文件，单击"插入"选项，素材将被插入到时间线上的指定轨和指定点上。本例将素材 1 插入到素材 2 中，插入前后时间线的变化如图 3-71、图 3-72 所示。

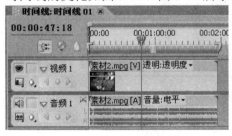

图 3-71　"插入"前时间线效果

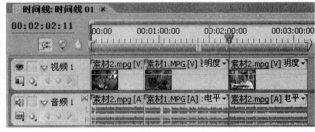

图 3-72　"插入"后时间线效果

6. 覆盖

选择该选项，插入的素材将覆盖所选轨道上的素材。其他用法和功能与"插入"选项相同。本例将素材 1 覆盖到素材 2 中，覆盖前后时间线的变化如图 3-73、图 3-74 所示。

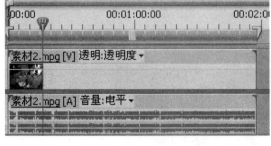

图 3-73　"覆盖"前时间线效果

图 3-74　"覆盖"后时间线效果

7. 启用

选中该选项，时间线上的素材将在"节目监视器"窗口中显示，否则将不显示在"节目监视器"窗口中，默认为选中状态。

8. 解除链接/加入链接

有声音的视频素材默认为"加入链接"状态，音频和视频是链接在一起的，具有联动效果，即选中、移动或删除其中的一个音频或视频，另一个也随之被选中、移动或删除。选择"解除链接"选项，音频和视频取消链接，取消链接后，音频和视频可单独操作。在"时间线"窗口中，任意选择一个未链接的视频和一个未链接的音频，单击"加入链接"选项，可将这两个素材链接在一起。

9. 捆绑

该选项可将"时间线"上多个素材进行捆绑，捆绑后的素材具有联动效果。

10. 解组

当选择"捆绑"选项后，单击"解组"选项，可解除捆绑。

11. 同步

该选项可将不同轨中的两段素材设置精确同步点。

12. 多摄像机模式

该选项可对多摄像机进行模式设置。

13. 视频选项

该选项包括"帧保持"、"场设置"、"帧混合"和"缩放到帧尺寸"。

（1）帧保持：在"时间线"窗口选择一个视频素材，单击"帧保持"选项，弹出"帧定格设置"对话框，如图 3-75 所示。选中"画面定格"复选框，选择"入点"、"出点"或"标记 0"，单击"确定"按钮，该视频将显示"入点"、"出点"或"标记 0"的静态帧。

（2）场设置：在"节目库"或"时间线"窗口选择一个视频素材，单击"场设置"选项，弹出"场设置"对话框，在该对话框中可对场进行设置，如图 3-76 所示。

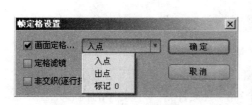

图 3-75　"帧定格设置"对话框

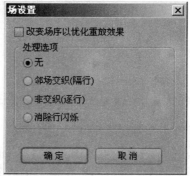

图 3-76　"场设置"选项

（3）帧混合：在"节目库"或"时间线"窗口选择一个视频素材，单击"场设置"选项，可使视频前后帧之间交叉重叠，默认为选中状态。

（4）按比例放大至满屏：在"节目库"或"时间线"窗口选中一个视频素材，单击"按比例放大至满屏"选项，该素材如果尺寸小于当前节目窗口尺寸，将按比例放大至满屏。

14. 音频选项

该选项的下拉菜单包括"音频增益"、"源通道映射"、"强制为单声道"、"生成与替换"和"抽取音频"选项，主要是对音量和声道进行设置。

（1）音频增益：在"节目库"或"时间线"窗口选中一个包含音频的素材，单击"音频增益"选项，弹出"素材增益"对话框，如图3-77所示。0.0dB是素材的原始音量，可以手动改变该值，大于0为增大音量，小于0为降低音量。单击"标准化"按钮，可以自动调节该素材的音量，使其为最佳状态。

图 3-77   "素材增益"对话框

（2）源通道映射：在"节目库"窗口中，选中一个音频素材（该素材不要先添加到"时间线"窗口中），单击"源通道映射"选项，弹出"源通道映射"对话框，如图3-78所示。在该对话框中可对"轨道格式"和"源通道"进行选择，单击"确定"按钮完成设置。

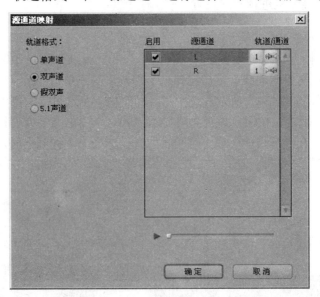

图 3-78   "源通道映射"对话框

（3）强制为单声道：在"节目库"窗口中选择一个双声道音频文件，单击"强制为单声道"选项，在"节目库"窗口产生两个单声道文件，一个文件的内容是左声道，一个文件内容是右声道，原文件保持不变，如图3-79所示。

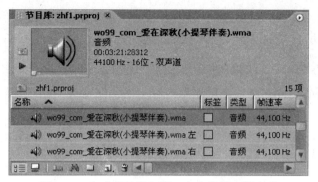

图 3-79 在"节目库"窗口产生的单声道文件

（4）生成与替换：在"时间线"窗口选择含有音频的素材，单击"生成与替换"选项，系统将在"节目库"窗口生成新的音频文件，该音频文件包含了在"时间线"窗口添加的所有音频特效，文件格式为.wav。"时间线"窗口的音频素材也将被新生成的音频文件所替换。

（5）抽取音频：在"节目库"窗口选择含有音频的素材，单击"抽取音频"选项，系统将在该窗口生成新的音频文件，该文件的格式为.wav。

15. 速度/长度设置

在"节目库"或"时间线"窗口中选择一个素材，单击"速度/长度设置"选项，弹出"素材速度/长度设置"对话框，如图 3-80 所示。设置相应的选项，单击"确定"按钮，可使音、视频素材的播放速度、顺序和音调发生变化。

（1）速度/长度：默认值为素材的正常状态。当右侧图标处于链接状态时，速度与长度的设置是联动的。速度大于 100 为快放，长度随之缩短，小于 100 为慢放，长度随之延长；单击链接图标，使其为断开链接状态，当速度大于 100 时，长度自动缩短，处于联动状态。当速度小于 100 时，长度如果不变，播放的内容会减少。当速度不变时，长度缩短相当于剪切，长度不能大于原素材长度。

（2）视频倒放速度：选中该复选框，素材将反向播放。

（3）保持音频同步：选中该复选框，当播放速度变化时音调不变。

图 3-80 "速度/长度设置"对话框

3.3.5 "时间线"菜单

1. 预演工作区

单击该选项，计算机将使用内存，对"时间线"窗口中设置为工作区的素材进行渲染并预览，渲染后的素材，标尺下方的横线由红色变为绿色。由于渲染后的素材已在内存中形成了预演文件，所以播放时会更加流畅。

2. 删除预演文件

单击"删除预演文件"选项，可删除内存中的预演文件，此时标尺下方的横线又变为红色。

3. 在时间线滑块处切断

该选项具有剪切素材功能。在"时间线"窗口中，将时间线游标移动到素材剪切点，单击"在时间线游标处切断"选项，时间线游标所在位置上的所有轨道素材被剪切。

4. 提取

首先在"时间线"窗口设置"入点"和"出点"，然后单击"提取"选项。这时，"时间线"窗口中的"入点"到"出点"区域下方的素材将被删除，被删除的部分留下空隙。如果不选择任何轨道，"提取"将作用于所有轨道，如图 3-81 所示。选中部分轨道，该操作只作用于选中的轨道，如图 3-82 所示。

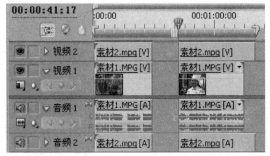
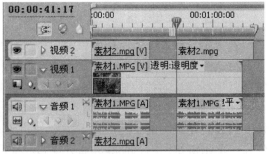

图 3-81　作用于所有轨道素材　　　　　图 3-82　作用于选中的轨道素材

5. 抽取

首先在"时间线"窗口设置"入点"和"出点"，然后单击"抽取"选项，如图 3-83 所示。这时，"时间线"窗口中的"入点"到"出点"区域下方的素材将被删除，被删除部分留下的空隙将由后面的素材填补。如果不选择任何轨道，"抽取"将作用于所有轨道，如图 3-84 所示。如果选中部分轨道，该操作只作用于选中的轨道。

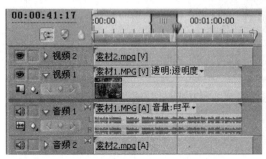
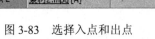
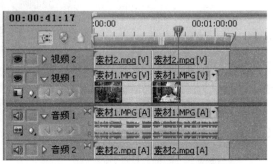

图 3-83　选择入点和出点　　　　　　　图 3-84　"抽取"后的效果

6. 应用视频切换特效

在"时间线"窗口中选中一个视频轨，单击该选项，可自动为该视频轨中的第一个素材添加默认视频切换特效，默认视频切换特效为"叠化"特效组中的"化入化出"。

7. 应用音频切换特效

在"时间线"窗口中选中一个音频轨，单击该选项可自动为该音频轨中的第一个素材添加默认音频切换特效，默认音频切换特效为"交叉过渡"组中的"固定功率"。

8. 放大

单击"放大"选项，可使"时间线"窗口的时间标尺显示间隔放大。

9. 缩小

单击"放大"选项，可使"时间线"窗口的时间标尺显示间隔缩小。

10. 边缘吸附

选中该选项时，在"时间线"窗口中移动素材，在靠近边缘时会自动吸附，使素材衔接更方便。

11. 添加轨道

使用该选项可在"时间线"窗口添加"视频轨道"、"音频轨道"和"音频副轨道"。单击"添加轨道"选项后，弹出"添加轨道"对话框，在该对话框中选择相应参数后，单击"确定"按钮，轨道添加完成，如图 3-85 所示。

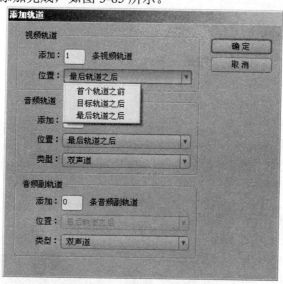

图 3-85　"添加轨道"对话框

12. 删除轨道

使用该选项可删除"时间线"上的"所有空轨道"或选中的"目标轨道"。单击"删除轨道"选项，弹出"删除轨道"对话框，如图 3-86 所示，选择相应的选项，单击"确定"

按钮，完成轨道删除。

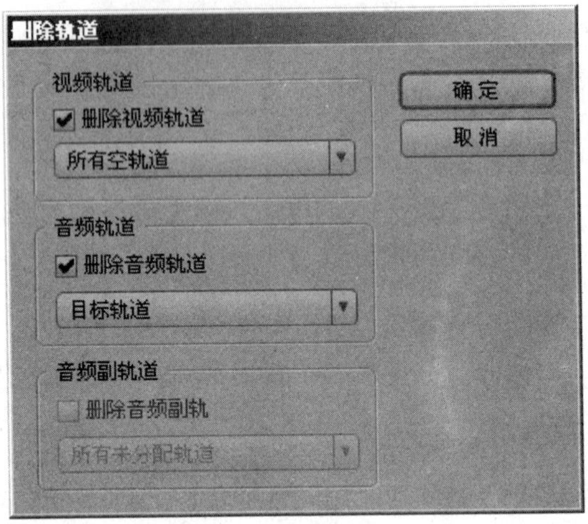

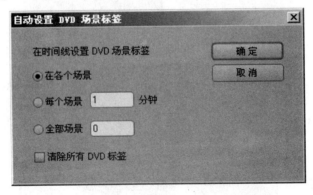

图 3-86 "删除轨道"对话框

13. 导出素材记录

单击该选项，弹出"输出为素材记录"对话框，在对话框中输入相关信息，单击"确定"按钮，保存到一个素材记录文档.pdf 中。

14. 导入素材记录

该选项可导入素材的注解。

3.3.6 "标记"菜单

1. 自动生成 DVD 标签

该选项可以自动为 DVD 添加场景标签。选中"时间线"或"节目"窗口，单击"自动生成 DVD 标签"选项，弹出"自动设置 DVD 场景标签"对话框，该对话框共有 4 个选项，如图 3-87 所示。

图 3-87 "自动设置 DVD 场景标签"对话框

（1）在各个场景：选择该选项，在每个素材的起点处产生标签，如图 3-88 所示。

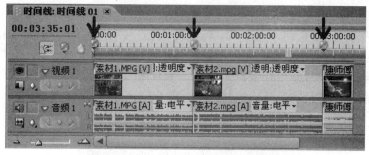

图 3-88　在各个场景选项产生的标签

（2）每个场景：设置 1 个时间值，系统以该值为单位，产生若干个标签。本例设置为 1 分钟，整个节目每 1 分钟就产生一个标签，如图 3-89 所示。

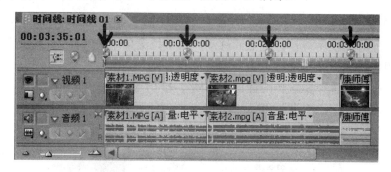

图 3-89　"每个场景"值为 1 产生的标签

（3）全部场景：设置一个数值，系统以这个值为数量，在整个节目中增加若干个点，每个点的距离相等。本例该值设置为 3，在整个节目中间产生 3 个等距离的标签，如图 3-90 所示。

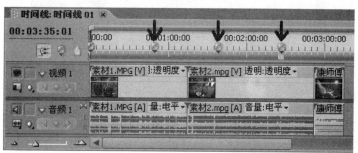

图 3-90　"全部场景"值为 3 产生的标签

（4）清除所有 DVD 标签：该选项与上面 3 个选项配合使用，产生新标签时，同时清除以前产生的标签。

2．设置素材标记

在"时间线"或"来源"窗口中选中一个素材，将时间线游标移到插入标记处，单击"设置素材标记"选项，弹出下拉菜单。选中"时间线"窗口的素材，下拉菜单有 3 个选项可为该素材设置标记；选中"来源"窗口的素材，下拉菜单增加了"入点"和"出点"的设置，设置方法基本相同，这里以选择"时间线"窗口素材为例讲解。

（1）无编号标记：单击该选项，可在素材上产生一个无编号的标记🔲。

（2）下一个有效编号：单击该选项，可在素材上产生有序列编号的标记🔟，编号由 0～n。

（3）其他编号设置：单击该选项，弹出"设置标记编号"对话框，在"标记编号"文本框中输入任意一个编号，可在素材上产生一个有编号的标记。如果输入的"标记编号"与素材上已存在的标记相同，新标记替换已存的标记，如图 3-91 所示。

图 3-91　"设置标记编号"对话框

3. 跳转素材标记

该选项可使时间线游标在标记点间移动。在下拉菜单中，选择"下一个"和"上一个"选项，可在相邻的标记间移动。单击"编号标记"选项，弹出"跳转编号标记"对话框，在该对话框中可任意选择要跳转的标记，如图 3-92 所示。

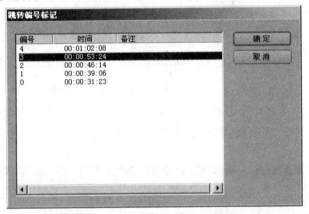

图 3-92　"跳转编号标记"对话框

4. 清除素材标记

该选项的下拉菜单包括"清除当前标记"、"清除所有标记"和"标号标记"，分别选择相应选项可删除相应的标记。

5. 设置时间线标记

该选项可在时间线上设置标记，时间线上的标记作用于所有轨道上的素材。单击该选项，弹出下级菜单。

（1）入点：将"时间线"窗口的游标拖动到欲设置入点处，单击"入点"选项，在时间线上产生"入点"标记。

（2）出点：将"时间线"窗口的游标拖动到欲设置出点处，单击"出点"选项，在时间线上产生"出点"标记。

（3）入点和出点间选择：在轨道中选择一个或多个素材，单击"入点和出点间选择"选项，系统自动将选中的素材作为入点和出点区间。

（4）无编号标记：单击该选项，可在时间线游标处产生一个无编号标记。

（5）下一个有效编号：移动时间线游标，单击该选项，可在时间线上产生有序列编号的标记。

（6）其他编号设置：单击该选项，弹出"设置标记编号"对话框，在"标记编号"文本框中输入任意一个编号，可在时间线上产生一个有编号的标记。如果输入的"标记编号"与素材上已存在的标记相同，则新标记替换已存的标记。

6．跳转时间线标记

在该选项的下拉菜单中选择相应的选项，使游标跳转到相应时间标记上。

7．清除时间线标记

在该选项的下级菜单中选择相应的选项，可清除时间线上相应的时间标记。

8．设置 DVD 标签

在该选项的下拉菜单中，可分别添加"场景"、"主菜单"和"停止"DVD 标签。

9．跳转 DVD 标签

在该选项的下拉菜单中，单击"上一个"或"下一个"选项，可移动游标在相应的 DVD 标签上。

10．清除 DVD 标签

单击下拉菜单中的"当前时间段里的 DVD 标签"选项，可删除游标所在未知的 DVD 标签；单击下拉菜单中的"所有 DVD 标签"选项，可删除时间线上的所有 DVD 标签。

11．编辑 DVD 标签

将游标移到要编辑的 DVD 标签处，单击"编辑 DVD 标签"选项，弹出"DVD 标签"对话框，在该对话框中编辑标签，如图 3-93 所示。

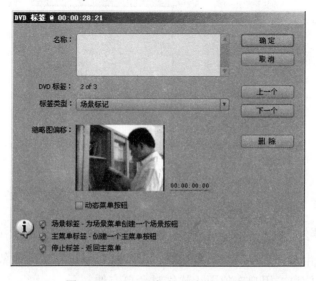

图 3-93　"DVD 标签"编辑对话框

12. 编辑时间线标记

将游标移到要编辑的时间线标记处，单击"编辑时间线标记"选项，弹出"标记"编辑对话框，在该对话框中编辑标记，如图3-94所示。

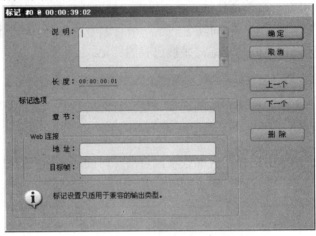

图3-94　"标记"编辑对话框

3.3.7　"字幕"菜单

使用该组菜单，必须新建或打开字幕窗口，功能及使用方法请见第7章字幕。

3.3.8　"窗口"菜单

"窗口"菜单用于显示或隐藏窗口、面板，如图3-95所示。

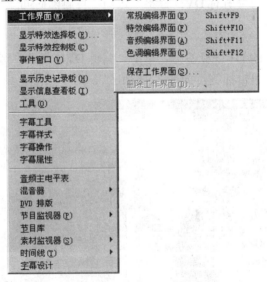

图3-95　"窗口"菜单

3.3.9 "帮助"菜单

"帮助"菜单中包括软件介绍、使用帮助、快捷键帮助、在线服务、注册和激活等选项。通过这些帮助信息，用户在使用该软件时会更方便。

3.4 Adobe Premiere 窗口介绍

3.4.1 "节目库"窗口

节目库窗口主要是用来存放导入到节目中的素材,窗口分为"预览区域"、"文件区域"、工具栏及"滚动条" 4 个区域,如图 3-96 所示。

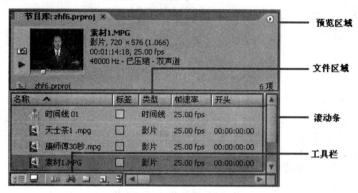

图 3-96 "节目库"窗口

1. 预览区域

(1)单击"展示帧"图标,可抓取当前预览的帧作为文件区域素材列表的图标。

(2)单击"播放"图标,可播放在文件区域选中的素材。

(3)单击该区域右上角的按钮,弹出"素材设置"菜单,可以对文件区域的素材进行相关设置,如图 3-97 所示。

图 3-97 "素材设置"菜单

2. 文件区域

该区域显示导入到节目库中的素材列表。通过"素材设置"菜单中的选项设置,将在该区域显示素材的不同列表形式。

3. 滚动条

当导入的素材超过显示区域时,可使用纵向滚动条浏览素材。使用横向滚动条,可显示其他被遮挡的文件信息栏目。栏目的多少及排列方式,可使用"素材设置"菜单中的"栏目编辑"选项进行设置。

4. 工具栏

使用该工具栏，可实现对素材的快速管理。该工具栏共有 6 个工具图标。

（1）列表▤▤：单击该工具图标，文件区域的素材将以列表方式显示，该选项为默认显示方式。

（2）图标▭：单击该工具图标，文件区域的素材将以图标方式显示。

（3）自动匹配到时间线▤▤▤：该选项与"节目"菜单中的"自动匹配到时间线"选项相同。

（4）查找▦：该选项与"编辑"菜单中的"查找"选项相同。

（5）素材库▭：该选项与"文件"菜单中"新建"下的"素材库"选项相同。

（6）新建项目▦：该选项与"文件"菜单中"新建"下的"节目"选项相同。

（7）清除▦：单击该工具图标，只清除文件区域中选中的素材。

3.4.2　"信息、历史、特效选项卡"窗口

该窗口包含"信息"、"历史"和"特效"3 个选项卡。

1. "信息"选项卡

单击该选项卡，显示当前选中的素材信息，如图 3-98 所示。

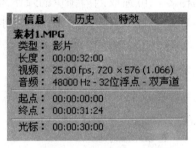

图 3-98　"信息"选项卡

2. "历史"选项卡

单击该选项卡，显示历史操作记录，可移动到历史记录中的任意位置，也可删除某段历史记录，如图 3-99 所示。

图 3-99　"历史"选项卡

3. "特效"选项卡

该选项卡中包括"预置"、"音频特效"、"音频切换"、"视频特效"和"视频切换"5种,将其中的某个选项拖拽到"时间线"窗口素材上,该素材便添加了该种特效,如图 3-100所示。

图 3-100　　"特效"选项卡

3.4.3　"素材监视器、特效控制台、混音器"窗口

该窗口包含"素材监视器"、"特效控制台"和"混音器"3 个选项卡窗口。

1. "素材监视器"窗口

该窗口只作用于选中的素材。首先在"素材库"或"时间线"窗口选中一个素材,然后双击该素材,这时窗口将显示该素材的视频图像。重复上述操作,可同时打开多个素材,窗口只显示当前素材,如图 3-101 所示。

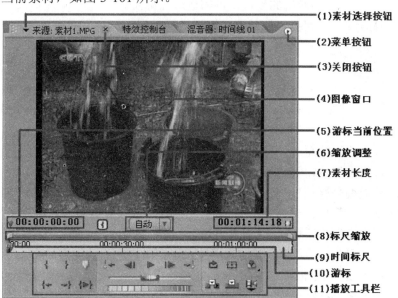

图 3-101　　"素材监视器"窗口

（1）素材选择按钮 ▼：单击该按钮,弹出下拉菜单。

● 关闭：选择该选项,可关闭打开素材中的当前选择的素材,该素材关闭后,自动显示当前已打开的另一个素材。

● 全部关闭：选择该选项,可关闭已经打开的所有素材,呈空窗口显示状态。

● 选择素材：可在打开的素材列表中选择当前显示的素材。

（2）菜单按钮 ▣：单击该按钮，弹出下拉菜单。

● 素材/节目窗联动：使用该选项之前，先将该选项设置为未联动状态。然后分别在两个窗中移动游标 ▣，确定联动点。最后单击"素材/节目窗联动"选项，联动素材监视器和节目监视器中的素材。素材联动后，无论使用哪个窗口播放，均以联动点为基准，同步播放。

● 音频单位：单击该选项可转换时间标尺的显示方式。默认状态下为"视频单位"，秒后面的单位为图像帧，25 帧进为 1 秒，如图 3-102 所示。选择"音频单位"，秒后面的单位为 5 位，48000 位为 1 秒，如图 3-103 所示。

图 3-102　"视频单位"时间标尺　　　图 3-103　"音频单位"时间标尺

（3）关闭按钮 ▣：单击该按钮，关闭"素材监视器"窗口。

（4）图像窗口：素材图像显示窗口。

（5）游标当前位置 ▣00:00:00:00：该时间条显示的是当前播放位置，也是游标所在位置。

（6）缩放调整：单击"自动"右侧的 ▾ 按钮，弹出缩放比例选项下拉列表，选择其中的选项，可改变图像的显示大小。

（7）素材长度 00:01:14:18：该时间条显示素材的长度。

（8）标尺缩放：拖动两端的滑块，可缩放时间标尺。

（9）时间标尺："时间标尺"是用来标识素材时间，标识方式有"视频单位"和"音频单位"。

（10）游标：时间标尺上的游标表示素材播放的实时位置，拖动游标可快速移动当前画面的位置。

（11）播放工具栏：该工具栏包含 19 个工具选项。为了操作方便，有些选项是菜单选项中的一些命令。

● "设置入点"按钮 ▣：设置当前素材的"入点"。

● "设置出点"按钮 ▣：设置当前素材的"出点"。

● "设置无编号标记"按钮 ▣：设置当前素材的"无编号标记"。

● "跳到入点"按钮 ▣：跳到"入点"位置。未设置入点时，跳到素材的起点。

● "跳到出点"按钮 ▣：跳到"出点"位置。未设置出点时，跳到素材的末点。

● "播放入点到出点"按钮 ▣：播放入点到出点之间的内容。

● "播放/停止"按钮 ▣/▣：从游标处开始播放，再次单击为停止。

● "逐帧倒退"按钮 ▣：向后倒退一帧。

● "逐帧前进"按钮 ▣：向前前进一帧。

● "跳到上一个标记"按钮 ▣：跳到上一个标记。

● "跳到下一个标记"按钮 ▣：跳到下一个标记。

● 穿梭条 ▣：拖动"穿梭条"，可进行"快进"或"快退"播放。

● 搜索盘 ▣：拖动"搜索盘"，可逐帧进行前进或倒退播放。

- "循环"按钮 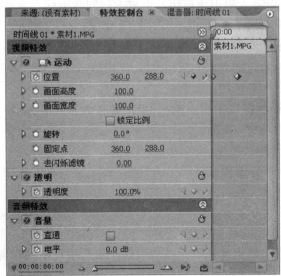：选中该图标，为循环播放状态。
- "安全框"按钮 ：选中该图标，在窗口中显示或隐藏"安全框"。外线为"安全活动框"，内线为"安全字幕框"。有些播出设备在播放时，图像边缘信号不稳定或有所切剪。使用安全框，重要的场景元素放在"安全活动框"区域内；标题、字幕放在"安全字幕框"区域内。
- "输出"按钮 ：单击该图标，弹出一个下拉菜单，在下拉菜单中设置显示模式、图像品质和重放设置。
- "插入"按钮 ：首先在"时间线"窗口中选择插入素材的视频和音频轨道，将时间线游标移动到要插入的"入点"位置。单击"插入"按钮，可将"素材监视器"窗口中的素材插入到时间线上，如果设置了"入点"和"出点"，只插入"入点"到"出点"的区域。
- "覆盖"按钮 ："时间线"窗口插入点上若有素材，插入时该素材将被覆盖。其他操作与"插入"完全相同。
- "视音频处理方式"按钮 ：该选项共有 3 种变化，每单击一次变换一种图标。 图标为同时处理音频和视频； 图标为只处理视频部分； 图标为只处理音频部分。

2. "特效控制台"窗口

使用该窗口，必须在"时间线"窗口选中一个素材。每个素材都对应一个独立的"特效控制台"选项卡，如图 3-104 所示。窗口中的内容分为"音频特效"、"视频特效"、"音频切换"和"视频切换"。特效的类别分为"基本特效"和"添加特效"。"基本特效"是素材本身具有的，是窗口中自带的特效，无需添加，包括"运动"、"透明"和"音量"3 种；"添加特效"是从"特效"选项卡添加到素材中的，包括"预置"、"音频特效"、"音频切换"、"视频特效"和"视频切换"5 种。"添加特效"将在后面章节中讲解，本章只讲解"基本特效"。

图 3-104 "特效控制台"选项卡

（1）特效界面功能按钮。

- "显示/隐藏时间线"按钮 ⊘：单击该按钮，可在右侧弹出时间线，用于关键帧的动画设计。
- "显示/隐藏特效"按钮 ⊘：单击该按钮，可隐藏下方的特效选项。
- "展开下级选项"按钮 ▽：单击该按钮，可展开特效的下级选项。
- "开/关特效"按钮 ⊘：单击该按钮，可关闭或启用已设置的特效。
- "复位"按钮 ⊘：单击该按钮，特效设置可恢复到初始默认值状态。
- "显示选项工具"按钮 ▷：单击该按钮，在该选项下方弹出设置工具，可使用该工具进行调整设置选项值。
- "启动/删除关键帧"按钮 ⊙：如果不使用关键帧，特效将以当前设置的状态作用于整个素材。添加关键帧后，可在关键帧上任意变化参数值，从而使特效在时间线上不断发生变化。单击该按钮，启动关键帧，并在时间线游标所在位置添加第1个关键帧。再次单击该按钮，弹出"警告"提示框，单击"确定"按钮，可删除该项设置时间线上的所有关键帧。
- "增加/删除关键帧"按钮 ⊙：使用该按钮可在时间线上继续添加多个关键帧，再次单击该按钮，可删除游标所在的关键帧。
- "跳到上一关键帧"按钮 ◁：当添加了多个关键帧后，单击该按钮，游标可跳到当前关键帧的前一个关键帧处。
- "跳到下一关键帧"按钮 ▷：当添加了多个关键帧后，单击该按钮，游标可跳到当前关键帧的后一个关键帧处。
- "时间显示"条 ▼ 00:00:00:00：可显示时间线上当前素材播放的位置，也可设置一个时间位置，回车后游标将跳到该位置。单击后左右拖动，可实现快进或快退播放（所有蓝色时间显示条中该功能均可用）。
- "缩小"按钮 ➔：单击该按钮，可缩小时间线上标尺，使刻度值跨度增大。
- "放大"按钮 ➔：单击该按钮，可放大时间线上标尺，使刻度值跨度减小。
- "标尺缩放滑动"条 ▭：该滑动条与"缩小"和"放大"按钮联动，也可以直接拖动上面的滑动按钮进行放大或缩小。
- "只播放当前素材的音频"按钮 ▶：单击该按钮，播放素材中的音频，素材中无音频时，该选项不可用。
- "开/关音频循环播放"按钮 ↻：单击该按钮可使音频循环播放。素材中无音频时，该选项不可用。

（2）"运动"特效。

- 位置：该选项设置图像在窗口中的位置，默认位置在窗口中央，值为（360，288）。
- 比例：当"锁定比例"选项被选中时，该选项可等比例缩放图像。
- 画面宽度：当"锁定比例"未被选中时，该选项可单独设置图像的宽度，图像会拉宽变形。
- 画面高度：当"锁定比例"未被选中时，该选项可单独设置图像的高度，图像会拉长变形。
- 锁定比例：选中时使用"比例"缩放，不选中时使用"画面宽度"和"画面高度"

缩放。

- 旋转：设置旋转角度，图像将以固定点为轴心旋转。
- 固定点："固定点"是图像旋转的轴心点，该选项可设置轴心在图像上的位置，默认时在图像的中央，值为（360，288）。
- 去闪烁滤镜：调整"去闪烁滤镜"的值，消除图像闪烁现象。

（3）"透明"特效。

- 透明度：透明度设置范围为 0%～100%，默认值为 100%，为不透明。

（4）"音量"特效。

- 直通：选中"直通"复选框☑，音量为直通状态。音频特效中的直通表示关闭特效，使用原声。
- 电平：当"直通"复选框为未选中状态▨，该选项可对音量进行设置。

3. "混音器"窗口

"混音器"窗口是对"时间线"窗口各个音频轨的混音设置，相当于一个调音台，如图 3-105 所示，该窗口的具体功能和操作，将在第 8 章讲解。

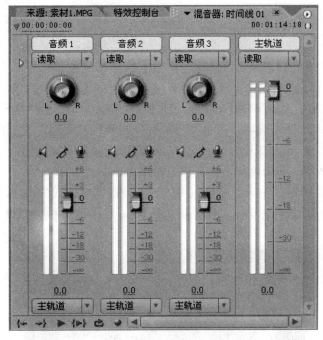

图 3-105　"混音器"窗口

3.4.4 "节目监视器"窗口

"节目监视器"窗口针对的是整个"时间线"窗口，该窗口与"时间线"窗口是镜像关系，操作其中的一个窗口，另一个窗口也被同时操作。"节目监视器"窗口如图 3-106 所示。

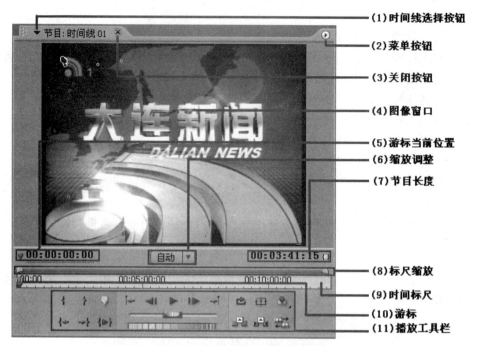

图 3-106　"节目监视器"窗口

（1）节目选择按钮▼：单击该按钮，弹出下拉菜单。

● 关闭：选择该选项，可关闭打开时间线中的当前选择的时间线，该时间线关闭后，自动显示当前已打开的另一个时间线。

● 全部关闭：选择该选项，可关闭已经打开的所有时间线，呈空窗口显示状态。

● 选择时间线：可在打开的时间线列表中选择当前显示的时间线。

（2）菜单按钮▶：单击该按钮，弹出下拉菜单。

● 多摄像机监视器：单击该选项，可弹出"多摄像机模式"窗口，如图 3-107 所示。该窗口有两个同步画面，单击循环播放按钮▶▶，可播放 4 秒钟素材（当前游标前后各2 秒）。

图 3-107　"多摄像机模式"窗口

- 新建参考监视器：单击该选项，弹出"参考"浮动窗口，如图 3-108 所示。单击
  "与节目监视器联动"按钮 ，可设置与节目监视器窗口联动或取消联动。

图 3-108　"参考"浮动窗口

- 与参考监视器联动：当前状态处于未联动时，单击该选项建立联动。
- 素材/节目窗联动：该选项与"素材监视器"窗口中的选项相同，这里不赘述。
- 微调模式：在"时间线"窗口中，将游标移动到两个素材的相切点。单击"微
  调模式"选项，弹出"微调模式"窗口，如图 3-109 所示。使用微调模式，可调
  整左侧（出端）素材的出点和右侧（入端）素材的入点。

图 3-109　"微调模式"窗口

（3）关闭按钮：单击该按钮，关闭"节目监视器"窗口。

（4）图像窗口：显示时间线窗口的图像。

（5）游标当前位置 `00:00:00:00`：该时间条显示的是当前播放位置，也是游标所在位置。

（6）缩放调整：单击"自动"右侧的 ▼ 按钮，弹出缩放比例选项下拉列表，选择其中的选项，可改变图像的显示大小尺寸。

（7）节目长度 `C0:03:41:15`：该时间条显示整个节目的长度。

（8）"标尺缩放"工具：拖动两端的滑动按钮，可缩放时间标尺。

（9）时间标尺："时间标尺"是用来标识节目的时间，标识方式有"视频单位"和"音频单位"。

（10）游标：时间标尺上的游标表示节目播放的实时位置，拖动游标可快速移动当前画面位置。

（11）播放工具栏：该工具栏包含 19 个选项。为了操作方便，有些选项是菜单选项中的一些命令。

- "设置入点"按钮 ：设置当前时间线的"入点"。
- "设置出点"按钮 ：设置当前时间线的"出点"。
- "设置无编号标记"按钮 ：设置当前素材的"无编号标记"。
- "跳到入点"按钮 ：跳到"入点"位置。未设置入点时，跳到节目的起点。
- "跳到出点"按钮 ：跳到"出点"位置。未设置出点时，跳到节目的末点。
- "播放入点到出点"按钮 ：播放入点到出点之间的内容。
- "播放/停止"按钮 ▶/■：从游标处开始播放，再次单击为停止。
- "逐帧倒退"按钮 ◀| ：向后倒退一帧。
- "逐帧前进"按钮 |▶ ：向前前进一帧。
- "跳到上一个编辑点"按钮 ：跳到上一个素材相切处。
- "跳到下一个编辑点"按钮 ：跳到下一个素材相切处。
- 穿梭条 ：拖动"穿梭条"可进行"快进"或"快退"播放。
- 搜索盘 ：拖动"搜索盘"可逐帧进行前进或倒退播放。
- "循环"按钮 ：选中该图标，为循环播放状态。
- "安全框"按钮 ：选中该图标，在窗口中显示或隐藏"安全框"。
- "输出"按钮 ：单击该图标，弹出一个下拉菜单，在下拉菜单中可以设置显示模式、图像品质和重放设置。
- "提取"按钮 ：首先在"时间线"或"节目监视器"窗口设置"入点"和"出点"，然后单击"提取"选项。这时，"时间线"窗口中的"入点"到"出点"区域下方的素材将被删除，被删除的部分留下空隙。不选择任何轨道，"提取"将作用于所有轨道。选中部分轨道，该操作只作用于选中的轨道。
- "抽取"按钮 ：首先在"时间线"或"节目监视器"窗口设置"入点"和"出点"，然后单击"抽取"选项。这时，"时间线"窗口中的"入点"到"出点"区域下方的素材将被删除，被删除部分留下的空隙将由后面的素材填补。不选择任何轨道，"抽取"将作用于所有轨道。选中部分轨道，该操作只作用于选中的轨道。
- "微调模式"按钮 ：与"菜单按钮"中的"微调模式"用法相同。

3.4.5 "音频主电平表"窗口

"音频主电平表"窗口,显示"时间线"或"节目监视器"窗口中多轨合成后的音频电平表。与"混音器"窗口中的"主轨道"显示相同。

3.4.6 "工具"窗口

该窗口中的工具用于"时间线"窗口的编辑,有些工具与菜单中的选项功能相同,如图 3-110 所示。

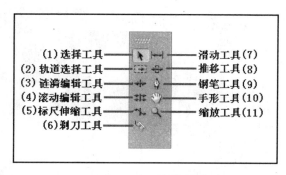

图 3-110　"工具"窗口

(1) 选择工具 ：选择该工具,可任意移动素材。将该工具放在素材边缘,工具光标将变为 ，拖动鼠标可调节素材长度。当移动一个素材到另一个素材上,可覆盖另一个素材的重叠部分,移动的素材不发生变化。

(2) 轨道选择工具 ：选择该工具,可同时移动当前轨道中选中的素材,以及后面的所有素材。

(3) 涟漪编辑工具 ：使用涟漪工具在素材的边缘调整素材的长度时,该轨道中的其他素材长度不发生变化,节目长度随调整素材的变化而变化。

(4) 滚动编辑工具 ：将游标移动到两个素材的相切处,使用该工具左右拖动鼠标,可同时改变左侧素材的出点和右侧素材的入点,但节目长度不变。在"节目监视器"窗口可显示两个素材的出点和入点画面,如图 3-111、图 3-112 所示。

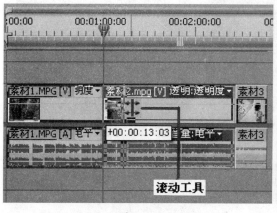

图 3-111　"滚动工具"调整

图 3-112　"滚动工具"调整时入点和出点画面

(5) 标尺伸缩工具 ：使用该工具可使标尺伸缩。

（6）剃刀工具 ：选择该工具，在"时间线"窗口素材上单击鼠标，可将该素材切割。如果按住 Shift 键击鼠标，可将该点所有轨道未锁定的素材全部切割，与"时间线"菜单中的"在时间线游标处切断"选项功能相同。

（7）滑动工具 ：该工具在"编辑对象"上左右拖动，使"编辑对象"的入点和出点发生改变，但素材长度不变。在"节目监视器"窗口下方，显示编辑对象素材的入点和出点，左上角显示"编辑对象"左侧素材的出点，右上角显示"编辑对象"右侧素材的入点，如图 3-113、图 3-114 所示。

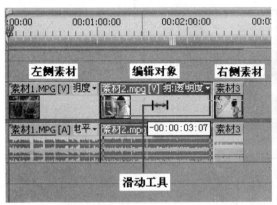

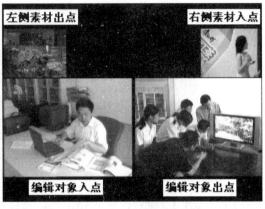

图 3-113　"滑动工具"调整　　　　图 3-114　"滑动工具"调整时的入点和出点

（8）推移工具 ：当使用该工具在编辑对象上向左推移时，左侧素材（出点）缩短，右侧素材（入点）拉长；向右推移时，右侧素材（入点）缩短，左侧素材（出点）拉长。左右推移时，"编辑对象"的入点、出点和长度均不发生变化。在推移时，"节目监视器"窗口下方显示"编辑对象"素材的入点和出点，左上角显示左侧素材的出点，右上角显示右侧素材的入点，如图 3-115、图 3-116 所示。

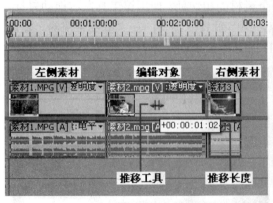

图 3-115　"推移工具"调整　　　　图 3-116　"推移工具"调整时的入点和出点

（9）钢笔工具 ：使用"钢笔工具"，可以调整"时间线"窗口中素材的关键帧和调节线。

（10）手形工具 ：选择"手形工具"，在时间线轨道上左右移动，可查看轨道前后的内容。

（11）缩放工具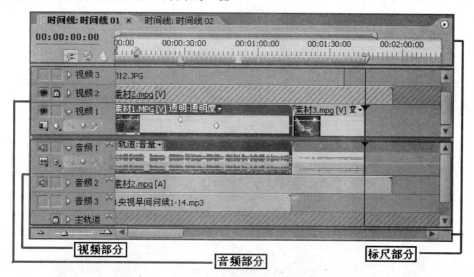：选择"缩放工具"，在轨道上单击，可放大标尺显示；如先按住 Alt 键，在轨道上单击，可缩小标尺显示。

3.4.7　"时间线"窗口

"时间线"窗口是影视编辑人员对素材进行编辑合成的重要界面。窗口由"标尺部分"、"视频部分"和"音频部分"组成，如图 3-117 所示。启动该软件，系统自动产生"时间线 1"，单击"新建"菜单中的"时间线"选项，可建立多个"时间线"。新建的"时间线"同时添加到"节目库"窗口和"时间线"窗口。

图 3-117　"时间线"窗口

1. 标尺部分

（1）"时间线"选项卡 **时间线：时间线 01 ✕**　　**时间线：时间线 02**：当添加了多个"时间线"时，选中的选项卡为当前"时间线"，单击关闭按钮✕，可将当前时间线窗口关闭。在"节目库"窗口中，双击"时间线"文件，可将该时间线添加到"时间线"窗口。

（2）"菜单"按钮▣：单击该按钮，弹出菜单。

● 音频单位：单击该选项，可将标尺当前"视频单位"变为"音频单位"。

● 时间线 0 点：该选项是设置时间线标尺起点的时间码，默认值为 00:00:00:00。单击该选项，弹出"时间线 0 点"对话框，在该对话框中可设置标尺起点的时间码，如图 3-118 所示。

图 3-118　"时间线 0 点"对话框

（3）时间码 **00:00:00:00**：右上角时间码，显示的是当前游标所在位置。单击时间码可进行设置，设置完成后，游标将跳到设置的位置。单击时间码不松开，左右拖动，可实现"快进"和"快退"播放。

（4）"标尺缩放"工具  ：拖动两端滑动按钮可缩放标尺。

（5）"边缘吸附"按钮 ：单击该按钮启动/关闭"边缘吸附"功能，与"时间线"菜单中的"边缘吸附"选项相同，不再赘述。

（6）"设置 DVD 标签"按钮 ：单击该按钮，可在游标处设置（建立）DVD 标签，与"标签"菜单中的"设置 DVD 标签"选项相同，不再赘述。

（7）"设置无编号标记"按钮 ：单击该按钮，可同时在"时间线"和"节目监视器"窗口生成"无编号标记"，与"标签"菜单中的"设置无编号标记"选项相同，不再赘述。还可以在标尺上单击鼠标右键，在弹出的快捷菜单中进行设置，如图 3-119 所示。

图 3-119　"标尺"快捷菜单

（8）标尺："标尺"是时间线上用来标识节目时间的刻度标志，如图 3-120 所示。

图 3-120　标尺

（9）工作区卡尺：使用"工作区卡尺"可设置时间线上的工作区，系统可单独对工作区下面的素材进行预览、输出等操作。拖动左、右两侧三角滑动按钮，可使卡尺向左、右拉长，拖动中间方形按钮可移动整个工作区卡尺，如图 3-121 所示。

图 3-121　工作区卡尺

- （10）标尺缩放工具 ：该工具在"时间线"窗口下方。单击"缩小"按钮 ，可缩小时间线上标尺，使刻度值跨度增大；单击"放大"按钮 ，可放大时间线上标尺，使刻度值跨度减小；滑动条 与"缩小"和"放大"按钮联动，也可以直接拖动上面的滑动按钮进行放大或缩小。

● （11）横向滚动条：使用该滚动条上的滑动按钮，可移动时间线。

2．视频部分

（1）禁止/启用视频轨道输出：默认为启用状态 ，单击该按钮为禁止视频轨道输出状态 。当处于禁止状态时，该视频轨素材不参与节目合成。

（2）锁定/启用轨道：默认为启动状态 ，单击该按钮为锁定视频轨道状态 。当处于锁定状态时，该视频轨道被保护，所有编辑操作均无效。

（3）折叠/展开轨道：默认状态下只有视频 1 和音频 1 为展开状态。单击 按钮，展开该视频轨道，单击 按钮，折叠该视频轨道，如图 3-122 所示。

图 3-122　视频轨道的折叠与展开

（4）轨道名称 ：右键单击轨道名称，弹出快捷菜单。选择"重命名"选项，可修改轨道名称。"添加轨道"和"删除轨道"选项与"时间线"菜单中的选项相同，不再赘述。

（5）设置显示样式 ：该选项可设置素材在视频部分中的显示样式。单击该按钮，弹出菜单，菜单中包括"显示首尾帧"、"只显示首帧"、"显示所有帧"和"只显示名称"4种显示样式，如图 3-123 所示。

显示首尾帧　　　　　只显示首帧　　　　　显示所有帧　　　　　只显示名称

图 3-123　"显示样式"选项

（6）显示关键帧 ：单击该按钮弹出菜单，菜单中包括"显示关键帧"、"显示透明度调节线"和"隐藏关键帧"3 种显示方式，如图 3-124 所示。

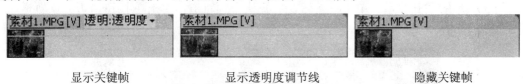

显示关键帧　　　　　　显示透明度调节线　　　　　隐藏关键帧

图 3-124　"显示关键帧"选项

（7）添加/删除关键帧 ：选中该轨道中的一个视频素材，单击该按钮，可在该素材的透明度调节线上产生一个关键帧。使用上述方法，可添加多个关键帧。将游标移动到关键帧上，再次单击该按钮，可删除该关键帧。在关键帧上设置不同的透明度，可产生淡入淡出效果，本例添加 3 个关键帧，如图 3-125 所示。

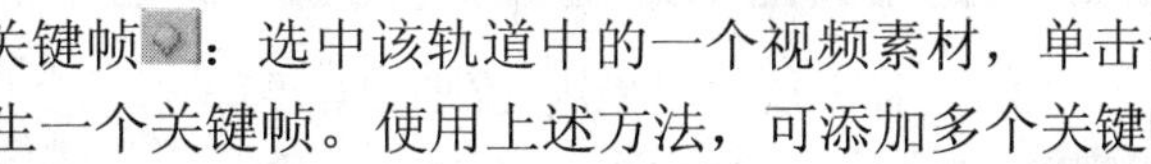

图 3-125　添加视频关键帧

（8）跳到上一关键帧◁：单击该按钮，可将游标跳到上一个关键帧。

（9）跳到下一关键帧▷：单击该按钮，可将游标跳到下一个关键帧。

（10）快捷菜单：鼠标右键单击轨道上的素材，弹出快捷菜单，如图 3-126 所示。使用快捷菜单，可方便快捷地对时间线素材进行编辑。

图 3-126　视频轨道上"快捷菜单"

3.　音频部分

（1）禁止/启用轨道输出：默认为启用状态 ，单击该按钮为禁止音频轨道输出状态 。当处于禁止状态时，该音频轨道素材不参与节目合成。

（2）锁定/启用轨道：默认为启动状态 ，单击该按钮为锁定音频轨道状态 。当处于锁定状态时，该轨道被保护，所有编辑操作均无效。

（3）折叠/展开轨道：单击▷按钮，展开该音频轨道，单击▽按钮，折叠该轨道，如图 3-127 所示。

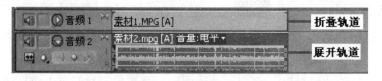

图 3-127　音频轨道的折叠与展开

（4）轨道名称 音频1：右键单击轨道名称弹出快捷菜单。选择"重命名"选项，可修改轨道名称；"添加轨道"和"删除轨道"选项与"时间线"菜单中的选项相同，不再赘述。

（5）设置显示样式 ：该选项可设置素材在音频轨道中的显示样式。单击该按钮弹出菜单，菜单中包括"显示波形"和"只显示名称"两种显示样式，如图 3-128、图 3-129 所示。

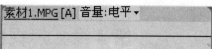

图 3-128　显示波形　　　　　　　　　　图 3-129　只显示名称

（6）显示关键帧 ：单击该按钮弹出菜单，菜单中包括"显示素材关键帧"、"显示素材卷"、"显示轨道关键帧"、"显示轨道卷"和"隐藏关键帧"5 种显示方式。如图所示。

- 显示素材关键帧：该选项是针对素材进行操作，关键帧添加到素材上。轨道中的素材上将显示"素材名"、"音量:电平"、"音量调节线"和"素材关键帧"等内容，如图 3-130 所示。
- 显示素材卷：该选项在轨道中的素材上不显示"音量:电平"，其他显示与"显示素材关键帧"相同，如图 3-131 所示。

图 3-130　显示素材关键帧　　　　　图 3-131　显示素材卷

- 显示轨道关键帧：该选项是针对轨道进行操作，关键帧添加到轨道上，轨道到上显示"轨道:音量"、"音量调节线"和"轨道关键帧"。当素材添加到该轨道时，轨道的设置将作用于素材，如图 3-132 所示。
- 显示轨道卷：该选项在轨道上不显示"轨道:音量"，其他显示与"显示轨道关键帧"相同，如图 3-133 所示。
- 隐藏关键帧：选择该选项将隐藏"音量调节线"和"关键帧"，如图 3-134 所示。

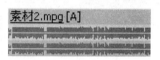

图 3-132　显示轨道关键帧　　　图 3-133　显示轨道卷　　　图 3-134　隐藏关键帧

（7）添加/删除关键帧 ：单击该按钮，可根据"显示关键帧"的选项，添加/删除"素材关键帧"或"轨道关键帧"。

（8）跳到上一关键帧 ：单击该按钮，可将游标跳到上一个关键帧。

（9）跳到下一关键帧 ：单击该按钮，可将游标跳到下一个关键帧。

第 4 章　影视图像色彩的编辑

4.1　影视图像的色彩模式

4.1.1　RGB 色彩模式

RGB 是英文红色（Red）、绿色（Green）、蓝色（Blue）的第一个字母，图像中的所有颜色都是由这 3 种颜色组成的。RGB 彩色模式在非线性编辑软件中，采用 2 进制 8 比特量化，每种颜色包含 2^8（256）个亮度级别，颜色值从 0～255，由暗色到亮色。3 种颜色混合可显示 2^{24}（16777216）种颜色。当红、绿、蓝 3 种颜色值相同时，图像显示的是灰度；3 种颜色的值都为 0 时，图像显示黑色；3 种颜色的值都为 255 时，图像显示白色。如图 4-1 所示。

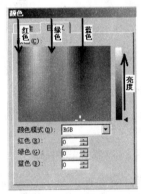

图 4-1　RGB 色彩模式

4.1.2　HSL 色彩模式

HSL 是英文色调（Hue）、饱和度（saturation）和亮度（Lightness）的第一个字母，HSL 彩色模式是基于人们对颜色感觉而制定的。这种模式用色调、饱和度和亮度来表示色彩，如图 4-2 所示。

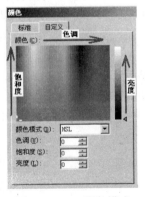

图 4-2　HSL 彩色模式

色调：也叫色相或色别，用来表示颜色种类，从 0～255，颜色的变化顺序为红、橙、黄、绿、青、蓝、紫。

饱和度：也叫色纯度，用来表示颜色的浓度或纯度，从 0～255，0 为无颜色（灰度），255 为颜色最浓（纯）。

亮度：也叫明亮度，每种颜色都可以设置其亮度，亮度值大小可决定色彩的明亮程度。最大值为 255，显示白色；最小值为 0，显示黑色。

4.1.3 Lab 色彩模式

Lab 色彩模式是由一个亮度（Lightness）通道和两个色度通道 a、b 组成的，如图 4-3 所示。

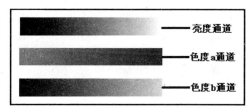

图 4-3 Lab 色彩模式

Lab 色彩模式为色彩测量的国际标准，解决了由于不同的显示器或不同的印刷设备而带来的差异。Lab 色彩模式是在与设备无关的前提下产生的，因此，编辑人员即使使用不同的设备编辑，也不会产生色差。

4.1.4 灰度模式

灰度模式属于非彩色模式，它只包含 2^8（256）个亮度级别，只有一个黑色通道。使用 256 种不同深度的黑色来表示图像色调。当红、绿、蓝 3 种颜色值相同或饱和度为 0 时，显示的也是灰度。

4.2 "图像调整"特效(Image Control)

本章主要是运用 Premiere Pro 2.0/CS3 软件中的视频特效，对图像的色彩进行调整。单击"特效选项卡"，选择"视频特效"，在"视频特效"中选择其中的特效并添加到"时间性"窗口的视频素材中，然后对特效进行配置，使其达到预期的效果。

"图像调整"特效共包括 13 种调整方式。

4.2.1 PS 可变映射(PS Arbitrary Map)

该特效应用一个 PS arbitrary Map（*.amp）文件到该图像上。调整图像的亮度层次，再对暗部或亮部色调进行调整。

4.2.2 伽马校正(Gamma Correction)

该特效在保持图像的黑色和高亮区域不变的情况下，改变中间色调的亮度，从而调节图像的明暗度。伽马值的取值范围为 1～28，1 为最亮，28 为最暗，默认值为 10。本例将伽马值分别设置为 5．15．25，图像效果如图 4-4 所示。

设置　　　　　　　伽马值为 5　　　　　伽马值为 15　　　　　伽马值为 25

图 4-4　"伽马校正"设置及效果

4.2.3　变换色彩(Change Color)

"变换色彩"特效可以使图像中的某一颜色发生改变，如图 4-5 所示。

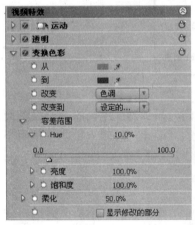  

设置　　　　　　　　原图图像　　　　　　　特效后图像

图 4-5　"变换色彩"设置及效果

（1）从：设置图像中要改变部分的颜色。

（2）到：设置改变后的颜色。

（3）改变。

● 色调：该选项只对色度产生影响。

● 色度和亮度：该选项对色度和亮度同时产生影响。

● 色度和饱和度：该选项对色度和饱和度同时产生影响。

● 色度、亮度和饱和度：该选项对这三项均产生影响。

（4）改变到。

● 设定的颜色：选择该选项，将影响目标颜色像素的变换。

● 变换的颜色：选择该选项，用差值法计算目标颜色像素。

（5）容错范围。

● Hue：设置图像色度的改变范围。

● 亮度：设置图像亮度的改变范围。

● 饱和度：设置图像饱和度的改变范围。

（6）柔化：该选项可柔化被改变颜色部分的边缘。

　　（7）显示修改部分：选择该选项，可通过黑白色来观察颜色的改变范围。白色为改变颜色的区域，黑色为保留区域。

4.2.4　均衡(Equalize)

　　该特效可使图像的亮度或颜色均衡地变化，使图像色彩变得亮丽，弥补摄像时光线的不足，如图 4-6 所示。

设置　　　　　　　　　　　　原图图像　　　　　　　　　　特效后图像

图 4-6　"均衡"设置及效果

（1）平衡。
- RGB：该选项平衡图像中的红、绿、蓝颜色。
- 亮度：该选项以亮度为基础平衡图像。
- Photoshop 风格：该选项重新分配亮度值，使图像亮度更均衡，层次感更强。

（2）平衡量：该选项可调整图像的亮度值。

4.2.5　彩色传递(Color Pass)

　　该特效可使图像中某种颜色保留，而其他部分转换为灰度，该特效的设置与效果如图图 4-7 所示。

设置　　　　　　　　　　　　原图图像　　　　　　　　　　特效后图像

图 4-7　"色彩传递"设置及效果

　　（1）近似值：可设置颜色取值范围的近似程度，值越大越精确，选择范围就越小。

　　（2）颜色：选择保留的颜色。

4.2.6　彩色偏移(Color Offset)

　　该特效可在指定的方向分别移动图像 R、G、B 通道像素。单击特效控制面板中的  图标，弹出"彩色偏移设置"对话框，设置通道、方向和偏移量，如图 4-8 所示。

图 4-8　"彩色偏移设置"对话框及效果

4.2.7　彩色匹配(Color Match)

该特效可分别调整图像各部分的色度、饱和度和亮度。用样本吸管取色，也可直接选择颜色设置，如图 4-9 所示。

设置　　　　　　　　原图图像　　　　　特效图像 1　　　　特效图像 2

图 4-9　"彩色匹配"设置及效果

4.2.8　彩色平衡 HLS(Color Balance HLS)

该特效可分别调整图像的色度、亮度和饱和度，如图 4-10 所示。

图 4-10　"彩色平衡"设置及效果

4.2.9　彩色平衡 RGB(Color Balance RGB)

该特效可分别调整颜色通道中红色、绿色和蓝色的彩色平衡，如图 4-11 所示。

图 4-11　"彩色平衡"设置及效果

4.2.10　彩色替换(Color Replace)

1. "彩色替换"设置（如图 4-12 所示）

图 4-12　"彩色替换"设置

2. 实例效果

该特效可替换图像中某些部分的颜色，可重复使用来替换图像中多个部分。本例替换 3 次，分别为花的亮部、花的暗部和图片的背景，如图 4-13 所示。

原图图像　　　　　替换花的亮部　　　　　替换花的暗部　　　　　替换图像背景

图 4-13　"彩色替换"效果

4.2.11 改变颜色(Change To Color)

该特效可以使"改变颜色"区域产生多种颜色、亮度和饱和度的变化，本例"改变颜色"选择花的暗部，"匹配颜色"选择"使用色度"，其他为默认值，"色调变换"值分别为－160、40、80的图像效果，如图4-14所示。

设置　　　　　色调变换值为－160　色调变换值为－40　色调变换值为80

图4-14 "改变颜色"设置及效果

（1）显示：选择"已校正图层"选项，显示当前变化的图像；选择"彩色校正屏蔽"选项，用黑白图像显示变化区域和保留区域，白色为变化区域，黑色为保留区域。

（2）色调变换：设置变化区域的颜色，色调值不同，颜色也随之不同。

（3）亮度变换：设置变化区域的亮度。

（4）饱和度变换：设置变化区域的饱和度。

（5）改变颜色：选择要改变的颜色区域。

（6）匹配容差：容差值可调整改变区域的范围，值越大，改变的范围就越大。

（7）匹配柔化：该选项可对改变颜色的区域边缘产生柔化效果，值越大，柔化效果就越明显。

（8）匹配颜色

● "使用RGB"选项，改变的颜色区域以RGB颜色为标准。

● "使用色度"选项，改变的颜色区域以色度为标准，改变的范围比RGB要大。

● "使用色品"选项，改变的颜色区域以色品为标准，改变的范围比色度要大。

（9）反转彩色校正屏蔽：选择该复选框，可使变化区域与保留区域互换。

4.2.12 色映射(Tint)

该特效可改变图像暗部区域和亮部区域的颜色，如图4-15所示。

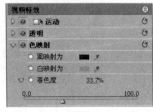  

设置　　　　　　　　原图　　　　　　　　特效图

图4-15 "色映射"设置及效果

（1）黑映射为：用选择的颜色映射图像中暗部像素的颜色。

（2）白映射为：用选择的颜色映射图像中亮部像素的颜色。

（3）着色度：该选项回来调整颜色的变化程度，值越大，色彩越浓。

4.2.13　黑&白(Black & White)

该选项可使彩色图像变为黑白图像。

4.3　"彩色校正"特效(Color Correction)

该组特效主要是对图像彩色进行校正，共包括 7 种特效。

4.3.1　RGB 彩色校正(RGB Color Corrector)

"RGB 彩色校正"特效可调整图像的色调、高光区域和灰度区域，还可以单独调整 RGB 通道中的每一种颜色，如图 4-16 所示。

图 4-16　"RGB 彩色校正"设置及效果

（1）输出：该选项可以设置图像在节目窗口的显示方式。"复合"显示彩色图像；"亮度"显示黑、白、灰度图像；"屏蔽"显示白屏；"调节区"显示黑、白、灰 3 种颜色，黑色为暗区，灰色为中亮区，白色为高亮区，该显示可以清晰地看到黑、白、灰在图像中的位置和所占的比例，如图 4-17 所示。

复合　　　　　　　　亮度　　　　　　　　分屏　　　　　　　　调节区

图 4-17　"不同输出选项"效果

（2）分屏显示：选择该复选框，在"节目"窗口可同时显示原图像和特效图像。

（3）版面：该选项是针对分屏显示设置的，有"水平"和"垂直"两种显示方式。

（4）分屏比例：设置分屏显示中特效图像所占的比例，默认值为50%。

（5）调节区分辨率：该选项可通过设置参数值或拖动滑动块，调整高亮区、中亮区和暗区的范围，也可在下方的"暗区锐利"、"暗区柔化"、"高亮锐利"和"高亮柔化"中输入相应的值，如图4-18所示。

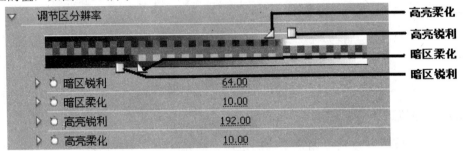

图4-18　"调节区"设置

- 暗区锐利：该选项下方的滑动方块向左移动，值减小，中亮区范围扩大，暗区范围缩小；该选项下方的滑动方块向右移动，值增大，中亮区范围缩小，暗区范围扩大。

- 暗区柔化：该选项可柔化中亮区，下方的滑动三角方块向左移动，值越小，中亮区变亮。

- 高亮锐利：该选项上方的滑动方块向左移动，值减小，高亮区范围扩大，中亮区范围缩小；该选项上方的滑动方块向右移动，值增大，高亮区范围缩小，中亮区范围扩大。

- 高亮柔化：该选项可柔化高亮区，上方的滑动三角方块向左移动，值越大，中亮区越亮。

（6）调节区：可选择"总的"、"高亮"、"中间"和"暗区"选项，分别设置图像各部分的效果。"总的"是对整个图像进行调整；"高亮"只对高亮区进行调整；"中间"只对中度亮区进行调整；"暗区"只对图像暗部黑区进行调整。

（7）伽马：该选项可在不改变图像黑、白色的情况下调整图像的灰度值。

（8）基准：该选项主要调整图像中白色，通常与增益组合。

（9）增益：该选项对图像中的白色可大幅度调整，对图像中的黑色影响较小。

（10）RGB：该选项可分别对图像中的红、绿、蓝3种色进行伽马、基准和增益3项调整。

（11）二次色彩校正：对调整后的图像区域进行再次色彩校正。

- 中点：选择要设置的颜色。

- 可对"色调"、"饱和度"、"亮度"、"柔化"和"边缘锐化"选项进行设置。

- 反转限制色彩：对"二次彩色校正"以外的所有颜色进行调整和修改。

4.3.2　RGB 曲线(RGB Curves)

该特效共有4组曲线，每组曲线有16个调节点。"主轨道"曲线可改变图像的亮度和所有颜色通道的色度；"红"、"绿"、"蓝"曲线，可分别调整该通道的亮度和色度。

"输出"、"分屏显示"、"版面"、"分屏比例"和"二次色彩校正"选项，与"RGB 彩色校正"特效相同，这里不再赘述。

本例选择上下分屏，只调整"主轨道"和"蓝轨道"，调整后效果如图 4-19 所示。

图 4-19　"RGB 曲线"设置及效果

4.3.3　三路彩色校正(Three-Way Color Corrector)

"三路彩色校正"指的是对图像暗区、高亮区和中亮区 3 部分的彩色校正，图像的 3 种亮度分别用黑、白、灰或暗区、高亮和中间表示。"输出"、"分屏显示"、"版面"、"分屏比例"和"二次色彩校正"选项与"RGB 曲线"特效相同，这里不再赘述。"三路彩色校正"特效选项卡如图 4-20 所示。

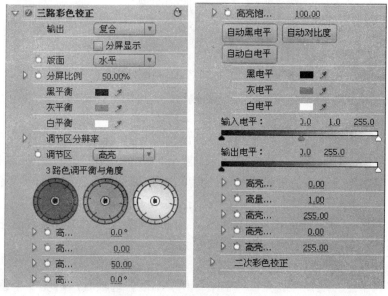

图 4-20　"三路彩色校正"设置

（1）"黑平衡"：该选项只作用于暗部区域，当选择一种彩色颜色后，暗区将剔除掉这种颜色，并在暗区显示该颜色的补色（补色也就是该色在色轮180°位置的颜色）。

（2）"灰平衡"：该选项只作用于中亮区域，由于中亮区的颜色在图像中所占的比重较大，因此对整个图像的影响也较大。当选择一种彩色颜色后，中亮区将剔除掉这种颜色，并在中亮区显示该颜色的补色。

（3）"白平衡"该选项只作用于高亮区域，当选择一种彩色颜色后，高亮区将剔除掉这种颜色，并在高亮区显示该颜色的补色。

（4）调节区分辨率：该选项可以调整黑、白、灰3部分的范围和柔化效果，该选项同"RGB彩色校正"作用相同。

（5）调节区：可选择"总的"、"高亮"、"中间"和"暗区"分别调整。

（6）3路色调平衡与角度

当"调节区"选择"总是"选项时，下方出现一个色轮，通过该色轮可调整图像总的色彩倾向，也就是该选项对高亮区、中亮区和暗区都起作用。可分别调整"总色调角度"、"总平衡幅度"、"总平衡增益"和"总平衡角度"选项值，也可用鼠标在色轮上调整相对应的按钮，如图4-21所示。

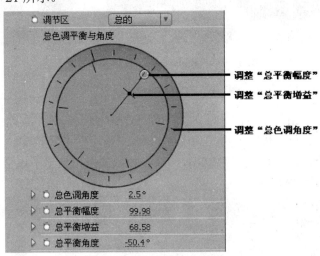

图4-21   "总色调平衡与角度"色轮

- "总色调角度"：该值可设置颜色的偏移，也可用鼠标旋转色轮的外环，使色调产生偏移。
- "总平衡幅度"：该值可设置颜色的纯度，也可用鼠标单击色轮拉杆上的空心圆环。越靠近圆心颜色越淡，拉杆越短，值越小。反之，颜色越纯，拉杆越长，值越大。
- "总平衡增益"：该值可设置颜色的亮度，可用鼠标调整色轮拉杆上黑色实心圆环。越靠近圆心亮度越低，值越小，向外拖动亮度增高，值随之增大。
- "总平衡角度"：随着该角度的变化，颜色也随之变换。也可旋转色轮拉杆上的空心圆环，指向色轮的颜色就是设置的颜色。
- 主饱和度：调整整图的饱和度。

当"调节区"选择"高亮"、"中间"和"暗区"选项时，出现3个色轮，左侧为

"暗区"色轮，中间为"中亮区"色轮，右侧为"高亮区"色轮。可分别设置这 3 部分的颜色、纯度、亮度和饱和度，如图 4-22 所示。

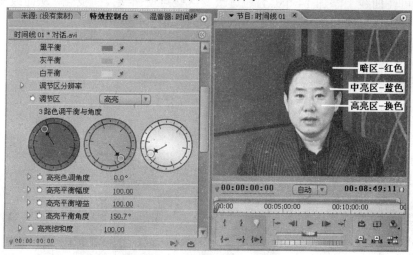

图 4-22　　"3 路色调平衡与角度"设置

（7）"自动黑电平"、"自动对比度"、"自动白电平"：分别单击这 3 个按钮可自动平衡图像中的黑色、对比度和白色。

（8）"黑电平"、"灰电平"和"白电平"：这 3 个选项与"调节区"选项相对应，分别调整"高亮"、"中间"和"暗区"的"黑电平"、"灰电平"和"白电平"。选择的颜色只产生灰度值，不发生颜色的变化。

（9）输入电平：该选项的滑动器上有黑、白、灰 3 个滑动点，该选项与"调节区"选项相对应，分别调整"高亮"、"中间"和暗区的亮度。黑滑动点向右移动，调整的区域变暗，值增大；灰滑动点向左移动，调整区域变暗，值减小，灰滑动点向右移动，调整区域变亮，值增大；白滑动点向左移动，调整区域变亮，值减小。

（10）输出电平：该选项的滑动器上有黑、白两个滑动点，该选项与"调节区"选项相对应，分别调整"高亮"、"中间"和"暗区"的亮度。黑滑动点向右移动，调整的区域变暗，值增大；白滑动点向左移动，调整区域变暗，值减小。

（11）高亮/中间/暗区的"输入黑平衡"、"输入灰平衡"、"输入白平衡"、"输出黑平衡"和"输出白平衡"与"输入电平"和"输出电平"5 个滑动点相联动，通过直接输入相应的值也可改变滑动点，使图像亮度发生变化，如图 4-23 所示。

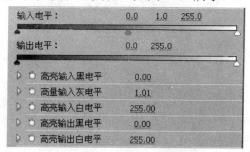

图 4-23　　"电平"设置

4.3.4　亮度曲线(Luma Curve)

该特效可在曲线上添加 14 个点,通过改变这些点使曲线发生变化,从而改变图像的亮度。还可以使用"二次色彩校正"再次进行调整,如图 4-24 所示。

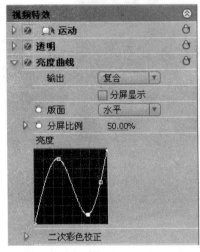  

设置　　　　　　　　　　原图图像　　　　　　　　　特效后图像

图 4-24　　"亮度曲线"设置及效果

4.3.5　亮度校正(Luma Corrector)

该特效可调整图像的"亮度"、"对比度"、"对比度电平"、"伽马"、"基准"和"增益"。选择"调节区"选项的"总的",可对整个图像进行调整;选择"高亮"选项,可对高亮区进行调整;选择"中间"选项,可对中亮区进行调整;选择"暗区"选项,可对暗区进行调整。其他选项与"RGB 彩色校正"相同,如图 4-25 所示。

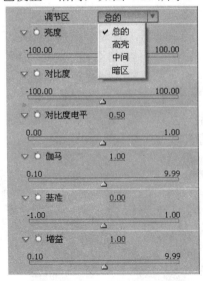

图 4-25　　"亮度校正"设置

4.3.6　快速彩色校正(Fast Color Corrector)

该特效是对整个图像进行色彩校正，与"三路彩色校正"特效中"调节区"选择"总是"选项的调节方法基本相同，通过色轮或设置值调整图像的色彩，如图 4-26 所示。

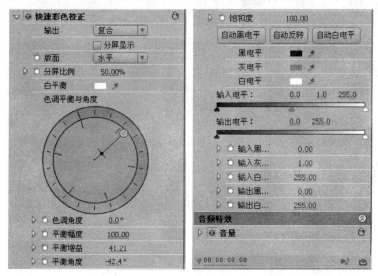

图 4-26　"快速彩色校正"设置

4.3.7　视频限幅(Video Limiter)

广播电视节目在输出时，需要考虑视频图像所限定的亮度范围和颜色范围，该特效可以限制图像的亮度和颜色，本例"缩减坐标"分别设置为"色度与亮度"和"智能调节"，设置选项如图 4-27 所示。

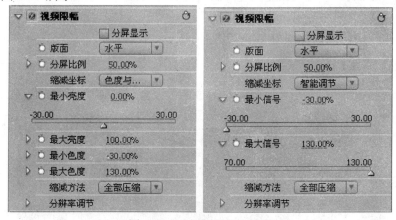

图 4-27　"视频限幅"设置

（1）缩减坐标：该选项包括"亮度"、"色度"、"色度与亮度"、和"智能调节"。选择其中的某个选项，并可通过下方的最小值和最大值进行调整。

（2）最小亮度：设置图像中最黑暗的程度。

（3）最大亮度：设置图像中最明亮的程度。

（4）最小色度：设置图像最小的饱和度值。

（5）最大色度：设置图像最大的饱和度值。

（6）最小信号：设置图像最小亮度和饱和度值（当"缩成坐标"选择"智能调节"时）。

（7）最大信号：设置图像最大亮度和饱和度值（当"缩成坐标"选择"智能调节"时）。

（8）缩减方法：该选项包括"高亮压缩"、"中等压缩"、"暗区压缩"、"亮暗同时压缩"和"全部压缩"，可对指定的部分进行调整。

"分屏显示"、"版面"、"分屏比例"、和"分辨率调节"选项与其他特效的设置方法相同，这里不再赘述。

4.4 "视频"特效(Video)

该组特效主要是对视频进行"场插补"、"播放色彩校正"以及为视频添加"时间码"。

4.4.1 场插补(Field Interpolate)

该特效没有选项设置，添加该特效，可使图像产生柔化效果。

4.4.2 播放色彩校正(Broadcast Colors)

（1）播放制式：可选择"PAL"或"NTSC"制式。

（2）安全颜色：该选项包括"降低亮度"、"降低色度"、"Key out unsafe"和"Key out safe"。

- 降低亮度：该选项可降低高亮区亮度。
- 降低色度：该选项可降低高亮区色度。
- Key out unsafe：该选项可使高亮区透明（当"缩成坐标"选择"智能调节"时）。
- Key out safe：该选项可使高亮区反选部分透明（当"缩成坐标"选择"智能调节"时）。

（3）最大幅度：取值范围为 90～120，值越小，校正的范围就越大。

4.4.3 时间码(Timecode)

该选项可在图像上产生一个时间码，通过参数设置，可使时间码的位置、大小、背景透明度、显示格式等发生改变，如图 4-28 所示。

图 4-28 "时间码"设置及效果

（1）显示位置：输入数值或单击  图标，在节目窗口移动时间码，可改变时间码的位置。

（2）大小：该选项可改变时间码的大小。

（3）透明度：该选项可设置时间码背景的透明度。

（4）场标记：选中该复选框，可在时间码右侧显示场标记。

（5）显示格式：共有 SMPTE、帧、英寸+帧（16mm）和英寸+帧（32mm）4 种显示方式，通常使用 SMPTE 和帧的显示格式，如图 4-29 所示。

| "SMPTE"显示格式 | "帧"显示格式 | 英寸+帧（16mm） | 英寸+帧（32mm） |

图 4-29　时间码显示格式

（6）时间码来源：包括"媒体"、"素材"和"生成"。

（7）时间码显示：在该选项中，可以根据输出的要求选择不同的帧率，通常选择 25 帧或 30 帧。

（8）偏移量：该选项可使起点提前或延后 50 帧。

（9）时间码起点：该选项可设置起点的位置，但只对时间码来源的"生成"选项起作用。

（10）标头文字：选择一个摄像机号，可在时间码前面显示 CM1～CM9，选择"无"时不显示。

4.5　"调校"特效(Adjust)

该组特效主要是对图像的色彩平衡、灯光特效和色谱进行调校，共包括 14 种特效。

4.5.1　亮度/对比度(Brightness & Contrast)

该特效是对整个图像亮度和对比度进行调整，不能单独对高亮区、中亮区和暗区分别调整，如图 4-30 所示。

| 设置 | 原图图像 | 特效后图像 |

图 4-30　"亮度/对比度"设置及效果

（1）亮度：取值范围为-100～+100，负值表示降低亮度，正值表示增加亮度。

（2）对比度：取值范围为-100～+100，负值表示降低对比度，正值表示增加对比度。

4.5.2　亮度门限（Threshold）

该特效可将图像中的灰度和彩色全部转化为只有黑、白两种亮度值的图像。特效设置只有一个"电平"选项，通过该值的变化，可调整图像黑、白像素的范围，如图4-31所示。

图4-31　"亮度门限"设置及效果

4.5.3　减暗/加亮（Shadow/Highlight）

该特效可分别对图像的高亮区和暗区进行亮度的减暗或加亮，如图4-32所示。

　　　　设置　　　　　　　　　　　图像原图　　　　　　　　　特效后图像

图4-32　"减暗/加亮"设置及效果

（1）自动定量：选中该复选框，系统将自动调整减暗数和加亮数，下面的手动设置将为灰色不可用。

（2）减暗数：该选项可手动调整暗区的亮暗，取值范围为0～100，值越大越亮。

（3）加亮数：该选项可手动调整高亮区的亮暗，取值范围为0～100，值越大越暗。

（4）更多选项：这些选项包括"暗区频宽"、"暗区半径"、"亮区频宽"、"亮区半径"、"彩色校正"、"标准对比度"、"减暗"和"加亮"，通过这些选项的设置，可使图像效果变化更为丰富。

（5）混合：该选项可设置特效后图像与原图像混合程度。

4.5.4　分屏(ProcAmp)

该特效可对整个图像进行"亮度"、"对比度"、"色调"和"饱和度"的调整，当选择"拆分屏幕"复选框时，节目窗口将分割成原图像和特效后图像两部分，在"拆分比例"选项中设置特校后图像所占整个窗口的比例，如图 4-33 所示。

图 4-33　"分屏"设置及效果

4.5.5　卷积核心(Convolution Kernel)

该特效是根据数学卷积分的运算来改变图像中像素值。单击特效面板中"卷积核心"右侧的设置图标，弹出"卷积核心"对话框，设置对话框及效果如图 4-34 所示。

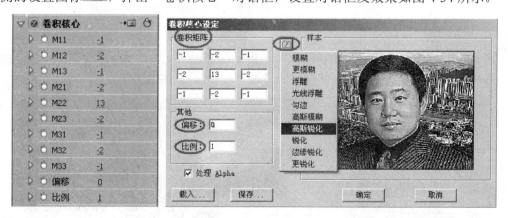

图 4-34　"卷积核心"设置、对话框及效果

（1）卷积矩阵：该矩阵中间栅格是代表用于卷积分的当前像素，其他栅格代表了当前像素周围相邻的像素。不同的值通过运算可改变像素的亮度和颜色。该矩阵的值也可以在特效面板中输入，M11. M12. M13 为第 1 列，M21. M22. M23 为第 2 列，M31. M32. M33

为第 3 列。

（2）效果按钮 ：单击该按钮可弹出一个下拉菜单，该菜单中共有 10 种特效，选择不同的特效，矩阵的数值也随之改变。

（3）偏移：该选项的取值范围为-32768～32768，该值将参与卷积矩阵计算。

（4）比例：该选项也参与卷积矩阵的计算，并影响图像的亮度。

（5）处理 Alpha 选中该复选框，可产生透明通道。

（6）载入和保存：分别单击"载入"和"保存"按钮，可以调入或存储该特效设置结果。

4.5.6　彩色平衡(Color Balance)

该特效可分别调整阴暗区、中间区和高亮区的红色、蓝色、绿色像素值。所有选项的取值范围均为-100～100，趋向-100 可使该颜色像素减少，趋向 100 可使该颜色像素增加。当选择"保持亮度"复选框时，系统将控制维持图像的亮度和彩色，如图 4-35 所示。

图 4-35　"彩色平衡"设置与效果

4.5.7　提取(Extract)

该特效可使图像变为灰度黑白效果，单击特效面板"提取"右侧设置图标 ，弹出"提取设置"对话框，也可在特效面板中设置，如图 4-36 所示。

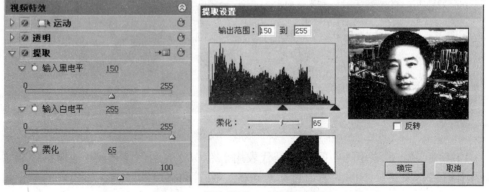

图 4-36　提取设置、对话框及效果

（1）输出范围：左侧是黑电平值，它与下方左侧的三角滑块相对应，向右移动或增大该值，可使图像阴暗部增大；右侧是黑电平值，它与下方右侧的三角滑块相对应，向右移动或增大该值，可使图像高亮部增大。

（2）柔化：该选项可增加图像的灰度，值越大柔化效果越强。

（3）反转：选中该复选框，可产生黑白反转效果。

4.5.8　灯光特效(Lighting Effects)

该特效提供 5 组特效灯光和 1 组环境灯光，每组灯光都可以单独设置，"灯光特效"设置及效果如图 4-37 所示。

设置

雕刻效果

5 个特效灯效果

图 4-37　"灯光特效"设置及效果

由于 5 组特效灯光的设置完全相同，这里只以"灯光 1"为例，介绍其特性。

（1）灯光类型（定向灯）："定向灯"照射的比较均匀，该灯光的设置和图像效果，如图 4-38 所示。

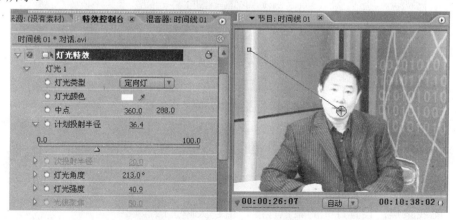

图 4-38　"定向灯"设置及照射效果

● 灯光颜色：该选项可设置灯光的颜色，默认值为白色。

- 中心：该选项设置灯光的中心照射点，默认值为图像的中心（360，288）。
- 计划投射半径：该值越大，照射点的位置离中心点越远，图像亮度越暗。
- 灯光角度：该选项可调整照射角度。
- 灯光强度：该选项可设置灯光的强度。

（2）灯光类型（全向灯）："全向灯"是以中心点为照射中心向外扩散，该灯光的设置和图像效果如图4-39所示。

图4-39　"全向灯"设置及照射效果

- 主投射半径：该选项可以设置照射扩散范围。
- 灯光强度：设置灯光的强度。

（3）灯光类型（聚光灯）：该灯光强弱分明，能产生聚光效果，灯光设置和图像效果如图4-40所示。

图4-40　"聚光灯"设置及效果

- 主投射半径：设置光照点离中心点的距离。
- 次投射半径：设置光照的辐射宽度。
- 灯光角度：设置照射点的角度。
- 灯光强度：设置灯光的强度。
- 光线聚焦：设置灯光的聚焦程度，值越大越扩散。

（4）环境灯光颜色：环境灯光是对整个图像的布光，该选项可设置整个图像的光照颜色。

（5）环境灯光强度：该选项可调整环境光的强度，使整个图像的亮度发生变化。

（6）表面光泽：该选项可设置特效灯的表面光泽度。

（7）表面材质：该选项可设置特效灯光照射部位的表面质感。

（8）曝光度：该选项设置特效灯光的曝光度。

（9）雕刻图层：可选择本视频轨，也可选择下方的背景轨。

（10）雕刻通道：分别选择 R、G、B，可在特效灯光照射范围内显示背景层图像的雕刻效果。

（11）雕刻深度：设置背景图层雕刻图像的雕刻深度。

（12）白色高亮：该选项可使背景层雕刻图像白色产生高亮。

4.5.9　电平(Levels)

“电平”特效主要调整图像的亮度和对比度，也可以单独调整 R、G、B 3 个通道的亮度和对比度。设置方法是可在特效面板中直接输入相应的值，也可以单击“电平”右侧的设置图标➔▤，如图 4-41 所示。

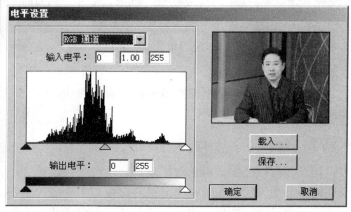

图 4-41　“电平”设置及对话框

（1）（RGB）黑输入电平：向右移动（值增大），可使图像的暗部区加深，使图像对比度增大。

（2）（RGB）白输入电平：向左移动（值减小），可使图像亮部区增亮，使图像对比度增大。

（3）（RGB）黑输出电平：向右移动（值增大），可使整个图像增亮，整个图像趋于白色。

（4）（RGB）白输出电平：向左移动（值减小），可使整个图像变暗，整个图像趋于黑色。

（5）（RGB）伽马：伽马值主要是调整图像的中间灰度值，取值范围 0～1000，100 为默认值（原图效果），小于 100 灰度变暗，大于 100 灰度变亮。RGB 电平效果如图 4-42

所示。

RGB 黑输入电平值 130　　RGB 白输入电平值 130　　RGB 黑输出电平值 130　　RGB 白输出电平值 130

图 4-42　"RGB 电平"效果

（6）（R）黑输入电平：向右移动（值增大），可使图像的暗、灰部区颜色趋于 R 的互补色，对比度增大。

（7）（R）白输入电平：向左移动（值减小），可使图像的暗、灰部部区趋于 R 色，对比度增大。

（8）（R）黑输出电平：向右移动（值增大），可使整个图像趋于 R 色。

（9）（R）白输出电平：向左移动（值减小），可使整个图像趋于 R 的互补色。

（10）（R）伽马：值小于 100 灰度变暗，可使图像的暗、灰部区颜色趋于 R 的互补色，对比度增大，值大于 100，可使整个图像趋于 R 色。R 电平效果如图 4-43 所示。

R 黑输入电平值 130　　　R 白输入电平值 130　　　R 黑输出电平值 130　　　R 白输出电平值 130

图 4-43　"R 电平"效果

"电平设置"对话框与特效面板设置相对应，G、B 通道的设置与 R 通道的设置完全相同，这里不再赘述。

4.5.10　自动对比度(Auto Contrast)

该选项可改变图像黑白对比度，但不改变色调。当图像对比度的值小于安全值时，图像明暗不分明，比较灰暗；当图像对比度值大于安全值时，过亮或过暗部分将溢出。使用该特效可自动调节图像对比度，使其达到最佳效果，也可在特效面板进行手动设置，如图 4-44 所示。

"自动对比度"设置　　　　图像原图　　　　特效后图像

图 4-44　"自动对比度"设置及效果

4.5.11　自动彩色(Auto Color)

该选项可改变图像的色调，不改变图像对比度。当图像偏色时，使用该特效可自动调节图像的色调，修正偏色现象，也可在特效面板进行手动设置，如图 4-45 所示。

　　　　"自动彩色"设置　　　　　　　图像原图　　　　　　　特效后图像

图 4-45　　"自动彩色"设置

4.5.12　自动电平(Auto Levels)

该选项可对图像偏色和对比度超出安全区域时，自动选择最佳参数，调节图像的色调和对比度，也可在特效面板进行手动设置，如图 4-46 所示。

　　　　"自动电平"设置　　　　　　　图像原图　　　　　　　特效后图像

图 4-46　　"自动电平"设置

4.5.13　色谱调整(Posterize)

该特效可使图像按色谱显示不同的效果，"色谱"选项的范围为 2～32，如图 4-47 所示。

　　　设置　　　　　　色谱值为 2　　　　　色谱值为 4　　　　　色谱值为 7

图 4-47　　"色谱调整"设置及效果

4.5.14　色通道混合(Channel Mixer)

该特效将 R、G、B 三通道进行混合，从而产生多种颜色混合的效果。如果选择"单色"复选框，可使图像变为灰度黑白效果，如图 4-48 所示。

图 4-48　"色通道混合"设置

4.6　色彩与亮度的监测

4.6.1　色调编辑界面

启动"色调编辑界面"，校色时便于图像对比。单击"窗口"菜单，在弹出的下拉菜单中指向"工作界面"，在弹出的子菜单中选择"色调编辑界面"选项，启动"色调编辑界面"。该界面可在窗口右下角产生一个"参考"窗口，如图 4-49 所示。

图 4-49　色调编辑界面

4.6.2 "参考"窗口

　　"参考"窗口下方有一个链接按钮 ，默认状态为链接。当处于链接状态时，与"节目"窗口同步联动播放；单击该按钮可取消与"节目"窗口的联动，这时拖动该窗口的时间线，可单独播放视频轨上的其他视频素材，从而起到与"节目"窗口素材对比的效果，如图 4-50、图 4-51 所示。

图 4-50　"节目监视器"窗口　　　　　　　　图 4-51　"参考"窗口

4.6.3 "矢量"示波器监测

　　矢量示波器主要检测图像的色调和饱和度，用一个圆环来表示。单击"参考"窗口右下方的"输出"图标 ，弹出快捷菜单，在快捷菜单中选择"矢量"选项，这时"参考"窗口以"矢量"示波器方式显示，如图 4-52～图 4-54 所示。

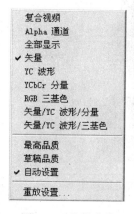
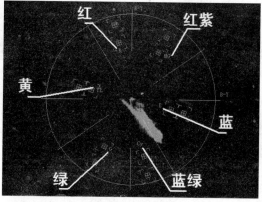

图 4-52　快捷菜单　　　　　　图 4-53　"矢量"　　　　　　图 4-54　被监测的图像

- 饱和度监测：圆环中心的绿色条越拉向外边缘，饱和度越大，越集中在圆心，饱和度越小。
- 色彩监测：通过圆环绿色条的指示方向可以看出图像的色调趋向，本例趋向于蓝色和蓝绿色。

4.6.4 "YC波形"监测

在快捷菜单中选择"YC波形",这时"参考"窗口以"YC波形"方式显示,"YC波形"可同时显示色度和对比度,不选择"色度"复选框,"YC波形"只显示对比度。通过观察"YC波形"图,可以判断该视频素材是否处于最佳对比度。"YC波形"图左侧有一个坐标轴,0.3~1.0为影片对比度的安全区域。在安全区域上为最佳对比度,小于这个范围,图像对比度低,图像灰暗,如图4-55、图4-56所示。如果超出上限1.0,图像中的高亮区将溢出,低于下限0.3图像中的暗部区将溢出。使用"自动对比度"可使图像对比度在安全区域上,如图4-57、图4-58所示。

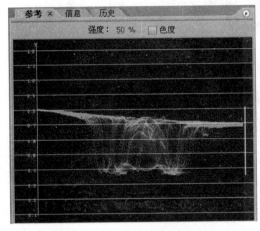

图4-55　小于安全区域的波形

图4-56　小于安全区域图像

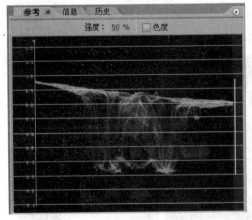

图4-57　在安全区域上的波形

图4-58　在安全区域上的图像

4.6.5 YCbCr分量

在快捷菜单中选择"YCbCr分量",这时"参考"窗口以"YCbCr分量"方式显示。"YCbCr分量"图分别显示对比度(蓝色)、色度(洋红色)和饱和度(黄色)图形,如图4-59所示。

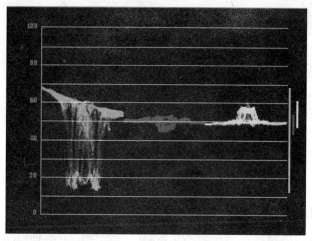

图 4-59   "YCbCr 分量"图

4.6.6 RGB 三基色

在快捷菜单中选择"RGB 三基色",这时"参考"窗口以"RGB 三基色"方式显示。"RGB 三基色"图分别显示图像中红、绿、蓝色图形,如图 4-60 所示。

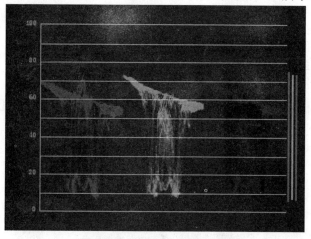

图 4-60   "RGB 三基色"图

第 5 章　影视视频特效

本章主要讲解 Adobe Premiere Pro 2.0/CS3 软件所提供的视频特效功能。单击"特效"选项卡，选中"预置"和"视频特效"中的某个特效，用鼠标拖曳到"时间性"窗口的视频素材中，然后对特效进行配置，使其达到预期的效果。

5.1　"预置"特效（Prosets）

5.1.1　扭转（Twirls）

该特效在视频素材的起始处产生两个关键帧，在关键帧上分别赋予扭转特效的相关参数，使两个关键帧之间产生扭转效果，通过手动设置可改变两个帧之间的时间和参数，由扭转到正常或由正常到扭转。该特效包括"扭转—入"和"扭转—出"，"扭转—入"的特效设置在视频素材的开始，"扭转—出"特效设置在视频素材的结束。这里详细介绍"扭转—入"特效的使用方法、设置及扭转效果，如图 5-1、图 5-2 所示。

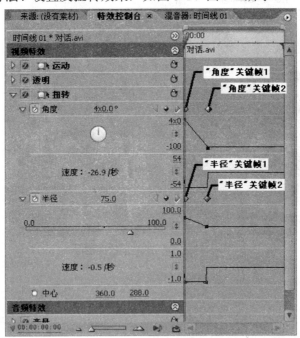

图 5-1　"扭转"设置

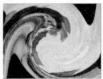

图 5-2　"扭转"效果

（1）角度：该选项可在关键帧 1 和关键帧 2 上设置扭转角度，通过角度的不同产生不同的扭转效果。

（2）角度速度：该值取决于关键帧 1 与关键帧 2 相隔的时间和角度变化的大小，间隔时间长，角度变化值小，速度值就小，反之就大。

（3）半径：该选项可设置产生扭曲的范围，半径越大，扭曲范围就越大。该值在两个关键帧上的设置可以相同，也可以不同。

（4）半径速度：当两个关键帧上半径值不同时，可产生半径变化的速度，半径值相差越大，速度值就越大。当两个关键帧上半径值相同时，速度为 0。

（5）中心：该选项可确定扭曲的中心点，默认的扭曲中心点在窗口的中心。单击 图标在节目窗口中移动，可改变扭曲中心点。

（6）向右拖动"关键帧 2"可加长特效时间。

5.1.2　斜边边框（Bevel Edges）

该特效包括"斜边边框—厚"和"斜边边框—薄"，这两组特效的使用方法及效果基本相同。添加该特效，可在图像上产生一个立体透明边框，如图 5-3 所示。

图 5-3　"斜边边框"设置

（1）边框厚度：该选项可设置边框的宽度。
（2）光照角度：该选项设置边框的光照角度。
（3）光照色彩：该选项设置边框的颜色。
（4）光照强度：该选项设置边框的光照强度。

5.1.3　曝光（Solarizes）

该特效包括"曝光—入"和"曝光—出"，这两种特效设置方法基本相同。"曝光—入"特效在视频素材起始位置产生两个关键帧，"阀值"从 100 变化到 0，从而产生曝光效果；"曝光—出"特效，在视频素材结束位置产生两个关键帧，"阀值"从 0 变化到 100，从而产生曝光效果，曝光设置及效果如图 5-4～图 5-6 所示。

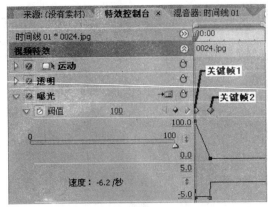

图 5-4　"曝光—入"设置

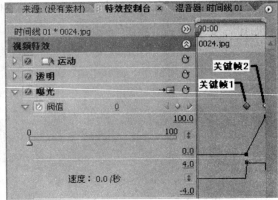

图 5-5　"曝光—出"设置

阀值为 100

阀值为 75

阀值为 50

阀值为 25

图 5-6　"不同阀值"效果

5.1.4　模糊（Blurs）

该特效包括"快速模糊—入"和"快速模糊—出"，这两种特效分别对视频素材的开始位置和结束位置产生特效。添加该特效后，分别在视频素材的开始位置和结束位置产生两个关键帧，由于两个关键帧上的模糊值不同，从而产生模糊的变化效果模糊设置及效果，如图 5-7、图 5-8 所示。

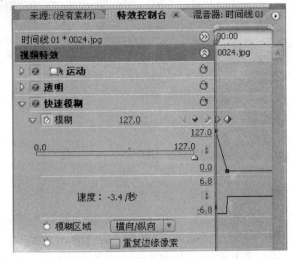

图 5-7　"模糊"设置

模糊值为 127　　　　模糊值为 70　　　　模糊值为 40　　　　模糊值为 20　　　　模糊值为 0

图 5-8　　"不同模糊值"效果

（1）模糊：该选项可设置图像的模糊度，值越大越模糊。"快速模糊-入"特效的模糊值由 127 变化到 0，"快速模糊-出"特效的模糊值由 0 变化到 127。

（2）模糊区域：该选项包括"横向/纵向"、"横向"和"纵向"三种模糊方式。

（3）重复边缘像素：选择该复选框，边缘将不出现黑边。

5.1.5　画中画（PiPs）

该特效均在特效面板"运动"选项中设置，主要是对图像进行放大、缩小、移动、旋转等操作。该特效图像的大小为原图的 25%，可以通过"比例"选项改变该值。其他选项可设置"画中画"的各种效果，"画中画"的种类、设置和效果如图 5-9～图 5-11 所示。

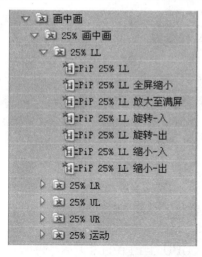

图 5-9　画中画特效种类

图 5-10　　"画中画"设置

图 5-11　　"PiP 25% LL 旋转—入"特效

5.1.6　马赛克（Mosaics）

该特效包括"马赛克—入"和"马赛克—出"，分别用于视频素材的开始位置和结束位置。在两个关键帧上，由于马赛克块数不同，从而产生马赛克变化的效果，马赛克设置及效果如图 5-12、图 5-13 所示。

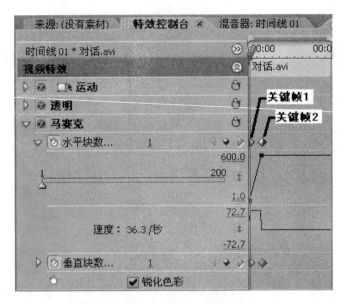

图 5-12　"马赛克"设置

水平、垂直块为 5　　　　水平、垂直块为 20　　　　水平、垂直块为 40　　　水平、垂直块为 40 锐化

图 5-13　"不同块数"图像效果

（1）水平块数：设置水平的块数，最小值为 1，起始块为 2 块，依次递增。

（2）垂直块数：设置垂直的块数，最小值为 1，起始块为 2 块，依次递增。

（3）锐化色彩：选择该复选框，可使方块锐化，色彩对比度更强。

5.2　"GPU"特效（GPU Effects）

5.2.1　卷页（Page Curl）

单击左下角"特效"选项卡，然后单击鼠标左键，将"卷页"特效拖曳到"时间线"上的视频轨素材上，而后单击该素材，使其处于选中状态，单击上方的"特效控制台"选项卡，在"视频特效"下方设置相关参数，如图 5-14 所示。

（1）表面角度'X'：调整该角度可以使画面水平旋转，旋转角度为 45°的效果如图 5-15 所示。

（2）表面角度'Y'：调整该角度可以使画面垂直旋转，放置角度为 45°的效果如图 5-16 所示。

图 5-14　"卷页"设置

图 5-15　水平旋转角度为 45°　　　图 5-16　垂直旋转角度为 45°

（3）卷曲角度：卷曲角度决定卷曲的方向。0°是由右向左卷曲；45°由右上角向左下角卷曲；90°由上向下卷曲；135°由左上角向右下角卷曲；180°由左向右卷曲；225°由左下角向右上角卷曲；270°由下向上卷曲；315°由右下角向左上角卷曲。将卷曲数量设为 40，上述卷曲角度的卷曲效果，如图 5-17 所示。

卷曲角度为 0°　　　　卷曲角度为 45°　　　　卷曲角度为 90°　　　　卷曲角度为 135°

卷曲角度为 180°　　　卷曲角度为 225°　　　卷曲角度为 270°　　　卷曲角度为 315°

图 5-17　"不同卷曲角度"图像效果

（4）卷曲数量：卷曲数量决定卷曲部分的多少，使用该特效可产生卷曲和展开效果。

- 由右向左卷曲：将卷曲角度设置为 0°，其他选项为默认，在实施卷曲效果位置插入关键帧，卷曲数量设置为 0，在卷曲结束的位置插入关键帧，卷曲数量设置为 100，就在两个关键帧之间产生卷曲效果，如图 5-18 所示。

图 5-18　由右向左卷曲效果

- 由左向右展开：将卷曲角度设置为 0°，其他选项为默认，在实施卷曲效果的位置插入关键帧，卷曲数量设置为 100，在卷曲结束的位置插入关键帧，卷曲数量设置为 0，就在两个关键帧之间产生展开效果。

采用上述方法，改变卷曲角度，可沿着不同的方向卷曲或展开。

（5）主灯光角度'A'：角度从 90°~270° 变化时，灯光背对画面，正面看不到光线；角度从 270.0°~90.0° 变化时，灯光正对画面。270°~0° 变化时，光线由画面一侧到画面中间，逐渐发散，强度也随之增大；0°~90° 变化时，光线由画面中间到画面另一侧，由发散逐渐集中，强度也随之减小。

（6）主灯光角度'B'：该角度从 0°~360° 变化时，灯光以画面中心点为圆心逆时针移动。主灯光角度'B'的角度决定了主灯光角度'A'的移动起始方向，当主灯光角度'B'的角度为 0° 时，灯光在画面的左侧，这时主灯光角度'A'的移动方向是由左向右。当"主灯光角度'B'的角度为 0° 时，主灯光角度'A'从 270°~90° 变化的效果如图 5-19 所示。

主灯光角度'A' 290° 画面　　　　主灯光角度'A' 20° 画面　　　　主灯光角度'A' 0° 画面

主灯光角度'A' 40° 画面　　　　　主灯光角度'A' 70° 画面

图 5-19　主灯光角度'B'为 0° 时，主灯光角度'A'的变化效果

（7）灯光距离：该选项的值由 0~100。值越大，灯光离画面距离越远，效果越发散。值越小，灯光离画面距离就越近，效果越聚光。

（8）凹凸、光泽和噪点：这 3 项功能可以为画面增加一定的质感，适用于制作粗糙的背景画面。

5.2.2　折射光(Refraction)

使用折射光可以产生波浪效果。"波浪数量"值越大产生的波浪就越多，"波浪指数"值越大波浪的纵向曲度就越大，"凹凸"值越大画面越粗糙，"深度"值越大波浪效果幅度就越大，当上述各值最大时的效果如图 5-20 所示。

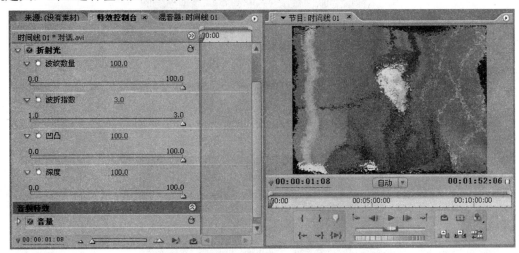

图 5-20　"折射波"设置

5.2.3　波纹（圆形）(Ripple Circular)

圆形波纹与灯光结合在一起产生不同明暗的圆形波，其中波纹数量决定波的扩散效果，波纹数量分别为 20、40、60、80 的效果如图 5-21 所示。

波纹数量为 20　　　　波纹数量为 40　　　　波纹数量为 60　　　　波纹数量为 80

图 5-21　"不同波纹数量"效果

5.3　"像素化"特效(Pixelate)

5.3.1　平面(Facet)

添加该效果，可以使图像立体感消失，并产生水彩画效果，如图 5-22 所示。

图 5-22　"平面化"效果

5.3.2　点化效果

　　该效果可在画面中产生噪点，点粒大小值在 3～300 之间，本例点粒大小值设置为 3，图像效果如图 5-23 所示。

图 5-23　"点化"图像效果

5.3.3　结晶

　　该效果在画面中产生晶体块，晶体大小值在 3～300 之间，本图设置为 10，图像效果如图 5-24 所示。

图 5-24　"结晶"效果

5.4　"变形"特效(Distort)

5.4.1　偏移(Offset)

通过设置该选项可以使图像的中心点发生位移，从而产生图像的偏移，该特效设置如图 5-25 所示。

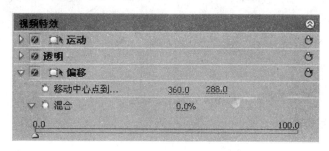

图 5-25　"偏移"设置

（1）移动中心点到…：窗口的大小是与当前节目图像大小相一致的，以像素为单位。由于当前节目选择的是 DVD 格式，窗口尺寸为宽 720 像素×高 576 像素，窗口的中央位置为"360，288"，左上角为"0，0"，左下角为"0，576"，右上角为"720，0"，右下角为"720，576"。通过"移动中心点到…"可以设置移动后的中心点，也可以单击"偏移"左侧的 📷 图标，在"节目"窗口中拖动 ⊕ 图标，使中心点发生改变。

（2）混合：设置该选项，可以使移动前和移动后的两个画面透明度发生变化。

本例将"移动中心"设置为："180，200"。当"混合"设置为 0%时，显示移动后图像效果；"混合"设置为 50%时，移动前和移动后以 50%的透明度同时显示；"混合"设置为 100%，只显示移动前图像，移动效果不显示，如图 5-26 所示。

混合设置为 0%

混合设置为 50%

混合设置为 100%

图 5-26　"不同混合值"图像效果

5.4.2　几何变换(Transform)

"几何变换"特效可以产生多种图像的几何变化，也可使用该特效进行转场，该特效设置如图 5-27 所示。

图 5-27　"几何变换"设置

（1）定位点和中心点：定位点的值与中心点的值相同时，图像与窗口重合，否则图像会偏离窗口。中心点的值是图像变化的轴心，二者默认值均为 360.0~288.0，中心点在正中央。也可点击"几何变换"左侧的 ⬚ 图标，在"节目"窗口中拖动 ⊕ 图标，改变定位点和中心点。

（2）Uniform Scale 选项：选择该选项将锁定宽和高的调整，图像将同比例缩放；不选择该选项，可分别调整图像的宽和高。

（3）Scale 选项：当选择"Uniform Scale"选项时，调整该选项值可使图像放大或缩小，取值范围为 −200.0~200.0，负值图像翻转 180°。本例定位点和中心点分别设置为360.0~288.0（中央）和 0.0~0.0（左上角），Scale 的值由 0.0~200.0 变化的效果如图 5-28、图 5-29 所示。

Scale 为 20.0　　　　Scale 为 60.0　　　　Scale 为 100.0　　　　Scale 为 140.0　　　　Scale 为 180.0

图 5-28　定位点为中央的变化效果

Scale 为 20.0　　　　Scale 为 40.0　　　　Scale 为 60.0　　　　Scale 为 80.0　　　　Scale 为 100.0

图 5-29　定位点为左上角的变化效果

（4）高度比和宽度比：当不选择"Uniform Scale"选项时，调整该选项值可使图像横向或纵向拉伸，取值范围为 −200.0~200.0，负值图像翻转 180°，如图 5-30 所示。

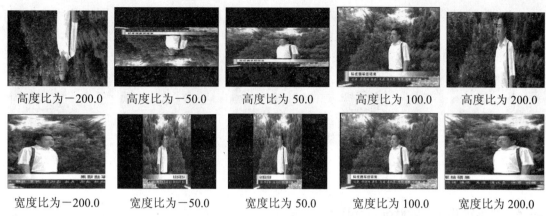

| 高度比为−200.0 | 高度比为−50.0 | 高度比为 50.0 | 高度比为 100.0 | 高度比为 200.0 |

| 宽度比为−200.0 | 宽度比为−50.0 | 宽度比为 50.0 | 宽度比为 100.0 | 宽度比为 200.0 |

图 5-30　"不同高度比和宽度比"图像效果

（5）歪斜和斜轴：这两个选项有一定的关联，歪斜是沿着斜轴的角度而变化的，当斜轴为 0.0° 时歪斜的变化如图 5-31 所示。

| 歪斜值为−25 | 歪斜值为−50 | 歪斜值为 0 | 歪斜值为 25 | 歪斜值为 50 |

图 5-31　"不同歪斜值"图像效果

（6）旋转：该选项图像以中心点为轴心旋转，如图 5-32 所示。

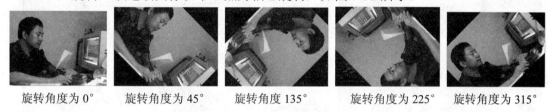

| 旋转角度为 0° | 旋转角度为 45° | 旋转角度 135° | 旋转角度为 225° | 旋转角度为 315° |

图 5-32　"不同旋转角度"图像效果

5.4.3　凹凸

选用该特效后，自动弹出"凹凸设置"对话框，如图 5-33 所示。

图 5-33　"凹凸设置"对话框

该特效以图像中心点为圆心形成一个圆，取值范围从-100～+100，图像从"凹"到"凸"进行变化，如图5-34所示，也可以单击"凹凸"右侧的"设置"图标　，在弹出的"凹凸设置"对话框中设置凹凸度。

凹凸值为-100　　　凹凸值为-50　　　凹凸值为0　　　凹凸值为50　　　凹凸值为100

图5-34　"不同凹凸值"图像效果

5.4.4　变形镜(Lens Distortion)

该特效可以使画面变形，设置方法可以在"特效控制台"中直接设置，也可以单击"变形镜"右侧的"设置"图标　，如图5-35、图5-36所示。

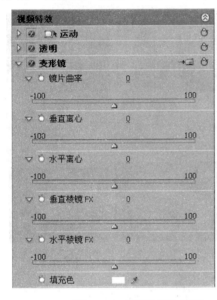 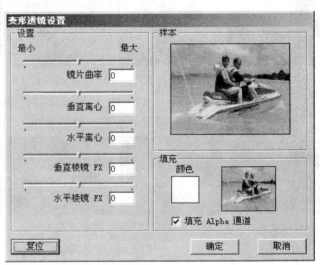

图5-35　"变形镜"设置　　　　　　　图5-36　"变形透镜设置"对话框

（1）镜片曲率：取值范围-100～100，效果如图5-37所示。

镜片曲率为-80　　　镜片曲率为-40　　　镜片曲率为0　　　镜片曲率为40　　　镜片曲率为100

图5-37　"不同镜片曲率"图像效果

（2）垂直离心：取值范围-100～100，效果如图5-38所示。

| 垂直离心为-100 | 垂直离心为-50 | 垂直离心为 0 | 垂直离心为 50 | 垂直离心为 100 |

图 5-38　"垂直离心"效果

（3）水平离心：取值范围-100～100，效果如图 5-39 所示。

| 水平离心为-100 | 水平离心为-50 | 水平离心为 0 | 水平离心为 50 | 水平离心为 100 |

图 5-39　"水平离心"效果

（4）垂直棱镜：取值范围-100～100，效果如图 5-40 所示。

| 垂直棱镜为-100 | 垂直棱镜为-50 | 垂直棱镜为 0 | 垂直棱镜为 50 | 垂直棱镜为 100 |

图 5-40　"垂直棱镜"效果

（5）水平棱镜：取值范围-100～100，效果如图 5-41 所示。

| 水平棱镜为-100 | 水平棱镜为-50 | 水平棱镜为 0 | 水平棱镜为 50 | 水平棱镜为 100 |

图 5-41　"水平棱镜"效果

（6）填充：可使用颜色充填背景，也可选择"充填 Alpha 通道"使背景透明。上述各例选择的是"充填 Alpha 通道"。

5.4.5　圆球化(Spherize)

该特效可实现局部圆球化，通过设置"圆球中心点"和"半径"，分别确定圆球化的位置和圆球的范围，如图 5-42 所示。

图 5-42　"圆球化"设置

（1）圆球中心点：可以直接输入值确定位置，也可以单击特效控制台"圆球化"左侧的"设置"图标 ，然后在节目窗口用鼠标确定位置（凡有此图标的特效，均可采用该方法确定位置）。本例将中心点移动到人物头部。

（2）半径：该选项的取值范围为 0～250，值越大圆球范围就越大，如图 5-43 所示。

半径为 0 　　半径为 100 　　半径为 150 　　半径为 200 　　半径为 250

图 5-43 "圆球化"效果

5.4.6 坐标变形(Polar Coordinates)

该特效分为"极化到直角"和"直角到极化"两种类型，通过设置不同的"插值"使图像产生各种变形，特效设置如图 5-44 所示。

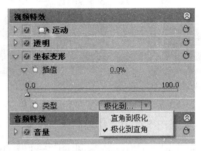

图 5-44 "坐标变换"效果

（1）极化到直角：当选择此种类型时，分别将插值设置为 0、25．50、75．100，图像中露出的黑色背景为透明，图像效果如图 5-45 所示。

插值为 0 　　插值为 25 　　插值为 50 　　插值为 75 　　插值为 100

图 5-45 极化到直角效果

（2）直角到极化：当选择此种类型时，分别将插值设置为 0、25．50、75．100，图像中露出的黑色背景为透明，图像效果如图 5-46 所示。

 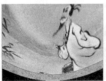  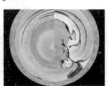 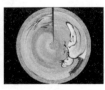

插值为 0 　　插值为 25 　　插值为 50 　　插值为 75 　　插值为 100

图 5-46 直角到极化效果

5.4.7　弯曲(Bend)

1. 弯曲设置

该特效可产生图像弯曲效果，使用"特效控制台"选项卡，并单击设置图标 ▢↖，弹出"弯曲设置"对话框，然后进行参数设置，如图 5-47、图 5-48 所示。

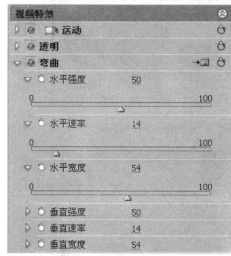

图 5-47　"弯曲"设置　　　　　　　　图 5-48　"弯曲设置"对话框

2. 弯曲效果如图 5-49 所示

所有参数为最小值 0 时（无变化）　　　　　默认值　　　　　所有参数为最大值 100 时

图 5-49　"弯曲"效果

5.4.8　扭曲

将该特效添加到素材中，自动弹出"扭曲变形设置"对话框，如图 5-50 所示。单击左下角方框中的竖线，此时可出现一个设置节点，左右拖动该节点，可使图像扭曲。采用相同的方法可增加多个节点，并可产生多节点扭曲，如图 5-51 所示。

"消隐区域处理"有两个选项：选择"环结硬过渡处理"时，扭曲后的缺损部分采用平铺方式填补；选择"像素近似插补过渡"时，扭曲的缺损部分采用增加像素方式填补，如图 5-52、图 5-53 所示。

图 5-50   "扭曲变形设置"对话框

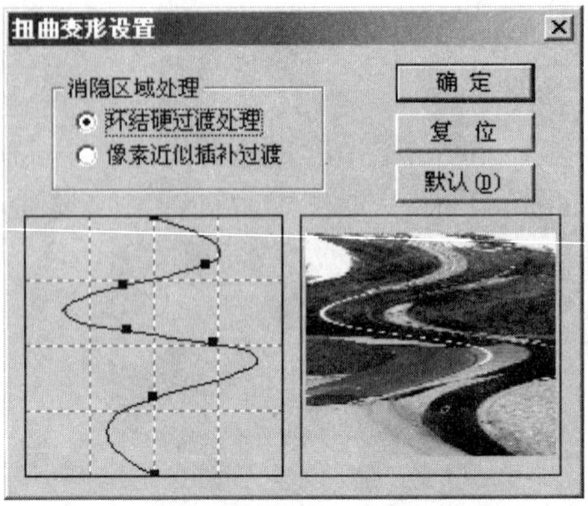

图 5-51   左右扭曲设置及效果

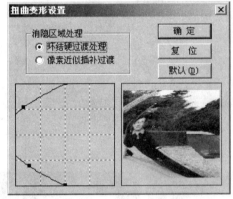

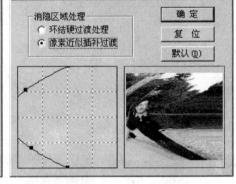

图 5-52   "环结硬过渡处理"效果

图 5-53   "像素近似插补过渡"效果

5.4.9   扭转(Twirl)

1. 扭转设置

扭转特效可在图像任意位置产生局部或整体扭曲，该特效可设置扭转角度、扭转半径和扭转中心位置，如图 5-54 所示。

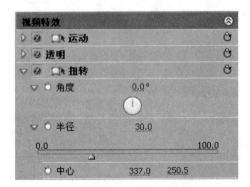

图 5-54   "扭转"设置

2．实例效果

本例"角度"设置为 90°，"中心"点为图像中央，"半径"分别设置为 0、30、50、75 和 100 时的效果，如图 5-55 所示。

    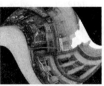

半径为 0　　　　半径为 30（默认）　　半径为 50　　　　半径为 75　　　　半径为 100

图 5-55　"扭转"效果

5.4.10　放大镜(Magnify)

该特效可将图像局部放大，通过改变设置参数，可产生不同的放大镜效果，通过"特效控制台"设置该特效参数如图 5-56 所示。

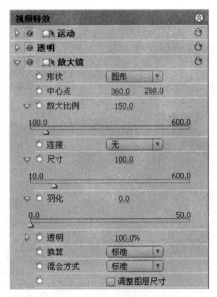

图 5-56　"放大镜"设置

（1）形状：是指放大镜形状，包括"圆形"和"方形"两种。

（2）中心点：确定放大镜的中心点位置。

（3）放大比例：100 为原始尺寸，可放大 5 倍到 600。

（4）连接：默认选择"无"，选择"放大尺寸"时，放大比例变化的同时，尺寸也随之变化。

（5）尺寸：该选项可设置放大镜的大小。

（6）羽化：该选项可羽化放大镜的边缘。

（7）透明：放大后的效果与原图的叠加，该值为 100 时只显示放大后的图像。

（8）换算：包括"标准"、柔化和发散 3 个选项，该效果只作用在放大镜区域内的图像。

（9）混合方式：该选项是将放大后的图像与原图像，通过不同的混合方式后产生的特效。

本例中心点移动到铜像中心位置，放大比例为 200，尺寸为 220，未柔化和柔化值为 50 的效果如图 5-57 所示。

原图　　　　　　　　　　　未柔化　　　　　　　　　　　柔化为 50

图 5-57　"放大镜"效果

5.4.11　波动

该特效可在图像上产生静态波动效果，通过特效控制台上的波形数量、水平比例、垂直比例、最小幅度、最大幅度、最小波长、最大波长进行参数设置，调整波动效果。也可以单击"波动"右侧的设置图标 ，在弹出的"波动效果设置"对话框中设置，如图 5-58、图 5-59 所示。

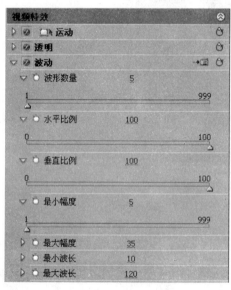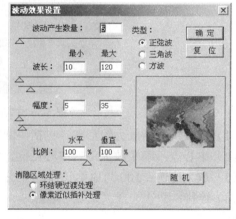

图 5-58　"波动"设置　　　　　　图 5-59　"波动效果设置"对话框

5.4.12　波动扭曲(Wave Warp)

该特效可产生动态的波动效果，通过设置下列参数可改变波的形状、方向和波的运动速度等，默认选项如图 5-60 所示。

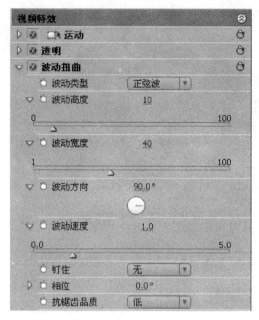

图 5-60　"波动扭曲"设置

（1）波动类型：该选项共有 9 种，包括正弦波、方波、三角波、锯齿波、圆形波、半圆波、倒圆形波、噪波和平滑噪波，如图 5-61 所示。

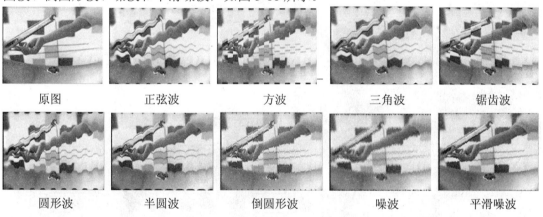

图 5-61　不同波动类型图像效果

（2）波动高度和波动宽度：这两个参数可使波的宽度和高度发生变化。本例为正弦波，高度和宽度均为 20、40、60、80、100 时的视频效果，如图 5-62 所示。

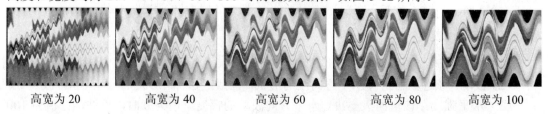

图 5-62　不同高度的图像效果

（3）波动方向：该参数的设置可改变波动的方向。本例为圆形波，角度分别为 0°、

45°、90°和135°，如图 5-63 所示。

角度为 0°　　　　　　　角度为 45°　　　　　　　角度为 90°　　　　　　　角度为 135°

图 5-63　不同波动方向的图像效果

（4）波动速度：该值由 0 到 5，0 值为不波动，大于 0 值开始波动，最快的波动速度为 5。

（5）钉住：设置该值可使图像某一部分不产生波动效果。默认值为"无"，其他选项有：所有边框、中心、左边、顶边、右边、底边、水平边和垂直边。

（6）相位：设置不同的角度可使图像的相位产生相应变化。

（7）抗锯齿品质：该选项可消除图像的锯齿，可选择"低"、"中"、"高" 3 个档位。

5.4.13　波纹 (Ripple)

该特效可产生多种不同的动态波纹效果，参数设置可采用特效控制台和对话框两种设置方法，主要包括水平方向设置、垂直方向设置和充填色设置 3 部分，如图 5-64、图 5-65 所示。

图 5-64　"波纹"设置　　　　　　　　　　　　图 5-65　"波纹设置"对话框

1. 水平方向设置

（1）方向：该选项可选择向左运动和向右运动。

（2）波动：该选项可选择水平方向波的形状，包括正弦、圆形波、三角波和方波 4 种。

（3）水平强度：该值的大小决定水平方向波动的幅度。值为 0 时，无波动；值为 100 时，波动最大。

（4）水平速率：该值是设置水平方向波的移动速度。值为 0 时，无移动；值为 100 时，移动的速度最快。

（5）水平宽度：该值的大小决定水平方向波的宽度，取值范围由 0～100。

2. 垂直方向设置

（1）方向：可选择向上运动和向下运动。

（2）波动：该选项可选择垂直方向波的形状，包括正弦、圆形波、三角波和方波 4 种。

（3）垂直强度：该值的大小决定垂直方向波动的幅度。值为 0 时，无波动；值为 100 时，波动最大。

（4）水平速率：该值是设置水平方向波的移动速度。值为 0 时，无移动；值为 100 时，移动的速度最快。

（5）垂直宽度：该值的大小决定垂直方向波的宽度，取值范围由 0～100。

3. 充填色

该选项可在波纹镂空的地方充填背景色，默认色为"白色"。

5.4.14 湍动与置换(Turbulent Displace)

1. 湍动设置

该特效可以使图像扭曲变形，可在"特效控制台"选项卡中直接设置，如图 5-66 所示。

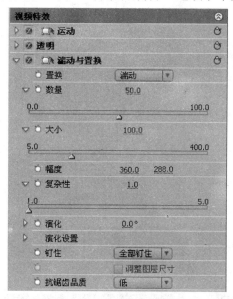

图 5-66　"湍动与置换"设置

2. 实例效果

在"置换"选项中，分别选择"湍流"、"凸起"、"扭曲"、"平滑湍流"、"平滑凸起"、"平滑扭曲"、"垂直置换"、"水平置换"和"交叉置换"选项，可产生不同的效果，如图 5-67 所示。其他选项可改变图像扭曲变形的程度，与波动扭曲效果相近。

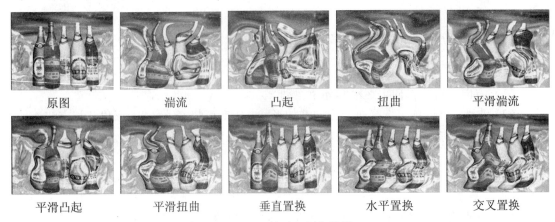

| 原图 | 湍流 | 凸起 | 扭曲 | 平滑湍流 |

平滑凸起　　　　　平滑扭曲　　　　　垂直置换　　　　　水平置换　　　　　交叉置换

图 5-67　　"湍动"图像效果

5.4.15　球状变形

选择该特效弹出"球状变形设置"对话框,球形变形特效可使图像发生"标准"、"仅水平"、"仅垂直"3 种变化,如图 5-68 所示。

图 5-68　　"球状变形设置"对话框

(1)在"样式"下拉菜单中选择"标准",通过变形度的设置,可使图像中心区域由凹变凸,如图 5-69 所示。

球形度为-100　　　球形度为-50　　　球形度为 0　　　球形度为 50　　　球形度为 100

图 5-69　　"标准"选项的图像效果

(2)在"样式"下拉菜单中选择"仅水平",通过变形度的设置,可使图像中心区域水平方向由压缩到拉伸，如图 5-70 所示。

球形度为-100 　　球形度为-50 　　球形度为 0 　　球形度为 50 　　球形度为 100

图 5-70 "仅水平"选项的图像效果

（3）在"样式"下拉菜单中选择"仅垂直"，通过变形度的设置，可使图像中心区域垂直方向由压缩到拉伸，如图 5-71 所示。

球形度为-100 　　球形度为-50 　　球形度为 0 　　球形度为 50 　　球形度为 100

图 5-71 "仅垂直"选项的图像效果

5.4.16 皱纹

该特效可产生水波纹的效果，选择该特效会自动弹出"皱纹效果设置"对话框，也可在"特效控制台"选项卡中设置"皱褶程度"和"皱纹数量"，如图 5-72．5-73 所示。在"样式"下拉菜单中，有三种效果："涟漪荡漾"、"从外到内"和"从内到外"。

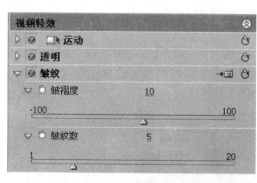 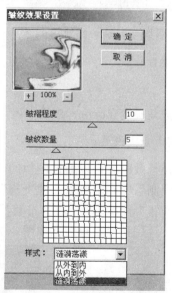

图 5-72 "皱纹"设置 　　　　图 5-73 "皱纹效果设置"对话框

（1）皱褶度：表示皱褶的程度，正负值的褶皱方向不同，0 值无皱褶。

（2）皱纹数：表示波纹的圈数，最小值为 1，最大圈数为 20。

（3）样式：当皱褶度设置为 50，皱纹数量分别为 5．10．15．20 时各样式的效果。

● 样式选择"涟漪荡漾"时的效果，如图 5-74 所示。

  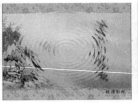 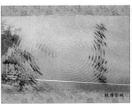

　　波纹数量为 5　　　　　波纹数量为 10　　　　　波纹数量为 15　　　　　波纹数量为 20

图 5-74　"涟漪荡漾"图像效果

● 样式选择"从外到内"时的效果，如图 5-75 所示。

　　波纹数量为 5　　　　　波纹数量为 10　　　　　波纹数量为 15　　　　　波纹数量为 20

图 5-75　"从外到内"图像效果

● 样式选择"从内到外"时的效果，如图 5-76 所示。

　　波纹数量为 5　　　　　波纹数量为 10　　　　　波纹数量为 15　　　　　波纹数量为 20

图 5-76　"从内到外"图像效果

5.4.17　边角畸变(Corner Pin)

1．边角畸变设置

使用该特效时，可以通过图像的 4 个顶点使图像发生变形。在"特效控制台"中，可设置"左上侧"、"右上侧"、"左下侧"和"右下侧"的值，改变图像 4 个顶点位置，还可以单击"设置"图标 ▨▧，在"节目"窗口中任意调整 4 个顶点的位置，该特效特别适合制作片头、片尾和栏目包装，如图 5-77 所示。

图 5-77　"边角畸变"设置

2．实例效果

无背景轨视频，背景为黑色。与背景轨合成时，通过 4 个控制点可与背景轨进行合成，如图 5-78 所示。

单轨画面 1　　　　　　单轨画面 2　　　　　　与背景轨合成 1　　　　与背景轨合成 2

图 5-78　"边角畸变"图像效果

5.4.18　镜像(Mirror)

1．镜像设置

"镜像"特效可产生任意角度的镜像效果，该特效有"镜像中心"和"镜像角度"两个选项，如图 5-79 所示。

图 5-79　"镜像"设置

2．实例效果

本例将"镜像中心"设置为 0°～270°，"镜像角度"分别设置为 0°、90°、180°和 270°度时的效果，如图 5-80 所示。

镜像角度为 0°　　　　镜像角度为 90°　　　　镜像角度为 180°　　　　镜像角度为 270°

图 5-80　不同镜像角度的图像效果

5.5　"噪声与颗粒"特效(Noise & Grain)

5.5.1　噪声 Alpha(Noise Alpha)

1. 噪声 Alpha 设置

该特效可在图像上产生静态的透明噪点，通过设置噪点数量等参数，可使噪点发生数量、形状、深浅等变化，如图 5-81 所示。

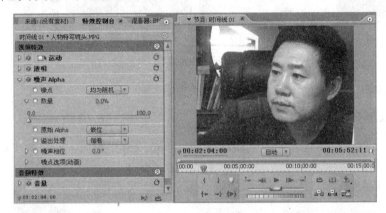

图 5-81　"噪声 Alpha"设置

2. 实例效果

本例噪点数量分别设置为 50、100 时的效果，如图 5-82 所示。

噪点数量为 50　　　　　　　　　　　噪点数量为 100

图 5-82　"噪声 Alpha"图像效果

5.5.2　噪声 HLS(Noise HLS)

噪声 HLS 特效（色彩模型：Hue—色度 Lightness—亮度 Saturation—饱和度）产生的也是静态噪点，该噪点可通过色度、亮度和饱和度等参数进行设置。本例"噪声"选择"颗粒"，其他选项均为最大值，设置及效果如图 5-83 所示。

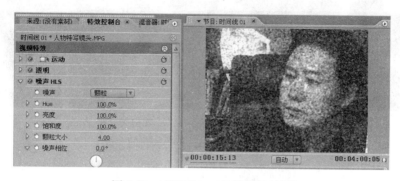

图 5-83 "噪声 HLS"设置及效果

5.5.3 噪声 HLS 自动(Noise HLS Auto)

该特效可产生动态的噪点,通过"噪声运动速度"设置噪点的运动速度,其他选项与"噪声 HLS"基本相同。

5.5.4 尘埃与划痕消除(Dust & Scratches)

该特效可通过"半径"和"阀值"参数设置,使图像产生虚化效果。半径越大,虚化的效果就越明显;阀值越大,色彩分辨就越高,图像色彩就越丰富。反之,色彩分辨就越低,图像色彩就越单一,参数设置如图 5-84 所示。

图 5-84 "尘埃与划痕消除"设置

(1)本例阀值为最小值 0,半径分别为 25.50、75.100 的图像效果,如图 5-85 所示。

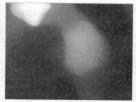

半径为 25　　　　　　半径为 50　　　　　　半径为 75　　　　　　半径为 100

图 5-85 阀值最小值 0,不同半径的图像效果

(2)本例半径为最大值 255,阀值分别为 0.2.0.4.0.6.0.8 的图像效果,如图 5-86所示。

阀值为 0.2

阀值为 0.4

阀值为 0.6

阀值为 0.8

图 5-86　半径最大值 225，不同阀值的图像效果

5.6　"噪音"特效(Noise)

5.6.1　平均值(Median)

该特效通过"范围"值的设定，使图像逐渐模糊，"范围"的取值范围为 0～10。本例的"范围"值分别设置为 4、6、8、10，如图 5-87 所示。

范围值为 4

范围值为 6

范围值为 8

范围值为 10

图 5-87　"平均值"图像效果

5.7　"时间"特效(Time)

5.7.1　帧速调整(Posterize Time)

该特效可调整影片帧速，取值范围从 1 帧～64 帧。当帧速低于节目正常值时，影片会产生跳动，视觉上感到动作不流畅。

5.7.2　残像(Echo)

该特效可产生重影和拖尾效果，通过"特效控制台"可对参数进行设置，如图 5-88 所示。

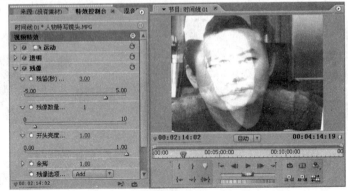

图 5-88　"残像"设置及图像效果

5.8 "模糊"特效(Blur)

5.8.1 复合模糊(Compound Blur)

该特效主要设置参数是"最大模糊量",取值范围从 0～100,本例为默认值 20,如图 5-89 所示。

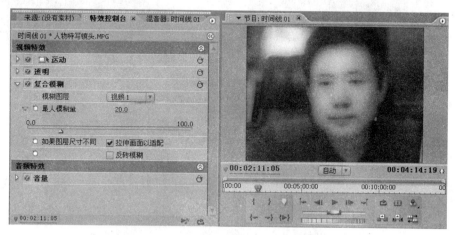

图 5-89 "模糊"设置及图像效果

5.8.2 定向模糊(Directional Blur)

该特效可通过"方向"和"长度"参数定向设置模糊的效果。本例"方向"设置为 0°, "长度"设置为 20,图像效果如图 5-90 所示。

图 5-90 "定向"设置及图像效果

5.8.3 幻影(Ghosting)

在动态视频中添加该特效,可产生幻影效果,幻影的方向与图像中物体运动方向相同, 该特效不适合静态画面,如图 5-91 所示。

添加"幻影"前图像效果　　　　　　　　　　添加"幻影"后图像效果

图 5-91　　"幻影"图像效果

5.8.4　径向模糊(Radial Blur)

添加该特效，自动弹出"径向模糊设置"对话框，分别设置"模糊度"、"模糊方式"和"画质"，便可产生不同的效果，如图 5-92 所示。

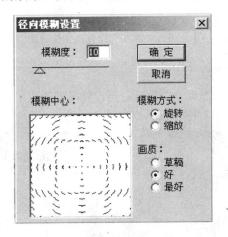

图 5-92　　"径向模糊设置"对话框

（1）模糊方式为"旋转"：模糊度分别为 10．40、70、90 的图像效果，如图 5-93 所示。

  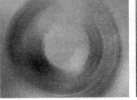 

模糊度为 10　　　　　模糊度为 40　　　　　模糊度为 70　　　　　模糊度为 90

图 5-93　　"旋转模糊"效果

（2）模糊方向为"缩放"：模糊度分别为 10、40、70、90 的图像效果，如图 5-94 所示。

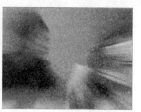

　模糊度为 10　　　　　　模糊度为 40　　　　　　模糊度为 70　　　　　　模糊度为 90

图 5-94　"缩放模糊"效果

5.8.5　快速模糊(Fast Blur)

1. 快速模糊设置

在"快速模糊"特效中，选择"模糊"值和"模糊区域"，就可得到不同的模糊效果，如图 5-95 所示，模糊值越大，模糊程度就越大。

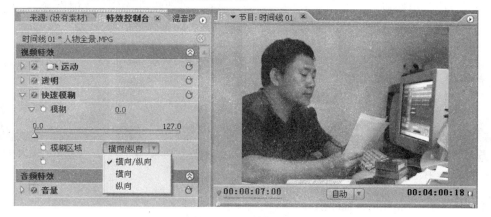

图 5-95　快速模糊设置

2. 实例效果

本例将模糊值设置为 50，在"模糊区域"下拉菜单选项中，分别选择"横向/纵向"、"横向"和"纵向"的图像效果，如图 5-96 所示。

"横向/纵向"选项　　　"横向"选项　　　　　"纵向"选项　　　"重复边缘像素"选项

图 5-96　"快速模糊"效果

5.8.6　抗锯齿(Antialias)

该特效可使图像产生轻微的柔化效果，本例图像为添加"抗锯齿"前后的效果，如图 5-97 所示。

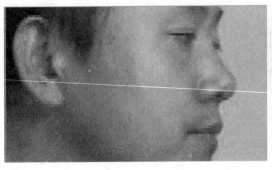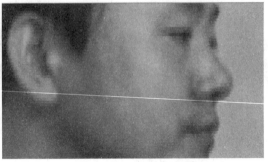

添加"抗锯齿"前效果　　　　　　　　　添加"抗锯齿"后效果

图 5-97　"抗锯齿"效果

5.8.7　摄影机模糊(Camera Blur)

该特效模仿摄影机变焦时由实到虚的效果，只有一个"模糊比例"选项设置。本例"模糊比例"分别设置为 0、70、80、90，图像效果如图 5-98 所示。

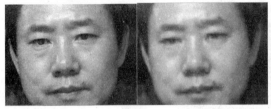

模糊比例为 0　　　　　　模糊比例为 70　　　　　　模糊比例为 80　　　　　　模糊比例为 90

图 5-98　"摄影机模糊"效果

5.8.8　模糊修正(Unsharp Mask)

该特效可使图像锐化，本例阀值为 0，数量和半径为最大值 100 时的效果，如图 5-99 所示。

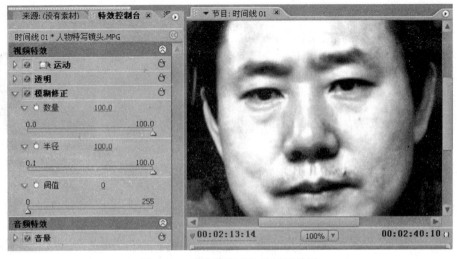

图 5-99　"模糊修正"设置及效果

5.8.9　通道模糊(Channel Blur)

"通道模糊"特效可以对"红色"、"绿色"、"蓝色"和"Alpha"分别设置模糊,同时还可以选择模糊的方向,如图 5-100 所示。

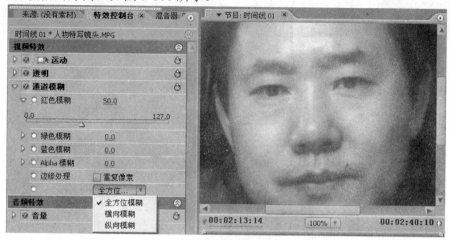

图 5-100　"通道模糊"设置及效果

5.8.10　高斯模糊(Gaussian Blur)

1. "高斯模糊"设置

该特效产生的模糊效果很细腻,在影视节目制作中经常使用。该特效共有"模糊"和"模糊方式"两个选项,如图 5-101 所示。

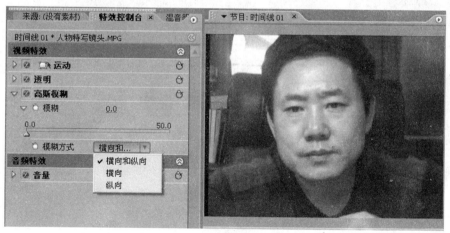

图 5-101　"高斯模糊"设置及效果

2. 实例效果

本例"模糊方式"选择"横向和纵向","模糊"分别设置为 20、60、100、140(该选项标识的最大值虽然是 50,但在设置时该值可继续增大),如图 5-102 所示。

模糊值为 20　　　　　模糊值为 60　　　　　模糊值为 100　　　　　模糊值为 140

图 5-102　"高斯模糊"效果

5.9　"渲染"特效(Render)

5.9.1　4 色梯度(4-Color Gradient)

该特效可在画面中产生 4 个色块，左上为黄色，左下为粉红色，右上为绿色，右下为蓝色，默认选项如图 5-103 所示。

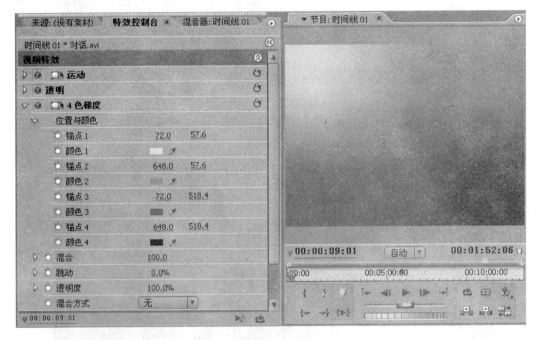

图 5-103　"4 色梯度"设置

（1）位置与颜色：通过该设置可改变色块的位置和颜色，也可单击 图标，在画面中任意移动锚点。

（2）混合：该设置可调整色块的扩散程度。

（3）透明度：当"混合方式"选择"无"选项时，透明度作用于色块和其他视频轨的图像；当"混合方式"选择"标准的"选项时，透明度作用于色块和本视频轨上的图像。

（4）混合方式：该选项共有 18 种混合方式，前两种只显示色块，后 16 种是色块与图像的混合，本例只显示常用的 4 种混合，如图 5-104 所示。

过滤效果　　　　　覆盖效果　　　　　柔光效果　　　　　硬光效果

图 5-104　"4 色梯度"效果

5.9.2　光晕镜(Lens Flare)

加入该特效后，弹出"光晕镜设置"对话框，如图 5-105 所示。在对话框中有"光晕亮度"、"光晕位置"和"镜头类型"3 组选项。在特效控制台选项卡中，分别在关键帧上设置不同值，从而产生光晕的变化效果。

图 5-105　"光晕镜设置"对话框

（1）光晕亮度：该选项的取值范围从 10%～300%，由一个亮点到整个白屏。

（2）光晕位置：用鼠标移动"光晕镜设置"对话框中图像上的十字亮点，也可以在"特效控制台"中分别设置"水平位置"和"垂直位置"。

（3）镜头类型：有"50 mm～300 mm 变焦"、"35 mm 标准"和"105 mm 标准"3 种类型。

本例光晕亮度设置为 120，使用上述 3 种镜头类型，效果如图 5-106 所示。

"50 mm～300 mm 变焦"　　　　　"35 mm 标准"　　　　　"105 mm 标准"

图 5-106　"光晕镜设置"效果

5.9.3　圆(Circle)

使用该特效，可在图像上生成圆，通过"特效控制台"可进行参数设置，如图 5-107 所示。

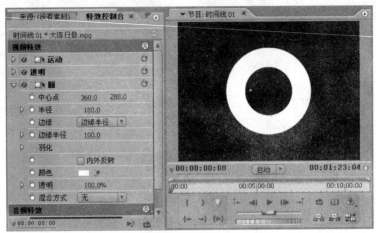

图 5-107　"圆"设置

（1）中心点：该参数可确定圆心位置，也可单击 图标，用鼠标在图像上将圆心移动。

（2）半径：取值范围从 0～600。

（3）边缘：当选择"无"时，该圆为实心；当选择"边缘半径"、"厚度"和"厚度*半径"选项时，可在该圆中生成一个同心透明内圆。本例"半径"设置为180，"边缘"设置为"边缘半径"、"厚度"和"厚度*半径"分别设置为 100 和选择"无"时的图像效果，如图 5-108 所示。

边缘半径为100　　　　厚度为100　　　　厚度*半径为100　　　　边缘选择"无"

图 5-108　"不同的边缘选项"效果

（4）羽化：值越大，圆边缘的羽化效果就越明显。"羽化"又分为"羽化外侧边缘"和"羽化内部边缘"，本例羽化值为 100，羽化效果如图 5-109 所示。

羽化外侧　　　　羽化内、外侧　　　　羽化内测　　　　羽化外侧

图 5-109　"羽化"效果

（5）内外反转：选择该选项，可使透明和颜色区域反转，将图 5-109 内外翻转，如图 5-110 所示。

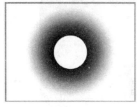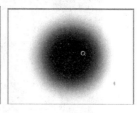

图 5-110　"内外反转"后的效果

（6）颜色：该选项可设置圆的颜色，默认值为"白色"，上述实例中的"黑色"部分为透明。

（7）透明：该值可以设置圆的透明度。

（8）混合方式：共有 19 种混合方式。

● 选择"无"选项时，透明部分为其他视频轨图像，颜色部分（白色）不变，如图 5-111、图 5-112 所示。

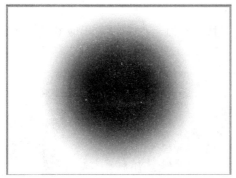

图 5-111　"无背景视频"效果　　　　　图 5-112　"有背景视频"效果

● 选择"镂空 Alpha"选项时，透明部分为其他视频轨图像，颜色部分（白色）为所在视频轨图像，如图 5-113 所示。

　　　　"无背景视频"效果　　　　　　　　　　"有背景视频"效果

图 5-113　选择"镂空 Alpha"选项时效果

● 选择"标准"或其他选项时，透明部分为所在视频轨图像，颜色部分（白色）不变，如图 5-114 所示。

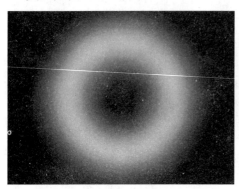

"无背景视频"效果　　　　　　　　　　"有背景视频"效果

图 5-114　选择"标准"选项时效果

5.9.4　晶体图案(Cell Pattern)

1. "晶体图案"设置

使用该特效，可产生不同形状的图案。在"特效控制台"中设置相应参数，可使图案发生相应的形状改变，如图 5-115 所示。

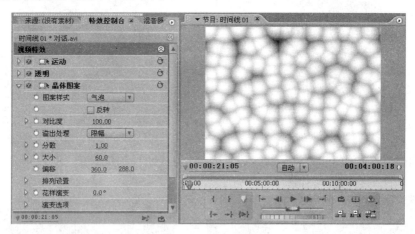

图 5-115　"晶体图案"设置

2. 实例效果

该特效中的"图案样式"选项共包括 12 项，其中只有"晶体化"和"结晶体 HQ"对图像产生效果，其他 10 项只生成图案，如图 5-116 所示。

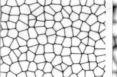

"结晶体"效果　　　"小板块"效果　　　"晶体化"效果　　　"凸纹"效果　　　"管状体"效果

图 5-116　"晶体图案"效果

5.9.5　棋盘格（Checkerboard）

1. "棋盘格"设置

该特效与"圆"特效设置基本相同，"白色"为颜色块（也可设置为其他色），"黑色"为透明，通过"特效控制台"设置相应参数，如图 5-117 所示。

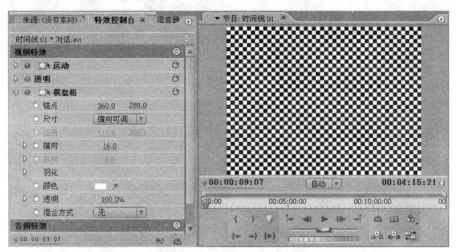

图 5-117　"棋盘格"设置

2. 实例效果

将实例"横向"设置为 200，混合方式设置为"无"，其他为默认；尺寸为"固定"，边角为 0～0，混合方式为"标准"；混合方式为"镂空 Alpha"，其他为默认。设置完成效果如图 5-118 所示。

　　混合方式为"无"　　　　　　混合方式为"标准"　　　　混合方式为"镂空 Alpha"

图 5-118　"棋盘格"效果

5.9.6　椭圆（Ellipse）

该特效在画面上产生一个空心椭圆。"中心点"设置椭圆的位置；"宽度"和"高度"设置椭圆的大小；"厚度"设置椭圆边线的宽度；"柔化"设置椭圆边线内外线的柔化效果；"内侧颜色"和"外侧颜色"设置椭圆边线内外线的颜色；选中"与画面混合"复选框，椭圆与该视频轨中的图像混合，未选该选项，该视频轨的图像为透明，椭圆将与其他视频轨混合，如图 5-119、图 5-120 所示。

图 5-119   "椭圆"设置   图 5-120   "椭圆"效果

5.9.7   油漆桶(Paint Bucket)

1．"油漆桶"设置

该特效是在图像局部充填颜色，使用"填充点"设置或单击 图标，在图像中移动目标点来确定充填位置，其他选项如图 5-121 所示。

图 5-121   "油漆桶"设置

2．实例效果

"混合方式"共有 19 种，本例只选择"只充填"、"标准"和"镂空 Alpha" 3 种，充填选择人物面部。"黑色"背景部分为透明，图像效果如图 5-122 所示。

混合方式为"只充填"   混合方式为"标准"   混合方式为"镂空 Alpha"

图 5-122   "油漆桶"效果

5.9.8　渐变镜（Ramp）

1. "渐变镜"设置

该特效可在图像上添加一个渐变图层，通过特效控制台设置"渐变点"、"颜色"、"渐变形态"、"扩散"和"混合"等选项，从而改变渐变效果，如图 5-123 所示。

图 5-123　"渐变镜"设置

2. 实例效果

本例"混合"设置为 50%，渐变形态分别选择"线性渐变"和"放射渐变"，图像效果如图 5-124、图 5-125 所示。

图 5-124　"线性渐变"效果　　　　　图 5-125　"放射渐变"效果

5.9.9　滴管采样填充（Eyedropper Fill）

该特效自动选取采样点所在图像的像素进行采样填充，填充方式为全屏填充，通过"与画面混合"选项设置，调整"填充色"与"图像"混合显示的透明度，如图 5-126 所示。

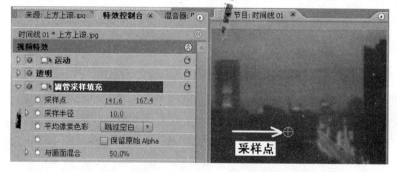

图 5-126　"滴管采样填充"设置及效果

5.9.10 网格(Grid)

1. "网格"设置

该特效可产生网格效果,可通过参数设置改变网格的大小、颜色、透明度等,如图 5-127 所示。

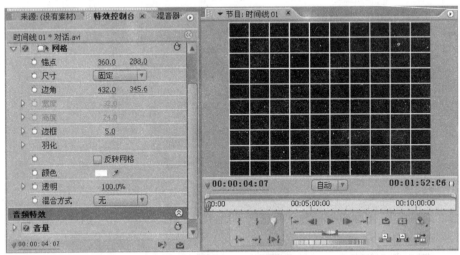

图 5-127   "网格"设置

2. 实例效果

当"尺寸"设置为"宽度可调","宽度"设置为 100,"边框"设置为 20,"混合方式"分别为"无"、"标准"、"镂空 Alpha",图像效果如图 5-128 所示。

混合方式为"无"   混合方式为"标准"   混合方式为"镂空 Alpha"

图 5-128   "网格"效果

5.9.11 闪电(Lightning)

添加"闪电"特效后,图像上出现一段闪电,单击 ▢▸ 图标,拖动闪电两端的设置点,可以改变闪电的位置和长度,其他可通过"特效控制台"对闪电的振幅、速度、颜色、宽度等进行详细设置,如图 5-129 所示。

图 5-129　"闪电"设置及效果

5.10　"第三方插件"特效

5.10.1　3D 光浮雕

　　通过对"颜色"、"位置"、"强度"、"浮雕"、"平滑"等选项设置，产生不同的 3D 光浮雕效果，利用"混合"选项可调整特效图像与原图像的混合程度，如图 5-130 所示。

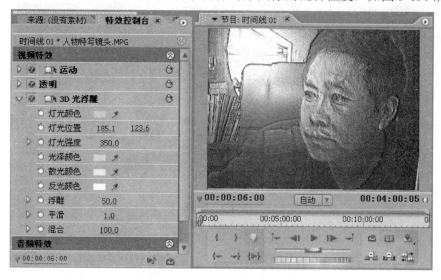

图 5-130　"3D 光浮雕"设置及效果

5.10.2　色彩灯

　　该特效可在画面上产生红、绿、蓝 3 种颜色的彩色灯。通过"特效控制台"可以设置灯的照射范围、位置、亮度，"混合"选项可调整灯光与画面的混合程度，如图 5-131 所示。

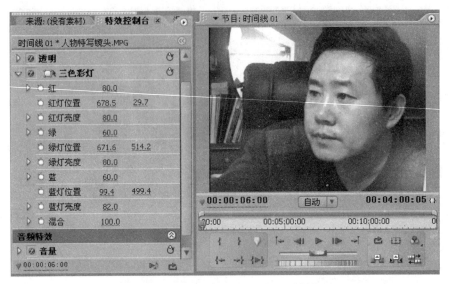

图 5-131　"三色彩灯"设置及效果

5.10.3　下雨

　　该特效可以产生逼真的下雨效果。可设置"雨点数量"、"下落速度"、"下落角度"、"雨点大小"、"透明"，"雨幕深度"，还可以控制雨量的大小，如图 5-132 所示。

图 5-132　"下雨"设置及效果

5.10.4　下雪

　　该特效可产生动态的下雪效果，可以设置"雪片数量"、"下落速度"、"雪片大小"、"雪幕深度"、"透明"。"飞舞幅度"是指雪花下落时横向飘动的幅度；"飞舞频率"是针对"飞舞幅度"单位时间内横向抖动的次数。"下雪"设置及效果如图 5-133 所示。

图 5-133　"下雪"设置及效果

5.10.5　凸透镜

"凸透镜"特效可使图像产生凸透变形，可在特效控制台中设置，如图 5-134 所示。

图 5-134　"凸透镜"设置

（1）凸透镜大小：该选项可改变凸透镜所占画面的大小。

（2）凸透倍率：取值范围在-100～100 之间。

（3）凸透中心：可确定凸透镜中心点位置。

（4）"水平比例"和"垂直比例"：可设置凸透镜横、宽直径。

（5）混合：该选项可设置凸透效果与原图的混合程度。

本例分别为原图、默认设置、混合为 50、透镜大小为 100 并且倍率为-100 时的图像效果，如图 5-135 所示。

原图　　　　　　　　默认设置　　　　　　　　混合为 50　　　　　　透镜倍率为-100

图 5-135　"凸透镜"效果

5.10.6 四角调整

该特效与"变形"选项中的"边角畸变"效果相同,如图 5-136 所示。

图 5-136 "四角调整"设置及效果

5.10.7 放射光线

该特效以"发光位置"为中心,向外产生放射光线效果,通过"放射数量"、"亮度"和"混合"参数设置,调整放射光线的密度、亮度和与原图混合的程度,如图 5-137 所示。

图 5-137 "放射光线"设置及效果

5.10.8 电视墙

该特效可产生图像平铺的电视墙效果,"屏幕数量"可设置电视墙平铺画面的多少;"图像偏移"可使画面中心点偏移,产生不同效果;"混合"选项可设置与原图的混合程度,如图 5-138 所示。

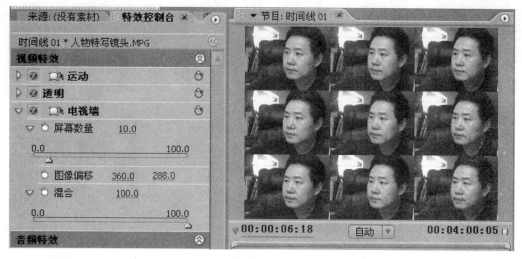

图 5-138 "电视墙"设置及效果

5.10.9 移形换位

该特效与变形中的"镜像"特效相似,"镜像"特效包含了"移形换位"特效内容,但是该特效设置上更简洁,共有 7 种效果,如图 5-139 所示。

| 原图 | "水平换位"特效 | "垂直换位"特效 | "交叉换位"特效 |

"左镜像到右" 特效　"右镜像到左" 特效　"上镜像到下" 特效　"下镜像到上"特效

图 5-139 "移形换位"效果

5.10.10 组合六面体

该特效可产生一个由视频轨图像组成的六面立方体,该立方体最多可用 6 个视频轨的图像制作。如果使用多轨视频,一定要在最上面的视频轨上设置特效,背景显示的是特效轨下面的视频轨,如图 5-140 所示。

(1)立体厚度:该选项可使立方体侧面压缩或拉伸,等于 1 为正方体(默认值),小于 1 逐渐压缩,大于 1 逐渐拉伸,如图 5-141 所示。

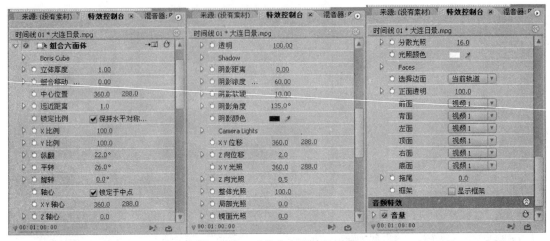

图 5-140   "组合六面体"设置

厚度为 0   厚度为 0.5   厚度为 2   厚度为 5

图 5-141   "不同立体厚度"效果

（2）组合移动：该选项随着值增大，每个面将脱离正方体，向各自面的垂直方向移动，如图 5-142 所示。

组合移动为 0.1   组合移动为 0.2   组合移动为 0.5   组合移动为 1

图 5-142   "不同组合移动"效果

（3）中心位置：该值可确定立方体中心点，也可单击 图标，在图像中移动中心点。

（4）远近距离：该值大小可使立方体放大或缩小，取值范围为 -1~20，如图 5-143 所示。

远近距离为-0.5   远近距离为 0   远近距离为 1（默认）   远近距离为 5   远近距离为 20

图 5-143   "不同远近距离"效果

（5）锁定比例：当选中"保持水平对称"选项时，"X 比例"选项可使立方体放大或缩小并保持前面图像长宽比不变，此时"Y 比例"选项失效；当不选中"保持水平对称"选项时，"X 比例"选项可使立方体前面横向压缩或拉伸，"Y 比例"选项可使立方体前面纵向压缩或拉伸，如图 5-144 所示。

X 比例为 30　　　　　X 比例为 300　　　　　Y 比例为 30　　　　　Y 比例为 300

图 5-144　"不同 X、Y 比例"效果

（6）轴心

● 当选中"锁定于中点"选项时，轴心在立方体的中心，X、Y、Z 的值分别为 360、288.0。"纵翻"选项以 X 轴为轴翻转；"平转"选项以 Y 轴为轴翻转；"旋转"选项以 Z 轴为轴翻转。本例"纵翻"、"平转"、"旋转"分别设置为：0°，0°，0° 、25°，0°，0° 、0°，25°，0° 、0°，0°，25° 时的图像效果，如图 5-145 所示。

0°，0°，0°　　　　25°，0°，0°　　　　0°，25°，0°　　　　0°，0°，25°

图 5-145　"不同"纵翻"、"平转"、"旋转"值效果

● 当选中"锁定于中点"选项时，轴心不在立方体中，立方体只显示一个"前面"，其他面不显示。通过"翻转"、"平转"设置，可沿着图像的垂直方向、水平方向移动，"旋转"选项可改变图像的旋转角度。本例 "平转"、"旋转"设置为 0°，"纵翻"分别设置为－40、－20、0、20、40 的图像效果，如图 5-146 所示；"纵翻"、"旋转"设置为 0°，"平转"分别设置为－40、－20、0、20、40 的图像效果如图 5-147 所示。

-40°，0°，0°　　-20°，0°，0°　　0°，0°，0°　　20°，0°，0°　　40°，0°，0°

图 5-146　"平转"、"旋转"设置为 0 不同"纵翻"值效果

（7）透明度：外部画面逐渐透明，可使内部渐渐显示，随着透明度减小，整个立方体完全透明，如图 5-148 所示。

| 0°，-40°，0° | 0°，-20°，0° | 0°，0°，0° | 0°，20°，0° | 0°，40°，0° |

图 5-147　"不同平转"效果

| 透明度为 100 | 透明度为 75 | 透明度为 50 | 透明度为 25 |

图 5-148　"不同透明度"效果

（8）阴影："阴影距离"设置阴影的大小；"阴影浓度"设置颜色的深浅；"阴影软硬"设置阴影边缘的羽化效果；"阴影角度"设置阴影的方向；"阴影颜色"可设置不同颜色的阴影。本例"阴影距离"为 20、"阴影浓度"为 50、"阴影软硬"为 20、"阴影角度"为 135°，效果如图 5-149 所示。

（9）位移：该选项可沿 X、Y、Z 轴移动，X、Y 值为上下左右移动，Z 值为缩放。本例 X、Y 值设置为 0，Z 值设置为 1，如图 5-150 所示。

图 5-149　"阴影"效果　　　　　　　图 5-150　"位移"效果

（10）光照：X、Y、Z 光照可设置光源方向；"整体光照"和"局部光照"可调整光的强度；"镜面光照"和"分散光照"为光照类型；"光照颜色"可设置光照颜色。本例"整体光照"设置为 200、"局部光照"设置为 300，效果如图 5-151、图 5-152 所示。

图 5-151　"整体光照"效果　　　　　图 5-152　"局部光照"效果

（11）选择边面：选择"当前轨道"选项，立方体的 6 个面均显示特效轨上的图像；选择"指定轨道"选项，立方体的 6 个面均以设置的视频轨为图像；选择"使用前面"选项，立方体的 6 个面均显示"前面"图像。本例分别选择"当前轨道"和"指定轨道"，效果如图 5-153、图 5-154 所示。

图 5-153　"当前轨道"效果

图 5-154　"指定轨道"效果

（12）正面透明度：当该值设置为 0 时，可见面全部透明，立方体显示内部面图像，如图 5-155 所示。

（13）框架：选择该选项，只显示立方体的框架结构，如图 5-156 所示。

图 5-155　"正面透明度"为 0

图 5-156　"框架"效果

（14）拖尾：图像产生"拖尾"效果，值越大，"拖尾"效果越明显。

5.10.11　老电影特效

该特效可在图像上产生噪点、尘埃、丝毛、划痕等动态瑕疵，模仿电影拷贝破损的效果，如图 5-157 所示。

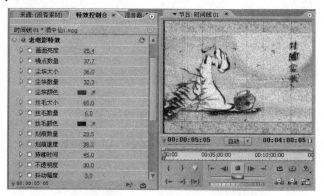
图 5-157　"老电影特效"设置及效果

5.10.12　聚光灯

该特效在图像上产生 3 盏灯，可对每盏灯的"大小"、"位置"、"亮度"分别进行设置，"混合"选项设置特效图像与原图像的混合效果，如图 5-158 所示。

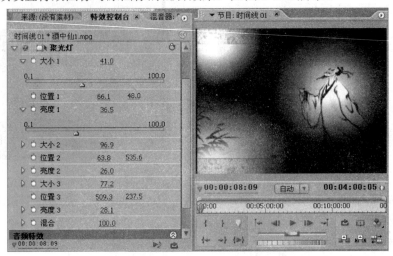

图 5-158　"聚光灯"设置及效果

5.10.13　颗粒化

该特效可通过"粒化区域"、"水平扩散"、"垂直扩散"、"混合"4 个选项设置颗粒效果，如图 5-159 所示。

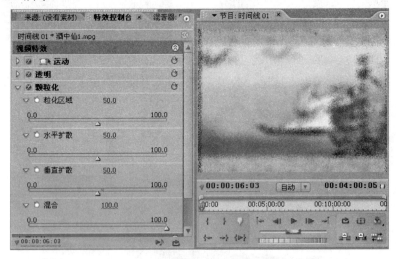

图 5-159　"颗粒化"设置及效果

5.11　"转换"特效(Transform)

5.11.1　剪裁(Clip)

该特效可在 4 边产生遮挡效果，遮挡部分的位置、大小、颜色均可设置，本例设置顶部和底部值为 10 的遮挡效果，如图 5-160 所示。

图 5-160　"剪裁"设置及效果

5.11.2　垂直倒转(Vertical Flip)

图像垂直旋转 180°，如图 5-161 所示。

图 5-161　垂直倒转

5.11.3　垂直同步保持(Vertical Hold)

该特效可使图像垂直向上滚动，并在图像间产生一条透明横条，如图 5-162 所示。

图 5-162　垂直同步保持

5.11.4　水平倒转(Horizontal Flip)

图像水平旋转 180°，如图 5-163 所示。

图 5-163　水平倒转

5.11.5　水平同步保持(Horizontal Hold)

该特效可使图像顶部偏移，小于 250 时向右偏移，大于 250 时向左偏移，如图 5-164 所示。

图 5-164　水平同步保持

5.11.6　摄影机视角(Camera View)

1.　"摄影机视角"设置

"经度"选项可沿图像中心点 Y 旋转；"纬度"选项可沿图像中心点 X 旋转；"滚动"选项可沿图像中心点 Z 旋转；"缩放"选项可使图像等比例放大或缩小；还可设置"焦距"、"物距"和"充填色"，如图 5-165 所示。

▽ ⊘ 摄影机视角	
▷ ⊙ 经度	0
▷ ⊙ 纬度	0
▷ ⊙ 滚动	0
▷ ⊙ 焦距	500
▷ ⊙ 物距	1
▷ ⊙ 缩放	10
⊙ 填充色	

图 5-165　　"摄影机视角"设置

2.　实例效果如图 5-166 所示

"经度"为 45　　　　　"纬度"为 45　　　　　"滚动"为 45　　　　　"缩放"为 20

图 5-166　　"摄影机视角"效果

5.11.7　滚动(Roll)

该特效可产生图像滚动效果，滚动速度与视频素材时间成反比，滚动方向可在"滚动设置"对话框中设置，如图 5-167 所示。

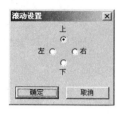
"滚动设置"对话框

选择"左"滚动效果

选择"上"滚动效果

图 5-167　　"滚动"设置及效果

5.11.8　裁剪(Crop)

该特效的设置与"剪裁"相似，所不同的是裁剪部分为透明，选择"缩放"选项可将裁剪部分删除，图像按窗口大小放大，如图 5-168 所示。

"裁剪"设置

"裁剪"效果

选中裁剪"缩放"效果

图 5-168　　"裁剪"设置及效果

5.11.9　边缘羽化(Edge Feather)

该特效可在边缘产生羽化边框，边框大小可通过"数量"值设置，如图 5-169 所示。

数量为 25

数量为 50

数量为 75

数量为 100(加背景轨)

图 5-169　　"边缘羽化"效果

5.12　　"过渡"特效(Transition)

5.12.1　径向划像(Radial Wipe)

1. "径向划像"设置

该特效适用于镜头切换，主要设置有"完成比例"、"起始角度"、"划像中心点"、"划像"（包括顺时针、逆时针和同时）、"羽化"等，如图 5-170 所示。

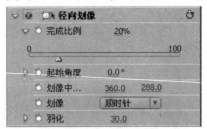

图 5-170　"径向划像"设置

2．实例效果

本例背景轨添加了视频，"起始角度"为 0、"划像中心点"为（360，588）、"划像"为顺时针、"羽化"为 30，"完成比例"分别设置为 20、40、60、80，如图 5-171 所示。

完成比例为 20　　　　完成比例为 40　　　　完成比例为 60　　　　完成比例为 80

图 5-171　"径向划像"效果

5.12.2　梯度划像(Gradient Wipe)

1．"梯度划像"设置如图 5-172 所示

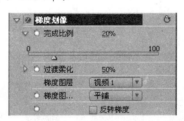

图 5-172　"梯度划像"设置

2．实例效果

本例将特效视频放到视频 2 轨，"过渡柔化"设置为 50、"梯度图层"选择视频 1，"梯度图像显示方式"设置为平铺、"完成比例"分别设置为 20、40、60、80，如图 5-173 所示。

完成比例为 20　　　　完成比例为 40　　　　完成比例为 60　　　　完成比例为 80

图 5-173　"梯度划像"效果

5.12.3　百页窗(Venetian Blinds)

1.　"百页窗"设置（如图 5-174 所示）

图 5-174　"百页窗"设置

2.　实例效果

本特效可以设置百页窗的"方向"、"页宽"、"羽化"和"划像比例"，本例"方向"和"羽化"设置为 0，"页宽"设置为 20，"划像比例"分别设置为 20、40、60、80，如图 5-175 所示。

划像比例为 20　　　　　划像比例为 40　　　　　划像比例为 60　　　　　划像比例为 80

图 5-175　"百页窗"效果

5.12.4　直线划像(Linear Wipe)

该特效可产生不同角度的"直线划像"效果。本特效通过设置"直线划像"的角度，从而调整划像方向，如图 5-176 所示。本例划像角度设置为 135°，"羽化"设置为 20，"过渡比例"分别设置为 20、40、60、80，如图 5-177 所示。

图 5-176　"直线划像"设置

过渡比例为 20%　　　　过渡比例为 40%　　　　过渡比例为 60%　　　　过渡比例为 80%

图 5-177　"直线划像"效果

5.12.5　黑块溶解(Block Dissolve)

该特效可产生"黑块溶解"效果。本例黑块"宽度"和"高度"设置为 20,"羽化"设置为 0,"黑块面积"分别设置为 20、40、60、80,如图 5-178 所示。

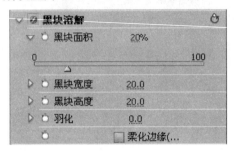

"黑块溶解"设置

黑块溶解为 20　　　　黑块溶解为 40　　　　黑块溶解为 60　　　　黑块溶解为 80

图 5-178 "黑块溶解"设置及效果

5.13　"透视"特效(Perspective)

5.13.1　Alpha 边框(Bevel Alpha)

该特效可使图像边缘产生光照、色彩的变化效果。通过设置"边缘厚度"、"光照角度"、"光照色彩"和"光照强度"使图像边缘产生变化效果,如图 5-179 所示。

"Alpha 边框"设置　　　　图像边框效果　　　　透明背景图像效果

图 5-179　"Alpha 边框"设置及效果

5.13.2　放射阴影(Radial Shadow)

该特效可使图像产生不同颜色的阴影效果。通过选项的设置,可产生不同的阴影效果,如图 5-180 所示。

"放射阴影"设置　　　　透明背景原图　　　　放射阴影特效　　　　选择"只有阴影"

图 5-180　"放射阴影"设置及效果

5.13.3　斜面边框(Bevel Edges)

该特效可产生透明边框效果，如图 5-181 所示。

图 5-181　"斜面边框"设置及效果

5.13.4　简单 3D(Basic 3D)

该特效可使图像立体旋转，本例黑色部分为透明，如图 5-182 所示。

图 5-182　"简单 3D"设置及效果

5.13.5 阴影(Drop Shadow)

使用该特效，首先将画面缩小，否则阴影将显示在画面外，如图 5-183 所示。

图 5-183 "阴影"设置及效果

5.14 "通道"特效(Channel)

5.14.1 3D眼镜(3D Glasses)

该特效可产生双画面效果，可任意选择视频轨图像放到双画面中，但特效视频轨必须放到最上面的视频轨上，如图 5-184 所示。

图 5-184 "3D眼镜"设置及效果

5.14.2 单色混合(Solid Composite)

该特效可产生与颜色混合的效果。"素材透明度"设置与颜色混合；"透明度"设置与其他视频轨混合；"混合方式"共 17 项，可产生不同的混合效果，如图 5-185 所示。

图 5-185　"单色混合"设置及效果

5.14.3　反转(Invert)

该特效可产生反转片的效果。本例"通道"选择 RGB，"混合"分别选择 0、50、60、80，效果如图 5-186 所示。

"混合"值为 0　　　　"混合"值为 50　　　　混合"值为 60　　　　"混合"值为 80

图 5-186　"反转"效果

5.14.4　混合(Blend)

该特效可产生与选择的混合层视频混合的效果，选择不同的"模式"选项，可产生各种混合效果。本例"混合度"设置为 50%，5 种混合模式如图 5-187 所示。

视频叠加　　　　　只混合色彩　　　　　混合色调　　　　　变暗混合　　　　　变亮混合

图 5-187　"混合"效果

5.14.5　混合算法(Compound Arithmetic)

该特效中的"操作"设置共有 15 个选项，每个选项均可产生不同的混合效果，如图 5-188 所示。

图 5-188　"混合算法"设置及效果

5.14.6 电影风格转换(Cineon Converter)

该特效运用白点和黑点的变化,使图像产生高亮或高暗效果,如图 5-189 所示。

图 5-189　"电影风格转换"设置及效果

5.14.7 统计法处理(Calculations)

该特效运用通道和混合模式,产生多种混合效果,如图 5-190 所示。

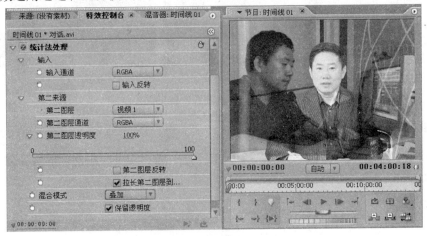

图 5-190　"统计法处理"设置及效果

5.14.8　设置遮罩(Set Matte)

该特效运用通道 RGB 颜色，产生遮罩效果，如图 5-191 所示。

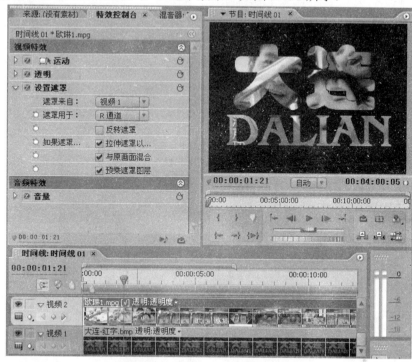

图 5-191　"设置遮罩"设置及效果

5.14.9　运算法处理(Arithmetic)

该特效通过"算法"与红、绿、蓝电平混合，产生各种不同特效，如图 5-192 所示。

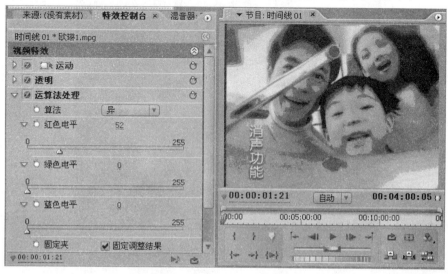

图 5-192　"运算法处理"设置及效果

5.15 "锐化"特效(Sharpen)

5.15.1 锐化(Sharpen)

"锐化"特效是对整个图像锐化,只有一个"锐化度"选项,该值越大锐化效果越强,如图 5-193 所示。

图 5-193   "锐化值为 100"效果

5.15.2 锐化边缘(Sharpen Edges)

"锐化边缘"特效是对图像轮廓边缘进行锐化,系统自动设置锐化强度,无设置选择项,如图 5-194 所示。

图 5-194   "边缘锐化"效果

5.15.3 高斯锐化(Gaussian Sharpen)

"高斯锐化"特效是对整个图像高强度锐化,系统自动设置锐化强度,无设置选择项,如图 5-195 所示。

图 5-195　"高斯锐化"效果

5.16　"键控"特效(Keying)

5.16.1　16 点垃圾遮罩键控(Sixteen-Point Garbage Matte)

　　该特效产生 16 个可移动的控制点，控制点内部为遮罩，外部为透明。单击 图标，在节目窗口调整各控制点的位置，如图 5-196 所示。

图 5-196　"16 点垃圾遮罩键控"设置及效果

5.16.2　4点垃圾遮罩键控和8点垃圾遮罩键控(Four & Eight-Point Garbage Matte)

除了控制点分别缺少12个和8个，其他均与16点垃圾遮罩键控相同。

5.16.3　Alpha调正(Alpha Adjust)

"Alpha调正"特效仅对具有Alpha（透明）通道的素材起作用。本例视频2轨为透明背景的图像，视频1轨为背景轨，特效添加到视频2轨上。特效设置及效果如图5-197所示。

- "透明"：该选项可调整视频2轨的透明度。
- "忽略Alpha"：选中该复选框，透明背景为不透明黑色。
- "反转Alpha"：选中该复选框，透明背景为不透明，显示黑色；不透明图像为透明，显示背景轨图像。
- "遮盖"：选中该复选框，不透明图像显示为白色。

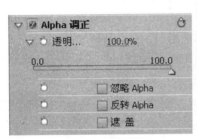
"Alpha调正"设置

"Alpha调正"特效

选中"忽略Alpha"选项

选中"反转Alpha"选项

选中"遮盖"选项

图5-197　"Alpha调正"设置及效果

5.16.4　RGB色差键控、彩色键控和色度键控(RGB Difference、Color、Chroma Key)

这3种特效功能相近，通过设置颜色使图像产生镂空的抠像效果。"RGB色差键控"适合于抠像部分为单一纯色；"彩色键控"中的"边缘薄化"和"边缘羽化"，对抠像后图像的边缘处理能力较强；"色度键控"对抠像部分含有杂色时，处理的效果比较好。如果图像中有多种颜色需要抠像，可多次添加该特效，并选择不同的颜色。上述3项特效设置和图像效果如图5-198所示。

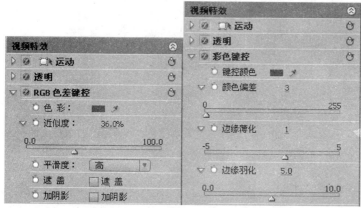
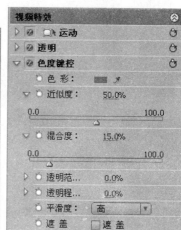

"RGB 色差键控"设置   "彩色键控"设置   "色度控键"设置

"单色"原图   "彩色键控"效果   "杂色"原图   "色度键控"效果

图 5-198 "RGB 色差键控、彩色键控和色度键控"设置与效果

5.16.5 乘法键控(Multiply Key)

该特效是将该特效轨图像与下层背景轨图像颜色相乘，叠加后的图像较浅的为透明。任何颜色与黑色叠加均显黑色，与白色叠加均为原色，如图 5-199 所示。

"乘法键控"设置   特效轨图像   背景轨图像   特效后图像

图 5-199 "乘法键控"设置及效果

5.16.6 亮乘法键控(Screen Key)

该特效是将该特效轨图像与下层背景轨图像亮度相乘，叠加后的图像为合成后的颜色。任何颜色与白色叠加均显白色，如图 5-200 所示。

"亮乘法键控"设置　　　　特效轨图像　　　　背景轨图像　　　　特效后图像

图 5-200　"亮乘法键控"设置及效果

5.16.7　亮度键控(Luma Key)

该特效可以利用图像的灰度值进行抠像，通过"透明范围"和"透明程度"设置，可分别使亮区或暗区透明，该特效设置和效果如图 5-201 所示。

"亮度键控"设置　　　　特效轨图像　　　　背景轨图像　　　　特效后图像

图 5-201　"亮度键控"设置及效果

5.16.8　图形遮罩键控(Image Matte Key)

该特效在原视频图像上添加了一个静态图片，运用该图片中的颜色或亮度产生镂空抠像效果。

（1）单击"图形遮罩键控"右侧的设置图标 ➔▤，弹出"选择遮罩图片"对话框，在对话框中选择图片文件。

（2）叠加方式："Alpha 通道"选项是用颜色控制透明度；"亮度通道"选项是用亮度控制透明度。图片中的黑色部分显示下层背景轨图像，白色部分显示特效轨图像，灰度区域显示两轨合成图像。选择"反向"黑白透视效果相反，如图 5-202 所示。

"图形遮罩键控"设置　　　　图片　　　　特效效果　　　　"反向"特效效果

图 5-202　"图形遮罩键控"设置及效果

5.16.9　局部遮盖键控(Remove Matte)

该特效可以将已经添加遮罩特效素材彩色边缘移除，在"遮罩类型"选项中，可选择移除"白色"或"黑色"。

5.16.10　差值遮罩键控(Difference Matte Key)

该特效与图形遮罩键控相似，它是通过与图形的比较，使两个叠加的图像的位置和颜色都相同的像素透明。

5.16.11　绿屏键控和蓝屏键控 (Green & Blue Screen Key)

这两个特效用于纯绿和纯蓝背景抠像，使用这两个特效，可将图像中的纯绿（纯蓝）颜色变为透明。

（1）透明范围：设置素材中绿色（蓝色）的透明区域，值越小透明区域越大，当值为0时，图像完全透明。

（2）透明程度：设置素材图像中除绿色（蓝色）以外颜色的透明度。

（3）光滑：用于抠像的交界处，并且使该区域不透明。

（4）只有遮罩：选中该选项，可显示图像的 Alpha 通道，观察透明和不透明区域。黑色为透明，白色为不透明，灰度为部分透明。

5.16.12　轨道遮罩键控(Track Matte Key)

"轨道遮罩键控"特效可使下方的视频轨遮挡上方的视频轨。本例将特效添加到视频2轨上，视频3轨为遮罩轨，视频1轨为背景轨，"遮罩"选项选择视频3轨。当"叠加方式"选择"遮罩 Alpha"时，显示视频2轨，视频3轨被遮挡，此时选择"反向"，则显示视频1轨；当"叠加方式"选择"遮挡亮度"时，3个视频轨可根据亮度的不同，以不同的透明度同时显示，视频3轨显示的是灰度图像。如图 5-203 所示。

"轨道遮罩键控"设置　　　　　视频3轨　　　　　视频2轨　　　　　视频1轨

"遮挡亮度"效果　　　　　　　　反向"遮挡亮度"效果

图 5-203　　"轨道遮罩键控"设置与效果

5.16.13　非红色键控(Non Red Key)

该特效可使图像中的纯绿色和纯蓝色同时透明，对含有绿、蓝颜色的杂色图像产生半透明效果，对不含绿、蓝颜色的图像均为不透明，如图 5-204 所示。

"非红色键控"设置　　　特效轨图像　　　背景轨图像　　　特效后图像

图 5-204　"非红色键控"设置与效果

5.17　"风格"特效(Stylize)

5.17.1　Alpha 辉光(Alpha Glow)

"Alpha 辉光"特效仅对具有 Alpha（透明）通道的素材起作用，如字幕、透明背景的视频或图像文件、抠像后的素材等。通过对选项的设置，可产生不同效果的"Alpha 辉光"，如图 5-205 所示。

 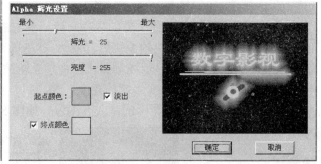

"Alpha 辉光"设置

字幕原图　　　淡出辉光　　　无淡出辉光　　　抠像后淡出辉光

图 5-205　"Alpha 辉光"设置与效果

5.17.2　噪点(Noise)

添加该特效后，可使图像产生动态噪点。本例"噪点数量"设置为 50%，选中或未选"噪点类型"和"素材数值"时的图像效果，如图 5-206 所示。

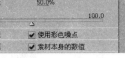

"噪点"设置　　　　　　彩色噪点　　　黑白噪点　　　未选"素材数值"

图 5-206　"噪点"设置与效果

5.17.3　复制(Replicate)

该特效只有一个"数量"选项，取值范围为 2-16。本例"数量"分别设置为 2、8 和 16，显示效果如图 5-207 所示。

"复制"设置　　　　"数量"值为 2　　　"数量"值为 8　　　"数量"值为 16

图 5-207　"复制"设置与效果

5.17.4　底纹(Texturize)

该特效可产生两个视频叠加的效果，特效添加到上层视频轨上，下层视频轨为底纹。将"底纹图层"选择为下层视频轨，这时图像中会出现浮雕底纹效果，如图 5-208 所示。

"底纹"设置　　　　上层视频　　　　下层视频　　　　特效后视频

图 5-208　"底纹"设置与效果

5.17.5　彩色浮雕(Color Emboss)

该特效可使图像产生"彩色浮雕"效果，本例设置与图像效果，如图 5-209 所示。

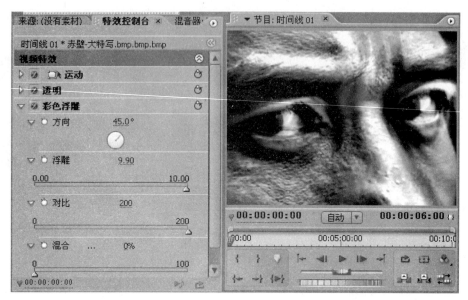

图 5-209 "彩色浮雕"设置与效果

5.17.6 手写绘画(Write-on)

该特效可在图像上创建一个动态绘画效果。通过设置画笔的属性,可产生相应的绘画效果,如图 5-210 所示。

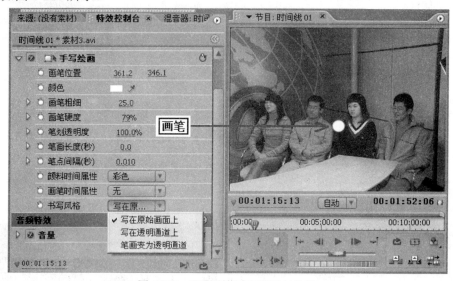

图 5-210 "手写绘画"设置与效果

5.17.7 拼图

该特效可将图像划分为若干个拼图块。"拼图数量"设置纵向块的个数,"最大偏移"设置图像的动态偏移量,"空白区充填内容"设置分割线的充填内容,特效设置及效果如图 5-211 所示。

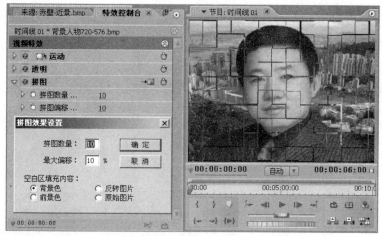

图 5-211　"拼图"设置与效果

5.17.8　曝光(Solarize)

使用该特效，通过阀值的设置，可产生不同的"曝光"效果，如图 5-212 所示。

"曝光"设置　　　　　　　阀值为 0　　　　　　阀值为 50　　　　　　阀值为 100

图 5-212　"曝光"设置与效果

5.17.9　毛糙边框(Roughen Edges)

使用该特效可使图像边框产生毛糙的效果。"边缘形状"有 8 种效果可选择，其他选项可调整边框的相关属性值，设置及效果如图 5-213 所示。

图 5-213　"毛糙边框"设置与效果

5.17.10　油画笔描边(Brush Strokes)

"油画笔描边"特效，可使图像边缘产生粗糙的油画笔描边的效果，特效设置及效果
如图 5-214 所示。

图 5-214　"油画笔描边"设置与效果

5.17.11　浮雕(Emboss)

该特效可产生灰度浮雕效果，特效设置及效果如图 5-215 所示。

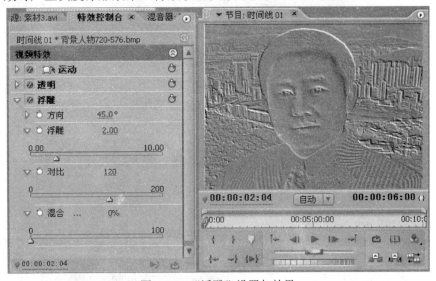

图 5-215　"浮雕"设置与效果

5.17.12　消色与保留(Leave Color)

该特效可使图像保留一种颜色，其他颜色可全部消色变为灰度。本例将人物脸部颜色
设置为保留色，特效设置及效果如图 5-216 所示。

图 5-216　"消色与保留"设置与效果

5.17.13　轮廓增强(Find Edges)

该特效可识别图像中色彩明显的色块和边缘。白色块将用黑线条绘出轮廓，黑色块将用彩色线条绘出轮廓，深色将变为白色。选择"反转"使颜色反向变化，特效设置及效果如图 5-217 所示。

"轮廓增强"设置　　　　　　　"轮廓增强"效果　　　　　　　选择"反转"效果

图 5-217　"轮廓增强"设置与效果

5.17.14　频闪灯光(Strobe Light)

"频闪灯光"特效使素材在播放时产生颜色闪动效果。"混合"选项为 0 时，闪动的为颜色色块，"混合"选项为 50 时，闪动的为半透明颜色色块，"模式"选择"使用透明层"时，闪动的为黑色块或暗色调图像。本例"混合"设置为 50%，特效设置及效果如图 5-218 所示。

　　　"频闪灯光"设置　　　　　　　原图　　　　"模式"为色彩　　　"模式"为透明

图 5-218　"频闪灯光"设置与效果

5.17.15　风吹

　　添加"风吹"特效后，弹出"风吹效果设置"对话框。对话框中有"样式"和"方向"两个选项，选择不同的样式和方向，可产生不同的风吹动态效果，对话框设置及效果如图 5-219 所示。

　　　　　　"风吹"设置　　　　　　　　　　　　　　"风吹"效果

图 5-219　"风吹"设置与效果

5.17.16　马赛克(Mosaic)

　　该特效可在图像上产生"马赛克"效果。"水平块"和"垂直块"设置马赛克横向和纵向的数量，选择"锐化色彩"可使马赛克方块产生锐化效果，特效设置及效果如图 5-220 所示。

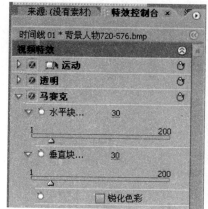

"马赛克"设置

"马赛克"特效

"马赛克"锐化

图 5-220　　"马赛克"设置与效果

第6章 影视视频组接与切换

6.1 视频的组接

在视频的剪辑中，镜头是最基本的单位。但面对如此多的镜头素材，会感到兴奋而棘手，因为单个具体的镜头并非都有效，它需要依据一定的蒙太奇思维将其有机地组接起来，才能形成完整的意义并产生独特的感染力。

6.1.1 镜头组接的依据

1. 符合事物的规律和生活的逻辑

事物的运动发展过程是客观的，镜头组接也是如此，只有这样才会显得自然流畅。例如：镜头1（中景）一个人拿起蛋糕；镜头2（特写）蛋糕放入口中。但如果镜头1与镜头2颠倒顺序，便会是不合逻辑，除非将镜头2改为放下蛋糕。但是，对于许多超现实流派不按照生活逻辑组接镜头，应另当别论。

2. 有助于作品内容的表现

如用哪些镜头的组合可以交代清楚被摄对象，人物形象适合用哪些镜头塑造；叙事上应怎样安排景别、场次和段落，怎样的结构安排能达到想要的戏剧效果；镜头怎样组接才能呈现出合适的情绪和节奏等。

3. 应考虑观众的思维和感受

一个镜头多长才能恰到好处地使观众了解其中的信息，怎样组接才能使观众更好地了解事物的全貌，如何通过视点及景别的变化而带给观众更好的审美享受等，这都需要创作者站在观众的角度进行精心考虑和安排。

6.1.2 镜头组接技巧

镜头的组接首先要遵守"轴线规律"，组接在一起的画面不能跳轴，否则会引起观众方位上思维混乱。在剪辑素材时还要遵守"动接动"、"静接静"的原则。

1. "动接动"的组接技巧

这一规则要求在镜头组接时，前一镜头要以动态镜头结尾，后一镜头要以动态镜头开始。"动接动"的组接技巧包含如下内容。

（1）剪辑点的选择。

主体每一个动作的发生或转变会形成一个动作剪辑点。进一步细致解析，任何动作在幅度最大处都有1~2帧的停顿，这就是动作切换的最有利时机，剪辑点选在这里，便不会有视觉跳动感。在主体众多的动作中，选择剪辑点可以倾向于动作幅度最大，变化最急之处，在此类动作的掩护下，画面效果会更加连贯流畅，也更富吸引力和视觉冲击力。如一组悬崖边失足跌入大海的镜头：镜头1（近景）拍摄脚踩下松动石头。镜头2（远景）跌入大海溅起浪花。剪切点选择倾向动作幅度最大，变化最急之处就是石头滑落或人物身体倾斜的瞬间，并分别采用不同拍摄角度和景别来表现，这样组接更能产生对视觉冲击效果。

（2）剪辑起点的位置。

在拼接动作时，除了一些风格化的要求，同一主体的动作一般都是连贯的，即上一镜头的切点即为下一镜头的起点，不可有动作的重复与重叠，要剪得干净利落。同时，根据视觉暂留特性，通常的做法是下一镜头的接点位置比上一镜头后移 1～2 帧，这样才会显得自然流畅。另外在一些动作片中，会在同一角度或变换角度做动作的重叠，以达到强调或增强视觉效果的作用。

（3）剪辑点角度和景别的变换。

景别在视觉感受上具有不同特点，如大景别中主体动作的幅度不明显，因此需要相对较长的观看时间，小景别则相反。所以剪辑时，大景别占 2 / 3 的比例，小景别占 1 / 3，但在变换景别时一定保持画面主体在上、下两个镜头中轴线的一致，以免造成视觉上的不连贯。

（4）在静中寻找动点。

如果上一镜头主体静止，下一镜头运动，则可在上一镜头由"静"变"动"的那一瞬间切入，依旧是"动接动"。如运动员在起跑线上等待，枪声响起那一刻，运动员由"静"到"动"，则下一镜头可直接切入赛跑的动镜头。

（5）单运动镜头的剪辑。

同一主体在同一时空常常要通过一系列的动作表现一个时间的流程，并且不必要或者没有条件用多视角、多景别来表现，因此在后期剪辑时可以通过动作省略的方式来达到连贯而生动的效果，这时应该选取富有关键性和代表性的动作进行连接，当然还应考虑运动的速度、方向、动势等因素。如表现一个人登台前的准备，可由这几个镜头来完成：镜头1（特写）化妆，镜头 2（近景）做发型，镜头 3（中景）穿戏装，镜头 4（全景）走出门，准备登台。当然，这几个镜头要选择关键精彩的动作，还要注意变换不同的角度。

（6）剪掉起落幅镜头。

一般在前期拍摄运动镜头时有 4 秒～5 秒的起落幅，而进行运动的组接时，要将这些起落幅镜头剪掉，这样才会使镜头的组接更为流畅，即遵循"动接动"的原则。

2. "静接静"的组接技巧

这一规则要求在镜头组接时，前一镜头要以静态镜头结尾，后一镜头要以静态镜头开始。"静接静"的组接技巧包含如下内容。

（1）动与静的组接。

在上、下两个镜头中，若上一个镜头中主体运动，下一个镜头中主体静止，那么在剪辑点上则可运用"静接静"的方式。即在上一个镜头中主体动作完成后，由运动变为静止时切换，如镜头 1 画面主体转身，镜头 2 主体的固定特写，则剪辑点应选取在主体站稳之后；反之，上一镜头静止，下一镜头运动，则下一镜头则可以在主体运动开始前1、2 处切入。

（2）静与静的组接。

若上、下两个镜头主体都为静态，则要考虑镜头状态、情绪节奏、造型等因素来进行组接。对于同一主体，有两种常见的情况需要注意：

- 若上、下两镜头主体呈现静态，则在组接画面时，要注意用不同的景别和角度，否则会造成视觉上的不顺畅感。
- 在纪实性的片子中，常会遇到被摄主体大段的讲话。或者过长，或者中间需要剪辑，此时不宜采用硬切的方式，可采用环境、讲话内容、背景等相关画面或解说来连接。

3. 应用机位的组接技巧

在景别没有变化的情况下，如果上、下两个镜头的拍摄机位变化小于 20 度，则组接起来会产生一种跳跃感。所以注意角度变化的幅度，一般采取 45 度的机位变化看起来较为顺畅。

4. 运用景别的组接技巧

（1）景别的长度安排。

在剪辑时，应根据不同的景别安排好镜头长度。因为就视觉效果而言，小景别画面简单，观众不需要太长的观察时间，相对来说，大景别内容丰富，则所需时间应充裕一些。但如果创作者有艺术表达的独特需要，则另当别论。

（2）景别的层次安排。

将不同的景别组接在一起，要根据创作需要考虑层次安排。通常使用蒙太奇"前进式"和"后退式"句型。

- 前进式：这种叙述方式是将景别由大到小逐层过渡。一般来说其情绪是由弱到强的。例如：镜头 1（全景）甲走向乙；镜头 2（中景）甲几乎贴上乙；镜头 3（特写）手部，一只手伸进衣兜将钱包夹出。看到这儿时，人们的好奇心被激发起。
- 后退式：这种句型是有由近及远，景别由大到小，情绪由强到弱，此外还会产生悬念性的戏剧效果。如镜头 1（特写）一只手伸进衣兜将钱夹出；镜头 2（中景）甲迅速地擦过乙；镜头 3（全景）甲的背影，甲将钱包装入衣兜。到此明显看出是甲偷了乙的钱包。

除了上述 4 种组接技巧外，还有其他许多因素可以构成组接变化，如光影、色彩、镜头内部的场面调度、声音的运用等。

6.1.3 影视组接中的节奏

节奏本为音乐的专用名词，是构成乐曲的基本因素。它包括拍点的强弱交替、速率的不同变换，或轻重缓急，或松散紧凑，它是调节乐曲快慢、形成情感跌宕起伏的一种有规律的运动形态。同样，一部影视作品的最终构成也少不了节奏，镜头就像各具特色的音符，组成了乐节、乐句、乐段、乐章乃至整部作品的序列，而节奏则将其有机地组织、展现，最终打动观众。正如普多夫金所说："节奏是一种从情绪方面来感动观众的手段。导演使用节奏的目的，或者是为了平息观众的情绪，或者是为了刺激观众，要是节奏用错了，整个场面的效果有可能会因此而化为乌有；反之，如果在节奏上恰到好处，就会使那些在想象中或画面上并无特殊之处的、孤立的素材产生无穷的魅力"。

具体到影视作品来讲，节奏的建立依据两点：客观事件本身的节奏和人的情绪节奏，而在现实生活中，也正是这两种因素构成了人们可感知的节奏。影视作品的节奏体现为片段内部，包括镜头、场景、段落的运动曲线的流动及其相互之间的衔接效果。

通过场面的调度，空间、主体、置景、光影等变化运动均可以制造节奏。另外，不同形式声音的运用，字幕的运动等都是可以构成节奏元素的。节奏的变化是无穷的、独特的并富有创造性的，但在变化方式上要根据作品不同的基调、情绪和风格等需要进行恰当的表现，展示其独特的魅力。

6.2　视频切换方法

"视频切换"也叫"视频转场"，就是在一个场景结束到另一个场景开始之间的转换方式。通过切换可将多个单独素材和谐地融合成一部完整的节目。根据影片需要，有些切换采用无特技方法，有些切换则采用特技的切换方法，将两个素材直接连接在一起称作"硬切"，"硬切"比较直接、简洁，但显得比较生硬，一般用于某些蒙太奇效果中。下面将介绍这些切换方法。

6.2.1　无特效视频切换方法

无特效视频转场是一种直接切换方式，它抛开了影视特技手段，利用内容或造型上的因素（如运动、影调与色彩、景别、声音、蒙太奇等）进行组接，一般来说影视创作者更倾向于这种方式，因为它更加自然流畅，更能体现出影像的内在趣味和精妙独特的匠心。

1. 相似体转场

上、下两个镜头若有相似形状的物体，便可利用其相似性进行转场，使组接更具逻辑性与流畅性。如导演赛尔乔·莱翁内的"美国三部曲"中最为经典的《美国往事》，在开始部分，主人公"面条"躺在床上，镜头推至他面前的灯光，接着又由光源拉出，已经换成了另一盏灯，画面由虚变实，转到了雨中阴暗的街头，诺德斯的 3 个伙伴已被击毙，这里转换时运用了小叠化。

2. 同一主体转场

可利用画面的同一主体，主体可以是物也可以是人，如姜文执导的电影《阳光灿烂的日子》，主人公将书包抛向天空，下一镜头书包落下，主人公接住时已经从小孩转为少年。这便是利用同一物体达到转场的效果。

3. 遮挡转场

一个比较简单有趣的例子是罗杰·米歇尔执导的电影《诺丁山》中，男主角在恋人离去后失意地走在大街上，伴随着音乐以及路边摊位作为前景遮挡，在短短的一首歌的时间内他走过了春夏秋冬 4 个季节，并且在第一个场景出现的是一个怀孕的妇女，在最后一个场景再次出现，但她怀里已抱着可爱的婴儿，这是比较风格化的一种展现。在常规叙事中，这种方式一般分为画面主体遮挡和镜头运动造成的遮挡两种形式，如《公民凯恩》中，上一镜头是雪地中雪橇的空镜头，下一镜头是一张礼物的包装纸被撕下，露出主人公小凯恩，这时已转到了过新年的场景，这属于画面前景遮挡，并且通过主体的动作移开遮挡从而顺利转场。

4. 出画入画

出画入画在场景转换中较为常用，拍摄时应预备这样的镜头。这种技巧可由主体运动和摄像机运动两种方式来完成，如被摄体入（出）画，或摇镜头使被摄体入（出）画；类似于先出画后入画这种同时使用的方式，节奏会相对缓慢，所以若"出画不入画"或"入画不出画"节奏则较为紧凑，如《美国往事》中，"面条"在车站默默地望着戴博拉乘坐的火车走远，然后转身出画，下一镜头是相对缓慢的运动镜头又使"面条"出现在画面的下端，场景已转到了地下酒馆，这样转场虽然较缓慢，但契合主人公当时的心情及影片的情绪节奏。若下一镜头切入"面条"直接出现在酒馆，即"出画入画"虽然画面也是流畅的，但显然不如原片的情绪节奏把握得好。

5. 变焦镜头转场

在画面内一定的景深中，变焦镜头可引导观众将注意力随着画面焦点变换。用在转场上，一般为上一场景推到虚化转到下一场景；或者上一场景直接切换，下一场景由虚到实。这种虚实的互换不仅转移观众注意力，使转场较为顺畅，还能达到造成悬念的效果。传统的方式是在拍摄时就将变焦镜头准备好，因此仍把它列为无特效转场。

6. 空镜头转场

空镜头可作为一个场景与另一个场景的转场镜头，具有间隔、连接等作用。如果想表示时间的推移，一般插入一个静态的画面会更有效，因为动作可使观众感到具体的时间长度，而静态的画面如高山大海，不表示任何具体的时间过程；但一些静态的具有季节暗示性的空镜又和具体的时间概念紧密相连，如插入金色的银杏树的画面则暗示秋天来了。另外，在转场之外，它还可具有抒情达意的功能，如非典期间《新闻调查》的一期节目，在隔离区采访完病人后，摄像师即兴地将镜头摇到了窗外，顿时满眼绿色，春天的气息扑面而来，使人们在沉重之余感到了生命的希望与活力。通过镜头内部的场面调度作为结尾并转场。再如《公民凯恩》中，在交代小凯恩要离开家乡一段后，插入了雪地里遗落雪橇的空镜头，并配合着画外的火车轰鸣声，下一镜头则转到了纽约过新年的场景。所以空镜头不应仅仅为了间隔而任意使用，而是联系上下内容以及情绪基调、节奏等合理地充分发挥其独特的功用。

7. 利用景别转场

特写可作为一个段落的开始或结束，因为主体占据了画面的大部分，而背景内容不明确，因此组接起来较为顺畅。远景或大景别也可有效地运用在一个段落的开场或结束。另外，运用这两极镜头的反差，不仅能有效地间隔段落，还能制造节奏，如大景别结束、小景别开场，则叙述节奏加快；小景别结束、大景别开场，则节奏相对舒缓，富有气韵。这在纪录片中经常可以看到。

8. 互有呼应关系转场

这种转场方式较有戏剧效果，它是利用情节或画面内容、造型等因素的某种呼应关系而完成转场。如《美国往事》中，35 年后"面条"返回纽约，车站里的最后一镜头是挂在墙上的一幅纽约街区的画，下一镜头即转到了此街区，这是利用画面造型的呼应关系。再如《公民凯恩》中那个新年场景，监护人对小凯恩说："圣诞快乐"，小凯恩答："圣诞快乐"，下一镜头紧接着监护人的特写，他又答道："新年快乐"，但这时他已满头白发，时光跳转到了凯恩 25 岁。是这一转场巧妙地通过特定情节中的应答来达到了转场的效果。

9. 主观镜头转场

主观镜头转场即利用主体的主观视觉内容达到转换，但更多是依靠心理逻辑关系来连接镜头，如《美国往事》中，"面条"回到纽约，住在儿时同伴莫胖子家里，他再次透过墙上的缝隙张望：镜头 1（音乐转换为舞曲）缝隙里"面条"的眼睛；镜头 2（全景）墙对面的时空回到几十年前，他看到了深爱的戴博拉在对面如女神一般舞蹈。

10. 运动镜头转场

摄影机的运动可以造成场面的调度以及视点的改变，从而带动观众注意力的转移，以达到顺利转场。一般表现为通过摄影机由画面主体运动到空镜头或遮挡物，通过视点范围的引导变化来结束或开始，如《公民凯恩》中记者汤普逊第一次造访苏珊，摄影机由苏珊的巨幅照片开始运动上升，越过广告牌，再到夜总会的玻璃屋顶，透过它可看到屋内苏珊趴在桌子上，下一镜头便顺畅地转到了屋内。

11. 声音转场

声音转场指利用声音的联结作用，包括音乐、解说、音响效果、同期声、对白等。一般是将下一场景的声音提前进入，或者上一场景的声音延续到下一个场景，如电影《美国往事》中令人印象深刻的电话铃声，长达几十秒，不仅连接了几个场景，造成悬念，还内在地把其中的原委进行了暗示性贯穿。

6.2.2　特效视频切换的添加

特效视频切换是运用软件提供的功能，使其产生各种变化的切换效果。操作方法是将一个视频切换特效拖曳到时间线的视频素材上，可以放在视频素材的开始位置，也可以放在视频素材的结束位置，还可以放在两个视频素材的衔接处。添加视频切换特效后，时间线上的视频素材将产生切换特效区域（切换特效条）。有的特效在"素材 1"上产生效果，有的在"素材 2"上产生效果，还有的在两个素材上同时产生效果，不同的特效具有不同的特点。另外，视频切换特效只占用视频帧，不影响音频，如图 6-1 所示。

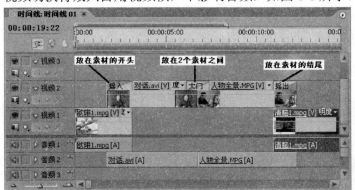

图 6-1　时间线上添加 277 特效后的素材

6.2.3　特效视频切换设置

在同一视频轨中视频素材切换时，"切换特效"应添加在两个视频素材的中间，单击切换特效"大门"，"特效控制台"选项卡，将显示切换特效设置，如图 6-2 所示。

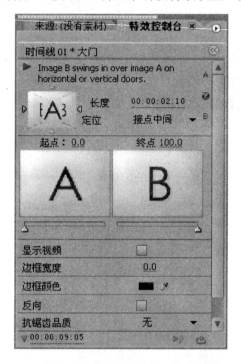

图 6-2　切换特效控制台选项卡

（1）播放切换特效：单击播放按钮，在下方小窗口中，实时播放切换效果。

（2）设置特效起始方向：在小窗口每个边上，都有一个三角图标，选择不同边上的图标，可设置特效的起始方向，有些特效可调整中心点。

（3）长度：该选项可设置切换特效的时间，也可在时间线上拖拉特效条，使其时间加长或缩短，默认特效时间为 30 帧。

（4）定位：单击"定位"右侧的下三角按钮，弹出下拉菜单，选择特效在素材上的位置，如图 6-3 所示。

● 接点中间：选择该选项，切换特效将在两个素材中间，每个素材特效占用的视频帧各占一半，如图 6-4 所示。

图 6-3　"定位"下拉菜单

图 6-4　接点中间

● 接点开头：选择该选项，切换特效在第 2 个素材上，特效占用的视频帧全部在素材 2 上，特效的开始时间在第 2 个素材的开始处，如图 6-5 所示。

● 接点尾部：选择该选项，切换特效在第 1 个素材上，特效占用的视频帧全部在素材 1 上，特效的结束时间在第 1 个素材的尾部，如图 6-6 所示。

图 6-5　接点开头　　　　　　　　图 6-6　接点尾部

- 自定义：鼠标左键拖曳时间线上的特效条 大门 左右移动，可任意调整特效位置，这时，"定位"选项中显示"自定义"，如图 6-7 所示。

图 6-7　自定义

（5）起点和终点：该选项可分别调整特效的起点和终点的特效位置，起点或终点的值代表特效整个过程的百分比，通过下方的滑动按钮或输入相应的值，改变特效起点或终点的特效位置，如图 6-8 所示。

图 6-8　起点和终点位置显示

（6）显示视频：选择该选项，设置选项卡将实时显示编辑图像，不选择该选项，实时图像将被"A"和"B"两个字幕代替，"A"代表素材 1，"B"代表素材 2，如图 6-9、图 6-10 所示。

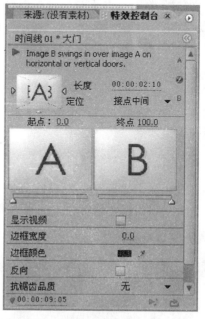

图 6-9　选择"显示视频"　　　　　图 6-10　未选择"显示视频"

（7）边框宽度：该选项的取值范围为 0～100，大于 0 时，特效将出现边框，值越大边框越宽，如图 6-11 所示。

图 6-11　特效边框

（8）边框颜色：该选项可设置特效边框颜色。

（9）反向：选择该复选框，特效将反向播放，特效上的素材将互换，如图 6-12、图 6-13 所示。

图 6-12　正常特效　　　　　　　　　　　　图 6-13　反向特效

（10）抗锯齿品质：该选项包括"无"、"低"、"中"、"高"，选择"高"可以使特效边缘产生最强柔化效果，其他选项依次减弱。

6.2.4　特效多轨视频切换的使用

在多个视频轨上实现视频切换并产生切换特效，实际上就是特效轨与下方的视频轨进行衔接，特效只能作用在特效轨上，下方的视频轨只作为背景。具体的操作方法如下：

1. 在开头添加特效

在特效轨素材的开始位置添加切换特效，然后将特效部分与下方的视频轨素材的尾部重叠，如图 6-14 所示。

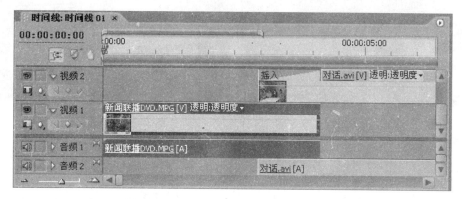

图 6-14　"在开头添加特效"视频轨位置

2. 在结尾添加特效

在特效轨素材的尾部添加切换特效，然后将特效部分与下方的视频轨素材的开始位置重叠，如图 6-15 所示。

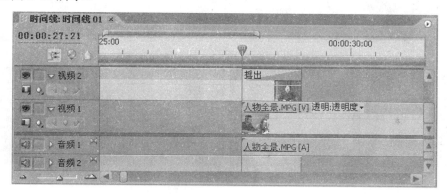

图 6-15　"在结尾添加特效"视频轨位置

6.3　3D 运动切换(3D Motion)

6.3.1　大门(Doors)

"大门"特效作用在素材 B（时间线右侧素材）上，B 素材在窗口两侧，以两扇门的方式从开到关，A 素材只作背景。选择"反向"选项，特效作用在素材 A（时间线左侧素材）上，以两扇门的方式，从关到开，露出 B 素材。切换效果如图 6-16、图 6-17 所示。

图 6-16　"大门"切换特效

图 6-17　反向"大门"切换特效

6.3.2　帘幕(Curtain)

　　"帘幕"特效作用在素材 A 上，A 素材像帘幕一样，逐渐拉开，露出 B 素材。当选择"反向"时，特效作用在素材 B 上，B 素材像帘幕一样，逐渐将帘幕放下，覆盖 A 素材，切换效果如图 6-18、图 6-19 所示。

图 6-18　"帘幕"切换特效

图 6-19　反向"帘幕"切换特效

6.3.3　折叠(Fold Up)

　　"折叠"特效作用在素材 A 上，A 素材以折叠的方式逐渐淡出，露出素材 B。选择"反向"选项，特效作用在素材 B 上，B 素材将逐渐打开折叠，覆盖 A 素材，切换效果如图 6-20、图 6-21 所示。

图 6-20　"折叠"切换特效

图 6-21　反向"折叠"切换特效

6.3.4　摇入(Swing In)

"摇入"特效作用在素材 B 上，特效以梯形图像从左向右铺满全屏，A 素材只作背景。选择"反向"时，特效作用在素材 A 上，特效以梯形满屏方式逐渐缩小到左侧边，露出 B 素材，切换效果如图 6-22、图 6-23 所示。

图 6-22　"摇入"切换特效

图 6-23　反向"摇入"切换特效

6.3.5　摇出(Swing Out)

"摇出"特效作用在素材 B 上，B 素材从左向右逐渐展开，覆盖 A 素材。选择"反向"选项时，特效作用在素材 A 上，A 素材由全屏逐渐向左侧压缩，露出 B 素材，切换效果如图 6-24、图 6-25 所示。

图 6-24　"摇出"切换特效

图 6-25　反向"摇出"切换特效

6.3.6　旋转(Spin)

"旋转"特效作用在 B 素材上，B 素材从图像中间向两端展开，逐渐覆盖 A 素材。选择"反向"选项时，A 素材由全屏逐渐向中间压缩，逐渐露出 B 素材，切换效果如图 6-26、图 6-27 所示。

图 6-26　"旋转"切换特效

图 6-27　反向"旋转"切换特效

6.3.7　旋转离开(Spin Away)

"旋转离开"特效作用在 B 素材上，B 素材以图像中心为轴，水平旋转 90°，由垂直到平行，直到全屏，素材 A 只作为背景。选择"反向"选项时，特效作用在素材 A 上，水平旋转 90°，由平行到垂直，露出素材 B，切换效果如图 6-28、图 6-29 所示。

图 6-28　"旋转离开"切换特效

图 6-29　反向"旋转离开"切换特效

6.3.8　水平翻转(Flip Over)

"水平翻转"特效同时作用在 A、B 两个素材上，以图像中心为轴水平方向顺时针旋转 180°，前 90°显示素材 A，后 90°显示素材 B。选择"反向"选项时，逆时针旋转 180°，其他效果不变。该特效面板有一个"设置"选项，单击该选项，弹出"翻转覆盖设置"对话框，如图 6-30、图 6-31 所示。

图 6-30　"水平翻转"切换特效

（1）数量：该选项可设置纵向切割块数，默认值为 1，本例设置为 4，如图 6-31 所示。

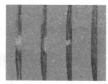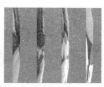

翻转覆盖设置　　　　　　　　　　　　数量为 4 的切换效果

图 6-31　数量为 4 的设置及切换效果

（2）充填颜色：该选项可设置特效旋转时背景的颜色，默认为灰色。

6.3.9　立方旋转(Cube Spin)

"立方旋转"特效同时作用在 A、B 两个素材上，特效采用立体方块形式，水平逆时针旋转，由素材 A 面转到素材 B 面。选择"反向"选项时，水平顺时针旋转，其他效果不变，切换效果如图 6-32 所示。

图 6-32　"立方旋转"切换特效

6.3.10　翻出 (Tumble Away)

"翻出"特效作用在素材 A 上，素材 A 全屏翻转并缩小直到消失，露出 B 素材。选择"反向"选项时，特效作用在素材 B 上，素材 B 从窗口中央翻转放大直到全屏，覆盖 A 素材，切换效果如图 6-33、图 6-34 所示。

图 6-33　"翻出"切换特效

图 6-34　反向"翻出"切换特效

6.4　"GPU"切换(GPU Transitions)

6.4.1　中心剥卷(Center Peel)

"中心剥卷"特效作用在素材 A 上,在素材 A 的中心,以菱形方式,4 个边向外剥卷,露出素材 B。选择"反向"选项,特效作用在素材 B 上,B 素材由完全剥卷到全部铺平,逐渐覆盖 A 素材,切换特效如图 6-35、图 6-36 所示。

图 6-35　"中心剥卷"切换特效

图 6-36　反向"中心剥卷"切换特效

6.4.2　卡片翻转(Card Flip)

"卡片翻转"特效在画面中产生若干个方格,通过方格的翻转,使画面由素材 A 变为素材 B。选择"方向"选项时,翻转顺序反向,其他效果不变。选择特效面板中的"设置"选项,弹出"卡片翻转设置"对话框,可在对话框中设置翻转参数,设置及效果如图 6-37所示。

(1)行数:设置方块的行数。

(2)列数:设置方块的列数。

(3)翻转顺序:该选项包括"格板翻转"、"多米诺翻转"、"逐行翻转"和"螺旋翻转"4 种。

(4)运动轴线:是指方格翻转的方向,包括"水平"和"垂直"两个方向。

图 6-37　"卡片翻转"设置及切换特效

6.4.3　圆球(Sphere)

"圆球"特效作用在素材 A 上，素材 A 从全屏逐渐缩成圆球在画面中央，然后由中央向上缩小圆球，直到淡出，露出 B 素材。选择"反向"选项时，特效作用于在 B 素材上，素材 B 从窗口上方，以圆球形状逐渐扩大移动到窗口中央，而后扩散到整个屏幕，覆盖 A 素材。切换特效如图 6-38、图 6-39 所示。

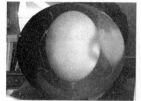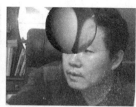

图 6-38　"圆球"切换特效

图 6-39　反向"圆球"切换特效

6.4.4　对角卷页(Page Curl)

"对角卷页"特效作用在素材 A 上，素材 A 从左上角开始沿对角线向右下角卷页，逐渐露出素材 B。选择"反向"选项时，特效作用在 B 素材上，B 素材从右下角开始沿对角线向左上角打开卷页，覆盖 A 素材，切换特效如图 6-40、图 6-41 所示。

图 6-40　"对角卷页"切换特效

图 6-41 　反向"对角卷页"切换特效

6.4.5 　横向卷页(Page Roll)

"横向卷页"特效与"对角卷页"特效相似，所不同的是"横向卷页"特效从左向右卷页，"反向"选项时，从右向左打开卷页。切换特效如图 6-42、图 6-43 所示。

图 6-42 　"横向卷页"切换特效

图 6-43 　反向"横向卷页"切换特效

6.5 　"伸缩"切换(Stretch)

6.5.1 　交叉伸缩 (Cross Stretch)

"交叉伸缩"特效作用在 A、B 两个素材上，从左向右，素材 A 逐渐压缩，素材 B 逐渐拉伸，直到全屏。选择"反向"选项时，从右向左，素材 A 逐渐压缩，素材 B 逐渐拉伸，直到全屏，切换特效如图 6-44、图 6-45 所示。

图 6-44 　"交叉伸缩"切换特效

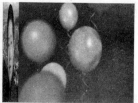

图 6-45　反向"交叉伸缩"切换特效

6.5.2　伸拉切入(Stretch In)

"伸拉切入"特效作用在 A、B 两个素材上，素材 A 逐渐透明，露出素材 2，素材 2 由横向伸拉到正常。选择"反向"特效时，素材 1 横向逐渐伸拉，执行到一半时间后，逐渐开始透明，露出素材 2，切换特效如图 6-46、图 6-47 所示。

图 6-46　"伸拉切入"切换特效

图 6-47　反向"伸拉切入"切换特效

6.5.3　伸拉覆盖(Stretch Over)

"伸拉覆盖"特效作用在素材 B 上，素材 B 在画面中间伸拉覆盖素材 A。选择"反向"选项时，特效作用在素材 A 上，伸拉纵向压缩直到画面消失，逐渐露出素材 B，切换特效如图 6-48、图 6-49 所示。

图 6-48　"伸拉覆盖"切换特效

图 6-49　反向"伸拉覆盖"切换特效

6.5.4 伸缩(Stretch)

"伸缩"特效作用在素材 B 上，素材 B 从左到右伸展，直到全屏，覆盖素材 A。选择"反向"选项时，特效作用在素材 A 上，素材 A 由全屏逐渐收缩，直到消失露出素材 B，切换特效如图 6-50、图 6-51 所示。

图 6-50　"伸缩"切换特效

图 6-51　反向"伸缩"切换特效

6.5.5 漏斗(Funnel)

"漏斗"特效作用在素材 A 上，素材 A 逐渐变为三角形，然后逐渐缩小并向左移动，直到消失露出素材 B。选择"反向"选项时，特效作用在素材 B 上，素材 B 从左侧以三角形的形式逐渐放大并向右移动，三角形逐渐变为矩形，直到全屏覆盖素材 A，切换特效如图 6-52、图 6-53 所示。

图 6-52　"漏斗"切换特效

图 6-53　反向"漏斗"切换特效

6.6　"划像"切换(Wipe)

6.6.1 V 形划像(Wedge Wipe)

"V 形划像"特效作用在素材 A 上，素材 A 自上而下以 V 形划像 360°。选择"反向"

选项时，特效同样作用在素材 A 上，素材自下而上以 V 形划像 360°，切换特效如图 6-54、图 6-55 所示。

图 6-54　"V 形划像"切换特效

图 6-55　反向"V 形划像"切换特效

6.6.2　Z 字方块划像(Zig-Zag Blocks)

"Z 字方块划像"特效作用在素材 A 上，素材 A 自上而下以 Z 字形划像。选择"反向"选项时，素材 A 自下而上反向以 Z 形划像，切换特效如图 6-56、图 6-57 所示。

图 6-56　"Z 字方块划像"切换特效

图 6-57　反向"Z 字方块划像"切换特效

6.6.3　划像 (Wipe)

"划像"特效作用在素材 A 上，素材 A 从左向右划像，露出素材 B。选择"反向"选项时，素材 A 从右向左划像，露出素材 B，切换特效如图 6-58、图 6-59 所示。

图 6-58　"划像"切换特效

图 6-59 反向"划像"切换特效

6.6.4 大棋盘格划像(Checker Wipe)

"大棋盘格划像"特效作用在素材 A 上,素材 A 以方格状同时由左向右划像,露出素材 B。选择"反向"选项时,素材 A 以方格状同时由右向左划像,露出素材 B。单击特效面板上的"设置",弹出"棋盘格划像设置"对话框,在该对话框中可设置方格的行和列,设置和效果如图 6-60 所示。

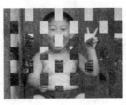

图 6-60 "大棋盘格划像"设置及切换特效

6.6.5 小棋盘格划像(CheckerBoard)

"小棋盘划格像"特效作用在素材 A 上,素材 A 以方格状逐渐自上而下划像,露出素材 B。选择"反向"选项时,素材 A 以方格状逐渐自下而上划像,露出素材 B。单击特效面板上的"设置",弹出"棋盘格划像设置"对话框,在该对话框中可设置方格的行和列,设置和效果如图 6-61 所示

图 6-61 "小棋盘格划像"设置及切换效果

6.6.6 径向划像(Radial Wipe)

"径向划像"特效作用在 A 素材上,素材 A 以左上角为中心,从上边开始扇形划像到左边。选择"反向"选项时,素材 A 以左上角为中心,从左边开始扇形划像到上边,切换特效如图 6-62 所示。

图 6-62　"径向划像"切换特效

6.6.7　插入 (Inset)

　　"插入"特效作用在素材 A 上,素材 A 从左上角向右下角以矩形方式由小到大划像。选择"反向"选项时,素材 A 从右下角向左上角以矩形方式由大到小划像,切换特效如图 6-63、图 6-64 所示。

图 6-63　"插入"切换特效

图 6-64　反向"插入"切换特效

6.6.8　时钟划像 (Clock Wipe)

　　"时钟划像"特效作用在素材 A 上,素材 A 以时钟方式顺时针划像 360°。选择"反向"选项时,素材 A 以时钟方式逆时针划像 360°,切换特效如图 6-65 所示。

图 6-65　"时钟划像"切换特效

6.6.9　栅条划像 (Band Wipe)

　　"栅条划像"特效作用在素材 A 上,素材 A 以栅条方式从左右两侧同时划像。选择特效面板上的"设置"选项,弹出"栅条划像设置"对话框,在"数量"文本框中设置栅条个数设置及切换特效如图 6-66 所示。

图 6-66 "栅条划像"设置及切换特效

6.6.10 梯度划像(Gradient Wipe)

添加"梯度划像"特效后,弹出"梯度划像设置"对话框,默认选项使用半透明颗粒划像,也可单击"选择图片"按钮,选择图片作为划像,"柔化"选项可设置划像时的柔化效果,该特效作用在素材 A 上,特效方向由左上角到右下角。选择"反向"选项时,特效方向由左下角到右上角,设置及切换效果如图 6-67、图 6-68 所示。

图 6-67 "梯度划像设置"对话框

图 6-68 "梯度划像"切换特效

6.6.11 泼墨飞溅(Paint Splatter)

"泼墨飞溅"特效作用在素材 A 上,素材 A 以墨点飞溅的方式划像,逐渐露出素材 B。选择"反向"选项时,以反方向墨点飞溅的方式划像,逐渐露出素材 B,切换特效如图 6-69、图 6-70 所示。

图 6-69 "泼墨飞溅"切换特效

图 6-70　反向"泼墨飞溅"切换特效

6.6.12　百叶窗划像(Venetian Blinds)

"百叶窗划像"特效作用在素材 A 上，素材 A 以百叶窗方式，每个百叶自上而下翻叶，产生划像效果。选择"反向"选项时，每个百叶宿自下而上翻页。选择特效面板上的"设置"选项，弹出"百叶窗设置"对话框，在"数量"文本框中设置百叶的数量。设置及特效如图 6-71 所示。

图 6-71　"百叶窗划像"设置及切换特效

6.6.13　舱门(Barn Doors)

"舱门"特效作用在素材 A 上，素材 A 以开门的方式划像，露出素材 B。选项"反向"选项时，素材 A 以关门的方式划像，切换特效如图 6-72 所示。

图 6-72　"舱门"切换特效

6.6.14　螺旋方块(Spiral Boxes)

"螺旋方块"特效作用在素材 A 上，素材 A 以方块状由外向内螺旋划像。选择"反向"选项时，素材 A 以方块状由内向外螺旋划像。选择特效面板上的"设置"选项，弹出"螺旋方块设置"对话框，设置水平和垂直方块数，切换特效如图 6-73 所示。

图 6-73　"螺旋方块"设置及切换特效

6.6.15　随机划像(Random Wipe)

　　"随机划像"特效作用在素材 A 上，素材 A 边缘呈小方块状自上而下划像。选择"反向"选项时，素材 A 边缘呈小方块状自下而上划像,切换特效如图 6-74 所示。

图 6-74　"随机划像"切换特效

6.6.16　随机方块(Random Blocks)

　　"随机方块"特效作用在素材 A 上，素材 A 呈小方块状随机在整个画面上逐渐划像，直到露出素材 B。单击特效面板上的"设置"选项，弹出"随机块设置"对话框，在该对话中设置方块的"横向"和"纵向"块数,设置及特效如图 6-75 所示。

图 6-75　"随机块方块"设置及切换特效

6.6.17　风车划像(Pinwheel)

　　"风车划像"特效作用在 A 素材上，素材 A 以风车状顺时针划像。选择"反向"选项，素材 A 以风车状逆时针划像。单击特效面板上的"设置"选项，弹出"风车设置"对话框，在对话框中可设置风车叶片数量，设置及特效如图 6-76 所示。

图 6-76　"风车设置"及切换特效

6.7　"卷页"切换(Page Peel)

　　"卷页"切换特效作用在素材 A 上，通过不同方式的卷页，露出素材 B。选择"反向"选项时，特效作用在素材 B 上，素材 B 将卷页复原，覆盖素材 A，以下是 5 种卷页方式特效图。

6.7.1　中心剥卷(Center Peel)

"中心剥卷"切换效果，如图 6-77 图 6-78 所示。

图 6-77　"中心剥卷"切换特效

图 6-78　反向"中心剥卷"切换特效

6.7.2　分解剥卷(Peel Back)

"分解剥卷"切换效果，如图 6-79、图 6-80 所示。

图 6-79　"分解剥卷"切换特效

图 6-80　反向"分解剥卷"切换特效

6.7.3　斜向卷页(Page Peel)

"斜向卷页"切换效果，如图 6-81、图 6-82 所示。

图 6-81　"斜向卷页"切换特效

图 6-82　方向"斜向卷页"切换特效

6.7.4　斜向翻页(Page Turn)

"斜向翻页"切换效果，如图 6-83、图 6-84 所示。

图 6-83　"斜向翻页"切换特效

图 6-84　反向"斜向翻页"切换特效

6.7.5　滚动翻页(Roll Away)

"滚动翻页"切换效果，如图 6-85、图 6-86 所示。

图 6-85　"滚动翻页"切换特效

图 6-86　反向"滚动翻页"切换特效

6.8　"叠化"切换(Dissolve)

6.8.1　化入化出(Cross Dissolve)

该特效使素材 A 逐渐由不透明到透明(透明度由 0 到 100),使素材 B 逐渐由透明到不透明(透明度由 100 到 0),从而使素材 A 逐渐淡出,素材 B 逐渐淡入,切换特效如图 6-87 所示。

图 6-87　"化入化出"切换特效

6.8.2　反淡入淡出(Non-Additive Dissolve)

该特效使素材 A 由暗部到亮部逐渐透明,使素材 B 由亮部到暗部逐渐显示,切换特效如图 6-88 所示。

图 6-88　"反淡入淡出"切换特效

6.8.3　栅点过渡(Dither Dissolve)

该特效使素材 A 逐渐淡出,使素材 B 逐渐淡入,并伴随栅点淡入后淡出,切换特效如图 6-89 所示。

图 6-89　"栅点过渡"切换特效

6.8.4　淡入淡出(Additive Dissolve)

该特效使素材 A 逐渐淡出,与此同时,素材 B 逐渐淡入并逐渐增亮,然后亮度逐渐正常,切换特效如图 6-90 所示。

图 6-90　"淡入淡出"切换特效

6.8.5　随机反转(Random Invert)

　　该特效的前半程中，素材 A 以方块状逐渐透明，露出素材 A 的反转片；该特效后半程中，素材 A 的反转片以方块状逐渐透明，露出素材 B。单击特效面板上的"设置"选项，弹出"随机方块反转设置"对话框，设置方块"横向"和"纵向"数量，切换特效如图 6-91 所示。

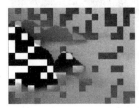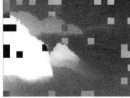

图 6-91　"随机反转"切换特效

6.8.6　黑场特效(Dip to Black)

　　该特效的前半程，素材 A 逐渐变黑，后半程素材 B 由黑逐渐增亮到正常，切换特效如图 6-92 所示。

图 6-92　"黑场特效"切换特效

6.9　"映射"切换(Map)

6.9.1　亮度映射(Luminance Map)

　　该特效可使切换区素材 A 与素材 B 叠加，不产生动态效果，如图 6-93 所示。

素材 A　　　　　　　　特效区域效果　　　　　　　　素材 B

图 6-93　"亮度映射"切换特效

6.9.2 通道映射(Channel Map)

添加"通道"切换特效后,弹出"通道映射设置"对话框,对话框中有 4 个选项,分别映射到"目标 Alpha"、"目标 R"、"目标 G"和"目标 B"。当映射来源全部选择 A 素材时,特效区显示 A 素材;当映射来源全部选择 B 素材时,特效区显示 B 素材;当映射来源选择既有 A 素材又有 B 素材时,特效区将显示 A、B 素材的叠加。选择"反转"通道会反向选择,设置及特效如图 6-94 所示。

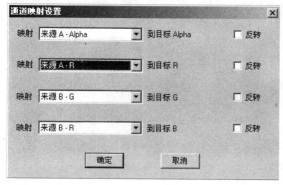

图 6-94 "通道映射"设置及切换特效

6.10 "滑动"切换(Slide)

6.10.1 中心分解(Center Split)

"中心分解"特效作用在素材 A 上,素材 A 分成 4 块,并向 4 个角滑出。选择"反向"选项时,特效作用在 B 素材上,素材 B 分成 4 块,从 4 个角向中心滑出,切换特效如图 6-95、图 6-96 所示。

图 6-95 "中心分解"切换特效

图 6-96 反向"中心分解"切换特效

6.10.2 中心缩并(Center Merge)

"中心缩并"特效作用在素材 A 上,素材 A 分 4 块向中心收缩直到消失。选择"反向"

选项时,特效作用在素材 B 上,素材 B 分 4 块由中心向外扩散直到全屏,切换特效如图 6-97、图 6-98 所示。

图 6-99 "中心缩并"切换特效

图 6-100 反向"中心缩并"切换特效

6.10.3 交换 (Swap)

"交换"特效同时作用在两个素材上,特效的前半程,素材 A 在前,向左滑动到一半,素材 B 在后,同时向右滑动到一半。特效的后半程,素材 B 在前,向左滑动直到全屏,同时素材 A 在后,向右滑动直到被素材 B 全部覆盖。选择"反向"选项时,相当于 A、B 素材互换,切换特效如图 6-101 所示。

图 6-101 "交换"切换特效

6.10.4 分解(Split)

"分解"特效作用在素材 A 上,素材 A 从中心分为两部分,逐渐向两侧滑出。选择"反向"选项时,特效作用在素材 B 上,素材 B 分成两块,从两侧向中间合并,切换特效如图 6-102、图 6-103 所示。

图 6-102 "分解"切换特效

图 6-103　反向"分解"切换特效

6.10.5　多图旋转(Multi-Spin)

"多图旋转"特效作用在素材 B 上,素材 B 以多个方块形式由小到大旋转,直到合并为全屏。选择"反向"选项时,特效作用在素材 A 上,素材 A 以多个方块形式由大到小旋转,直到消失,切换特效如图 6-104、图 6-105 所示。

图 6-104　"多图旋转"切换特效

图 6-105　"多图旋转"切换特效

6.10.6　推移(Push)

"推移"特效同时作用在两个素材上,素材 B 由左向右将素材 A 推出画面。选择"反向"选项时,素材 B 由右向左将素材 A 推出画面,切换特效如图 6-106、图 6-107 所示。

图 6-106　"推移"切换特效

图 6-107　反向"推移"切换特效

6.10.7　涡旋(Swirl)

　　"涡旋"特效作用在素材 B 上，素材 B 以多个方块从画面中央涡旋放大，直到全屏。选择"反向"选项时，特效作用在素材 A 上，素材 A 以多个方块由全屏涡旋缩小，在画面中央逐渐消失，切换特效如图 6-108、图 6-109 所示。

图 6-108　"涡旋"切换特效

图 6-109　反向"涡旋"切换特效

6.10.8　滑动斜栅(Slash Slide)

　　"滑动斜栅"特效作用在素材 B 上，素材 B 以斜栅条状从左上角滑向画面中央，覆盖素材 A。选择"反向"选项时，特效作用在素材 A 上，素材 A 以斜栅条状由画面中央逐渐向左上角滑出，露出素材 B，切换特效如图 6-110 所示。

图 6-110　"滑动斜栅"切换特效

6.10.9　滑动栅条(Band Slide)

　　"滑动栅条"特效作用在 B 素材上，B 素材以横向栅条状从左右两侧向画面中央滑动，覆盖素材 A。选择"反向"选项时，特效作用在素材 A 上，素材 A 以横向栅条状从中央向两侧滑动，露出素材 B。单击"设置"按钮，可设置栅条的数量，切换特效如图 6-111 所示。

图 6-111　反向"滑动斜栅"切换特效

6.10.10　滑动细栅(Sliding Bands)

"滑动细栅"特效作用在素材 A 上，素材 A 从左向右以细条状滑过，露出素材 B。选择"反向"选项，素材 A 从右向左以细条状滑过，露出素材 B，切换特效如图 6-112 所示。

图 6-112　"滑动细栅"切换特效

6.10.11　滑移(Slide)

"滑移"特效作用在素材 B 上，素材 B 从左向右逐渐滑入，覆盖素材 A。选择"反向"选项时，特效作用在素材 A 上，素材 A 向左逐渐滑出，露出素材 B，切换特效如图 6-113、图 6-114 所示。

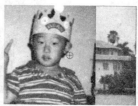

图 6-113　"滑移"切换特效

图 6-114　反向"滑移"切换特效

6.10.12　组合栅条(Sliding Boxes)

"组合栅条"特效作用在素材 B 上，素材 B 呈栅条状由左向右滑出，然后合并成全图，覆盖素材 A。选择"反向"选项时，素材 A 呈栅条状向左滑出，露出素材 B，切换特效如图 6-115、图 6-116 所示。

图 6-115　"组合栅条"切换特效

图 6-116 "组合栅条"切换特效

6.11 "特殊效果"切换(Special Effect)

6.11.1 "3-D"切换特效(Three-D)

可在特效区域,将素材 A 显示红色通道,素材 B 显示蓝色通道,并重叠显示,切换特效如图 6-117 所示。

素材 A 图像 　　　　　　素材 B 图像 　　　　　　特效果图像

图 6-117 "3-D"切换特效

6.11.2 图形遮挡(Image Mask)

添加"图形遮挡"特效后,弹出"图形遮挡设置"对话框,单击"选择图片"按钮,选择一个图像文件,特效执行时,图像部分将透明,透明部分显示素材 A,其他部分显示素材 B,设置及特效如图 6-118、图 6-119 所示。

图 6-118 "图形遮挡设置"对话框

素材 A 图像 　　　　　　素材 B 图像 　　　　　　特效图像

图 6-119 "图形遮挡"切换特效

6.11.3　快切和直接(Take & Direct)

这两个特效都是直接切换，属于硬切。运用蒙太奇效果时经常采用。

6.11.4　替换(Displace)

根据素材 A 图像的颜色不同，使素材 B 产生局部变形，如图 6-120 所示。

素材 A　　　　　　　　特效后效果　　　　　　　素材 B

图 6-120　"替换"切换特效

6.11.5　纹理叠加(Texturize)

"纹理叠加"特效同时作用在两个素材上，在特效转化区产生叠加效果，如图 6-121 所示。

素材 A 图像　　　　　　素材 B 图像　　　　　　特效后效果

图 6-121　"纹理叠加"切换特效

6.12　"窗孔"切换(Iris)

该组特效作用在素材 A 上，在素材 A 画面上产生多种类型的透明窗孔，窗孔由小到大，直到出屏，露出素材 B。选择"反向"选项时，特效作用在 B 素材上，素材 B 在画面上产生多种类型的透明窗孔，窗孔由大到小，直到在画面中央消失，全屏显示素材 B，各种切换特效如下所示。

6.12.1　X 形窗孔(Iris Points)

"X 形窗孔"效果，如图 6-122、图 6-123 所示。

图 6-122　"X 形窗孔"切换特效

图 6-123　反向"X 形窗孔"切换特效

6.12.2　十字窗孔(Iris Cross)

"十字窗孔"效果，如图 6-124、图 6-125 所示。

图 6-124　"十字窗孔"切换特效

图 6-125　反向"十字窗孔"切换特效

6.12.3　圆形窗孔(Iris Round)

"圆形窗孔"效果，如图 6-126、图 6-127 所示。

图 6-126　"圆形窗孔"切换特效

图 6-127 反向"圆形窗孔"切换特效

6.12.4 多形窗孔(Iris Shapes)

"多形窗孔"效果，如图 6-128、图 6-129 所示。

图 6-128 "多形窗孔"切换特效

图 6-129 反向"多形窗孔"切换特效

6.12.5 星形窗孔(Iris Star)

"星形窗孔"效果，如图 6-130、图 6-131 所示。

图 6-130 "星形窗孔"切换特效

图 6-131 反向"星形窗孔"切换特效

6.12.6 矩形窗孔(Iris Box)

"矩形窗孔"效果，如图 6-132、图 6-133 所示。

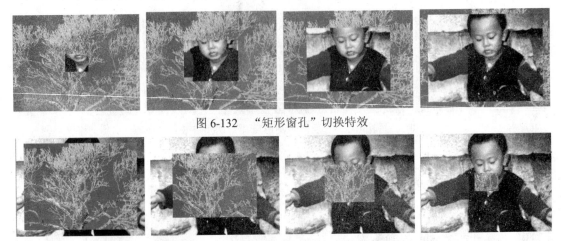

图 6-132　"矩形窗孔"切换特效

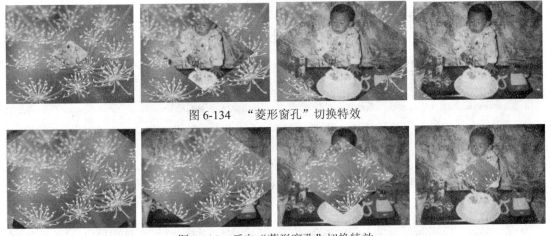

图 6-133　反向"矩形窗孔"切换特效

6.12.7　菱形窗孔(Iris Diamond)

"菱形窗孔"效果，如图 6-134、图 6-135 所示。

图 6-134　"菱形窗孔"切换特效

图 6-135　反向"菱形窗孔"切换特效

6.13　"缩放"切换(Zoom)

6.13.1　交叉缩放(Cross Zoom)

"交叉缩放"特效同时作用在两个素材上。特效前半程，素材 A 由原图逐渐放大；特效后半程，直接切到素材 B，由放大逐渐到原图大小，切换特效如图 6-136 所示。

图 6-136　"交叉缩放"切换特效

6.13.2　多图缩放(Zoom Boxes)

"多图缩放"特效作用在素材 B 上，素材 B 呈若干方块逐渐由小到大，直到全屏显示。选择"反向"选项时，特效作用在素材 A 上，素材 A 由全屏切成若干方块逐渐由大到小，直到消失，露出素材 B，切换特效如图 6-137、图 6-138 所示。

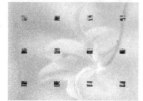

图 6-137　"多图缩放"切换特效

图 6-138　反向·"多图缩放"切换特效

6.13.3　缩放(Zoom)

"缩放"特效作用在素材 B 上，素材 B 从画面中央由小到大逐渐放大，直到全屏覆盖素材 A。选择"反向"选项时，特效作用在素材 A 上，素材 A 由全屏逐渐向画面中央缩小，直到消失露出素材 B，切换特效如图 6-139、图 6-140 所示。

图 6-139　"缩放"切换特效

图 6-140　反向"缩放"切换特效

6.13.4　追踪缩放(Zoom Trails)

"追踪缩放"特效作用在素材 A 上，特效前半程，素材 A 逐渐向画面中央缩小并产生尾影；特效后半程，素材 A 呈尾影状逐渐向画面中央缩小，露出素材 B。选择"反向"选项时，特效作用在 B 素材上，特效前半程，素材 B 呈尾影状，由画面中央逐渐扩大到全屏；

特效后半程，素材 B 逐渐扩大并消除尾影，直到素材 B 全屏显示。单击特效面板上的"设置"选项，弹出"追踪缩放"对话框，在对话框中可设置尾影的个数，切换特效如图 6-141、图 6-142 所示。

图 6-141　"追踪缩放"切换特效

图 6-142　反向"追踪缩放"切换特效

第 7 章　影视字幕编辑与制作

7.1　字幕的基本操作

影视字幕的制作，分为线性的实时制作和非线性的后期制作。实时制作是采用字幕编辑机与视频实时合成，除了现场直播节目外，多数还是采用后期非线性编辑与制作。在后期非线编辑制作中，可根据影片需要，选择不同的编辑软件，例如：制作 3D 效果的字幕，一般使用 3d max 软件。本书主要讲解 Adobe Premiere Pro 2.0/CS3 字幕的编辑与制作。

7.1.1　字幕的建立与使用

1. 建立字幕文件

（1）在节目文件中，选择"字幕"→"新建字幕"→"静态字幕"选项（也可选择"垂直滚动"或"水平滚动"），弹出"新建字幕"对话框，在"名称"文本框中输出字幕的名称（默认名称为"字幕 01"），如图 7-1、图 7-2 所示。

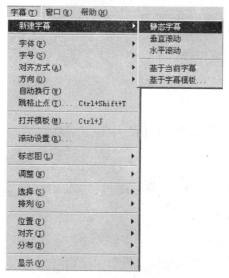

图 7-1　"字幕"菜单

图 7-2　"新建字幕"对话框

（2）单击"确定"按钮，弹出字幕编辑窗口，如图 7-3 所示。

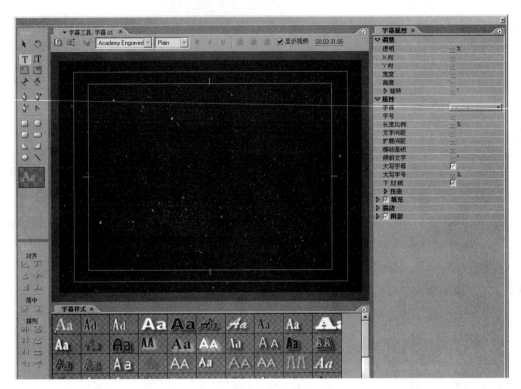

图 7-3　字幕编辑窗口

2．字幕编辑窗口的组成

字幕编辑窗口由 5 部分组成：工具栏、字幕设计窗口、字幕样式、对齐方式和字幕属性。

3．建立字幕对象

通过相应的工具，在"字幕设计窗口"中建立字幕。

4．关闭字幕窗口

单击字幕窗口右上角的关闭按钮 ⊠ ，字幕自动保存，并显示在节目库中。

5．字幕的使用

将节目库中的字幕拖曳到时间线上的视频轨中，使用鼠标拖动字幕的位置，拖拽字幕的两端，可设置字幕的长度，其他用法与视频用法相同。

6．修改字幕

在节目库中双击字幕图标即可打开字幕窗口，编辑完成后关闭即可。

7．删除字幕

选中要删除的字幕，单击"编辑"菜单，在弹出的下拉菜单中选择"清除"选项，即可将该字幕删除。也可以右键单击要删除的字幕，在弹出的快捷菜单中选择"清除"选项将其删除，此操作也将一并删除视频轨上的该字幕。如果只删除视频轨上的字幕，可选中视频轨上的字幕，单击 Delete 键即可，此操作不影响节目库上的字幕。

7.1.2　字幕工具栏

字幕工具栏提供了制作字幕时所需要的常用工具，主要包括选取工具、字幕编辑工具、路径设置工具和图形绘制工具，如图 7-4 所示。

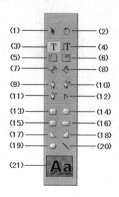

图 7-4　工具栏

1. 选择工具

该工具可在字幕设计窗口中选中或移动对象。按住 Shift 键可同时选择多个对象，还可以用鼠标在对象外围框选。直接拖动对象的编辑点，可改变对象的大小。

2. 旋转工具

使用该工具可旋转字幕设计窗口中的对象。

3. 文字工具

选择该工具后，在字幕设计窗口单击可横向输入文本，输出时可按 Enter（回车键）换行，多次单击鼠标，可添加多个横向字幕文本，如图 7-5 所示。

图 7-5　横向文字效果

4. 垂直文字工具

选择该工具后，在字幕设计窗口单击，就可纵向输入文本，输出时可按 Enter（回车键）换行，多次单击鼠标，可添加多个纵向字幕文本，如图 7-6 所示。

图 7-6　垂直文字工具效果

5. 水平排版工具

选择该工具后，在字幕设计窗口用鼠标拖拉出一个横向文本框，输入的文本将限制在文本框内，调整文本框的大小不影响文本属性，如图 7-7 所示。

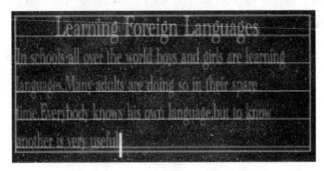

图 7-7　水平排版工具效果

6. 垂直排版工具

选择该工具后，在字幕设计窗口用鼠标拖拉出一个纵向文本框，输入的文本将限制在文本框内，调整文本框的大小不影响文本属性，如图 7-8 所示。

图 7-8　垂直排版工具效果

7. 路径工具

选择该工具后，在字幕设计窗口单击鼠标，设置一个路径，然后输入文本，输入的文本将垂直并沿着路径排列，如图 7-9、图 7-10 所示。

图 7-9　路径效果

图 7-10　横向路径文字效果

8. 垂直路径工具

选择该工具后，在字幕设计窗口单击鼠标，设置一个路径，然后输入文本，输入的文本将平行并沿着路径排列。在路径工具上，可使用钢笔工具对控制点进行编辑、添加、删除、和转换锚点等操作。使用钢笔工具修改路径可使路径为弧线，如图 7-11、图 7-12 所示。

图 7-11　垂直路径工具尖角

图 7-12　垂直路径工具弧线

9. 钢笔工具

使用该工具可绘制各种复杂的曲线和图形，添加的控制点越多，图形形状越精细，也可以使用该工具移动曲线或图形上的控制点，如图 7-13 所示。

图 7-13　钢笔工具效果

10. 添加锚点工具

使用该工具可在绘制的曲线上增加控制点。

11. 删除锚点工具

使用该工具可删除曲线上的控制点。

12. 转换锚点工具

该工具可改变控制点两侧曲线的弧度，如果控制点处是弧线，单击该控制点可变为尖角；如果控制点处是尖角，调整该控制点，可变为弧线，如图 7-14 所示。

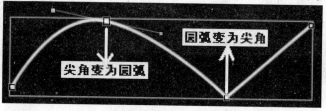

图 7-14　转换锚点工具效果

13. 矩形工具

使用该工具可绘制矩形。

14. 切角矩形工具

使用该工具可绘制切角矩形。

15. 圆角矩形工具

使用该工具可绘制圆角矩形。

16. 圆矩形工具

使用该工具可绘制圆矩形。

17. 三角工具

使用该工具可绘制直角三角形。

18. 扇形工具

使用该工具可绘制直角扇形。

19. 椭圆工具

使用该工具可绘制椭圆，按住 Shift 键可绘制正圆。

20. 直线工具

使用该工具可绘制一条直线。

21. 样式显示

该图标可显示当前字幕样式。

7.1.3 字幕设计窗口

字幕设计窗口主要包括 9 部分，如图 7-15 所示。

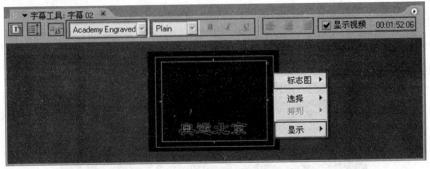

图 7-15 字幕设计窗口

1．新建字幕

单击该选项弹出"新建字幕"对话框，输入文件名，单击"确定"按钮，可复制当前字幕文件，相当于"另存为"，并显示在当前窗口，原字幕文件自动关闭。

2．滚动设置

单击该选项，弹出"滚动设置"对话框，在对话框中，可选择"静态字幕"、"垂直滚动"和"水平滚动"3 种形式，如图 7-16 所示。

图 7-16　"滚动设置"对话框

3．浏览字体

选中一个字幕文本，单击该选项，弹出"字体浏览"对话框，选择对话框中的字体，字幕文本将随之改变，如图 7-17 所示。

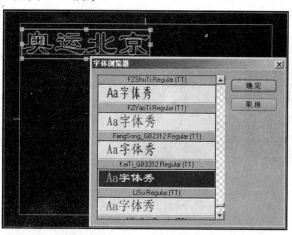

图 7-17　浏览字体效果

4．字体设置

单击该选项右侧的向下箭头，在弹出的字体菜单选项中选择需要的字体。

5. 字体属性

单击该选项右侧的向下箭头，可选择字体的属性，或选择右侧的"粗体"、"斜体"和"下划线"。

6. 对齐设置

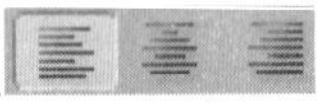

该选项可设置文本框内文本的对齐方式，包括"左对齐"、"居中" 和"右对齐"，如图 7-18 所示。

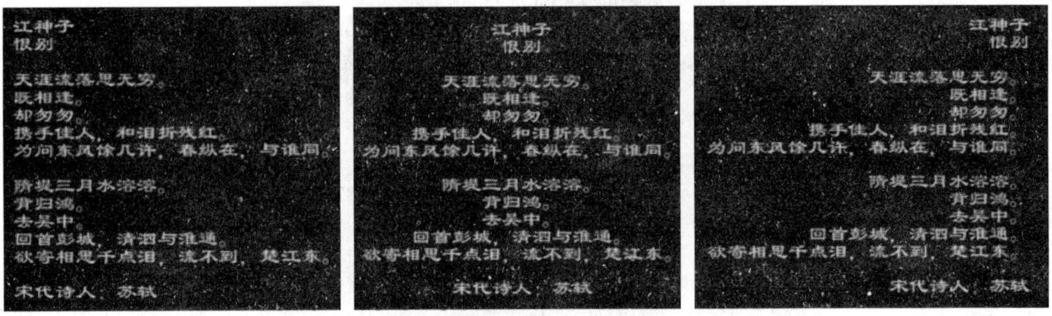

左对齐　　　　　　　　　　居中　　　　　　　　　　右对齐

图 7-18　对齐设置

7. 字幕设计窗口显示方式

选择"显示视频"选项时，字幕设计窗口的背景将显示当前播放的视频，无视频则显示黑屏；不选择"显示视频"选项时，字幕设计窗口的背景将显示灰白方格，3 种字幕设计窗口如图 7-19 所示。

字幕设计窗口 1　　　　　　字幕设计窗口 2　　　　　　字幕设计窗口 3

图 7-19　字幕设置窗口

8. 插入标志图

（1）标志图浮动在字幕设置窗口：在字幕设计窗口的空白处，单击鼠标右键，弹出一个快捷菜单，选择"标志图"→"插入标志"→选项，弹出"导入图像为标志"对话框，指定文件类型，选择文件，单击"打开"按钮，插入的标志图将浮动在字幕设计窗口，如图 7-20、图 7-21 所示。

图 7-20 快捷菜单选择"插入标志图"　　　　　　图 7-21 浮动标志图效果

（2）标志图插入到文本中：首先选择一个字幕对象，移动插入点，单击鼠标右键，在弹出的菜单中选择"标志图"→"插入标志图到正文"选项，弹出"导入图像为标志"对话框，指定文件类型，选择文件，单击"打开"按钮，标志图将插入到字幕文本中，如图7-22、图 7-23 所示。

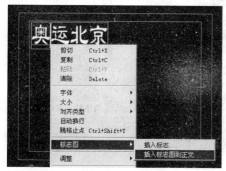

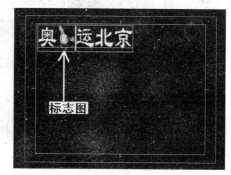

图 7-22 标志图快捷菜单　　　　　　图 7-23 标志图插入到正文效果

9．显示

在字幕设计窗口的空白处，单击鼠标右键，弹出快捷菜单，选择"显示"选项，在弹出下级菜单中包括"安全字幕框"、"安全活动框"和"文字基线"等。选择该选项，在字幕设计窗口中将显示这些框线，不选择时，这些框线将消失。如果字幕超出"安全字幕框"和"安全活动框"区域，在保存或转化视频时，框外区域的图像会不稳定或被剪切掉，如图 7-24、图 7-25 所示。

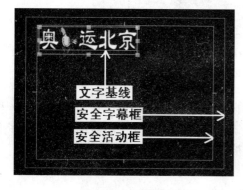

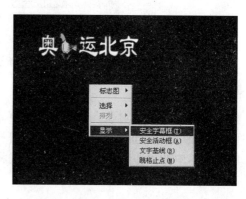

图 7-24 框线样式　　　　　　图 7-25 快捷菜单选择框线

7.1.4　字幕样式

字幕样式提供了许多模板，在字幕设计窗口选择一个或多个文本对象后，单击字幕样式中的一种，便可将对象设置为该样式。单击右侧的按钮 ，弹出菜单，如图 7-26 所示。

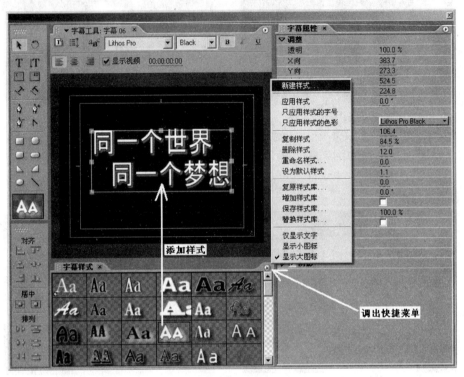

图 7-26　字幕样式窗口

1. 新建样式

在字幕设计窗口建立或选中一个字幕文本，设置该字幕的格式属性，单击菜单中的"新建样式"，弹出"新建样式"对话框，输入新建样式的名称，单击"确定"按钮，将在字幕样式中产生一个新的样式，如图 7-27 所示。

图 7-27　"新建样式"对话框

2. 应用样式

如果当前已选中了对象，这时要应用字幕样式，只需要在字幕样式面板中选择一种样式即可。如果当前未选中对象，这时在字幕样式中选择一种样式，然后选择一个或多个对象，单击菜单中的"应用样式"选项，样式将被设定。

3．只应用样式的字号

选中菜单中的该选项，字幕对象只应用样式字号。

4．只应用样式的色彩

选中菜单中的该选项，字幕对象只应用样式的色彩。

5．复制样式

选择一种样式，单击菜单中的该选项，可复制该样式。

6．删除样式

选择一种样式，单击菜单中的该选项，可删除该样式。

7．重命名样式

选择一种样式，单击菜单中的该选项，弹出"重命名样式"对话框，在对话框中修改样式名称，单击"确定"按钮完成重命名，如图 7-28 所示。

图 7-28　"重命名样式"对话框

8．设置默认样式

选择一种样式，单击菜单中的该选项，可将该样式设置为默认样式。

9．复原样式库

单击菜单中的该选项，弹出"Adobe 字幕设计工具"对话框，单击"确定"按钮，可恢复到默认样式库（默认样式库的文件名为 workingset.prsl），如图 7-29 所示。

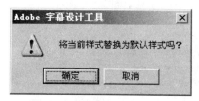

图 7-29　"字幕设计工具"对话框

10．保存样式库

单击菜单中的该选项，弹出"保存样式库"对话框，输入文件名，单击"保存"按钮，可将当前使用的样式保存为样式库文件，如图 7-30 所示。

图 7-30 "保存样式库"对话框

11. 增加样式库

单击菜单中的该选项，弹出"打开样式库"对话框，选择一个样式库文件，单击"打开"按钮，该样式库将追加到原样式库的后面，如图 7-31 所示。

图 7-31 "打开样式库"对话框

12. 替换样式库

单击菜单中的该选项，弹出"打开样式库"对话框，选择一个样式库文件，单击"打开"按钮，该样式库将替换原样式库。

13. 仅显示文字

单击菜单中的该选项，字幕样式将以文件名的方式显示，如图 7-32 所示。

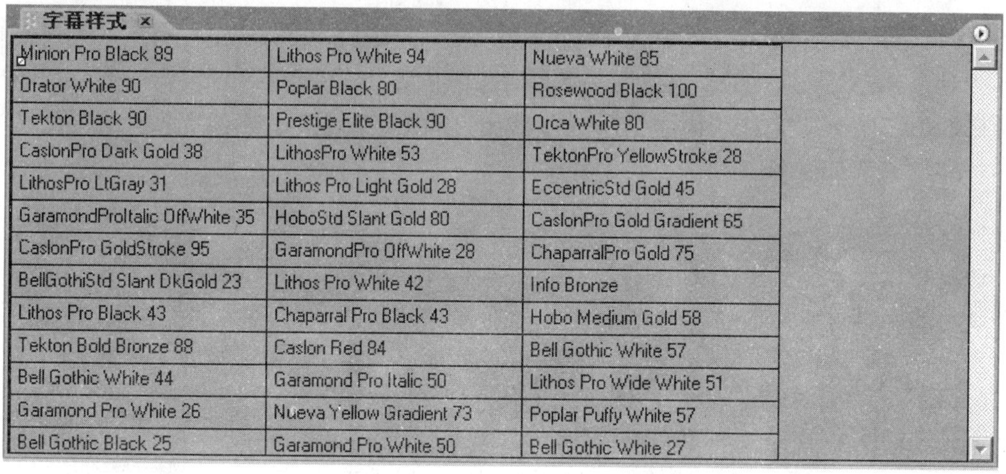

字幕样式 ×		
Minion Pro Black 89	Lithos Pro White 94	Nueva White 85
Orator White 90	Poplar Black 80	Rosewood Black 100
Tekton Black 90	Prestige Elite Black 90	Orca White 80
CaslonPro Dark Gold 38	LithosPro White 53	TektonPro YellowStroke 28
LithosPro LtGray 31	Lithos Pro Light Gold 28	EccentricStd Gold 45
GaramondProItalic OffWhite 35	HoboStd Slant Gold 80	CaslonPro Gold Gradient 65
CaslonPro GoldStroke 95	GaramondPro OffWhite 28	ChaparralPro Gold 75
BellGothiStd Slant DkGold 23	Lithos Pro White 42	Info Bronze
Lithos Pro Black 43	Chaparral Pro Black 43	Hobo Medium Gold 58
Tekton Bold Bronze 88	Caslon Red 84	Bell Gothic White 57
Bell Gothic White 44	Garamond Pro Italic 50	Lithos Pro Wide White 51
Garamond Pro White 26	Nueva Yellow Gradient 73	Poplar Puffy White 57
Bell Gothic Black 25	Garamond Pro White 50	Bell Gothic White 27

图 7-32　"文件名方式"字幕样式

14. 显示小图标

单击菜单中的该选项，字幕样式将以小图标的方式显示，如图 7-33 所示。

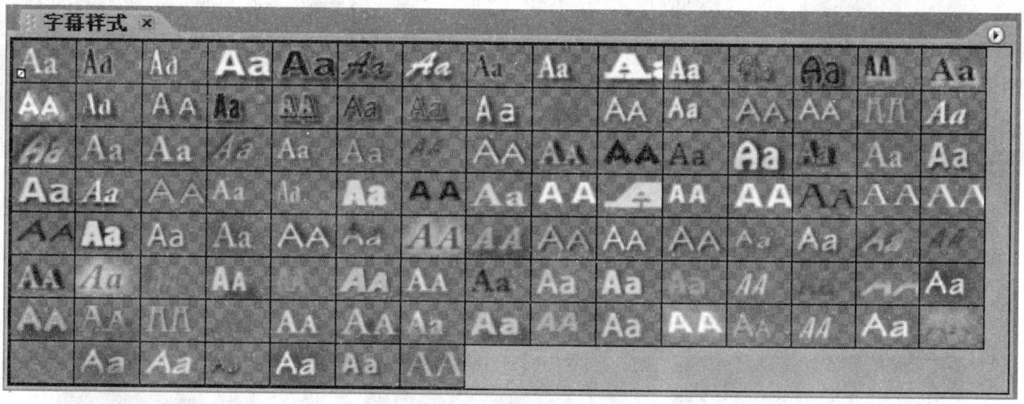

图 7-33　"小图标"字幕样式

15. 显示大图标

单击菜单中的该选项，字幕样式将以大图标的方式显示，如图 7-34 所示。

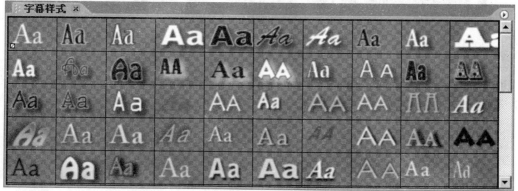

图 7-34　"大图标"字幕样式

7.1.5　对齐方式

"对齐方式"工具栏可以快速调整字幕对象的位置，该工具栏包括"对齐"、"居中"、和"排列"3 部分，如图 7-35 所示。

1. 对齐

该组是设置多个字幕对象的对齐方式，必须选择两个或两个以上的字幕对象，本例同时选择 4 个字幕对象，如图 7-36 所示。

（1）水平左对齐：单击该选项，选中的对象将水平左对齐，如图 7-37 所示。

（2）水平居中：单击该选项，选中的对象将以水平居中，如图 7-38 所示。

图 7-35　"对齐方式"工具栏

（3）水平右对齐：单击该选项，选中的对象将水平右对齐，如图 7-39 所示。

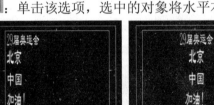

图 7-36　开始字幕　　　图 7-37　水平左对齐　　　图 7-38　水平居中　　　图 7-39　水平右对齐

（4）垂直顶对齐：单击该选项，选中的对象将垂直顶对齐，如图 7-40 所示。

（5）垂直居中：单击该选项，选中的对象将垂直居中，如图 7-41 所示。

（6）垂直底对齐：单击该选项，选中的对象将垂直底对齐，如图 7-42 所示。

　　　图 7-40　垂直顶对齐　　　　　图 7-41　垂直居中　　　　　图 7-42　垂直底对齐

2. 居中

在该组选项可选择一个字幕对象，也可以选择多个字幕对象。以选中后的外框作为对象，进行垂直居中和水平居中。本例同时选中两个对象，如图 7-43 所示。

（1）水平居中：单击该选项，选中的部分将整体水平居中，如图 7-44 所示。

（2）垂直居中：单击该选项，选中的部分将整体垂直居中，如图 7-45 所示。

图 7-43　开始字幕　　　　图 7-44　水平居中　　　　图 7-45　垂直居中

3．排列

该组选项必须选择多个字幕对象，本例同时选中 4 个对象，如图 7-46 所示。

（1）水平平均分布▐▍：单击该选项，选中的字幕对象之间，水平上的间距相等，如图 7-47 所示。

（2）垂直平均分布━━：单击该选项，选中的字幕对象之间，垂直上的间距相等，如图 7-48 所示。

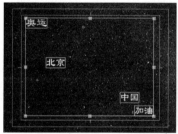
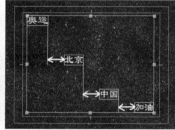
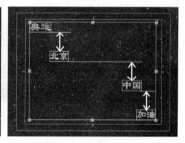

图 7-46　开始字幕　　　　图 7-47　水平平均分布　　　　图 7-48　垂直平均分布

7.2　字幕属性

字幕属性包括"调整"、"属性"、"填充"、"描边"和"阴影" 5 项，字幕中的"文本"、"标志图"、"图形"和"线段"除了"属性"设置不同外，"调整"、"填充"、"描边"和"阴影"功能和设置完全相同。单击每个属性左侧的箭头▷，可展开该属性，如图 7-49 所示。

图 7-49　"字幕属性"选项栏

7.2.1　调整

1．属性面板上设置

在字幕属性面板中可设置字幕对象的"透明度"、"X 向"、"Y 向"、"宽度"、"高度"

和"旋转"，如图 7-50 所示。

图-7-50   "调整"选项栏

2. 使用快捷菜单设置

右键单击字幕对象，在弹出的快捷菜单中选择"调整"选项，然后分别设置"位置（X 向和 Y 向）"、"比例（宽度和高度）"、"旋转"和"透明度"，如图 7-51 所示。

剪切	Ctrl+X
复制	Ctrl+C
粘贴	Ctrl+V
清除	Delete

字体	▶
大小	▶
对齐类型	▶
自动换行	
跳格止点	Ctrl+Shift+T

标志图	▶

调整	▶	位置 (P)...
		比例 (S)...
选择	▶	旋转 (R)
排列	▶	透明 (O)...

位置	▶
对象排列	▶
对象分布	▶

显示	▶

图 7-51   "调整"快捷菜单

3. 直接在对象上拖曳

使用鼠标拖曳字幕对象，使字幕对象位置发生变化（X 向和 Y 向），拖曳控制点，可调整字幕对象的"宽度和高度"，把鼠标放在控制点的上方，可设置旋转角度。"X 向"和"Y 向"的值是以字幕设计窗口的左上角为原点，向右为 X 向，向下为 Y 向，如图 7-52 所示。

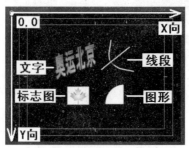

图 7-52   字幕对象位置坐标

7.2.2　属性

由于其特点不同，不同的字幕对象所具有的属性也不同。字幕对象主要包括"文本"、"图形"、"标志图"和"线段"4 种。

1. 文本属性

当选择的对象是"文本"时，属性选项将出现与文本相关的设置内容，如图 7-53 所示。

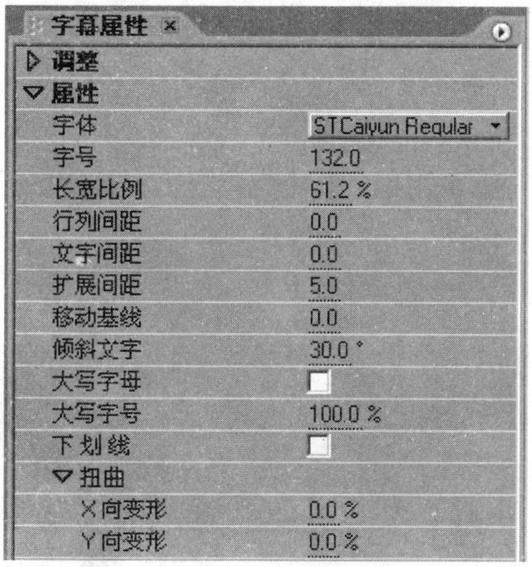

图 7-53　"文本属性"选项栏

（1）字体：单击右侧箭头号单出下拉菜单选择字体，与字幕设计窗口中的"字体设置"基本相同。

（2）字号：取值范围为 1～2000，也可使用鼠标在字幕设计窗口拖曳控制点来改变字号。

（3）长宽比例：取值范围为 1%～2000%。长宽比例等于 100%时，文本为正方形；长宽比例小于 100%时，文本为长方形；长宽比例大于 100%时，文本为扁平形，如图 7-54 所示。

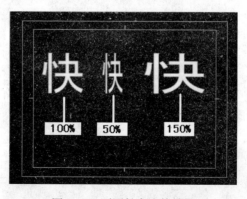

图 7-54　不同长宽比的效果

（4）行列间距：该选项可设置行（垂直文字或垂直排版为列）的间距，取值范围为-500～500，如图 7-55 所示。

行列间距为 10　　　　　　　行列间距为−10　　　　　　　行列间距为−80

图 7-55　不同行列间距的效果

（5）文字间距：该选项可设置字与字之间的间距，取值范围为−100～100，如图 7-56 所示。

文字间距为 10　　　　　　文字间距为−10　　　　　　文字间距为−80

图 7-56　不同文字间距效果

（6）扩展间距：该选项在每个字的右侧扩展一个间距（包括最后一个字），也可与文字间距同时使用，取值范围为−100～100。

（7）移动基线：该选项可调整文本输入框中的文字基线位置，取值范围为−100～100。

（8）倾斜文字：该选项可设置文字的倾斜角度，取值范围为−44°～44°。小于 0° 时向左倾斜，大于 0° 时向右倾斜，等于 0° 时不倾斜，如图 7-57 所示。

图 7-57　不同文字倾斜度的效果

（9）大写字母：选中该选项，英文小写可转换为大写，英文大写不变。

（10）大写字号：该选项只作用于设置了"大写字母"的英文小写字母上，可对该转换后的字母进行缩小。取值范围为 1%～100%，100% 为正常，小于 100% 为缩小。

（11）下划线：选中该选项，文字将添加下划线，与字幕设计窗口中的下划线 U 选项效果相同。

2. 图形属性

当选择的对象是"图形"时，属性选项将出现与图形相关的设置内容。图形的大小、宽高比和旋转，全部使用鼠标在字幕设计窗口中设置。"图形类型"选项右侧下拉菜单列出了所有图形种类，不同的图形又有不同的选项，选择不同的选项，字幕设计窗口中选中的图形也随之改变，如图 7-58 所示。

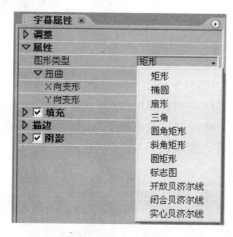

图 7-58　"图形属性"选项栏

（1）"矩形"、"椭圆"、"扇形"、"三角"和"圆矩形"：这 5 个图形没有设置选项，如图 7-59 所示。

图 7-59　"5 种图形效果"

（2）"圆角矩形"和"斜角矩形"：这两个图形有一个"倒角尺寸"设置，通过该角度设置可改变"圆角矩形"和"斜角矩形"4 个顶角角度，如图 7-60 所示。

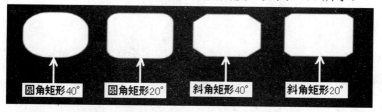

图 7-60　"圆角矩形"和"斜角矩形"效果

3．标志图

在"图像类型"选项中选择"标志图"时，选中的图形变为标志图 Logo，单击属性中"标志图"选项左侧的灰色方框，弹出"选择一个纹理图片"对话框，指定文件类型，在磁盘中选择一个图像文件，单击"打开"按钮，标志图 Logo 将被调入的图片替换，如图7-61、图 7-62 所示。

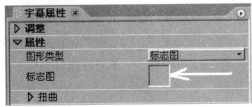

图 7-61　标志图设置

图 7-62　标志图效果

4．线段

开放贝济尔线选项包括"线条宽度"、"端点类型"、"拐角类型"和"切角限度"，本例线条宽度设置为 40，端点类型中的"圆形端头"和"矩形端头"，拐角类型中的"圆形拐角"和"倒角"；闭合贝济尔线没有"端点类型"选项，"拐角类型"选项中包括"闭合圆形拐角"和"闭合倒角"，其他选项设置与开放贝济尔线相同，设置及效果如图 7-63～图7-65 所示。

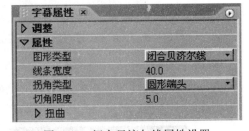

图 7-63　开放贝济尔线属性设置　　　　图 7-64　闭合贝济尔线属性设置

圆形端头　　矩形端头　　圆形拐角　　倒角　　闭合圆形拐角　　闭合倒角

图 7-65　端点和拐角效果

5．扭曲

该选项包括"X 向变形"和"Y 向变形"，作用于所有字幕对象，设置及原素材如图7-66、图 7-67 所示。

图 7-66　扭曲设置　　　　　　　　图 7-67　原字幕素材效果

（1）"X 向变形"：取值范围−100%～100%。0%值为不变形；大于 0%时，字幕对象逐渐变形为下三角，如图 7-68 所示；小于 0%时，字幕对象逐渐变形为上三角，如图 7-69 所示。

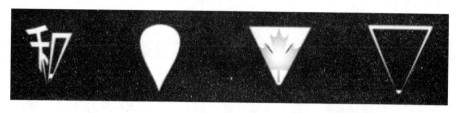

图 7-68　"X 向变形"值为 100%时字幕对象的效果

图 7-69　"X 向变形"值为−100%时字幕对象的效果

（2）"Y 向变形"：取值范围−100%～100%。0%值为不变形；大于 0%时，字幕对象逐渐变形为右三角，如图 7-70 所示；小于 0%时，字幕对象逐渐变形为左三角，如图 7-71 所示。

图 7-70　"Y 向变形"值为 100%时字幕对象的效果

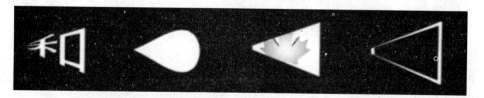

图 7-71　"Y 向变形"值为−100%时字幕对象的效果

（3）"X 向变形"和"Y 向变形"可以同时设置，使字幕对象变为多种形状，如图 7-72、图 7-73 所示。

图 7-72　"X 向变形"和"Y 向变形"值均为 100%时字幕对象的效果

图 7-73　"X 向变形"和"Y 向变形"值均为－100%时字幕对象的效果

7.2.3　填充

填充是使用颜色、描边和纹理对字幕对象相应区域的颜色进行替换。

1. 填充类型

在字幕设计窗口选择一个或多个字幕对象，单击该选项右侧下拉菜单，选择一种填充类型，字幕对象将被选择的填充类型所填充。填充类型包括"单色"、"线性渐变"、"放射渐变"、"四色渐变"、"斜面浮雕"、"消除"和"幻影"。填充类型对"标志图"不起作用，填充设置如图 7-74 所示。

图 7-74　"填充"选项栏

（1）单色：选择"单色"选项后，在下面的"色彩"选项中选择一种颜色，字幕对象将被该颜色填充，选择下方的"透明度"可设置字幕对象整个透明度，如图 7-75、图 7-76 所示。

图 7-75　单色设置　　　　　　　　图 7-76　单色字幕效果

（2）线性渐变：选择"线性渐变"选项后，在"色彩"选项中，单击渐变条下方左侧的"开始色"和右侧"最终色"按钮，设置渐变颜色，按钮的位置代表渐变的位置，两个按钮间的距离表示渐变的过渡距离；"色彩透明度"作用在"最终色"上；"角度"设置的是渐变方向，"角度"值为 0°时，渐变方向由左到右，随着角度的增大，渐变方向将顺时针移动；"重复"值的取值范围为 0～20，默认值为 0，渐变由开始色到最终色，当值大于 0 时，开始色在字幕对象的中央位置产生渐变色条，设置值等于色条的个数，设置及字幕效果如图 7-77、图 7-78 所示。

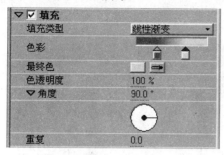

图 7-77　线性渐变设置

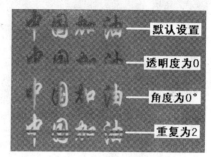

图 7-78　不同选项的字幕效果

（3）放射渐变：该效果的"起始色"在字幕对象的中央以球状向外渐变；"色透明度"选项作用在"最终色"上；"重复"选项产生圆环效果，设置及字幕效果如图所 7-79、图 7-80 示。

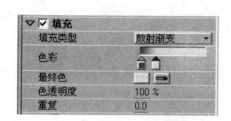

图 7-79　放射渐变设置

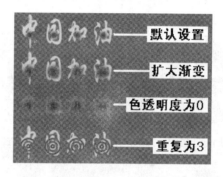

图 7-80　不同选项产生的字幕效果

（4）四色渐变：选择该选项后，"色彩"选项右侧色块上有 4 个选色点，依次是左上、右上、右下和左下（最终色），选择不同的颜色，字幕对象的 4 部分分别显示不同的颜色；可分别对各部分设置"色透明度"，该选项的设置及字幕效果如图 7-81、图 7-82 所示。

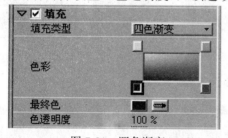

图 7-81　四色渐变

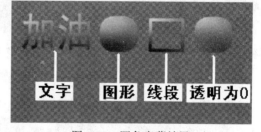

图 7-82　四色字幕效果

（5）斜面浮雕：选择该选项可使对象产生立体浮雕效果。"高亮区彩色"选项设置主受光面的颜色；"高亮区透明度"选项设置主受光面的透明度；"阴影区色彩"选项设置阴影的颜色；"阴影区透明度"设置阴影的透明度；"平衡"选项设置阴影的对比度，值越小对比度越大；"大小"选项设置浮雕斜面的大小，该值为 0 时，无浮雕效果。"光照"选项被选中后，通过调整"光照角度"可设置阴影的方向，增加立体效果；选中"管状"选项可使阴影产生管状钩边效果，各种字幕效果如图 7-83～图 7-88 所示。

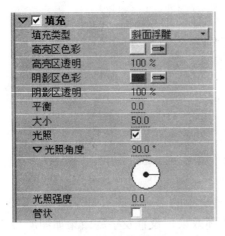

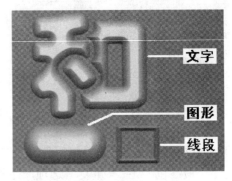

文字

图形

线段

图 7-83　斜面浮雕设置　　　　　　图 7-84　斜面浮雕效果

透明度均为 100　　　高亮区透明度为 0　　　高亮区透明度为 50　　　阴影区透明度为 0　　　阴影区透明度为 50

图 7-85　不同"透明度"的效果

"平衡"值为 0　　　"平衡"值为 25　　　"平衡"值为 50　　　"平衡"值为 75　　　"平衡"值为 100

图 7-86　不同"平衡值"的效果

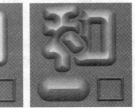

"大小"值为 0　　　"大小"值为 25　　　"大小"值为 50　　　"大小"值为 75　　　"大小"值为 100

图 7-87　不同"大小"值的效果

未选择"光照"　　"光照强度"为 0　　"光照强度"为 50　　"光照强度"为 100　　选择管状

图 7-88　不同"光照"值和"管状"字幕效果

（6）消除：选择"消除"选项，只显示字幕对象与阴影相减后的部分阴影，阴影尺寸必须大于字幕对象，否则显示不出阴影效果。本例阴影大小设置为 20，分别选择"单色"和"消除"，字幕效果如图 7-89、图 7-90 所示。

图 7-89　阴影大小为 20 的"单色"效果　　　　图 7-90　阴影大小为 20 的"消除"效果

（7）幻影：该选项与"消除"选项类似，但字幕对象和阴影不发生相减关系，可以完全显示阴影。本例阴影大小设置为 0，分别选择"单色"和"幻影"，字幕效果如图 7-91、图 7-92 所示。

 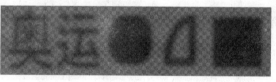

图 7-91　阴影大小为 0 的"单色"效果　　　　图 7-92　阴影大小为 0 的"消除"效果

2. 光泽

选中该选项，可在字幕对象的中央上产生一个光条，通过对不同选项的设置产生不同的光泽效果。光泽选项也可作用于"标志图"，光泽设置及效果如图 7-93、图 7-94 所示。

 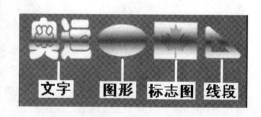

图 7-93　光泽设置　　　　　　　图 7-94　光泽效果

（1）色彩：该选项可设置光泽的颜色。

（2）透明：该选项可设置光泽的透明度。

（3）大小：该选项可设置光条的大小，不同光泽值的字幕效果如图 7-95 所示。

大小值为 25　　　　　大小值为 50　　　　　大小值为 75　　　　　大小值为 100

图 7-95　不同光泽"大小"值效果

（4）角度：该选项可设置光条的角度，不同角度值的字幕效果，如图 9-96 所示。

角度值为 0°　　　　　角度值为 45°　　　　　角度值为 90°　　　　　角度值为 135°

图 7-96　不同"角度"值效果

（5）偏移：该选项可改变光条偏移中心的位置，0 值在字幕对象的中央。不同偏移值的字幕效果如图 7-97 所示。

偏移值为 100　　　　　偏移值为 50　　　　　偏移值为-50　　　　　偏移值为-100

图 7-97　不同"偏移"值效果

3．纹理

选中该选项，可使用图片充填字幕对象，该选项不作用于标志图，设置及效果如图 7-98、图 7-99 所示。

图 7-98　"纹理"的设置　　　　　图 7-99　字幕效果

（1）纹理：单击"纹理"选项右侧的方框，选择图像文件，该文件将充填字幕对象。选择"翻转对象"和"旋转对象"，字幕对象翻转或旋转时，充填的图片也将随之翻转或旋转，否则，充填的图片将不发生翻转或旋转，如图 7-100 所示。

原图　　　　翻转（未选）　　翻转（选中）　　旋转（未选）　　旋转（选中）

图 7-100　"纹理"翻转或旋转效果

（2）缩放："对象 X"和"对象 Y"的下拉菜单分别有 4 个选项。选择"纹理"选项时，图像原图平铺填充整个字幕对象，选择"缩略图"、"全面"和"伸展"时，图像填充整个字幕对象，如图 7-101、图 7-102 所示；"水平"和"垂直"选项是对图像进行放大或缩小，值为 100%时为原图，值大于 100%时为放大（最大值为 500%），值小于 100%时为缩小（最小值为 1%），如图 7-103、图 7-104 所示；只有图像小于字幕对象，出现平铺状态时，"平铺 X"和"平铺 Y"选项才起作用，选中"平铺 X"选项时，显示行的图像，选中"平铺 Y"选项时，显示列的图像，如图 7-105、图 7-106 所示。同时选中时，显示全部图像。

图 7-101　"纹理"选项效果

图 7-102　"缩略图"选项效果

图 7-103　"水平"和"垂直"值为 130%

图 7-104　"水平"和"垂直"值为 70%

图 7-105　选择"平铺 X"效果

图 7-106　选择"平铺 Y"效果

（3）定位："对象 X"和"规则 X"选项，设置图像"左"、"中"、"右"的对齐方式；"对象 Y"和"规则 Y"选项设置图形"上"、"中"、"下"的对齐方式；"偏移 X"和"偏移 Y"选项设置图像在字幕对象中的横向和纵向的偏移。

（4）合成："混合"选项是设置填充图像与字幕对象的混合程度，值为 0 时，"字幕对象"和"填充图像"透明度均为 50%，同时显示；大于 0 时（最大值为 100），逐渐显示填充图像；小于 0 时（最小值为-100），逐渐显示字幕对象，如图 7-107、图 7-108 所示。"Alpha

比"设置混合后的透明度。"复合规则"设置与每个通道的混合。选择"反向"选项可设置与当前相反的值。

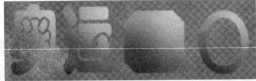

图 7-107　混合值为－100（字幕对象原图）　　　图 7-108　混合值为 0

7.2.4　描边

1．内描边

选中该选项，单击右侧的"添加"，可为字幕添加 1 个内描边，重复"添加"可产生多个内描边，可通过以下选项设置"内描边"效果，"内描边"可在字幕对象边缘的内侧产生描边线。

（1）内描边"类型设置"："类型"选项中包括"立体镶边"、"边缘加厚"和"主体投影"3 个选项；"大小"选项可设置描边线的的宽度；"角度"选项只针对"立体镶边"类型，调整"立体镶边"方向；"填充类型"、"色彩"、"透明"选项设置描边线的填充方式，与前面"充填"属性中的用法相同，设置及效果如图 7-109、图 7-110 所示。

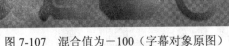

图 7-109　内描边设置　　　　　　　　图 7-110　内描边效果

（2）内描边"光泽设置"："光泽"设置选项，包括光条的"色彩"、"透明度"、"大小"、"角度"和"偏移"，设置及光泽效果如图 7-111、图 7-112 所示。

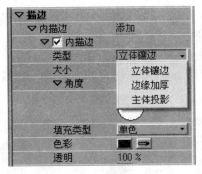

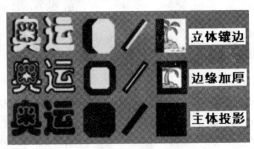

图 7-111　光泽设置　　　　　　　　　图 7-112　光泽效果

（3）内描边"纹理设置"：该选项与"填充"设置中的"纹理"选项用法基本相同，所不同的是该选项作用于描边线上，设置及纹理效果如图 7-113、图 7-114 所示。

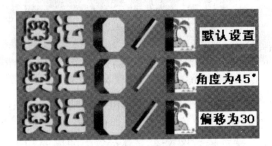

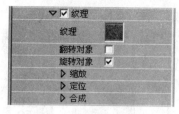

图 7-113 纹理设置

图 7-114 纹理效果

2. 外描边

选中该选项，单击右侧的"添加"按钮，可为字幕添加 1 个外描边，重复"添加"可产生多个外描边，"外描边"可在字幕对象边缘的外侧产生描边线。"外描边"设置与"内描边"设置基本相同，这里不再赘述，"外描边"设置及效果如图 7-115、图 7-116 所示。

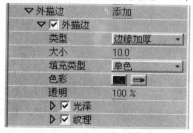

图 7-115 外描边设置

图 7-116 外描边效果

7.2.5 阴影

使用"阴影"选项可为字幕对象添加阴影，主要设置包括阴影的"色彩"、"透明度"、"角度、"距离"、"大小"和"模糊"6 个选项。

1. 阴影设置及不同透明度的阴影效果，如图 7-117、图 7-118 所示。

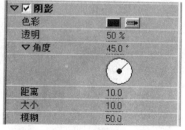

图 7-117 阴影设置

图 7-118 不同"透明度"的阴影效果

2. 不同"角度"和"距离"的阴影效果，如图 7-119、图 7-120 所示。

图 7-119 不同"角度"的阴影效果

图 7-120 不同"距离"的阴影效果

3．不同"大小"和"模糊"的阴影效果，如图 7-121、图 7-122 所示。

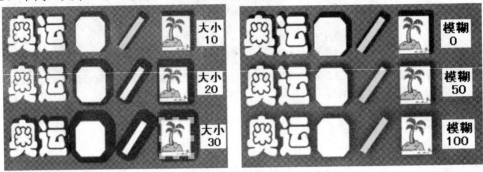

图 7-121　不同"大小"的阴影效果　　　　图 7-122　不同"模糊"的阴影效果

7.3　动　态　字　幕

7.3.1　"垂直滚动"字幕

1．"垂直滚动"字幕的建立

（1）使用"菜单"建立：单击"字幕"菜单，选择"新建字幕"→"垂直滚动"选项，在弹出的"新建字幕"对话框中输入文件名，单击"确定"按钮便可建立字幕，如图 7-123 所示。

（2）使用"滚动设置"转换：单击字幕设计窗口中的滚动设置图标 ，弹出"滚动设置"对话框，在对话框中的"字幕类型"选项中选择"垂直滚动"，单击"确定"按钮进入字幕设计窗口，如图 7-124 所示。

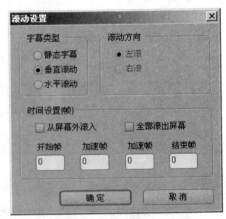

图 7-123　"垂直滚动"菜单选择　　　　图 7-124　"滚动设置"对话框

2．"垂直滚动"字幕的编辑

选择"垂直滚动"选项后，在字幕设置窗口中产生 1 个纵向滚动条，当输入多行字幕时，可运用滚动条进行上下移动。输入文本时，文本的行宽不要超出左右窗口或左右安全字幕窗框，否则超出部分将不被显示或影响字幕显示效果。而文本的纵向长度一定要超过字幕设计窗口的高度，否则不产生纵向滚动效果，与"静态字幕"相同。

（1）使用"文字工具"建立：可以使用"文字工具"或"垂直文字工具"建立多个文本字幕，如图 7-125 所示。

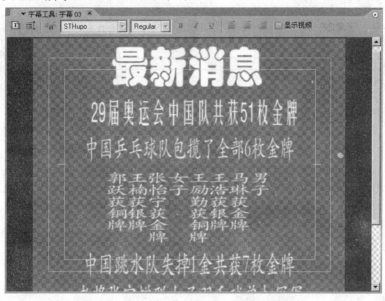

图 7-125　使用"文本工具"建立垂直滚动字幕

（2）使用"排版工具"建立字幕：使用"水平排版工具"或"垂直排版工具"建立 1 个或多个字幕，如图 7-126 所示。

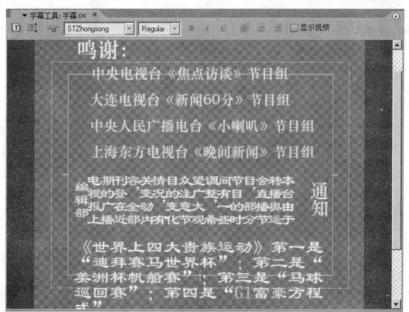

图 7-126　使用"排版工具"建立垂直滚动字幕

（3）路径、图形、标志图的运用：运用路径、图形和标志图设计字幕，可使字幕图文并茂，使用"路径"选项可使字幕排版更为灵活多样，如图 7-127 所示。

图 7-127   使用"排版工具"建立垂直滚动字幕

3. "垂直滚动"动态设置

垂直滚动包括"从屏幕外滚入"和"全部滚出屏幕"两个选项，打开"滚动设置"对话框，字幕类型选择"垂直滚动"。

（1）从屏幕外滚入到屏幕中：只选中"从屏幕外滚入"选项，字幕从屏幕外下方向上滚动，直到字幕的最后一行出现在屏幕上停止。字幕的滚动速度取决于字幕在时间线上的长短和字幕本身的长短。当"加速帧 1"、"加速帧 2"和"结束帧"值全部设置为 0 时（此时"起始帧"不可选），字幕匀速滚动；当"加速帧 1"和"加速帧 2"为 0，"结束帧"大于 0时（小于在时间线上设置的长度），字幕开始先滚动，然后字幕静止，长度为"结束帧"值。

（2）从屏幕中滚出到屏幕外：只选中"全部滚出屏幕"选项，字幕从当前状态向上方滚动，直到字幕最后一行滚出屏幕停止。字幕在时间线上越长，滚动速度越慢。字幕本身越长（行数越多），滚动速度越快。当"起始帧"、"加速帧 1"和"加速帧 2"为 0 时（此时"结束帧"不可选），字幕匀速滚动；当"加速帧 1"和"加速帧 2"为 0 时，"起始帧"大于 0 时（小于在时间线上设置的长度），字幕开始静止，长度为"起始帧"值，然后用剩余的帧数开始匀速滚动。

（3）从屏幕外滚入，再从屏幕中滚出：同时选中"从屏幕外滚入"和"全部滚出屏幕"选项，字幕从屏幕外下方向上滚动，再从屏幕中向上滚出屏幕。当"加速帧 1"、"加速帧 2"为 0 时（此时"起始帧"和"结束帧"均不可选），字幕匀速从下到上滚动。

（4）屏幕中滚动：同时不选中"从屏幕外滚入"和"全部滚出屏幕"选项，当"起始帧"、"加速帧 1"、"加速帧 2"和"结束帧"均为 0 时，字幕从当前状态开始向上匀速滚动，当最后一行出现在屏幕中时滚动结束。当"加速帧 1"和"加速帧 2"为 0，"起始帧"和

"结束帧"不为 0 时，滚动的开始和结束均有静止，静止的时间分别是"起始帧"和"结束帧"的值。

7.3.2　"水平滚动"字幕

1. "水平滚动"字幕的建立

（1）使用菜单建立：单击"字幕"菜单，选择"新建字幕"→"水平滚动"选项，在弹出的"新建字幕"对话框中输入文件名，单击"确定"按钮便可建立，如图 7-128 所示。

图 7-128　"水平滚动"菜单选择

（2）使用"滚动设置"转换：单击字幕设计窗口中的滚动设置图标，弹出"滚动设置"对话框，在对话框中的"字幕类型"选项中选择"水平滚动"，单击"确定"按钮进入字幕设计窗口，如图 7-129 所示。

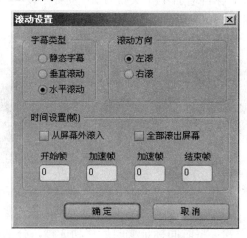

图 7-129　"水平滚动"滚动设置

2. "水平滚动"字幕的编辑

选择"水平滚动"选项后，在字幕设置窗口中产生一个横向滚动条，当输入的字幕超过字幕设计窗口时，可运用滚动条进行左右移动。输入文本时，文本的高度不要超出上下窗口或上下安全字幕窗框，否则超出的部分将不被显示或影响字幕显示效果。而文本的宽度一定要超过字幕设计窗口的宽度，否则不产生水平滚动效果，与"静态字幕"相同。

字幕的文本、图形、标志图和线段的建立与"垂直滚动"字幕基本相同，只是在方向上不同。

3. "水平滚动"动态设置

"水平滚动"的滚动方向包括"左滚"和"右滚"，滚动形式包括"从屏幕外滚入"和

"全部滚出屏幕"。

（1）选择"左滚"选项，字幕从右向左滚动。滚动包括只选择"从屏幕外滚动"、只选择"全部滚出屏幕"、同时选择"从屏幕外滚动"和"全部滚出屏幕"和同时不选择"从屏幕外滚动"和"全部滚出屏幕"4 种情况，除方向外，滚动的设置与"垂直滚动"的动态设置。完全相同，这里不再赘述。

（2）选择"右滚"选项，字幕从左向右滚动，其他设置与"左滚"选项完全相同。

7.3.3 静态字幕的动态效果

静态字幕在视频轨上的动态效果主要是通过特效控制台中的"运动"、"透明"、"视频特效"和"视频切换特效"产生。在为静态字幕设置动态效果前，首先在视频轨中选中字幕并设置时间长度，然后单击"特效控制台"选项卡进行设置。

1. "运动"和"透明"运用

运用不同关键帧上"位置"、"比例"、"旋转"和"透明度"的变化产生动态效果。本例字幕时间设置为 25 秒，在特效控制台选项卡中分别展开"运动"和"透明"选项。

（1）起始关键帧设置：将时间标记 移动到字幕的起点，分别单击"位置"、"比例"和"旋转"左侧的 按钮，各自增加 1 个关键帧，"位置"设置为（−360，288），将字幕向左移出节目窗口，如图 7-130 所示。

图 7-130　起始关键帧设置

（2）第 3 秒关键帧设置：将时间标记 向后移动 3 秒，分别单击"位置"、"比例"和"旋转"右侧的 按钮，分别增加 1 个关键帧，"位置"设置为（360，288），字幕由左向右进入节目窗口，如图 7-131 所示。

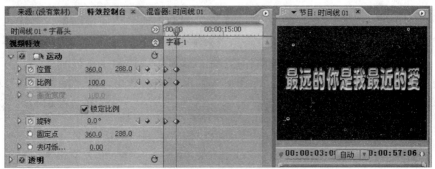

图 7-131　第 3 秒关键帧设置

（3）第 5 秒关键帧设置：将时间标记 ⚑ 向后移动 2 秒，分别单击"位置"、"比例"和"旋转"右侧的 ⬦ 按钮，分别增加 1 个关键帧。设置值不变，使字幕静止 2 秒钟。

（4）第 8 秒关键帧设置：将时间标记 ⚑ 向后移动 3 秒，分别单击"位置"、"比例"和"旋转"右侧的 ⬦ 按钮，分别增加 1 个关键帧。"比例"设置为 0，"旋转"设置 360°，字幕逐渐旋转 360°并缩小为 0，如图 7-132 所示。

图 7-132 第 8 秒关键帧设置

（5）第 12 秒关键帧设置：将时间标记 ⚑ 向后移动 4 秒，分别单击"位置"、"比例"和"旋转"右侧的 ⬦ 按钮，分别增加 1 个关键帧。"比例"设置为 600，字幕逐渐放大为原图的 5 倍，如图 7-133 所示。

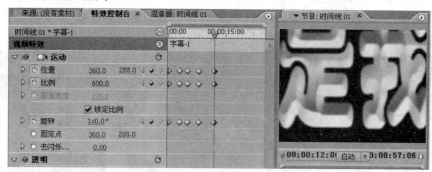

图 7-133 第 12 秒关键帧设置

（6）第 15 秒关键帧设置：将时间标记 ⚑ 向后移动 3 秒，分别单击"位置"、"比例"和"旋转"右侧的 ⬦ 按钮，分别增加 1 个关键帧，"位置"设置为（170，70），"比例"设置为 40，字幕逐渐缩小并移动到左上角，如图 7-134 所示。

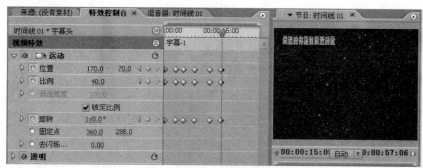

图 7-134 第 15 秒关键帧置

（7）第 17 秒关键帧设置：将时间标记 ▼ 向后移动 2 秒，分别单击"位置"、"比例"和"旋转"右侧的 ◆ 按钮，分别增加 1 个关键帧，设置值不变，使字幕静止 2 秒钟。

（8）第 19 秒关键帧设置：将时间标记 ▼ 向后移动 2 秒，分别单击"位置"、"比例"和"旋转"右侧的 ◆ 按钮，分别增加 1 个关键帧，"位置"设置为（550，70），"旋转"设置为－360，字幕向右侧移动并旋转 720°，如图 7-135 所示。

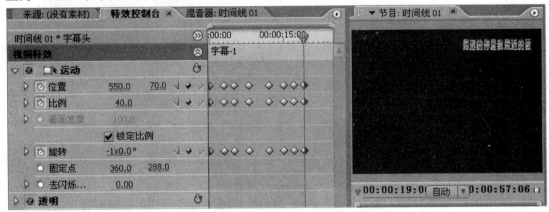

图 7-135　第 19 秒关键帧设置

（9）第 21 秒关键帧设置：将时间标记 ▼ 向后移动 2 秒，分别单击"位置"、"比例"和"旋转"右侧的 ◆ 按钮，分别增加 1 个关键帧。"位置"设置为（360，288），"比例"设置为 100，字幕移动到窗口中央并恢复到原始大小，如图 7-136 所示。

图 7-136　第 21 秒关键帧设置

（10）第 22 秒关键帧设置：将时间标记 ▼ 向后移动 1 秒，分别单击"位置"、"比例"和"旋转"右侧的 ◆ 按钮，分别增加 1 个关键帧。单击"透明度"左侧的 ◐ 按钮，增加关键帧，设置值不变，使字幕静止 2 秒钟。

（11）第 25 秒关键帧设置：将时间标记 ▼ 向后移动 3 秒，单击"透明度"右侧的 ◆ 按钮，增加关键帧，"透明度"设置为 0%，使字幕淡出，如图 7-137 所示。

图 7-137　第 25 秒关键帧设置

（12）特效运行效果：使用"运动"和"透明"选项的组合可产生多种字幕的变化效果，运行效果如图 7-138 所示。

　第 2 秒"进入"效果　　　第 6 秒"旋转"效果　　　第 10 秒"放大"效果　　　第 24 秒"淡化"效果

图 7-138　"运动"和"透明度"字幕效果

2．"视频特效"的运用

所有"视频特效"都可运用到视频轨字幕上，要根据字幕所需效果选择相应的"视频特效"。本例字幕时间设置为 10 秒，将视频特效"变形"中的"圆球化"特效拖曳到该字幕上。

（1）起始关键帧设置：将时间标记移动到字幕的起点，分别单击"半径"和"圆球中心点"左侧按钮，各自增加 1 个关键帧，将"半径"值设置为 250，"圆球中心点"设置为（-200，288），如图 7-139 所示。

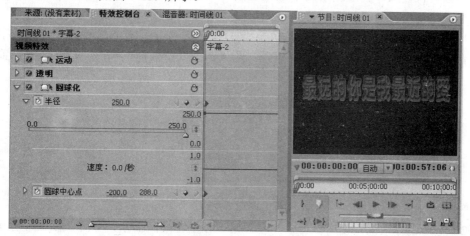

图 7-139　起始关键帧设置

（2）第 8 秒关键帧设置：将时间标记 🕯️ 移动 8 秒，分别单击"半径"和"圆球中心点"右侧 ♣ 按钮，各自增加 1 个关键帧，将"半径"值不变，"圆球中心点"设置为（920，288）。如图 7-140 所示。

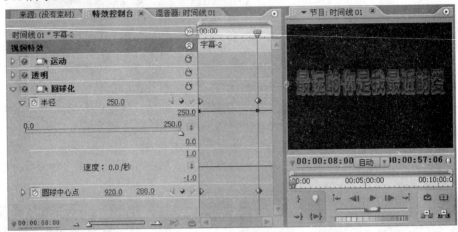

图 7-140　第 8 秒关键帧的设置

（3）特效运行效果：使用该特效可产生从左向右球形滚动放大效果，运行效果如图 7-141 所示。

　　第 3 秒效果　　　　　　　第 4 秒效果　　　　　　　第 5 秒效果　　　　　　　第 6 秒效果

图 7-141　"圆球化"视频特效字幕效果

3．"视频切换特效"的运用

"视频切换特效"一般用于两个视频连接时的切换效果，字幕视频独立使用比较多，因此，通常将切换特效添加到字幕的"头"和"尾"，本例字幕时间为 10 秒。

（1）添加视频切换特效：将视频切换"3D 运动"中的"摇入"特效拖曳到该字幕的开始位置，将视频切换"GPU 转场特效"中的"圆球"特效拖曳到该字幕的结束位置，并将特效时间调整为 3 秒，如图 7-142 所示。

图 7-142　添加视频切换特效

（2）特效运行效果：使用该特效，在开始 3 秒字幕逐渐摇入，中间 4 秒字幕静止，结束的 4 秒字幕逐渐以圆球方式退出屏幕，字幕效果如图 7-143 所示。

| 第 2 秒摇入 | 第 3 秒摇入 | 第 4～7 秒静止 | 第 8 秒圆球 | 第 9 秒圆球 |

图 7-143　视频切换效果

7.3.4　字幕的原滚动效果

由于滚动字幕本身具有动态效果，直接将字幕拖入视频轨就可产生动态效果。动态滚动字幕不适于添加"视频特效"或"视频切换特效"，否则会使字幕变得杂乱。

1. 垂直滚动

在"滚动设置"对话框中选择"垂直滚动"，选中"从屏幕外滚入"选项，如果要使最后字幕块在窗口中央显示，并且不露出上一行字幕，必须对字幕块进行调整。

（1）建立字幕对象：使用"文字工具"和"水平排版工具"建立若干条字幕，将纵向滚动条移动到最下方，在安全字幕框下添加一个"空字幕块"，调整"居中字幕"使其在窗口中央，调整"前行字幕"，使该字幕与安全活动框的距离（距离 1）等于字幕安全字幕框到窗口下边的距离（距离 2），如图 7-144 所示。

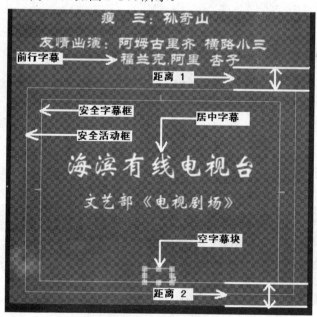

图 7-144　居中字幕设置

（2）视频轨上运行效果：将字幕拖曳到视频轨上，调整字幕的位置，设置字幕时间，运行效果如图 7-145 所示。

图 7-145 垂直滚动字幕效果

2. 水平滚动

在"滚动设置"对话框中选择"水平滚动","滚动方向"选择"左滚",在"时间设置"选项中，同时选中"从屏幕外滚入"和"全部滚出屏幕"选项。

（1）建立字幕对象：使用"文字工具"建立一个字幕条，首先插入一个标志图，然后输入文本，将横向滚动条拖到最左侧，将建立的字幕左端与窗口的左边缘对齐，如图 7-146所示。再将横向滚动条拖到最右侧，字幕右端将自动与安全字幕框的右边对齐，如图 7-147所示。

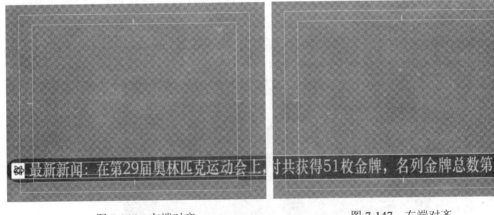

图 7-146 左端对齐　　　　　　　　　　　图 7-147 右端对齐

（2）视频轨运行效果：将字幕拖曳到视频轨上，调整字幕位置，设置字幕时间，运行效果如图 7-148 所示。

图 7-148 水平滚动字幕效果

7.3.5 滚动字幕的位移与缩放

滚动字幕通过位移和缩放，可以在窗口的任何位置显示字幕。

1. "垂直滚动"位移与缩放

（1）选项设置：在"滚动设置"对话框中选择"垂直滚动"，在"时间设置"选项中，同时选中"从屏幕外滚入"和"全部滚出屏幕"选项。

（2）视频轨运行效果：视频 1 轨添加一个视频，视频 2 轨添加垂直滚动字幕，通过向下、向上移动字幕框、缩小并移动到左上角和缩小并移动到右下角，产生不同的垂直滚动效果，如图 7-149 所示。

　　　向上移动　　　　　向下移动　　　缩小移到左上角　　缩小移到右下角

图 7-149　"垂直滚动"位移与缩放效果

2. "水平滚动"位移与缩放

（1）选项设置：在"滚动设置"对话框中选择"水平滚动"，"滚动方向"选择"左滚"，在"时间设置"选项中，同时选中"从屏幕外滚入"和"全部滚出屏幕"选项。

（2）视频轨运行效果：视频 1 轨添加一个视频，视频 2 轨添加垂直滚动字幕，通过向右移动字幕框、向左移动字幕框、缩小、移动旋转字幕框，产生不同的垂直滚动效果，如图 7-150 所示。

　　　向左移动　　　　　向右移动　　　缩小移动并旋转　　缩小移到右下角

图 7-150　"水平滚动"位移与缩放旋转效果

3. "垂直字幕"和"水平字幕"同时使用

视频 1 轨添加一个视频，视频 2 轨添加一个"垂直字幕"，视频 3 轨添加一个"水平字幕"，分别对两个字幕进行调整以避免两个字幕重叠，如图 7-151 所示。

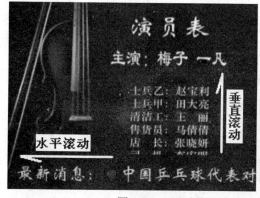 

图 7-151　同时使用"垂直字幕"和"水平字幕"效果

第8章　影视音频技术

8.1　音频制作的基本原理

8.1.1　声音的物理特性

波形、振幅与频率是声音的重要物理特性，是对声音进行编辑处理时，被直接操作的3个物理量。

1. 波形

声音是在特定环境（如空气）中并在一个特定的频率范围内因振动而形成的。传递声音的媒介是空气，其次是有形的物体。

人耳能听到的声音是在特定的频率范围内因振动而产生的。振动可以由多种因素产生，包括人的声音、乐器声音等。当声音使某种媒介运动起来时，就会制造出包含不同强度（振幅）和不同振动率（频率）的波动，如图 8-1 所示是声音的波形示意图。

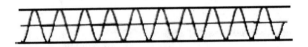

图 8-1　声音波形示意图

2. 振幅

在波形中，声音所展示的能量大小（即音量大小）被称为振幅。

振幅对影视声音的制作很重要：如声音的原始振幅必须足够大，以使得麦克风（录音器）能从背景或环境噪声中识别出需要的声音来；振幅同时还处在麦克风或声音转换器可以捕捉的范围，这样才能将一定振幅的声音转化为电子信号；而这个电子信号又必须处在一个有关设备能够处理的适当范围之内。人耳对音量的感知很敏感，但是电子设备就不那么自如，这就需要录音师密切关注音量问题，如图 8-2 所示，前部分声音素材的振幅要比后部分声音素材的振幅高（大）。

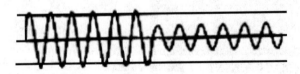

图 8-2　声音振幅示意图

3. 频率

频率是指物体单位时间振动的次数。频率值越大，音调就越高，反之音调就越低。频率的计量单位为赫兹（Hz）。人类能听到的声音频率是在 20Hz～20000 Hz 之间，200Hz 以下的声音为低音，5000Hz 以上的声音为高音。如图 8-3 所示是频率不同时的声音波形，前段频率较低，后段频率较高。

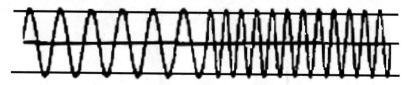

图 8-3　声音频率示意图

4. 音色

声波一般包含几种主要的频率成分，反映在声音的特质上就是音色，音色是声音的"独特个性"。尽管人的声音和乐器提琴声音有着共同的音量（振幅）或音调（频率），但两者的音色可能大相径庭。正是由于声音的这个特性才使人们能够辨别出由各种对象发出的不同声音，如图 8-4 所示是一段音频的音色示意图。

图 8-4　声音音色示意图

8.1.2　音频制作系统

1. 基本音频制作系统

音频制作系统主要由录音、调音、重放 3 部分组成。在音频制作系统中，对录音、调音、重放的操作主要是选择录音设备和确定录音方式，按要求调节调音台、延时器、混响器系统，最后制作出符合要求的声音效果。

2. 音频制作系统的功能

音频制作系统是指将要记录的声音转变为电信号，然后对电信号进行处理、记录的系统。音频制作系统也是指将声音信息经过各种电声器件加工处理和创作的一种综合艺术。

3. 影视音频制作对音响设备在技术方面的基本要求

音频制作所用的音响设备在技术方面要满足如下基本条件：

（1）频率范围：语音设备：80Hz～10000Hz

乐器设备：40Hz～15000Hz；

（2）失真小：　输入输出波形基本一致；

（3）信噪比：　最低也要达到 30dB。

8.1.3　音频录制技术

音频录制技术一般是指通过麦克风录制声音并将声能（声信号）转换为电能（电信号）的技术，或采用其他方式获得特定节目所需的"特定"声音技术。一般来说，对实时声音的录制使用麦克风（MIC）。麦克风的种类结构不同，性能也会有差异。在制作节目时应根据使用目的需要来确定麦克风的等级、种类和数量，与录音对象、录音环境的声学条件以及录音设备相适应，常见的麦克风如图 8-5 所示。

双振脉MIC　　　电子管人声MIC　　　经典人声　　　5方向人声MIC

图 8-5　麦克风（MIC）

1. 音频的录制方式

（1）模拟方式：从声源输入进来的电信号经过录音放大器放大，输送给录音磁头，录音磁头将接受的声音信号转换成相应的磁场去磁化磁带，以剩磁的方式记录在音带上。

（2）数字方式：将原始的声音模拟信号转换成计算机能接收的二进制数字，并以等幅数字脉冲形式记录下来。数字方式录音具有"失真小"、"频率响应特性平坦"等优点

2. 降噪系统

在声音的录制过程中，难免会引入各种噪声，如来自外界的干扰噪声、走带噪声或磁带上的剩磁噪声等。降低噪声的手段一般有抑噪和降噪两类。

（1）抑噪：抑噪是指采用提高信号对噪声的相对幅度或者降低噪声本身的幅度来提高信噪比的方法，也称静噪，抑操能提高信噪比。

（2）降噪：降噪系统应用很广，目前有十几种应用降噪系统。就本质而言各种降噪系统可以分成互补型和非互补型两大类。互补型降噪系统是指在录音和放音时都对信号进行处理，最后所得信号与原信号一致，而信噪比得到提高。非互补型降噪系统则是在录音或放音时对信号加以处理，信噪比虽有提高，但最后所得信号可能与原信号不同。

3. 麦克风的功能、种类和技术指标

麦克风是一种将声波（机械能）转换为电信号（电能）的能量转换器件，常用的麦克风有"动圈式"和"电容式"两种。

（1）动圈式麦克风：该麦克风由振膜、音圈和永久磁铁等组成，当膜片受声压的作用而振动时，与膜片相连的音圈在磁场中作切割磁力线运动，从而在线圈两端感应出与声波作用力相对应的电动势，完成声电换能作用。

动圈式麦克风的特点是结构牢靠、具有指向性、固有噪声小等特点，尤其是录制强音时，几乎没有失真。由于采用电磁感应原理，动圈式麦克风应避免应用在磁感应场合，以防磁感应干扰。

（2）电容式麦克风：该麦克风由电容机头、阻抗变换电路和电源组成。电容机头是由振膜和背极组成，阻抗变换电路一般由场效应管构成，又称为前置放大器。当振膜随着声波振动时，电容量随之发生变化，电容存储的电荷量也就发生变化，在负载电阻两端获得一个随声压变化的交流电压 e，从而完成声电转换。

电容式麦克风的特点是：振膜薄而轻，声压的变化可以不失真地转换为膜片的振动。

这类麦克风灵敏度高、频带宽、音质优美，一般作为高级麦克风广泛用于演播室、录音棚、广播电台等。其缺点是高阻部分多，在湿度大的地方有时会产生绝缘不良的现象，出现"卟卟"噪声。此外，它需要外加电源电路，生产成本也比较高。

（3）麦克风的技术指标。

● 灵敏度：灵敏度是指麦克风在一定强度的声音作用下输出电信号的大小。灵敏度高，表示麦克风的声—电转换效率就高，对微弱的声音信号反应灵敏。

● 方向性：方向性表示麦克风的灵敏度随声波入射方向而变化的特性，如单方向性表示只对某一方向来的声波反应灵敏，而对其他方向来的声波则基本无反应或无输出。无方向性则表示对各个方向来的相同声压的声波都能有近似相同的输出。

● 频率特性：麦克风在不同频率声波作用下的灵敏度是不同的。一般以中音频的灵敏度为基准，把灵敏度下降为某一规定值的频率范围叫做麦克风的频率特性。

● 输出阻抗：麦克风的输出阻抗是指麦克风的两根输出线之间在频率为 1000 Hz 时的阻抗，有低阻抗和高阻抗两种。高阻抗 j 大于 10 KΩ、麦克风线小于 10 m、灵敏度较高；低阻抗是小于 1 KΩ、麦克风线小于 50 m、灵敏度较低。

4. 录音的 3 种方式

（1）麦克风录音：麦克风录音技术包括远距离录音、近距离录音和直接录音。

● 远距离录音：远距离录音是一种传统的录音方式。一般以室内的混响半径为参考数值，主录音器置于混响半径 0.5m～1m 左右，辅助加强麦克风多半应在混响半径之内，需要注意整体感和融合度。

● 近距离录音：近距离录音是现在使用得最多的一种录音方式，一般距离在 0.5cm 左右。更有超近距离录音，在 1cm 左右。近距离录音要加上防风罩，准确置于声源辐射频率的均衡处。远距离录音和近距离录音都是以空气为媒介的间接录音。

● 直接录音：直接录音是一种以固体振动传导或以电磁振荡传导的直接录音，如电子琴、电吉他、大提琴等采用直接录音。其特点是以接触式录音器录制，可放大弱功率乐器声或改变乐器的音色。

（2）线路录音：线路录音使用音频录制线，一端接音源并处于播放状态，另一端接到录音设备上并处于录音状态。这种录音方式可以不受外界环境影响，音频录制线不宜过长，否则会使信号衰减而影响录音质量。

（3）内置录音：内置录音不需要任何外置设备，直接录制播放器中的声音，如计算机中的内录和录音机中的内录等。内置录音的信号损失最小，但录制内容和应用范围受到一定的限制。

5. 选择录音设备的依据

选择录音设备，应根据使用的场合及对声音质量的要求，再结合各种录音设备的特点，综合考虑选用。一般来说应考虑声源的种类、声源的远近、声源的数量、声源的环境、声源的运动、录音点的声压级、麦克风是否入画面、录音质量要求以及经济因素、设备条件等。

6. 麦克风的正确使用

（1）根据录音的需要，发声对象与麦克风要保持适宜的距离。

（2）不宜用吹气或敲击的方法试验麦克风，否则很易损坏麦克风。

（3）大场面使用时，应尽量减少麦克风数量。

（4）远离音箱，注意抗电磁干扰，一般采用屏蔽、低阻抗传输、平衡传输方式。

（5）麦克风的使用还要注意防风、防震、防尘。

7. 声音录制注意事项

（1）阻抗匹配：在使用麦克风时，麦克风的输出阻抗与放大器的输入阻抗相同时效果最好，如果匹配不当，会影响传输效果。

（2）连接线：麦克风的输出电压很低，为了保证信号免受损失和干扰，连接线尽量短。

（3）工作距离与近讲效应：通常麦克风与嘴之间的工作距离太远，则回响增加，噪音相对增大；而过近，则会因信号过强而失真，低频声过重而影响语言的清晰度。这是因为指向性麦克风存在着"近讲效应"，即近距离播讲时，低频声会得到明显的提高。

（4）声源与麦克风之间的角度：每个麦克风都有它的有效角度，一般声源应对准麦克风中心线，两者间偏角越大，高音损失就越大。

（5）麦克风位置和高度：麦克风放置的高度应依声源高度而定。

（6）注意声音录制的环境：室内要注意吸纳噪声、固体传声的条件；室外要尽可能防止风声的干扰；特殊环境中要注意如车辆、雷、雨、人群嘈杂等噪声。

8.1.4　音频的调整技术

声音的混合、调整处理的目的就是使声音具有良好的音质和理想的音效，即经调控后所记录的声音能够达到在技术上噪声小、不畸变、比例适当；在艺术上具有较好的表现力和感染力。音频的调整技术包括音量调整、音调音色调整和混响调整，这些调整技术主要是通过调音台或电平调节器等软、硬件实现的。

1. 音量调整

音量调整也就是调整录音、放音信号的大小，通过调整声源的电平，实现不同节目内容对声音素材音量的要求。音量电平的控制是声音调整中的主要内容。

（1）计算机系统中音量的调整：双击计算机任务栏右侧的 按钮，弹出"主音量"窗口，该窗口主要调整声相平衡（左右声道）、音量和设置静音，如图 8-6 所示。

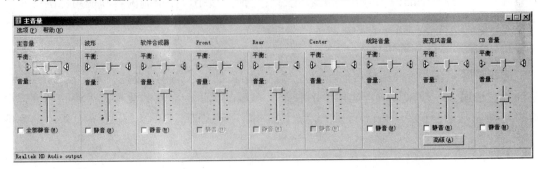

图 8-6 "主音量"窗口

- 主音量：该选项可对音频进行总控制。
- 波形：该选项可对波形文件进行控制。
- 软件合成器：该选项可对软件合成器中的声源进行控制。
- "Front"、"Rear"、"Center"选项是对 5 声道中的前置、后置和中置声道的控制。
- 线路音量：该选项可对线路录音或播放进行控制。
- 麦克风音量：该选项可对麦克风声相、音量和静音的控制。
- CD 音量：该选项可对 CD 音量进行控制。

（2）调音台调整音量：调音台也被称为音量调节器或衰减/增益控制器。在调音台中，通过电平调节器来完成对音量的调节，每一路声源都有相应的电平调节器，可以将有高有低、极不平衡的输入声音电平，调整到适当的电平，使它们按一定比例混合，并调节最后的电平，以满足不同节目内容对声音素材音量的要求。3 种不同的调音台实物图像，如图 8-7 所示。

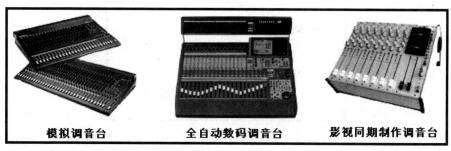

图 8-7 调音台

2. 音调音色调整

声音信号在传输过程中，其原有本色和特性会受到破坏。音调调整即通过频响电路，改变其频率特性，产生某些特殊效果。

（1）调整音调音色的目的是使声音优美、柔和、丰富、动听。

（2）音调音色调整的方法是对不同频率段的信号进行调整，改变频率特性、产生特别效果。

（3）选择、控制频响的装置

- 有源滤波器：使用高低通滤波器可以调整频响的范围，以得到最佳的工作状态。
- 频率补偿器：频率补偿器包括单频补偿器和多频补偿器两类。单频补偿器可以自由调整增益对选定的频率的声音信号电平提升或衰减，以达到对一定频率响应特性的补偿；多频补偿器，又称为均衡器，是若干个单频补偿器的组合，将声音信号全频域分成若干段，分别调整各频段中心频率的振幅大小和梯度变化，从而实现对声音的特质进行调整控制。由于这种装置常用一系列控制键按钮的位置显示出一种直观的频响曲线的图形，所以又称为图像均衡器。

3. 混响调整

声波碰到壁面会产生反射，从而形成直达声和多个反射声的混合声，即混响声。混响效果是可以控制的。混响调整由混响系统来实现，混响系统通过利用外部条件来改变声音效果。

（1）混响器混响特性。

- 混响时间：声压级衰减 60dB 所需要的时间。长混响厅室，混响时间长，吸收系数小，混响强度大，声音易重叠不清；短混响厅室，混响时间短、吸收系数大，混响强度弱，音纯净但易干涩。

- 混响强度：混响强度是直接声与混响声的强度比例，它是衡量室内音质优劣的主要标准。混响过强则震耳，混响过弱则单薄。

- 混响半径：在室内声场中，直接声与混响声强度相等的位置到声源的距离为混响半径。在混响半径之内的是"直接声场"；在混响半径之外的是"混响声场"，如图 8-8 所示。

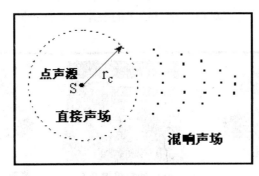

图 8-8　混响半径

（2）延时器：延时器是把声音信号延迟一个时间量的音响加工设备，可以解决空间深度定位，用以人工方式模拟厅堂场所的空间感和混响效果。延迟器一般采用数字位移寄存器延迟，由于其延迟时间便于调整，所以得到了广泛应用。

8.1.5　音频的重放技术

1. 声音重放过程

声音制作时效果的监听和节目完成后向广大观众的播放，都离不开声音的重放。声音重放过程实际上是记录的逆过程，通过放大装置放大还原电信号，放大后的电信号推动扬声器，最后由扬声器将电信号转化成人耳能听到的声能。

2. 声音重放设备

（1）声源存储设备：能存储音频数据的设备，包括录像带，录音磁带，计算机外存储器（硬盘、光盘、U 盘等）。

（2）录放音设备：将音频信号记录到存储介质上的设备，包括计算机、摄像机、DVD 播放机、录音机、录音笔等。

（3）扩音机：扩音机又名音频功放器，它能将麦克风、收音机、ＣＤ 播放机等微弱信号放大后推动扬声器发声的设备。

（4）扬声器：扬声器是把音频电流转换为声能的器件，是电声系统的终端部件，对音质的影响很大。扬声器系统是由单元扬声器、分频器及扬声器箱构成的组合器件，也就是人们常说的音箱。

3. 影响室内放音的因素

（1）室内声场结构：室内声场指声源辐射的声波在封闭的室内空间传播所形成的声场。室内声场结构，房间声学条件都会对音质产生影响。

（2）室内扩声原理：室内扩声要遵循扩声原理，考虑声压级、信噪比、最大距离、自然度和稳定度对扩声的基本要求。

- 声压级：室内语言扩声声压级约为 68 dB～74 dB；音乐扩声平均声压级约为东击西 73 dB～84 dB。声场不均匀度允许值为 6 dB～10 dB。
- 信噪比：不同用途的厅室，允许的噪声级各不相同。在允许噪声级室内最小声压级条件下信噪比应该大于 30 dB。
- 最大距离：室内集中式扩声系统服务区的最大距离（听众最远座位和扬声器的距离）Dm 大约为：Dm＝（3～4）Dc（其中 Dc 为临界距离）。
- 自然度：应保证声像的一致性，使室内听众很容易地将声音与形象联系起来。
- 稳定度：在麦克风与扬声器处在同一空间的情况下，声反馈会限制扩声系统的增益，因此，应采取措施一些措施抑制声反馈。其作法是首先使麦克风远离扬声器并置于辐射角之外，选用强指向性的麦克风；其次尽量降低室内混响时间以有利于减少声反射。

（3）音箱布置：扬声器的放置也会影响放音效果，扬声器位置要避免由其辐射出来的声波又进入麦克风，引起尖叫声。室内音箱的布置方式可分为集中式、分散式、综合式等几种。

- 集中式：集中式将一只、数只或一组扬声器集中一起，布置在听众的正前方或正前上方，也可以将其分成相等的两组，分别置于房间前部两侧。集中式结构简单，且声相感较好，常用于较小型的厅室，如图 8-9 所示。

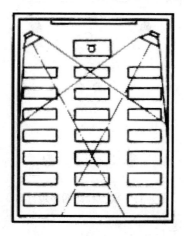

图 8-9　集中式扬声器

- 分布式：分布式将若干扬声器分散布置在听众区的上方或侧上方，其结构不复杂且声场声压级分布均匀，必要时后排扬声器需用延迟一定时间的信号来激励。常用于狭长、低矮、室容积较大、听众较多的场合，如同 8-10 所示。

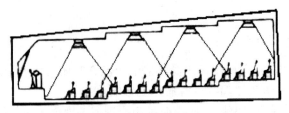

图 8-10　分布式扬声器

● 综合式：综合式既具有集中式的特点，又具有分布式的特点，结构复杂，但整个
声场的声学质量好。常用于室容积很多、形体复杂、特殊需要的场合。

8.1.6　音频的声道

1. 单声道

是比较原始的声音复制形式，早期声卡采用的比较普遍。当通过两个扬声器回放单声
道信息时，可以明显感觉到声音是从两个音箱中间传递到人们耳朵里的，这种录音方式缺
乏位置感。

2. 立体声（双声道）

声音在录制过程中被分配到两个独立的声道，从而达到了很好的声音定位效果。这种
技术在音乐欣赏中显得尤为有用，听众可以清晰地分辨出各种乐器来自的方向，从而使音
乐更富想象力，更加接近于临场感受。

3. 模拟杜比四声道

模拟杜比声场共 4 个声道，前方分左（L）、中（C）、右（R）3 个声道，后方一个环
绕（S）声道，但分两只音箱播放，如图 8-11 所示。左右声道为主声道，声音频宽为 20 Hz～
20 kHz，中央和环绕声道的信息频宽 100 Hz～7k Hz，功率仅为主声道的 1/2。

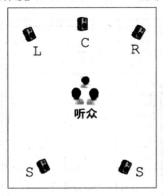

图 8-11　模拟杜比四声道分布

4. 数字杜比 AC-3 5.1 声道

数字杜比 AC-3 5.1 声场共有 6 个声道，即左（L）、中（C）、右（R）、左环绕（LS）、
右环绕（RS）和低频效果（LFE：Low Frequency Effect）声道，如图 8-12 所示。前 5 个声
道为全频带（20 Hz～20 kHz）、等功率，低频效果声道频带为 20 Hz～120 Hz。

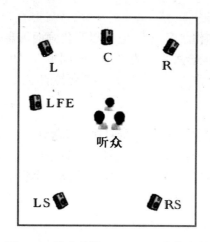

图 8-12　数字杜比 AC-3　5.1 声道分布

5. DTS 5.1 声道

DTS 为数字影院系统。DTS 5.1 的声道和频率功率要求都与 AC-3 5.1 相同。两者仅在内部的数字处理技术上有所不同，DTS 5.1 的压缩比较 AC-3 5.1 小一些，一般认为 DTS 5.1 的音质更好。

8.2　影视节目中声音的运用

声音使影视成了一种"有声有色"的媒体，赋予了它第四维度的信息。对于影视节目来说，声音具有非常重要的意义，无论是同期录音还是后期配音，都是一部影视节目不可缺少的重要组成部分。在数字制作环境之中，影视节目声音的制作与编辑变得越来越容易。

8.2.1　影视节目中声音的种类

声音是人类沟通的最基本工具，影视节目中的声音归纳起来可分为语音、音乐和音响3 部分。语音表达寓意，音乐表达情感，音响表达效果，制造气氛。

1. 语音

语音是指在影视节目的画面中人物所发出的声音，可以分为对白、独白、心声和解说4 种形式。

（1）对白：是指影视节目中人物之间的对话，对白在影视节目音频中占有很大的比例，一般采用同期录音，这样会更加真实自然。也可以使用后期配音，使用后期配音要注意口型一致。

（2）独白：独白是人物潜在心理活动的表述，采用第一人称画外音的方式叙述。常用于人物对往事的回忆或揭示自己内心鲜为人知的秘密，独白可以与所叙述的内容画面配合，使观众身临其境，起到深化人物思想和感情的作用。

（3）心声：心声是人物内心活动的表露，有时也用于对人物特殊画面的解读。心声是一种感受、一种思想，它可以表露人物内心的愿望，也可以表示对事务的态度，它比独白简洁明了。心声可采用直露的方式，也可采用含蓄的方式。运用心声时，应做到感情要浓、音量要轻、吐字要重。

（4）解说：解说也可称作"旁白"，它可以强化画面信息，补充说明画面，串联内容和画面转场。解说与画面的配合关系分为"声、画同步"、"解说先于画面"和"解说后于画面"。解说一般采用第一人称、第三人称和二者交替的方式。

2. 音乐

在影视节目中，音乐的作用主要是背景衬托、段落划分和烘托气氛。音乐格调要和谐，既要符合剧情的需要，又要体现音乐本身的魅力。音乐应与语音、音响相互配合，使用的调式、风格不要过于杂乱。音乐应使人物形象更饱满，个性更鲜明，并能强化主题。影视音乐尽量不要使用观众广为熟悉的乐曲，不要把音乐用的过满。

3. 音响

音响是指除了语音和音乐以外的声音。音响只反映事物的部分特点，在影视节目中起着模拟场景、生成特效、渲染气氛等作用。大自然及生活中的各种声音，通过音响效果的模拟，均可逼真的再现，如风声、雨声、雷声、战争场面的枪炮声和剧情需要的噪音等。一些宏大而壮观场面都需要音响效果来渲染和衬托。音响在运用上可采用延伸法（声音越镜头）、预示法（先闻其声）、渲染法（强化夸张）和混合法（多种并用）4 种方法。

8.2.2　影视节目中声音的组合

影视节目中只有将语音、音乐和音响完美地结合在一起，才能真正发挥声音的作用。在影视节目中，声音的不同组合方式具有不同的效果和寓意。常见的组合方式有声音的混合、声音的对比、声音的遮罩和声音的交替。

1. *声音的混合*

声音的混合是指几种声音同时出现，产生一种混合的效果，使用这种混合的方法来表现户外各种嘈杂的效果，如繁华的街道、市场、车站、码头等。使用声音的混合，要根据画面的变化，及时调整各种声音的音量，以便更好地体现主次关系。

2. *声音的对比*

将不同的声音按影视节目的需求同时出现，有主有次、有强有弱、有远有近，从而产生鲜明的对比。

3. *声音的遮罩*

在同一场景中，同时出现多种同类声音，其中有一种声音突出于其他声音之上，引起人们对该声音的注意。

4. *声音的交替*

声音的交替一般有 3 种情况：一是同种声音交替出现此起彼伏，为同一动作或事物进行渲染；二是不同声音交替出现，体现剧情的跳跃和变化；三是声音与静默的交替，形成情绪和节奏上的强烈对比。

8.2.3　影视节目录音制作流程

1. 声音制作工艺

根据影视节目内容、形式或类型的不同，在声音制作过程中的录音程序、制作方法等也不尽相同，基本上可以分为先期录音、同期录音、后期录音和混合录音。

（1）先期录音：也称前期录音，是拍摄画面前单独进行录音的程序和方法，一般在演播室进行。

（2）同期录音：在演播室或现场拍摄画面的同时进行录音的工艺。

（3）后期录音：又称后期配音，指画面拍摄后根据画面和动作进行录音的方法，一般在专门的演播室或录音室进行。

（4）混合录音：简称混录，是节目制作中的最后工序，是把多个不同声道上的人声、音响、音乐素材根据节目画面内容要求进行总的加工，将其混合录制到一个声道上的过程。

2. 声音制作步骤

声音制作始终贯穿在整个影视节目制作过程中，一般可分为制作前的计划阶段、准备和预演阶段、制作阶段、后期制作阶段 4 个步骤进行。

（1）制作前的计划阶段：一般是录音师在导演的指导下，根据节目内容和艺术要求，对声音作出总体设计，确定声音制作的实施计划。

（2）准备和预演阶段：为录音制作做准备，保证各个音频设备正常工作，并收集和预演需要的音响资料和音乐素材。

（3）制作阶段：通常要进行先期录音和同期录音需要的声音制作。

（4）后期制作阶段：其工作包括对口型配音、画外音或解说词配音、音乐配音、音响效果配音以及最后的混录。

8.3　Adobe Premiere 音频编辑

Adobe Premiere 2.0 具有强大的音频处理功能，通过使用"混音器"选项卡，可方便、实时地对音频进行编辑。该软件具有 5.1 声道处理能力，可以输出 AC-3 环绕效果的 DVD 节目。另外，该软件还提供了丰富的音频特效和多轨合成处理，音频素材可以帧的方式进行处理，最小处理单位可精确到 1/48000 秒。

8.3.1　音频素材的添加

1. 导入音频素材

将音频素材或包含音频的视频素材导入到节目文件中。Adobe Premiere 2.0 软件编辑的音频文件有 3 种类型：5.1 声道、双声道（立体声）和单声道。不同类型的文件，有些属性相同，有些属性却不同，要根据节目制作要求选择相应的素材。本书以双声道为例。

2. 将素材添加到时间线上

使用"混音器"选项卡进行音频编辑，必须将音频素材添加到时间线上，"混音器"选项卡上的所有编辑以及"音频特效"和"音频切换"的所有效果均只对"时间线"窗口的素材有效。不同类型的音频文件，要在"时间线"窗口中添加不同类型的轨道，添加音频素材时要一一对应，如单声道素材不能添加到双声道音频轨中。向"时间线"窗口添加素材有以下两种方式：

（1）添加整个素材：将素材从"节目库"直接拖曳到"时间线"窗口的轨道中。

（2）添加编辑后的素材

● 在"节目库"窗口中双击要编辑的素材，使该素材显示在"素材监视器"窗口上。

● 设置入点和出点，确定素材区域。

● 将"视音频处理方式"转换到"只处理音频"图标状态 🔊。

● 在"时间线"窗口中选中一个音频频道，移动时间线游标确定插入点。

● 单击"插入"图标 ⬇ 或"覆盖"图标 ⬇，可将入点到出点间的音频插入或覆盖到所选中的轨道中。当使用"插入"图标时，其他未选中轨道中的素材也被剪切并产生空隙，如图8-13～图8-15所示。

图8-13　"素材监视器"窗口

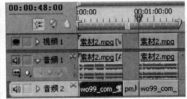

图8-14　"插入"音频

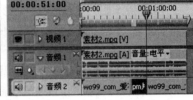

图8-15　"覆盖"音频

8.3.2 "混音器"窗口介绍

单击"窗口"菜单，选择下拉菜单的"工作界面"→"音频编辑界面"选项。也可以直接单击"混音器"选项卡，弹出"混音器"窗口，默认选项为双声道，如图8-16所示。如果"时间线"窗口添加了单声道和5.1声道，"混音器"窗口也将相应显示，如图8-17、图8-18所示。

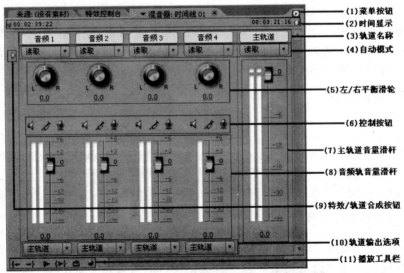

图8-16　"混音器"窗口

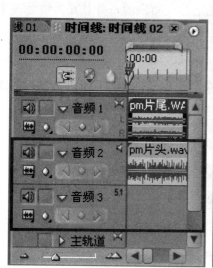
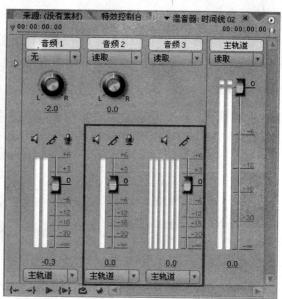

图 8-17　时间线上单声道和 5.1 声道　　图 8-18　单声道和 5.1 声道"混音器"窗口

1. 菜单按钮

单击按钮 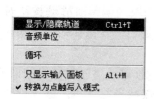 弹出菜单，选择该菜单中的相应选项，可对"混音器"窗口进行相应设置，如图 8-19 所示。

（1）显示/隐藏轨道：单击该选项，弹出"显示/隐藏轨道"对话框，在该对话框中可设置轨道的显示或隐藏，如图 8-20 所示。

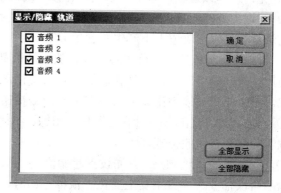

图 8-19　弹出菜单　　　　　　图 8-20　"显示/隐藏轨道"对话框

（2）音频单位：选中该选项，可将"时间线"窗口中的标尺以音频单位（1/48000 秒）显示。

（3）循环：选中该选项，可循环播放"时间线"窗口中的节目。

2. 时间显示

左上角显示的是当前时间线游标所在的位置，右上角显示当前"时间线"窗口节目的时间长度。

3. 轨道名称

轨道显示的名称与"时间线"窗口中音频轨道的名称是对应的，并且互为镜像关系，可手动对轨道名称进行修改。

4. 自动模式

该选项可设置该轨音频实时调节的模式。单击"读取"右侧的向下按钮，弹出模式菜单，选择其中的选项可设置调节模式，如图 8-21 所示。

图 8-21　模式菜单选项

（1）无：选择该选项，系统忽略当前音频上的调节，使用默认设置播放。

（2）读取：选择该选项，系统读取当前对音频轨的调节，调节方法与"点触"相同。但是不记录调节过程（轨道上不产生关键帧）。

（3）自锁：选择该选项，可实时记录播放时的调节过程，并以关键帧的方式记录在轨道上。使用该选项调节时，滑动按钮随鼠标拖动而滑动，当松开鼠标时，滑动按钮停在松开的位置。单击停止播放按钮，再次播放时，滑动按钮自动跳到编辑前滑动按钮的位置。

（4）点触：与"自锁"的调节过程基本相似，不同的是当松开鼠标时，滑动按钮将逐渐滑到编辑前滑动按钮的位置。

（5）写入：选择该选项后，首先设置起始位置，系统实时记录播放时鼠标的调节过程。停止播放后再次播放，位置不发生变化。鼠标不动时，将保持当前状态。该选项适合定值调节。

5. 左/右平衡滑轮

鼠标拖动滑轮，可调整该音频轨的左/右声道平衡。默认位置为 0，左右声道音量相同；向 L（左）拖动，右声道音量逐渐减小直到−100（无声），此时只播放左声道；向 R（右）拖动，左声道音量逐渐减小直到 100（无声），此时只播放右声道。

6. 控制按钮

该选项共有 3 个按钮，分别为"静音"、"独奏"和"启用记录轨道"。单击该按钮启动该功能，再次单击则关闭该功能，如图 8-22、图 8-23 所示。

图 8-22　"关闭按钮"状态　　　　　　　　　图 8-23　"启动按钮"状态

（1）"静音"按钮：选择该按钮，可使该音频轨静音。

（2）"独奏"按钮：选择该按钮，其他音频轨将全部静音。

（3）"启用记录轨道"按钮：选择该按钮，该音频轨被设置为录音轨。

7．主轨道音量滑杆

拖动滑杆上的滑动按钮，可调整节目的总音量。

8．音频轨音量滑杆

每个音频轨都有独立的音量滑杆，拖动滑杆上的滑动按钮，可分别调整该音频轨中的音量。

9．特效/轨道合成按钮

单击窗口左侧的按钮，窗口将增加特效和轨道合成设置栏，上方为特效设置栏，下方为轨道设置栏，如图 8-24 所示。

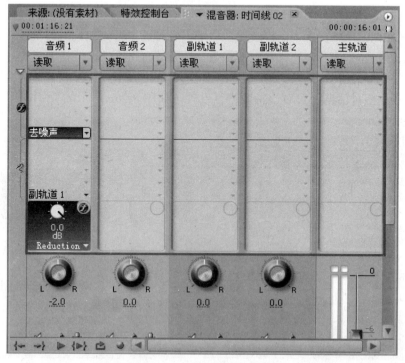

图 8-24　特效和轨道合成设置栏

（1）副轨道的添加与选择：每个音频轨最多可与 5 个副轨道或 5 个主轨道或 5 个主、副道混合轨进行合成。单击右侧按钮，弹出菜单，在菜单中可添加副轨道或选择合成的轨道，如图 8-25 所示。

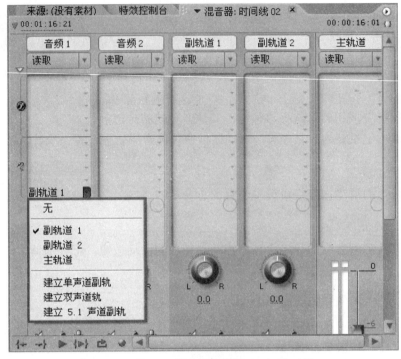

图 8-25　添加副轨道或选择合成的轨道菜单

（2）特效的选择与设置：在特效选项栏中，可对每个音频轨同时添加 5 个特效。单击右侧 ▼ 按钮，弹出特效菜单，选择其中的特效，即可添加到特效选项栏中，如图 8-26a 所示。右键单击选项栏中的特效，弹出快捷菜单，如图 8-26b 所示。选择"编辑"选项，弹出特效编辑对话框，在对话框中可对该特效进行设置，如图 8-27c 所示。

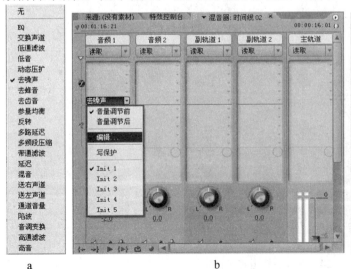
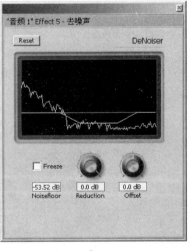

a　　　　　　　　　　　　　b　　　　　　　　　　　　　c

图 8-26　特效的选择与设置

10. 轨道输出任务选项

除了主轨道外，每个音频轨和副轨道都具有该选项。该选项的默认值为主轨道，表示该轨道除了自己可以调节输出外，也受主轨道的调节。单击该选项右侧的 ▾ 按钮，在弹出的菜单中选择受控轨。本例将"音频 1"中的该设置选择"副轨道 1"，"副轨道 1"中的该设置选择为"副轨道 2"，"副轨道 2"中的该设置选择为"主轨道"，设置后，"音频 1 轨"可被"副轨道 1"、"副轨道 2"和"主轨道"同时控制，如图 8-27 所示。

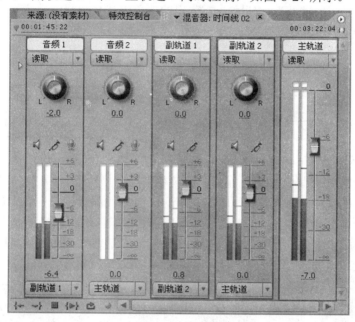

图 8-27　"音频 1 轨道"输出选项及效果

11. 播放工具栏

该播放工具栏除了多出一个"录音"按钮 ●外，其他按钮与"节目监视器"中的播放按钮效果相同，播放时可任选其一。

8.3.3　音频的编辑

1. 对音频文件的编辑

音频文件的编辑主要包括"音频增益"、"源通道映射"、"强制为单声道"、"生成与替换"和"抽取音频"。该部分内容参见第 3 章"素材"菜单中的"音频选项"部分。

2. 对音频素材的剪辑

音频素材的剪辑主要在"素材监视器"窗口和"时间线"窗口中进行，与视频素材的剪辑基本相同，并可使用"工具"窗口的选项按钮进行剪辑。详细内容参见第 3 章"素材监视器"、"时间线"和"工具"窗口的讲解。

3. 使用淡化器编辑音频

淡化器作用在"时间线"窗口中的轨道上，通过调整轨道上横线的位置和横线上关键帧的位置，可分别对该音频轨道或轨道上的素材进行音量和声道的编辑。

（1）对音频轨道音量的编辑：对轨道的编辑是将编辑的结果记录在轨道上，作用于所有放置在该轨道上的素材。编辑方法如下：

- 单击音频轨道左侧的"折叠/展开轨道"按钮▶，使其变为▼状态，展开轨道。
- 单击"设置显示样式"按钮 ，在弹出的菜单中选择"只显示名称"选项，如图8-28所示。
- 单击"显示关键帧"按钮 ，在弹出的菜单中选择"显示轨道关键帧"选项，如图8-29所示。

图 8-28　"设置显示样式"菜单　　　图 8-29　"显示关键帧"菜单

- 单击"轨道:音量"按钮，在弹出的菜单中选择"轨道"→"音量"选项，此时，轨道中的横线为音量线，如图8-30所示。音量线默认位置在轨道的中央，值为0，表示原音量，如图8-31所示。使用"工具"窗口的"选择工具" 和"钢笔工具" ，上下拖动该横线，可使整个轨道的音量增大或减小。当选择"静音"时，该音频轨道为静音，如图8-32所示。

 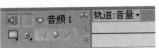 

图 8-30　"轨道:音量"菜单　　　图 8-31　原音量横线　　　图 8-32　静音横线

- 添加关键帧：使用关键帧可对轨道上任意位置进行音量设置。将时间线游标移动到添加关键帧的位置，单击"添加/删除关键帧"按钮 ，即可在轨道上添加关键帧。使用上述方法，可添加多个关键帧。调整关键帧的位置可使音量线发生变化，从而产生动态的音量变化效果。本例添加4个关键帧，开始为淡入效果，结束为淡出，如图8-33所示。

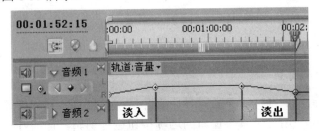

图 8-33　音量关键帧效果

- 删除关键帧：单击"调到上一关键帧"按钮◀或"单击下一关键帧"按钮▶移动到关键帧上，单击"添加/删除关键帧"按钮 ，可删除时间线游标所在的关键帧。

（2）对音频轨道声道的编辑。

● 单击"轨道:音量"按钮，在弹出的菜单中选择"声像"→"平衡"选项，此时，轨道中的横线为声道线，如图 8-34 所示。声道线默认位置在轨道的中央，值为 0，表示双声道，如图 8-35 所示。使用"工具"窗口的"选择工具" ▶ 和"钢笔工具" ❖，上下拖动该横线，可使整个轨道的声道移向左声道或右声道。

图 8-34　"轨道:音量"菜单　　　　　图 8-35　双声道横线

● 添加关键帧：使用关键帧可对轨道上任意位置进行声道设置。将时间线游标移动到添加关键帧位置，单击"添加/删除关键帧"按钮 ❖，即可在轨道上添加关键帧。使用上述方法，可添加多个关键帧。调整关键帧的位置可使声道线发生变化，从而产生动态的声道变化效果。本例添加 4 个关键帧，声道的变化依次为双声道→左声道→右声道→双声道，如图 8-36 所示。

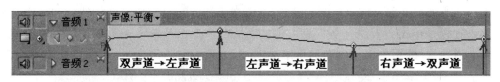

图 8-36　声道关键帧效果

（3）对音频轨道上素材音量的编辑：对轨道上素材的编辑是将编辑的结果记录在轨道的素材上，只作用于该素材。编辑方法如下：

● 单击"显示关键帧"按钮 ❖，在弹出的菜单中选择"显示素材关键帧"选项，如图 8-37 所示。

图 8-37　"显示素材关键帧"菜单

● 单击"音量:电平"按钮，在弹出的菜单中选择"音量"→"电平"选项，此时，轨道中的横线为音量线。音量线默认位置在轨道的中央，值为 0，表示原音量，如图 8-38 所示。使用"工具"窗口的"选择工具" ▶ 和"钢笔工具" ❖ 上下拖动该横线，可使整个素材的音量增大或减小。当选择"直通"时，所有设置无效，音量恢复到该素材的原始值。

图 8-38　"音量:电平"菜单

● 添加关键帧、删除关键帧以及关键帧编辑，与对轨道的相关操作完全相同，在此不再赘述。

4. 使用"混音器"实时编辑

使用"混音器"可对"时间线"窗口上的各音频轨中的音频文件进行实时音量和声道的编辑。编辑时所产生的信息将记录在轨道上，因此，音频轨道的显示应选择"显示轨道关键帧"选项，显示轨道编辑线。

编辑前，首先将"混音器"中音频轨道的"自动模式"设置为"自锁"、"点触"或"写入"，然后单击播放，播放时拖动"混音器"中音量或声道滑钮，可产生实时的编辑信息关键帧，并记录在所编辑的轨道上。

编辑时即可以单轨道实时编辑，又可以多轨道实时编辑。实时编辑的轨道上必须有素材，空轨道上不产生关键帧记录。

5. 副轨道的添加与使用

（1）副轨道的添加：副轨道的添加可采取以下两种方法。

● 单击"混音器"窗口左侧的特效/轨道合成按钮▶，窗口将增加特效和轨道合成设置栏，单击"发送任务"栏右侧的▼按钮，弹出菜单，在菜单中选择"建立双声道轨"，即可生成"副轨道 1"，如图 8-39 所示。

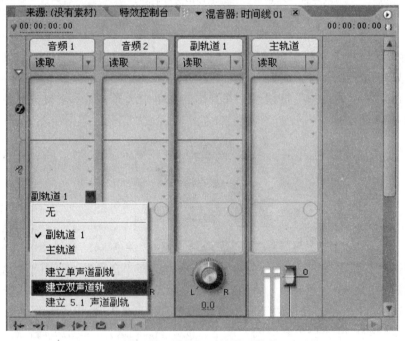

图 8-39 添加"副轨道"菜单

● 在"时间线"窗口左侧轨道名称上单击右键，弹出快捷菜单，选择"添加轨道"或"删除轨道"选项，弹出"添加轨道"对话框，选择添加的轨道数，单击"确定"后可添加或删除轨道。本例只添加音频副轨道，对话框参数设置如图 8-40 所示。

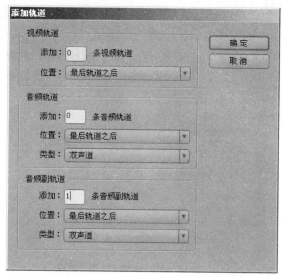

图 8-40　"添加轨道"对话框

　　（2）"时间线"副轨道的使用：副轨道不能添加素材，只能与音频轨道配合使用。副轨道除了没有录音功能外，其他设置和编辑操作与音频轨道相同。只有音频轨道上的"轨道输出任务"选择了副轨道，该副轨道才发挥作用。多个副轨道可以通过链接控制一个音频轨道，一个副轨道也可以被多个音频轨道选择，实现一个副轨道控制多个音频轨道。但无论使用何种控制，最终都要通过总轨道输出，本例为一个复合控制，包括上述两种情况，如图 8-41 所示。

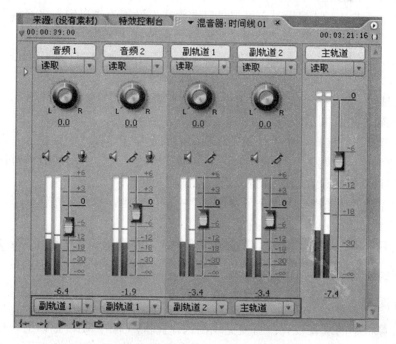

图 8-41　副轨道对音频轨道的控制

　　（3）"轨道合成设置栏"副轨道的使用。

单击设置栏中的一个"发送任务选项"栏右侧的按钮 ▾，弹出菜单，在菜单中选择副轨道（最多可选择 5 个副轨道）。单击其中的一个副轨道，将"自动模式"设置为"自锁"、"点触"或"写入"，然后单击播放，拖动下方的旋转滑钮便可对该副轨进行设置，并记录在该副轨中。其他 4 个副轨的设置相同，多个副轨道同时使用时，可产生复合设置效果，如图 8-42 所示。

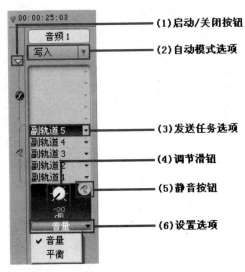

图 8-42   "轨道合成设置栏"副轨道的设置

（1）启动/关闭按钮：单击该按钮可启动或关闭"特效/轨道合成设置栏"。

（2）自动模式：实时编辑时，可将"自动模式"设置为"自锁"、"点触"或"写入"；回放编辑效果时，可选择"读取"；播放原始效果可选择"无"。

（3）发送任务栏：单击设置栏中的一个"发送任务选项"栏右侧的按钮 ▾，弹出菜单，在菜单中选择或添加副轨道（最多可选择或添加 5 个副轨道）。鼠标指向副轨道名称，单击右键，弹出快捷菜单，可分别选择菜单中的"音量调节前"、"音量调节后"和"写保护"，对编辑过的副轨道进行回放设置。

（4）调节滑钮：选择一个"任务发送栏"中的副轨道，在"自动模式"选项中，选择"自锁"、"点触"或"写入"中的一个选项，播放该轨音频，手动调节该滑钮，可进行实时编辑，编辑过程可记录在该"任务发送栏"的副轨中。

（5）静音开关：选择一个"任务发送栏"中的副轨道，单击该按钮，可使该副轨道中的编辑内容无效，再次单击恢复为有效。

（6）设置选项：单击 ▾ 按钮，可选择编辑的内容是音量还是平衡（声道）。

8.3.4 音频的录制

1. 录音设置

（1）计算机中的录音设置：将麦克风插入计算机声卡的 MIC 插口上。打开"录音设置"对话框，选择"麦克风"选项，调整"麦克风"音量，如图 8-43 所示。

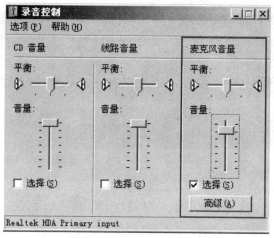

图 8-43　"录音控制"设置

（2）软件中的录音设置：在"混音器"窗口中，单击"启用记录轨道"按钮🎤，选择录音轨道。也可同时选择多个轨道中的"启用记录轨道"按钮🎤，进行多轨道录音。轨道中的音量设置、静音设置、声道设置只作用于音频的输出，对录音不产生影响。

2．轨道录制

（1）移动时间线游标，确定录音位置。

（2）选择播放工具中的"记录"按钮🔴。

（3）单击"播放"按钮▶，开始录音。

（4）单击"停止"按钮■，录音结束，并产生一个录音文件，同时添加在"素材库"窗口中，如图 8-44 所示，该文件为 WAV 格式，自动存放到节目文件夹中。移动时间线游标，重复上述操作，可在时间线任意位置录制多个片段，如图 8-45 所示。

图 8-44　素材库录音文件

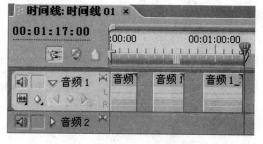

图 8-45　时间线录音片段

3．入点/出点录音

（1）设置入点和出点。

（2）选择播放工具中的"记录"按钮🔴。

（3）单击"播放入点到出点"按钮▶，时间线游标自动跳到入点开始录音，录制到出点位置自动停止录音，如图 8-46 所示。

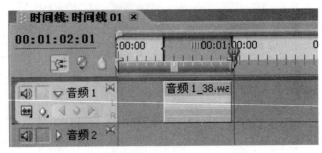

图 8-46　时间线"入点到出点"录音片段

8.4　Adobe Premiere 音频特效

该软件提供了多种音频特效，其中为 5.1 声道文件提供了 20 种、双声道提供了 24 种、单声道提供了 19 种。添加特效时要与文件类型相一致，否则无法添加，如 5.1 声道特效就不能添加到双声道文件中。特效即可作用在"时间线"窗口素材上，也可作用在单个音频轨、副轨道和总轨道上。

8.4.1　音频素材上添加特效

为素材添加特效，是将特效添加到"时间线"窗口素材上，该特效只跟随时间线上的素材，对"素材库"窗口中的原文件不产生影响。

1. 添加特效

将"特效"选项卡中的音频特效拖曳到"时间线"窗口中的音频素材上，如图 8-47 所示。

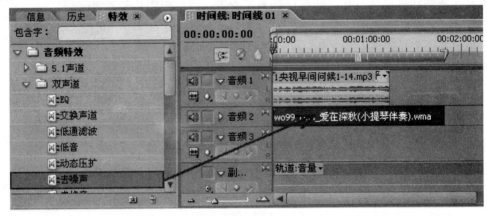

图 8-47　拖曳特效到时间线素材上

2. 设置特效

单击"特效控制台"选项卡，对添加的音频特效进行设置，设置方法同视频特效完全相同，不再赘述，如图 8-48 所示。

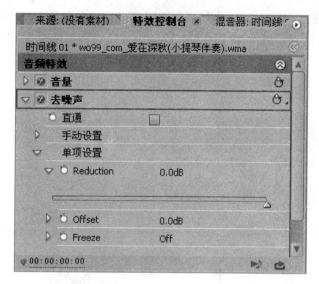

图 8-48　"特效控制台"选项卡

3. 运动特效

单击"特效控制台"右侧的"显示/隐藏时间线"按钮 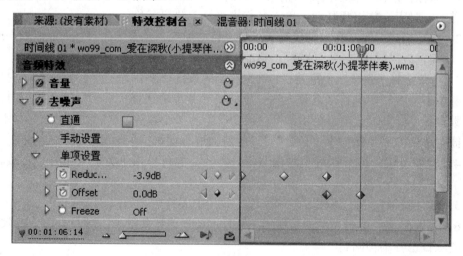，右侧弹出时间线窗口，在不同的时间点添加关键帧，改变关键帧的参数值可使音频特效产生变化效果，设置方法与视频特效设置相同，如图 8-49 所示。

图 8-49　时间线上添加音频关键帧

8.4.2　音频轨道上添加特效

为音频轨道添加特效是将特效添加到"混音器"窗口中的音频轨道、副轨道和总轨道上。轨道上的特效对所有添加到该轨道上的素材有效。

1. 添加特效

单击"混音器"窗口左侧的特效/轨道合成按钮 ▶，启动"特效/轨道合成设置栏"。单

击特效栏右侧按钮 ，在弹出的特效菜单中选择要添加的特效，在一个轨道中最多可同时复合 5 个特效。本例将特效菜单中的所有特效均添加到音频轨道上特效栏中，如图 8-50 所示。

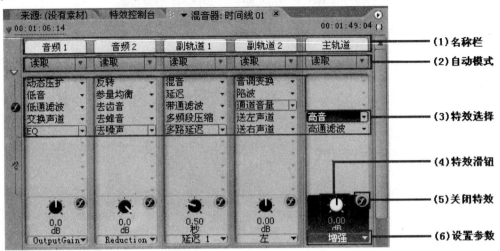

图 8-50　特效/轨道合成设置栏

2. 音频轨道特效选项功能

（1）名称栏：该栏显示的是当前可编辑的音频轨道名称，每个轨道与"时间线"窗口中的轨道一一对应，并相互联动，单击名称栏可修改轨道名称。

（2）自动模式：实时特效编辑时，可将"自动模式"设置为"自锁"、"点触"或"写入"；回放编辑效果时可选择"读取"；播放原始效果可选择"无"。

（3）特效选择：选择一个特效栏，单击右侧的按钮 ，在弹出的特效菜单中选择特效。鼠标右键单击特效栏中的特效名称，在弹出的快捷菜单中选择"编辑"选项，可对该特效进行参数设置。如果该选项不可用，可直接在下方的"设置参数"和"滑动按钮"中设置。选择快捷菜单中的"写保护"，可对编辑过的特效进行保护。

（4）特效滑钮：该滑钮可实时调节特效参数，也可单击下方的数值框，直接输入参数值。

（5）关闭特效：单击该按钮，可使该特效栏中的特效无效。

（6）设置参数：单击右侧的按钮 ，可分别选择该特效的所有项目。由于特效不同，该设置的项目也各不相同。

3. 轨道特效的编辑

（1）单个音频轨的特效编辑：

● 将要编辑的音频轨"自动模式"设置为"自锁"、"点触"或"写入"。

● 选择一个含有特效的特效栏，在"参数设置"中选择要编辑的项目。

● 单击播放按钮 ，在播放的同时，鼠标拖动滑动按钮进行实时设置，设置的结果将记录在该特效栏中。

● 重复上述操作可编辑其他特效栏及项目特效。

（2）副轨道的特效编辑：编辑方法与单个音频轨编辑方法相同。由于副轨道不能添加音频素材，因此不能单独使用，必须将一个音频轨与该副轨道链接，也就是在"轨道输出"选项中选择相应的副轨道，如图 8-51 所示。

图 8-51　　"轨道输出"选项

（3）总轨道的特效编辑：总轨道是对各音频轨道和副轨道合成后输出的总控制。总轨道的特效编辑方法与单个音频轨编辑的方法相同，这里不再赘述。

8.4.3　音频特效的种类及使用

本节介绍的特效均作用在"时间线"窗口素材上。一个素材可同时添加多个特效，添加特效要注意特效类型与素材类型的匹配。添加特效的方法与视频特效完全相同，直接将"特效"选项卡上的"音频特效"拖曳到素材上。

1. EQ（均衡）特效(EQ)

该特效可用于单声道、双声道和 5.1 声道文件，就像一个动态的均衡器，可分别调节低波段（Low）、中波段（Mid）和高波段（High）的频率和增益值。该特效包括"开/关特效"、"EQ 样式"、"直通"、"手动设置"和"单项设置"5 个选项，如图 8-52 所示。

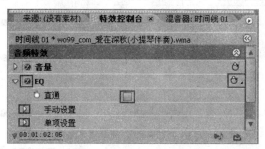

图 8-52　　"EQ（均衡）特效"设置

（1）"开/关特效"按钮 ：单击该按钮可使当前设置的特效无效。

（2）"EQ 样式"按钮 ：单击该按钮弹出"EQ 样式"菜单，如图 8-53 所示。默认选项"Default"为复位选项，其他为均衡效果选项，选择其中的选项，可产生相应的均衡效果。本例选择"Bass enhance"选项，均衡效果如图 8-54 所示。

 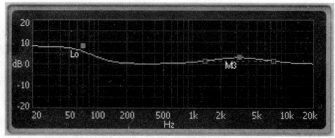

图 8-53　　"EQ 样式"菜单　　　　　　图 8-54　　"Bass　enhance" EQ 效果

（3）直通：当选择直通复选框时，均衡特效无效，再次选择可回复均衡特效。与"开/关特效"按钮  区别是，该选项可在时间线上建立关键帧，通过关键帧可在素材任意位置设置特效的开/关，如图 8-55 所示。

图 8-55　设置"直通"关键帧

（4）手动设置：单击手动设置左侧的"展开/折叠"按钮 ▷，弹出"手动设置"窗口，如图 8-56 所示。

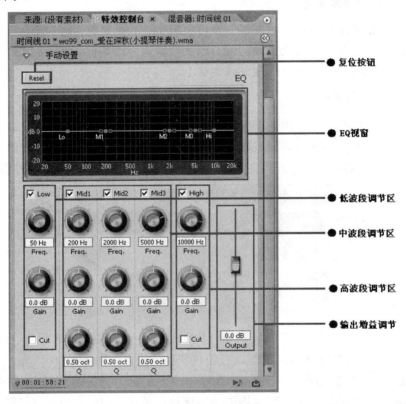

图 8-56　"手动设置"窗口

- 复位按钮：单击 Reset 按钮，可将设置的均衡效果清除，恢复到初始状态。
- EQ 视窗：该视窗纵向值为增益（Gain），区域在 -20 dB～20 dB 之间；横向值为波段（Freq），区域在 20 Hz～20000 Hz 之间。在视窗中可显示 5 个波段的调节点，也可用鼠标手动调节这些调节点。
- 低波段调节区：选中 Low 复选按钮，在 EQ 视窗产生一个调节点，通过调节下面的波段（Freq）滑钮和增益（Gain）滑钮，可设置 EQ 的低波段值。选择 Cut 复选框，可使该波段增益值复位归 0。
- 中波段调节区：该调节区有 3 个中波段调节点，分别选中 Mid1. Mid2. Mid3 复选框,在 EQ 视窗各产生一个调节点,通过调节下面的波段(Freq)滑钮、增益(Gain)滑钮和波段宽度(Q),可设置 EQ 的中波段值。

● 高波段调节区:选中 High 复选按钮,在 EQ 视窗产生一个调节点,通过调节下面的波段(Freq)滑钮和增益(Gain)滑钮,可设置 EQ 的高波段值。选择 Cut 复选框,可使该波段增益值复位归 0。

● 输出增益调节(OutPut):上下拖动滑动按钮,可调整 EQ 整体输出的增益值。

(5)单项设置:单击单项设置左侧的"展开/折叠"按钮,弹出"单项设置"明细列表,可在列表中对 EQ 的值逐项设置,如图 8-57 所示。

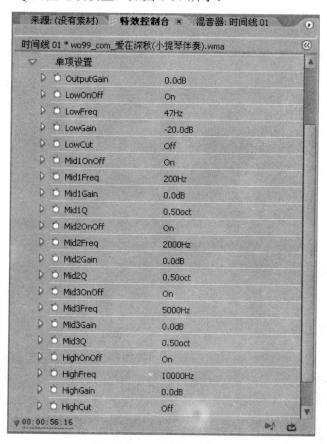

图 8-57　"单项设置"明细列表

2. 交换声道(Swap Channels)

该特效只能用于双声道音频文件。添加该特效后,素材的左右声道互换。

3. 低通滤波(Lowpass)

该特效可用于单声道、双声道和 5.1 声道文件。使用该特效可将过滤掉高于指定频率的声音,如图 8-58 所示。

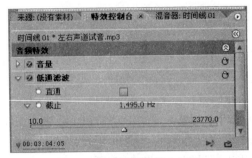

图 8-58　"低通滤波"设置

4. 低音 (Bass)

该特效可用于单声道、双声道和 5.1 声道文件。使用该特效可增强或降低低音部分，如图 8-59 所示。

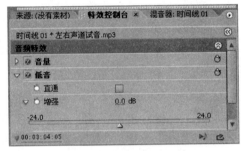

图 8-59　"低音"设置

5. 动态压扩 (Dynamics)

该特效可用于单声道、双声道和 5.1 声道文件。可使用"手动设置"选项和"单项设置"选项对音频文件进行调节。手动设置与单项设置内容相同，这里以手动设置为例，介绍各选项功能。

单击左侧的"展开/折叠"按钮 ▷ ，弹出"手动设置"界面，如图 8-60 所示。

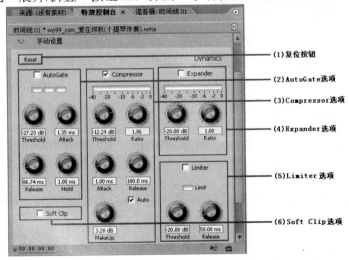

图 8-60　"动态压扩"设置

（1）复位按钮：单击 Reset 按钮可将所有参数值恢复为默认值。

（2）AutoGate 选项：该选项可根据素材的电平值，控制输出信号。当电平低于指定值时，信号开关关闭，此时信号为静音；当电平高于指定值时，信号开关打开，此时信号为正常。

- 颜色显示块：3 个显示块分别显示绿色、黄色和红色。未播放音频时，按钮全部为白色；大于指定电平值为绿色；小于指定电平值为红色；刚刚小于指定电平值还未启动关闭按钮时为黄色。
- Threshold 滑钮：设置指定电平值，取值范围为 −60dB～0dB。如果低于指定电平值，信号开关为关闭，通过的信号为静音；如果高于指定电平值，信号开关为打开，通过的信号为有声。
- Attack 滑钮：设置启动打开信号开关（绿色显示块）的时间，取值范围为 0.1ms～10 ms。
- Release 滑钮：设置启动关闭信号开关（红色显示块）的时间，取值范围为 50ms～500 ms。
- Hold 滑钮：设置刚刚小于指定电平值还未启动关闭按钮保持的时间值，取值范围为 0.1 ms～100 ms。

（3）Compressor 选项：该选项可通过设置指定电平值，对高于指定电平值部分进行压缩。通过压缩，可提高低声部电平，降低高声部电平，从而平衡动态电平范围。

- Threshold 滑钮：设置指定电平值，取值范围为 −60dB～0dB。高于指定电平值部分将被压缩，低于指定电平值部分不被压缩。值为 0 时（最大值），为未压缩，值为-60 时（最小值），为全压缩。
- Ratio 滑钮：设置压缩比例，值为 1～8。值为 1 时，为未压缩，值为 8 时，压缩比最大。
- Attack 滑钮：设置启动压缩反应时间，取值范围为 0.1ms～10 ms。
- Release 滑钮：设置返回未压缩状态所需要的时间，取值范围为 10 ms～500 ms。
- Auto 选项：选中该复选框，系统将基于输入信号的电平大小自动计算转换时所需要的时间。
- MakeUp 滑钮：设置压缩器的输出电平，用于弥补因压缩而造成的信号损失，取值范围为 0dB～24dB。

（4）Expander 选项：该选项可通过设置指定电平值，对低于指定电平值部分进行压缩。

- Threshold 滑钮：设置指定电平值，取值范围为 −60 dB～0 dB 之间。低于指定电平值部分将被压缩，高于指定电平值部分不被压缩。值为 0 时（最大值），为全压缩，值为-60 时（最小值），为未压缩。
- Ratio 滑钮：设置压缩比例，值为 1～8 之间。值为 1 时，为未压缩，值为 8 时，压缩比最大。

（5）Limiter 选项：该选项可通过设置指定电平值，将超过指定电平值部分还原为与指定电平值相同的电平。

- Threshold 滑钮：设置指定电平值，取值范围为 −60dB～0dB 之间。高于指定电平值部分将被还原为与指定电平值相同的电平。

● Release 滑钮：设置电平值变换时所需要时间，取值范围为 10ms～500ms 之间。

（6）Soft Clip 选项：选中该选项可使混合更加柔和。

6．去噪音(DeNoiser)

该特效可用于单声道、双声道和 5.1 声道文件。使用该特效可以消除录音时机器或磁带所产生的噪音，使用"手动设置"或"单项设置"可设置相关参数，如图 8-61、图 8-62 所示。

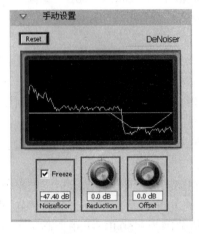

图 8-61　去噪"手动设置"　　　　图 8-62　去噪"单项设置"

● Reset 按钮：单击该按钮可恢复到默认值。

● Freeze 选项：选中该复选框，可将噪音基线停止在当前值，并可使用该采样进行噪音消除；不选择该复选框，该值实时变化，可进行动态采样消除噪音。

● Noise floor：该值显示当前噪音基线的信号值。选中 Freeze 选项，可固定该值，并将该值作为采样值。

● Reduction 滑钮：设置消除噪音的分贝值，取值范围为−20dB～0 dB，值越小噪音消除得越彻底。

● Offset 滑钮：设置消除噪音基线的偏移量，取值范围为−10dB～10 dB，值越大噪音消除得越彻底。

7．去蜂音(DeHummer)

该特效可用于单声道、双声道和 5.1 声道文件。当音频文件中有蜂音时，添加该特效，通过参数设置使蜂音消除。

8．去齿音(DeEsser)

该特效可用于单声道、双声道和 5.1 声道文件。当音频文件中有齿音时，添加该特效，通过参数设置使齿音消除。

9．参量均衡(Parametric EQ)

该特效可用于单声道、双声道和 5.1 声道文件。使用该特效可以增大或减小与指定中心频率相近的频率，如图 8-63 所示。

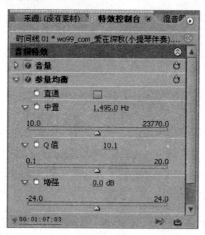

图 8-63 "参量均衡"设置

（1）中置：设置中心频率。

（2）Q 值：指定受影响频率的范围。

（3）增强：设置增大或减小值。

10. 反转(Invert)

该特效可用于单声道、双声道和 5.1 声道文件。添加该特效可将素材中所有声道中的相位颠倒。

11. 多路延迟(Multitap Delay)

该特效可用于单声道、双声道和 5.1 声道文件。添加该特效可对原始音频添加最多 4 次回声，如图 8-64 所示。

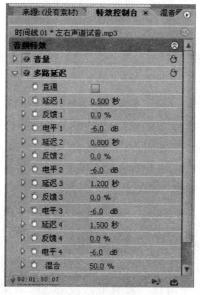

图 8-64 "多路延迟"设置

（1）延迟 1～4：设置原始声音与回声之间的时间差，取值范围为 0～2 秒。

（2）反馈 1～4：设置延时产生多重衰减回声的百分比，取值范围为 0～100%。

（3）电平 1～4：设置回声的音量，取值范围为-∞～0。

（4）混合：调整原始声音与延时回声的比例，取值范围为 0～100，值的大小与回声成正比。

12．多频段压缩(MultibandCompressor)

该特效可用于单声道、双声道和 5.1 声道文件。添加该特效后，可进行"手动设置"和"单项设置"。该特效可对高波段、中波段和低波段分别进行控制和压缩，与"动态压扩"特效相比，压缩效果更加柔和，"手动设置"界面如图 8-65 所示。

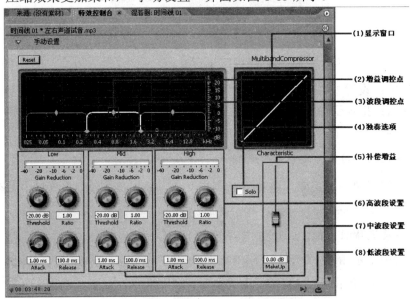

图 8-65　多频段压缩"手动设置"

（1）显示窗口：该窗口采用折线方式，实时显示调整结果。

（2）增益调控点：每个波段都有一个调控点，上下拖动调控点可使该波段的增益增大或减小。

（3）波段调控点：左右拖动波段调控点，可使该波段变宽或变窄。

（4）独奏选项：选中独奏选项复选框，只播放当前选中的波段，其他波段为静音。

（5）补偿增益：上下拖动滑动杆上的按钮，可使当前输出增益增大或减小。

（6）高波段设置：该组 4 个滑钮可设置高波段的压缩效果。

● Threshold：设置指定电平值，大于该值将被压缩。

● Ratio：设置压缩率。

● Attack：设置超过指定电平值进入压缩状态的反应时间。

● Release：设置低于指定电平值返回非压缩状态的反应时间。

（7）中波段设置：该组 4 个滑钮可设置中波段的压缩效果，滑钮设置同"高波段设置"。

（8）低波段设置：该组 4 个滑钮可设置低波段的压缩效果，滑钮设置同"高波段设置"。

13. 带通滤波(Bandpass)

该特效可用于单声道、双声道和 5.1 声道文件。使用该特效可删除超出指定范围或波段的频率，如图 8-66 所示。

图 8-66 "带通滤波"设置

● 中置：设置指定频率。
● Q 值：设置指定频率的宽度，值越小，频段就越宽。

14. 平衡(Balance)

该特效只能用于双声道音频文件，使用该特效可调节左右声道。

15. 延迟(Delay)

该特效可用于单声道、双声道和 5.1 声道文件。该特效可为素材添加延迟回声，设置与"多路延迟"相同，不同的是该特效只添加一次延迟。

16. 混音(Reverb)

该特效可用于单声道、双声道和 5.1 声道文件。使用该特效可以模仿室内播放音频的声音，为音频素材增添气氛，如图 8-67 所示。

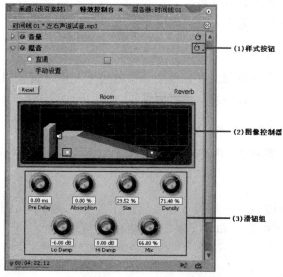

图 8-67 混合"手动设置"

（1）样式按钮：单击样式按钮，弹出样式菜单，每种样式都对应一种混响效果，如图 8-68 所示。

图 8-68　样式菜单

（2）图像控制器：该窗口的图形可模拟显示音频的室内混响效果，通过图形中的调节点，可手动设置图形位置，从而改变混响效果。

（3）滑钮组：滑钮组中共有 7 个滑钮，分别设置不同的混响效果。

● Pre Delay 滑钮：该滑钮可设置延迟的时间。

● Absorption 滑钮：设置声音被吸收的百分比。

● Size 滑钮：设置空间大小的百分比。

● Density 滑钮：设置回响"拖尾"的密度。

● Lo Damp 滑钮：设置低频衰减。减小该值，可以防止嗡嗡声造成的回响。

● Hi Damp 滑钮：设置高频衰减，减小该值，可使回响声音柔和。

● Mix 滑钮：该选项可设置回响的强度。

17. 送右声道(Fill Right)

该特效只能用于双声道音频文件。添加该特效可用右声道音频填充左声道音频，从而丢弃左声道信息，使左右声道均为右声道信息。

18. 送左声道(Fill Left)

该特效只能用于双声道音频文件。使用该特效可用左声道音频填充右声道音频，从而丢弃右声道信息，使左右声道均为左声道信息。

19. 通道音量(Channel Volume)

该特效可用于双声道和 5.1 声道文件。使用该特效可分别设置各声道的音量。

20. 陷波(Notch)

该特效可用于单声道、双声道和 5.1 声道文件。使用该特效可删除接近中心的频率，其中有两个设置选项，"中置"和"Q 值"，如图 8-69 所示。

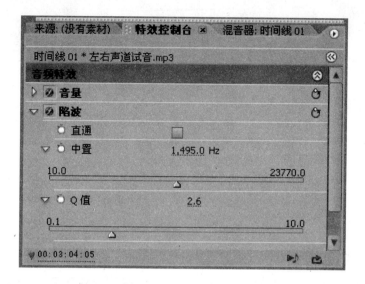

图 8-69　"陷波"设置

21. 音调变换(Pitch Shifter)

该特效可用于单声道、双声道和 5.1 声道文件。使用该特效可产生变调效果，"手动设置"和"单项设置"如图 8-70、图 8-71 所示。

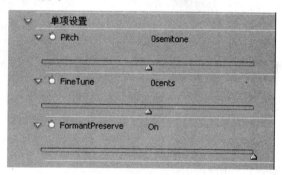

图 8-70　"手动设置"　　　　　图 8-71　"单项设置"

（1）Pitch：设置半音程间音调的变换，调整范围在−12～+12。0 为原调，0～−12 为降调，0～+12 为升调。

（2）Fine Tune：该选项在半音程之间微调，调整范围设置在-50～+50。

（3）Formant Preserve：使用变调特效时，一般不选中该复选框，这样可以保持变调后的音质。选中该复选框，会产生尖杂音。

22. 音量(Volume)

该特效可用于单声道、双声道和 5.1 声道文件，与"特效控制台"上自带的"音频"特效效果相同，只有"直通"和"电平"两个选项，如图 8-72 所示。

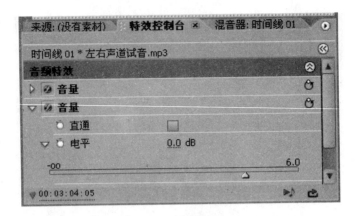

图 8-72 "音量"设置

23. 高通滤波(Highpass)

该特效可用于单声道、双声道和 5.1 声道文件。使用该特效可将滤掉低于指定频率的声音，如图 8-73 所示。

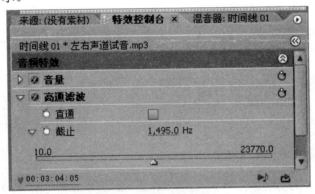

图 8-73 "高通滤波"设置

24. 高音(Treble)

该特效可用于单声道、双声道和 5.1 声道文件。使用该特效可增大或减小高频部分信号，取值范围为 $-24\sim24$，如图 8-74 所示。

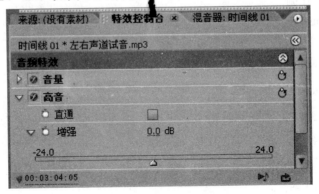

图 8-74 "高音"设置

8.4.4　音频素材的切换

音频素材的切换主要应用在音频的起幅、落幅和两个音频的衔接上，音频素材的切换效果主要包括"淡入"、"淡出"、和"淡出淡入"。

1．淡入

将切换特效添加到音频素材的起始位置，此时为淡入效果，声音由静止逐渐变为素材的原音量。

2．淡出

将切换特效添加到音频素材的结尾位置，此时为淡出效果，声音由素材原音量逐渐为静音。

3．淡出淡入

将切换特效添加到两个素材的衔接处时，可产生淡出淡入效果，A 素材淡出，B 素材淡入。

4．"交叉过渡"切换(Crossfade)

"交叉过渡"切换是 Adobe Premiere Pro 2.0/CS3 软件提供的音频切换，在"特效选项卡"中。"交叉过渡"包含 "固定功率"和"固定增益"两种切换方式，产生的淡化效果相似，一个为曲线过渡淡化，一个为直线过渡淡化。

（1）固定功率(Constant Power)。
* 将"特效"选项卡中的"固定特效"拖曳到素材的开始和结束位置。
* 单击素材上的特效条，在"特效控制台"显示特效编辑界面，可设置特效时间，如图 8-75 所示。

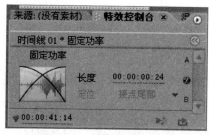

图 8-75　"固定功率"设置

* 添加在音频素材上的切换特效，如图 8-76 所示。

图 8-76　切换添加在开始和结尾位置

（2）固定增益(Constant Gain)。

● 将"特效"选项卡中的"固定增益"拖曳到两个素材的衔接位置。

● 单击素材上的特效条，在"特效控制台"显示特效编辑界面，可设置特效时间，
如图 8-77 所示。

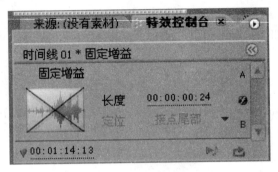

图 8-77　"固定增益"设置

● 添加在音频素材上的切换特效，如图 8-78 所示。

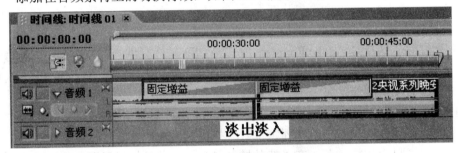

图 8-78　切换添加在两个素材的衔接处